ALISSA JOHNSON
Das Versprechen der Liebe

Zu diesem Buch:

Evie Cole ist sich nicht zu schade, ab und zu an Türen zu lauschen, schließlich ist es immer von Vorteil, sich auf dem Laufenden zu halten. Daher weiß sie, dass ihre Verwandten vorhaben, sie endlich unter die Haube zu bringen, notfalls auch mit ungewöhnlichen Mitteln. Als Evie kurz darauf einen Drohbrief erhält, ist sie daher nicht wirklich besorgt, entspricht dies doch exakt dem Plan, den sie belauscht hat. Um ihre Familie nicht vor den Kopf zu stoßen, lässt sie sich darauf ein, in »Sicherheit« gebracht zu werden – auch wenn sie keineswegs die Absicht hat, zu heiraten. Dass allerdings ausgerechnet der ruppige und wortkarge James McAlistair der heldenhafte Galan sein soll, der sie vor allen Gefahren beschützt, um ihr Herz zu gewinnen, verwundert sie außerordentlich. Zwar ist McAlistair seit einem schicksalhaften Kuss im Wald der Stoff ihrer Tagträume, aber niemand außer ihnen beiden weiß von dieser Begegnung. Als ihre Kutsche ein Rad verliert, findet sich Evie allein mit McAlistair auf einem abenteuerlichen Ritt durch die Wildnis wieder. Langsam dämmert ihr, dass sie wohl einem Irrtum aufgesessen ist. Nicht mal ihre exzentrische Familie würde sie einer so skandalösen Situation aussetzen, nur um sie zur Heirat zu bewegen. Was bedeutet, dass die Gefahr real ist – ebenso real wie das Verlangen, das McAlistairs Nähe in ihr auslöst …

Die Autorin:

Alissa Johnson lebt in den Ozark Mountains in der Mitte der USA. Mit ihren historischen Liebesromanen hat sie eine begeisterte Leserschaft gewonnen. Weitere Informationen unter: www.alissa-johnson.com

Die Romane von Alissa Johnson bei LYX:

1. Wie es dem Glück beliebt
2. Ein Erzfeind zum Verlieben
3. Das Versprechen der Liebe

ALISSA JOHNSON

Das Versprechen der Liebe

Roman

*Ins Deutsche übertragen
von Michaela Link*

Die Originalausgabe erschien 2009 unter dem Titel *McAlistair's Fortune*
bei Dorchester Publishing Co, Inc.

Deutschsprachige Erstausgabe Juli 2014 bei LYX
verlegt durch EGMONT Verlagsgesellschaften mbH,
Gertrudenstraße 30–36, 50667 Köln
Copyright © 2009 by Alissa Johnson
By arrangement with Dorchester Publishing Co., Inc.
Dieses Werk wurde vermittelt durch Interpill Media GmbH, Hamburg
Copyright © der deutschsprachigen Ausgabe 2014
bei EGMONT Verlagsgesellschaften mbH
Alle Rechte vorbehalten

1. Auflage
Redaktion: Karin Will
Umschlagillustration: Guter Punkt, München | www.guter-punkt.de
Umschlagmotiv: Kim Hoang, Guter Punkt unter Verwendung
von Motiven von hotdamnstock und thinkstock
Satz: Greiner & Reichel, Köln
Printed in Germany (670421)
ISBN 978-3-8025-8977-5

www.egmont-lyx.de

Die EGMONT Verlagsgesellschaften gehören als Teil der EGMONT-Gruppe zur
EGMONT Foundation – einer gemeinnützigen Stiftung, deren Ziel es ist, die sozialen,
kulturellen und gesundheitlichen Lebensumstände von Kindern und Jugendlichen zu
verbessern. Weitere ausführliche Informationen zur EGMONT Foundation unter:
www.egmont.com

*Für Jo, Sondi und Tracey,
weil ihr immer an meiner Seite steht,
selbst wenn ihr nicht ganz sicher seid,
wo ich bin.*

1

Miss Evie Cole war schon vor langer Zeit zu dem Schluss gekommen, dass die Unwissenden entgegen allgemeiner Auffassung nicht selig waren.

Denn schließlich gab es viele unglückliche Narren auf der Welt.

Außerdem war *sie* schließlich eine vollkommen glückliche junge Frau, und niemand, der sie kannte, hätte sie jemals der Unwissenheit bezichtigt. Sie wusste immer Bescheid.

Darauf war sie stets bedacht.

Auch jetzt, als sie vor den dicken Wurzelholztüren der Bibliothek von Haldon Hall kauerte, das Gewicht auf ihr gutes Bein verlagert, und mit einem dunkelbraunen Auge durch das Schlüsselloch spähte. Sie hätte wahrscheinlich ein schlechtes Gewissen haben müssen, weil sie ein privates Gespräch belauschte. Aber da sie festgestellt hatte, dass sie der Gegenstand dieses Gespräches war, verspürte sie keine Schuld, sondern Faszination, Erheiterung – und nicht wenig Ärger darüber, dass sie zu spät gekommen war, um auch am Anfang der Unterhaltung teilzuhaben.

Aber auch so verstand sie gut genug, dass ihre Tante, die verwitwete Lady Thurston, und zwei Freunde der Familie, Mr William Fletcher und Mrs Mary Summers, auf der anderen Seite dieser schönen alten Türen saßen und darüber sprachen, wie man die starrsinnige Evie Cole am besten unter die Haube bringen könne.

Es war fast so erheiternd wie beleidigend. Fast.

Mr Fletcher, der auf einem kleinen Sofa in der Mitte des Raumes saß, beugte sich vor und sprach mit einiger Erregung. »Welchen besseren Weg gibt es, das Herz einer Dame zu gewinnen, als sie aus einer Gefahr zu retten? Ich kann nächste Woche in London einen Drohbrief aufsetzen und an Evie schicken lassen, und einen Tag später kann ihr junger Mann hier sein, um sie zu beschützen. Es ist schnell, einfach und effektiv.«

Sichtlich weder von Mr Fletchers Plan noch von seiner Begeisterung beeindruckt, gab Lady Thurston einen wohlbemessenen Schluck Milch in eine Tasse Tee und reichte sie gelassen Mrs Summers. »Das wird nicht funktionieren, William.«

Der untersetzte Mann lehnte sich in die Kissen zurück. »Haben Sie einen besseren Plan?«

»Der Plan ist, wiewohl ich ihn nicht billige, nicht das Problem.« Sie schenkte sich selbst ein. »Das Problem ist das Ziel selbst – es ist einfach nicht zu erreichen.«

»Man kann niemanden zwingen, sich zu verlieben«, bemerkte Mrs Summers und straffte die spindeldürren Schultern.

»Am allerwenigsten diese zwei«, fügte Lady Thurston hinzu. »Ich bin mir keinesfalls sicher, dass sie gut zusammenpassen. Und außerdem hat Evie sich kategorisch geweigert zu heiraten.«

»Das kann ich nicht akzeptieren.« Mr Fletcher fuhr sich mit der Hand durch das schüttere Haar. »Ich habe einem Mann auf dem Totenbett ein Versprechen gegeben.«

Mrs Summers warf ihm einen mitleidigen Blick zu. »Du wurdest dazu überlistet, ein Versprechen einem Mann zu geben, der – wenn er noch leben würde – der Erste wäre, dich dafür zu tadeln, dass du diese Kuppelei so ernst nimmst. Der verstorbene Herzog von Rockeforte war trotz seiner Neigung zu Scherzen ein vernünftiger Mann. Er hätte wohl kaum damit gerechnet, dass es dir gelingen würde, fünf Kinder zu verheiraten.«

»Als es darum ging, deine Sophie zu verkuppeln, warst du nicht so abweisend. Oder Sie«, antwortete er und drehte sich zu Lady Thurston um, »als es um Whit und Mirabelle ging.«

»Ja, aber das waren Sophie, Whit und Mirabelle«, erwiderte Lady Thurston ruhig. »Nicht Evie.«

»Wie dem auch sei, das Versprechen wurde gegeben, und ich habe vor, es zu halten.« Mr Fletcher hielt das folgende Schweigen geschlagene dreißig Sekunden aus – in Evies Augen eine beeindruckende Zurschaustellung von Standhaftigkeit. Sie war selbst schon diesem vielsagenden Schweigen der geschätzten Lady Thurston ausgesetzt gewesen. Es war einschüchternd.

»Ich habe die Absicht, es zumindest zu versuchen«, fügte Mr Fletcher schließlich hinzu.

Lady Thurston zuckte geziert mit den Schultern. »Wenn Sie das unbedingt müssen.«

»Durchaus. Ich werde beginnen, indem ...«

Evie erfuhr nie, wie Mr Fletcher genau zu beginnen beabsichtigte, denn Gelächter und sich nähernde Schritte machten ihren sofortigen Rückzug in den kleinen Salon auf der anderen Seite des Flurs notwendig. Die hereinkommenden Dienstboten würden sie zwar vermutlich nicht verpetzen, aber es war besser, kein Risiko einzugehen.

Aber das machte nichts. Sie hatte die wichtigsten Teile des Gesprächs gehört oder zumindest so viel, um ziemlich sicher zu sein, dass sie wieder einmal bestens Bescheid wusste.

Während Evie durch die Seitentür des Salons schlüpfte, hörten Lady Thurston und Mrs Summers geduldig zu, wie William noch einmal seinen Plan darlegte.

Lady Thurston strich die blassgrüne Seide ihres Kleides glatt. Sie war eine zierliche Frau mit leiser Stimme und runden, rosigen Wangen, und jene, die sie nicht gut kannten, hielten sie manchmal für ein sanftes Wesen, auf das man vielleicht ein wenig aufpassen musste.

Ein irriger Eindruck, der stets von kurzer Dauer war.

»Ihr Plan ist durchaus … detailliert«, räumte sie ein, als William fertig war. »Bedauerlicherweise ist er auch schlecht erdacht. So etwas würde Evie nur verschrecken. Ich werde es nicht zulassen. Und ich werde nicht einwilligen, ihre Arbeit mit misshandelten Frauen als Grund ihrer vorgeblichen Bedrohung zu verwenden. Es kommt der Wahrheit zu nahe.«

»Aber …«

»Sie hat ganz recht«, warf Mrs Summers ein. »Bei ihrer Arbeit ist Evie sehr realer Gefahr ausgesetzt. Eine erfundene Drohung hinzuzufügen wäre gewissenlos.«

William erbleichte. »Gewissenlos erscheint mir ein wenig …«

»Habe ich Ihnen erzählt, was Mrs Kirkland im vergangenen Sommer zugestoßen ist?«, fragte Lady Thurston und wandte sich an Mrs Summers.

Mrs Summers nickte bekümmert. »Bloßgestellt von der Frau, der sie helfen wollte.«

»Und am nächsten Tag wurde ihr Haus bis auf die Grundmauern niedergebrannt. Sie hatte Glück, dass sie entkommen ist.«

Mrs Summers nippte an ihrem Tee. »Die Behörden gehen davon aus, dass es ein Unfall war.«

Lady Thurston rümpfte vornehm die Nase. »Schändlich.«

»Das ist höchst bedauerlich.« William versuchte es noch einmal. »Aber ich habe kaum die Absicht, Brände zu legen oder …«

Mrs Summers schüttelte den Kopf. »Es nützt nichts, William. Nicht nur geht Ihr Plan zu weit, auch die Strategie selbst ist mangelhaft. Damit die List funktioniert, würde Evie an die Bedrohung glauben müssen. Wenn sie an die Bedrohung glaubt, wird sie zu beschäftigt sein, um die Aufmerksamkeiten eines jungen Mannes zu bemerken. Keine vernünftige junge Frau würde an Liebe denken, wenn ihr Leben in Gefahr ist.«

»Sophie schon«, stellte er schnell fest, ziemlich überrascht, dass es ihm gelungen war, ein Wort einzuwerfen.

Mrs Summers schürzte nachdenklich die Lippen. »Das stimmt, aber Sophie ist, sosehr ich sie auch liebe, nicht immer die Vernünftigste.«

Lady Thurston nickte in freundlicher Zustimmung.

William runzelte die Stirn. »Sind Sie sich absolut sicher, dass Evie eine vernünftige junge Frau ist?«

»Ja«, antworteten beide Frauen wie aus einem Mund.

»Verdammt.« Er runzelte noch etwas länger die Stirn, bevor er seufzte und schließlich nach seiner Tasse griff. »Nun, ich halte es immer noch für eine kluge Idee.«

Mrs Summers lächelte ihren alten Freund voller Zuneigung an, wenn auch ein wenig herablassend. »Außerordentlich klug. Aber du wirst dir etwas anderes einfallen lassen müssen.«

Zwei Wochen später

Es war durchaus möglich, dass Mr James McAlistair vor zehn Jahren laut über die Vorstellung gelacht hätte, er könne sich eines Tages verlieben. Leichter vorstellbar war hingegen, dass er lediglich einen Mundwinkel mit jenem gelassenen und unergründlichen Ausdruck hochgezogen hätte, wie ihn nur ein tiefsinniger Dichter oder ein begabter Attentäter zustande bringt.

Jeder, der ihn nun sah – wie er auf dem Gelände von Haldon Hall stand, die dunklen Augen undurchdringlich und die hohe Gestalt schlank und muskulös wie ein Panther –, hätte ihn wohl kaum mit Ersterem verwechselt.

Bedauerlicherweise.

Denn ungeachtet der Frage, wie seine Reaktion vor zehn Jahren ausgefallen wäre oder auch nicht, hatte McAlistair sich tatsächlich verliebt. Und ein verliebter Mann konnte die Gaben eines Dichters immer gut gebrauchen.

Vor allem, wenn die Sünden eines Mörders auf ihm lasteten. Während er jetzt über diese Sünden nachsann, ließ er die Schultern in einer seltenen, wenn auch kaum wahrnehmbaren Zurschaustellung von Nervosität kreisen.

Er sollte nicht hier sein.

Doch wenn Evie Cole in Gefahr war, konnte er unmöglich irgendwo anders sein. Er ließ den Blick über den Rasen schweifen und steckte im Geist seinen Weg ab, bevor er einen Schritt tat. »Handle in Eile, bereue mit Weile«, hatte seine liebe, verstorbene und zweifellos oft reuige Mutter gern gesagt. Ein interessanter Ratschlag von einer Frau, die sechs Bastarde zur Welt gebracht hatte.

Er bewegte sich lautlos und hielt sich an die langen Schatten im abendlichen Licht. Es war eine Vorsichtsmaßnahme, die er mehr aus Gewohnheit denn aus Notwendigkeit ergriff. Er hatte das Grundstück und den Wald in unmittelbarer Nähe des Hauses bereits auf Anzeichen eines Eindringlings untersucht. Alles war so, wie es sein sollte. Und er wusste bis zu dem kleinsten Zweig *genau*, wie es sein sollte. Dieser Wald war schließlich seit Jahren sein bescheidenes Heim. Lange Jahre der Entbehrungen und der Einsamkeit, während er versuchte, für die schwere Last seiner Erinnerungen zu büßen oder sie vielleicht auch einfach zu vergessen.

Wenn es nach ihm gegangen wäre, wäre der Wald immer noch sein Zuhause, aber William Fletcher, sein einstiger Arbeitgeber und gegenwärtiger Stachel im Fleisch, hatte ihn im Laufe der letzten paar Monate immer weiter in die Welt zurückgetrieben.

Irgendwann hatte McAlistair kapituliert und die vergessene alte Jagdhütte verlassen, die er bei schlechtem Wetter bewohnt hatte, und eine ebenso alte, aber etwas weniger abgelegene Hütte an der Grundstücksgrenze von Haldon gekauft. Er benutzte das Geld, das er beim Kriegsministerium verdient hatte. Geld, von dem er gedacht hatte, er würde es niemals anrühren. Er hatte einen Schrank voller Kleider, wie sie ein Gentleman trug. Er besaß eine schöne, graue Stute, die er gerade in die Haldonschen Ställe geschmuggelt hatte. Aber weiter wollte er sich nicht in das Reich der Gesellschaft hineinwagen. Er wollte allein gelassen werden, wollte so leben, wie es ihm gefiel. Und das würde er auch ... sobald diese Angelegenheit mit Evie geklärt war.

Um die ärgerliche Sitte zu vermeiden, angemeldet zu werden, und um die lästige Formalität des Anklopfens zu umgehen, betrat er Haldon Hall durch eine selten benutzte Nebentür. Er musste das Schloss aufbrechen, aber das war ein unwichtiges Detail, mit dem er schon gerechnet hatte. Whittacker Cole, Graf von Thurston, war kein Narr und ging keine Risiken ein, wenn es um die Sicherheit seiner Familie ging.

Sobald McAlistair im Haus war, warf er einen kurzen Blick zur Decke, durch die Whits gedämpfte Stimme aus dem Arbeitszimmer herunterdrang. Die Stimme wurde abwechselnd leiser und lauter, während McAlistair durch die gewundenen Flure und Treppenhäuser von Haldon ging und hier und da einen Umweg nahm, um Dienstboten zu entgehen. Er bewegte sich lautlos – diese Fähigkeit war in seiner früheren Laufbahn von entscheidender Bedeutung gewesen.

Er erreichte die offenen Türen des Arbeitszimmers, ohne entdeckt worden zu sein – worüber er später mit Whit reden würde –, schlüpfte leise hinein und positionierte sich im dunklen Schatten eines Bücherregals.

Es fand gerade eine Auseinandersetzung statt. Whit und Lady Thurston wollten Evie auf Haldon behalten, während William Fletcher, Mrs Summers und Evie selbst der Meinung waren, dass eine Reise an die Küste in ihrem besten Interesse sei. McAlistair schwieg, blieb im Schatten verborgen und beobachtete.

Er war ans Beobachten und Warten gewohnt. Und in den letzten Jahren auch an das Begehren.

Nicht gewohnt hingegen war er es, in einem Haus zu sein, eingepfercht zwischen Mauern und umgeben von Lärm und Bewegung. Das Stimmengewirr, das Schlurfen von Füßen und das Knarren und Knallen eines lebendigen Haushalts zerrten an seinen Nerven.

Aber das war nichts, *gar nichts*, im Vergleich zu der Folter, Evie Cole so nahe zu sein. Sie war keine drei Schritte entfernt und wandte ihm den Rücken zu, und er konnte jede einzelne weiche, braune Locke auf ihrem Kopf sehen, den sauberen Duft ihrer Seife riechen und jeden Atemzug hören, den sie tat. Er erinnerte sich recht deutlich daran, wie es war, dieses Haar mit den Fingerspitzen zu liebkosen und diesen Atem an seinem Mund zu spüren.

Er erinnerte sich lebhaft – und sehr viel häufiger, als angenehm war –, dass sie nach Zitronen und Pfefferminze geschmeckt hatte.

Am liebsten hätte er wieder die Schultern kreisen lassen.

Er sollte wirklich nicht hier sein.

Schließlich riss er den Blick von Evie los und betrachtete den Rest der Gruppe. Die Auseinandersetzung schien sich in einem Patt zu befinden, und keine der beiden Seiten war in der Lage, den Sieg für sich zu beanspruchen, oder bereit, eine Niederlage zu akzeptieren. Die Sinnlosigkeit des Ganzen ärgerte ihn und stellte seine bereits angespannte Geduld auf eine harte Probe. Sie verschwendeten Zeit. Es juckte ihn in den Fingern, Evie zu packen, sie sich über die Schulter zu werfen und in den Wald zu tragen – in *seinen Wald*, wo er jeden Pfad kannte, jedes Geräusch und jedes Versteck. In seinen Wald, wo er sie beschützen konnte … vor allem, außer vor sich selbst.

Unwillkürlich wanderte sein Blick zurück zu Evie und die gerade Linie ihres Rückens empor, über die sahnige Haut ihrer schmalen Schultern, die zarte Wölbung ihres Halses. Sie war ein so kleines Ding, reichte ihm kaum bis zu den Schultern. Zu klein, um sich gegen die Gewalt eines Wahnsinnigen zu verteidigen. Und sicher vernünftig genug, um das auch zu begreifen.

Verdammt, sie musste schreckliche Angst haben.

Evie amüsierte sich blendend.

Sie betrachtete das Bild, das sich ihr bot, und kam zu dem Schluss, dass es fraglos die absurdeste List war, die sie je erlebt hatte. Was für ein Haufen glänzender Lügner sie doch alle waren, dachte sie voller Zuneigung. Wer hätte gedacht, dass ihre Freunde und Verwandten eine solche Neigung zur Theatralik hatten?

Und wer hätte gedacht, dass sie darin so gut sein würden?

Lady Thurston war buchstäblich bleich. *Bleich*. Wie brachte man so etwas zustande? Mrs Summers saß schmallippig und kerzengerade da, die Hände im Schoß verkrampft. Whit, der vor seinem Schreibtisch auf und ab ging, sah aus, als wollte er sich die Haare raufen. Und Mr Fletcher gab mit seiner gefurchten Stirn und dem gelösten Halstuch das perfekte Bild des besorgten Freundes der Familie ab.

Sie selbst war natürlich jeder Zoll der tapfere kleine Soldat und hielt trotz ihrer *schrecklich* verzweifelten Lage das Kinn erhoben und die Schultern durchgedrückt. Als sie den Drohbrief erhalten hatte, hatte sie kurz überlegt, etwas noch Dramatischeres zu tun – einen Anflug von Panik vorzutäuschen, vielleicht sogar eine Ohnmacht –, aber die Vorstellung, sich länger als eine oder zwei Minuten so aufzuführen, war wenig reizvoll. Außerdem war sie noch nie in ihrem Leben ohnmächtig geworden und wusste nicht genau, wie man es anging. Solche Dinge sollte man vorher ein- oder zweimal im stillen Kämmerlein üben.

Sie hatte sich stattdessen für Stoizismus entschieden und dachte – auf die Gefahr hin, selbstgefällig zu werden –, dass sie ihre Sache doch recht ordentlich machte. Sie alle spielten ihre Rollen gut – ihre Darbietungen verdienten stehenden Applaus und Zugaben.

Sie sollten zum Theater gehen, jeder Einzelne von ihnen.

Anfangs war sie zugegebenermaßen ein wenig überrascht gewesen, als Mr Fletcher vorgeschlagen hatte, sie solle mit einer kleinen Gruppe bewaffneter Wachen an die Küste fahren. Doch in der Überzeugung, dass sie unmöglich vorhaben konnten, sie an einen Ort zu schicken, der sich so gänzlich außerhalb ihrer Reichweite befand, entschied sie sich dafür, der Reise zuzustimmen. Aus keinem anderen Grund, als ein bisschen Ärger zu machen. Sie mochte zwar bereit sein, mitzuspielen, um dieser dummen Kuppelei ein für alle Mal ein Ende zu bereiten, aber deswegen brauchte man es diesen Intriganten, die sich in alles einmischen mussten, ja nicht leicht zu machen.

»Ich werde sie nicht durchs halbe Land schicken«, blaffte Whit. Hochgewachsen, gut aussehend und mit einer tiefen Stimme gesegnet, die für Autorität wie geschaffen war, war Evie ihr Cousin stets wie der Inbegriff eines Gutsherrn erschienen. Nicht dass sie sich dieser Autorität unterworfen hätte; ihr gefiel nur das Bild.

Mr Fletcher massierte sich den Rücken seiner Knollennase. »Norfolk ist wohl kaum das halbe Land. Es ist lediglich eine Reise von zwei Tagen.«

»Zwei Tage zu weit von ihrer Familie entfernt«, hielt Lady Thurston dagegen.

»Es ist das Beste so«, warf Evie ein, und wie edel sie klang! »Meine Anwesenheit hier bringt alle anderen in Gefahr. Und wenn Mirabelle und Kate nächste Woche von den Rockefortes zurückkehren, wird alles nur ...«

Bei der Erwähnung seiner Ehefrau, die gerade ihr erstes Kind erwartete, und seiner jüngeren Schwester unterbrach Whit sie mit einer knappen Handbewegung. »Ich kann ihren Aufenthalt dort ohne Weiteres verlängern.«

»Sie würden sicher gerne noch bleiben«, stimmte Evie zu. Sie war aufrichtig enttäuscht gewesen, als eine Kopfgrippe sie daran gehindert hatte, an dem Besuch bei Alex und Sophie teilzunehmen, dem Herzog und der Herzogin von Rockeforte und ihrem drei Monate alten Sohn Henry. »Zumindest, bis sie die Nachricht über diese Angelegenheit erreicht – und sie wird sie bestimmt erreichen –, dann werden sie darauf *bestehen*, zurückzukommen.«

Kate, Mirabelle und Sophie würden ganz gewiss kommen, entweder um die Verschwörung zu genießen oder um ihr in einer Zeit der Not beizustehen. Als ihre Cousine war Kate die einzige Blutsverwandte der drei, aber im Herzen waren sie alle Schwestern. Sie würden in einer solchen Situation unbedingt dabei sein wollen.

»Ich habe Alex bereits eine Nachricht geschickt«, sagte Mr Fletcher. »Er wird vermutlich noch heute hier sein.«

Evie nickte. »Sophie sicherlich auch, und Kate und Mirabelle werden sie begleiten.«

Whit fluchte leise, aber mit Nachdruck. Da Lady Thurston kaum mehr tat, als angesichts der Wortwahl ihres Sohnes missbilligend die Nase zu rümpfen, wertete Evie dies als Beweis dafür, wie wichtig ihr dieses Ränkespiel war.

»Dieses Gespräch führt zu nichts«, erklärte Lady Thurston.

»Wir brauchen eine objektive Meinung«, stimmte Mr Fletcher mit einem Nicken zu, bevor er sich in Evies Richtung wandte. »Was denken Sie, McAlistair?«

Diese einfache Frage, offensichtlich an jemanden gerichtet, der unmittelbar hinter ihr stand, machte Evies Vergnügen an dem Geschehen sofort zunichte. Ihr Herz hörte auf zu schlagen – ein unbehagliches Gefühl, gelinde gesagt –, und sie drehte sich langsam um, fest davon überzeugt, sich verhört zu haben. Und unsicher, ob sie eher hoffte oder fürchtete, es nicht getan zu haben.

Sie hatte sich nicht verhört.

Der fragliche Mann stand keine drei Schritte von ihr entfernt im Schatten eines Bücherregals – eine Tatsache, die ihr Herz mit einem großen, schmerzhaften Schlag wieder in Gang setzte.

Lieber Gott, da war er ... McAlistair, der Einsiedler von Haldon Hall.

Nur dass er im Moment nicht sehr wie ein Eremit aussah, stellte sie fest, als er ins Licht trat. Sie kniff die Augen zusammen und traute angesichts dieser Verwandlung kaum ihren Augen. Das letzte Mal hatte sie McAlistair in den Wäldern von Haldon gesehen. Er hatte die praktische Kleidung eines Bauern getragen. Sein Haar war lang und wild gewesen, beinahe so wild wie seine dunklen Augen. Und er hatte ein ziemlich großes Messer bei sich gehabt.

Jetzt war er gekleidet wie ein Gentleman – mit einer gut geschneiderten, grünen Weste, braunen Kniehosen, Reitstiefeln und einem perfekt geknoteten Halstuch. Er hatte sich das dichte, braune Haar gestutzt und zu einem sauberen, wenn auch unmodernen Pferdeschwanz zusammengebunden. Sein Kinn war glatt rasiert, seine Hände sauber geschrubbt, und es war keine Waffe zu sehen. Er sah höchst respektabel aus.

Und in gewisser Weise doppelt so gefährlich.

Evie betrachtete die scharfe Wölbung der Augenbrauen, die kantige Form des Kinns und die Nase, die mehr als einmal gebrochen worden war. Sie bemerkte – und errötete dabei – seine muskulösen Beine, die breiten Schultern und die drahtige Stärke seiner Arme. McAlistair war kein Londoner Dandy, der zu Besuch gekommen war. Ein Wolf im Schafspelz, dachte sie, das war er, oder vielleicht eine Raubkatze mit einem Kragen um den Hals. Er mochte harmlos aussehen oder gezähmt, aber man brauchte ihm nur tiefer in die Augen zu schauen, um die Lüge zu sehen. Sie waren immer noch genauso wild.

Sie hatte einmal in diese Augen geblickt – hatte sich in ihnen verloren –, unmittelbar, bevor sie sich an einem wunderlichen Abend im Wald in seinem Kuss verloren hatte. Und seitdem hatte sie jeden Tag, wie sie es ihm versprochen hatte, an ihn gedacht.

Fünf verdammte Monate lang.

Sie kniff die Augen noch weiter zusammen, und die Hitze in ihrem Gesicht wich der Zornesröte. Er hatte ihr gesagt, dass er fort sein werde, und keine Versprechungen gemacht, zurückzukehren, aber *wirklich*, wäre es denn so schwer für den Mann gewesen, einen verwünschten Brief zu schreiben? Selbst sie hätte das fertiggebracht – wenn sie gewusst hätte, wo er war –, und sie war eine furchtbar schlechte Briefschreiberin.

Whit ging um sie herum, um McAlistair ermutigend auf die Schulter zu klopfen und ihn weiter in den Raum hineinzuziehen. »McAlistair, gut, Sie zu sehen. Wir könnten eine weitere Stimme der Vernunft gebrauchen. Ich glaube, Sie kennen alle hier, außer unserer Evie.«

McAlistair richtete den Blick seiner dunklen Augen auf sie, und für einen schrecklichen Moment hatte sie Angst, er könne ihr Geheimnis verraten. Als er nichts weiter tat, als sie unverwandt anzusehen, als wäre er von ihr wie gebannt, verwandelte ihre Furcht sich in Verlegenheit.

Unsicher, wie man auf einen langen, wissenden Blick eines Mannes reagieren sollte, den man *angeblich* gar nicht kannte, machte sie einen kurzen und unbeholfenen Knicks. »M-M...« Sie biss sich auf die Zunge, um sich zusammenzureißen. Sie hasste es, dass sie stotterte, wenn sie nervös war. »Mr McAlistair.«

»Miss Cole.« Er verbeugte sich, eine beredte Neigung aus der Taille heraus, die mit seiner Erscheinung in perfektem Einklang stand und so gar nicht zu dem Bild des wilden Eremiten passte, das sie noch im Kopf hatte. Als Nächstes wandte er sich Lady Thurston zu und verbeugte sich zum Zeichen des aufrichtigen Respekts noch tiefer. »Lady Thurston. Es ist mir eine Ehre.«

Seine Stimme war immer noch rau, bemerkte Evie, immer noch heiser, als wäre er es nicht gewohnt, sie zu gebrauchen. Sie wünschte, sie fände ihren Klang nicht gar so reizvoll.

Lady Thurston neigte den Kopf zum Gruß. »Es war freundlich von Ihnen zu kommen. Ich nehme an, Mr Fletcher hat Sie über den Inhalt des Briefes, den Evie erhalten hat, in Kenntnis gesetzt?«

»Zum Teil.« McAlistair schaute zu Whit hinüber, bevor er mit dem Kinn auf einen Beistelltisch deutete, auf dem ein Blatt Papier und ein Umschlag lagen. »Ist er das?«

»Ja.« Whit machte eine einladende Geste zum Tisch hin.

Während Evie immer noch der Kopf schwirrte – was um alles in der Welt tat der Mann hier? – und ihr Herz immer noch raste – *Himmel*, sah er gut aus –, beobachtete sie ihn, wie er den Raum durchquerte und nach dem Papier griff. Er war also kein Analphabet, dachte sie ein wenig bedauernd. Das war tatsächlich ihre letzte Hoffnung gewesen, sich sein Schweigen zu erklären.

Sie verkniff es sich mit knapper Not, ihm eine unfreundliche Grimasse zu schneiden, während er den Brief auseinanderfaltete und las. Er zeigte keine Reaktion auf die Nachricht, die das Schreiben enthielt. Ein wenig beunruhigend. Selbst sie war angesichts des Inhalts erschaudert, dabei hatte sie gewusst, dass er nicht zutraf.

Der Brief enthielt eine Reihe schmutziger Beleidigungen und Drohungen – sehr viel schmutziger und bedrohlicher, als sie persönlich es für nötig gehalten hätte, aber er war jedenfalls deutlich. Er stellte unmissverständlich Bestrafung für ihre Sünden in Aussicht.

McAlistair sah sie an. »Was für Sünden?«

Welche Sünden wäre korrekter gewesen, aber sie bezweifelte, dass er an einer Liste interessiert war. Es spielte ohnehin kaum eine Rolle. Sie vermutete, dass der Verfasser des Briefes ganz bestimmte Sünden im Sinn hatte. Zumindest hoffte sie das. Die Vorstellung, dass Mr Fletcher über all ihre Missetaten in Kenntnis gesetzt worden war, einschließlich der Tatsache, dass sie im Wald einen fremden Eremiten geküsst hatte, gefiel ihr ganz und gar nicht.

Lady Thurston antwortete für sie. »Evie war mit meiner Erlaubnis in aller Stille für mehrere wohltätige Frauenorganisationen tätig – Organisationen mit Aufgaben, die manch einer für radikal und daher für sündhaft halten könnte. Wir nehmen an, dass dies der Stein des Anstoßes für den Schreiber ist, angesichts der Natur seiner Beleidigungen ... und der Tatsache, dass Evie sich ansonsten recht vorbildlich verhält.«

Evie lächelte ihre Tante an und konzentrierte sich darauf, geziemend unschuldig auszusehen – und McAlistair überhaupt nicht anzusehen. Vorbildlich, in der Tat.

McAlistair legte den Brief hin. »Verdächtige?«

»Bis jetzt noch keine«, antwortete Mr Fletcher.

Whit zog an seinem Halstuch. »Wir gehen davon aus, dass die Drohung von einem Familienmitglied oder Arbeitgeber einer der Frauen kommt, denen Evie helfen wollte.«

Mrs Summers schenkte ihr ein anerkennendes Lächeln. »Im Laufe der Jahre hat sie einer Reihe von misshandelten Frauen geholfen, unbemerkt das Land zu verlassen. Frauen gewalttätiger Ehemänner. Unzüchtigen Frauen, die ihren ausbeuterischen Arbeitgebern entfliehen wollten.«

»Diese Frauen haben eine große Zahl zorniger Ehemänner und Bordellwirtinnen zurückgelassen«, fügte Mr Fletcher hinzu. »Obwohl wir erst noch ermitteln müssen, wie sie von Evies

Mitwirkung erfahren haben. Und bis dahin wäre es wohl das Beste, wenn sie irgendwo unterkommen könnte. Irgendwo, wo man sie nicht aufspüren kann.«

»Unbedingt«, stimmte Mrs Summers zu.

»Keineswegs«, blaffte Lady Thurston gleichzeitig.

»Er hat recht«, sagte McAlistair, was ihm unfreundliche Blicke von Whit und Lady Thurston eintrug. »Zu viele Türen hier. Zu viele Verstecke.«

»Das Personal ist angewiesen worden ...« Whit brach mit einem finsteren Stirnrunzeln ab. »Wer hat Sie hereingelassen?«

McAlistair schüttelte den Kopf.

»Verdammt. Hat irgendjemand Sie gesehen?«

Ein weiteres Kopfschütteln von McAlistair und eine leise Flut von Kraftausdrücken von Whit.

Er drehte sich zu Evie um. »Pack deine Sachen. Morgen früh reist du ab.«

Tat sie das? »Tue ich das?«

»Das möchtest du doch, oder?«

Eigentlich nicht. »Ja, ja, natürlich.«

Whit nickte sehr entschieden und sehr unzufrieden. »Halte dich bei Tagesanbruch bereit.«

Bei Tagesanbruch? Sie hatten wirklich vor, sie wegzuschicken? Wie zum Henker war es dazu gekommen?

»Heute Abend wäre besser«, wandte Mr Fletcher ein.

»Ich werde nicht zulassen, dass sie nachts auf der Straße ist.« Und mit diesem Schlusswort empfahl sich Whit.

Mr Fletcher, der ein wenig besorgt aussah, setzte eine geschäftige Miene auf, schenkte Evie ein Lächeln, das er offenbar für ermutigend hielt, und folgte Whit. Lady Thurston und Mrs Summers, die erregt miteinander flüsterten, erhoben sich von ihren Plätzen, drückten Evie beruhigende Küsse auf die Wange und verschwanden ebenfalls.

Evie war so verblüfft über die Neuigkeit, dass sie Haldon tatsächlich verlassen würde, dass sie eine Minute brauchte, um zu begreifen, dass man sie lediglich mit McAlistair als Gesellschaft im Raum alleingelassen hatte.

Und er starrte sie schon wieder an.

Verzweifelt suchte sie nach etwas, das sie sagen konnte. Vorzugsweise nach etwas, das ihn zumindest zum Blinzeln bringen würde. Es war zermürbend, wie er seinen dunklen Blick auf sie gerichtet hatte – beinahe so zermürbend wie ihre eigene Reaktion. Sie hätte schwören können, dass sie tatsächlich spürte, wie ihr das Herz aus der Brust springen wollte.

»Ich ... Sie ...« Sie schluckte hörbar. »Es i-ist Ihnen gut ergangen, hoffe ich?«

Er deutete ein Nicken an und fragte nicht, wie sie nicht umhin konnte zu bemerken, nach ihrem eigenen Befinden. Der Schuft.

»Nun, das freut mich zu hören«, brachte sie heraus und wollte an ihm vorbeigehen.

Er hielt sie am Arm fest. »Sie sind wütend.«

Sie war sogar fuchsteufelswild, aber immer noch vernünftig genug, um zu begreifen, dass ein Teil dieses Ärgers vielleicht unbegründet sein mochte. Sie öffnete den Mund, doch bevor sie versuchen konnte, etwas zu erklären oder zu irgendeiner Art von Einverständnis zwischen ihnen zu gelangen, ließ er ihren Arm los und nickte wieder leicht.

»Gut.«

Sie blinzelte ihn in maßlosem Erstaunen an. »Gut?« Das war seine Reaktion, wenn er sich mit der Möglichkeit ihres Zorns konfrontiert sah? Gut? »Sie *wollen*, dass ich Ihnen b-böse bin?«

»Ist besser so.«

»Nun, es liegt mir fern, einen Gast zu enttäuschen«, fauchte sie und schob sich an ihm vorbei zur Tür hinaus.

3

Das Problem am Hinken war, dass es einem damit fast unmöglich war, ordentlich mit dem Fuß aufzustampfen. Das war natürlich nicht das *einzige* Problem, aber es war die Unannehmlichkeit, die Evie momentan am meisten ärgerte.

Zähneknirschend ging sie den Flur mit den kurzen, langsamen Schritten entlang, die ihr einen gleichmäßigen Gang erlaubten. Weil sie sich ihr Bein bei einem Kutschenunfall schwer verletzt hatte, würde sie nie wieder geschmeidig gehen können. Aber wer nicht bewusst auf ihre etwas schiefe Haltung oder auf das kurze Nachziehen des Fußes achtete, dem fiel ihr Hinken meist gar nicht auf. Das war alles gut und schön, aber kurze, langsame Schritte und ein, wenn auch nur leicht, nachgezogener Fuß machten es außerordentlich schwierig für sie, mit der hochmütigen Geringschätzung davonzustürmen, die die Situation eindeutig erforderte.

Gut, also wirklich.

Sie riss die Tür zu ihrem Zimmer auf, trat ein und knallte die Tür hinter sich zu. Der daraus resultierende Lärm schenkte ihr ein gewisses Maß an Befriedigung.

Während sie ganz allgemein in die Richtung des Studierzimmers funkelte, versuchte sie mit allen Mitteln, ihre verworrenen Gefühle zu ordnen. Sie kochte vor Wut, das verstand sich von selbst, aber dieser Ärger richtete sich nicht nur gegen McAlistair. Ein guter Teil davon galt ihrem eigenen, törichten Verhalten.

Was zum Teufel hatte sie in all diesen Monaten nur gedacht? Dass McAlistair mit einem Strauß Blumen und einem Gedichtband, aus dem er rezitierte, nach Haldon zurückkehren würde? Hatte sie Worte der Liebe erwartet, öffentliche Werbung, vielleicht gar einen Heiratsantrag? Sie richtete ihren wütenden Blick auf die Tür und überlegte kurz, wie weh es wohl tun würde, wenn sie dagegentrat. Zu weh, befand sie und durchquerte den Raum, um sich in einen dick gepolsterten Sessel fallen zu lassen.

Sie wollte nicht heiraten, rief sie sich ins Gedächtnis. Und es war nur ein Kuss gewesen. Ein einziger Kuss von einem Mann, den sie kaum kannte. Offenbar sah er das ebenso und erkannte wahrscheinlich, dass sie irrtümlicherweise mehr daraus gemacht hatte. Also suchte er ihren Ärger, statt sich ihrer Verliebtheit zu stellen.

Wie ganz und gar demütigend.

Er hätte doch versuchen können, ein wenig diplomatisch zu sein, dachte sie niedergeschlagen, aber schließlich war er ein Eremit, kein Anwalt. Und es war kaum McAlistairs Schuld, dass sie ihre kurze Begegnung im Wald zu einem Märchen umgedichtet hatte. Gewiss traf ihn keine Schuld an der Faszination, die sie seit dem Tag hegte, an dem sie ihn vor Jahren das erste Mal entdeckt hatte; er hatte auf einem Felsvorsprung gesessen und schweigend ein Kaninchen gehäutet. Bis zu diesem Moment war er für sie kaum mehr als ein Mythos gewesen – eine Geschichte, die Whit ausgeheckt hatte, um die jungen Damen von Haldon zu erschrecken und zu unterhalten. Ein geheimnisvoller ehemaliger Soldat, der durch den Wald von Haldon streifte. Ein wilder Mann, dunkel und gefährlich, der sich vor der Welt versteckte. Sie sollten ihn nicht fürchten, hatte man ihnen erklärt, aber sie sollten gebührenden Abstand halten, falls sie seinen Weg kreuzten.

Da sie das einzige der Mädchen war, das gerne zu den merkwürdigsten Zeiten im Wald spazieren ging, und die Wege mied, solange es noch hell war, hatte Whit ihr gegenüber in regelmäßigen Abständen seine Warnung wiederholt.

Sie hatte kein Wort davon geglaubt ... bis sie McAlistair an jenem Tag auf den Felsen gesehen hatte, als das sterbende Licht der Sonne seine schlanke Gestalt in Gold umrahmt hatte. Er hatte nur eine Sekunde gebraucht, um ihren Blick zu bemerken, dann war er fort gewesen, im Wald verschwunden. Sie hatte ihm lange nachgeschaut und das Gefühl gehabt, einen Blick auf etwas Unwirkliches, etwas Magisches geworfen zu haben. Etwas Wundervolles. Wann immer sie danach in den Wald gegangen war, war es in der Hoffnung geschehen, noch einmal einen Blick auf diese Magie zu erhaschen.

Was, dachte sie jetzt, eine vollkommen lächerliche Reaktion war – goldenes Licht und magische Sichtungen. Wirklich! Seit wann war sie so überspannt? Und warum zum Kuckuck war ihr das nicht schon früher aufgefallen? Sie hätte ihren Freundinnen von ihrer Begegnung mit ihm erzählen sollen, anstatt sie all die Jahre für sich zu behalten. Sie hätten gelacht und geschwatzt und spekuliert und auch sonst die ganze Angelegenheit zu dem gemacht, was sie wirklich war – etwas Dummem und Bedeutungslosem.

Es *war* nicht besonders wichtig, redete Evie sich ein. Es war noch nicht einmal ihr erster Kuss gewesen. Sie fragte sich, was McAlistair dazu sagen würde. Gar nichts, befand sie mit einem verärgerten Schnauben. Wahrscheinlich würde er sie einfach mit diesem verwirrenden Blick bedenken – dem Blick, der ihr Herz rasen und ihre Haut kribbeln ließ.

Sie sah ihr aufgewühltes Gesicht in dem Spiegel des Frisiertisches und stöhnte. Als sie ihr schlichtes, elfenbeinfarbenes Kleid bemerkte, stöhnte sie erneut. Wenn sie gewusst hätte, dass McAlistair kommen würde, hätte sie sich umgezogen – hätte etwas getragen, das vielleicht etwas unbequemer und etwas schmeichelhafter gewesen wäre. Nicht dass das Kleid nicht hübsch gewesen wäre; das war es durchaus, aber Lady Thurston hatte ihr beigebracht, dass es hübsch und außerdem *hübsch* gab. Und obwohl sie dem Kuss vielleicht zu viel Bedeutung beigemessen hatte, bedeutete das nicht, dass sie nicht ihr Bestes tun konnte, um McAlistair daran zu erinnern, *warum* er sie geküsst hatte. Da sie bemerkt hatte, dass Männer dazu neigten, den Blick von ihrem Gesicht nach unten wandern zu lassen, wenn sie länger als ein paar Sekunden in ihrer Gesellschaft waren, vermutete sie, dass einer der Gründe dafür ihr üppiger Busen war.

Sie stand auf und trat näher an den Spiegel heran, um ihr Gesicht zu mustern. Es war hübsch genug, dachte sie ohne Eitelkeit – herzförmig mit großen braunen Augen, einer schmalen Nase und vollen Lippen –, aber es war nicht schön. Sie würde niemals schön sein. Mit dem Finger zeichnete sie die lange, dünne Narbe nach, die von der Schläfe zum Kinn lief, eine weitere Folge des Kutschenunfalls in ihrer Kindheit.

Als kleines Mädchen war sie wegen des Makels schrecklich befangen gewesen, vielleicht weil es so lange gedauert hatte, bis die Verletzung verheilt war. Selbst Monate, nachdem die Wunde sich geschlossen hatte, war die Narbe rot und wulstig gewesen. Und mit ihrem verunstalteten Gesicht und dem deutlichen Hinken war sie sich sicher gewesen, dass sie wie das reinste Ungeheuer aussah.

Dass ihre eigene Mutter bei ihrem bloßen Anblick erbleicht war, hatte nicht gerade geholfen.

Evie hatte es sich angewöhnt, sich vor den Blicken anderer zu verstecken und zu stottern, wenn ihre Blicke sich nicht vermeiden ließen. Erst als Lady Thurston sie nach Haldon geholt hatte (ein Angebot, das Mrs Cole mit großer Erleichterung angenommen hatte), hatte sich die schlimmste Schüchternheit zu legen begonnen. Sie war so schnell akzeptiert worden, wurde von ihrer Tante und ihren Cousinen so unverhohlen geliebt, dass sie mit der Zeit einen Teil des verlorenen Selbstbewusstseins wiederfand. Jetzt wurde sie nur noch dann nervös und stotterte, wenn sie dem Blick eines Menschen ausgesetzt war, den sie nicht gut kannte ... jemand wie McAlistair.

»Du drehst dich im Kreis, Mädchen«, schalt sie sich selbst.

Und weil sie das wirklich tat, war es wahrscheinlich das Beste, dass ihre Überlegungen durch den Knall der Verbindungstür zu ihrem Zimmer unterbrochen wurden. Lizzy, die Zofe, die sie sich mit Kate teilte, kam atemlos und aufgeregt hereingestürzt.

»Ist es wahr, Miss? Ist er wirklich hier?«

Evie wandte sich vom Spiegel ab und nahm wieder im Sessel Platz. »Ich nehme an, du sprichst von Mr McAlistair?«

Lizzy verdrehte die Augen. »Nein, vom Schmied. Ich bin immer so aus dem Häuschen, wenn er kommt. Ja, natürlich meine ich McAlistair.«

Evie musste trotz ihrer schlechten Laune lachen. Lizzy war gewiss die vorlauteste Zofe in ganz England – eine Eigenschaft, die Evie zu schätzen wusste und in der sie sie bestärkte.

»Mr McAlistair hat uns tatsächlich mit seiner Anwesenheit beehrt.«

»Er heißt jetzt also Mister?« Lizzy zog komisch die Augenbrauen hoch. Von durchschnittlicher Größe und durchschnittlichem Körperbau, mit einer langen Nase und einem runden Gesicht, war sie eine Frau, die manch einer reizlos genannt hätte. Aber Evie hatte stets gefunden, dass Lizzys dramatisch ausdrucksvolles Gesicht sie auf ganz eigene Weise anziehend machte. Es war unmöglich, in ihrer Gegenwart nicht zu lächeln. »Ist er plötzlich ein Gentleman?«

»Er war wie einer angezogen.«

»Oh.« Lizzy machte ein langes Gesicht. »Ich hatte gehofft, ihn in seiner ganzen Einsiedlerpracht zu sehen.«

»Das Leben ist voller Enttäuschungen.«

»Offensichtlich.« Lizzy nahm ihr gegenüber Platz. »Wie ist er denn so als Gentleman? Sieht er gut aus? Oder hat das jahrelange Leben als Wilder seinen Tribut gefordert?«

»Er ist attraktiv genug.« Genug, damit ihr die Luft wegblieb.

»Aber wie sieht er aus? Ist er groß, klein, blauäugig oder …?«

»Groß, dunkelhaarig und dunkeläugig. Du wirst ihn bald genug selbst sehen, denke ich.«

»Ja, aber ich wüsste gern, was mich erwartet.« Lizzy beugte sich auf ihrem Stuhl vor. »Ist er schrecklich furchterregend? Knurrt und brummt er, wenn man mit ihm zu sprechen versucht?«

»Nein, er ist einfach … wortkarg.«

Lizzy schürzte die Lippen und stand auf. »Da ist er nicht der Einzige.«

»Nun, ich habe derzeit andere Dinge im Kopf.«

»Den Brief meinen Sie?« Lizzy runzelte die Stirn. »Allzu viel Aufhebens um ein kleines Schreiben, finde ich. Lord Thurston wird es nicht zulassen, dass Ihnen etwas geschieht.«

Evie presste die Lippen zusammen. »Deswegen hat er vor, mich nach Norfolk zu schicken. Ich soll gleich morgen früh aufbrechen, unter bewaffnetem Schutz.«

Lizzy erschrak sichtlich. »Nach Norfolk?«

»Unter bewaffnetem Schutz«, wiederholte sie.

»Das kann nicht Ihr Ernst sein.«

»Whit ist es völlig ernst.« Sie stieß einen langen Atemzug aus. »Ich muss packen.«

Das Packen wurde mit wenig Eile und noch weniger Begeisterung erledigt. Es wurde nicht besser davon, dass Lizzy alle zehn Minuten mit Ausreden nach unten lief, die vom Praktischen: »Lady Thurston weiß vielleicht, wie viele Tage Sie fort sein werden«, bis zum Absurden reichten: »Ich frage mich, ob die Köchin daran gedacht hat, die Zwiebeln dünn zu schneiden, so wie Mrs Summers es mag.«

»Hast du ihn schon gesehen?«, erkundigte Evie sich, nachdem Lizzy von ihrem siebten Ausflug zurückkam.

»Ich habe keine Ahnung, was Sie meinen.« Lizzy setzte eine Unschuldsmiene auf und begann die letzten der ausgesuchten Kleider in eine Truhe zu falten.

Evie schmunzelte und hüllte ein Häubchen sorgfältig in Seidenpapier. »Dann war dieses ganze Auf und Ab also kein Versuch, einen Blick auf Mr McAlistair zu erhaschen?«

Lizzy sah finster drein. »Der Mann ist schrecklich schwer zu Gesicht zu bekommen.«

»Er hat ziemlich viel Übung darin, wie du dich erinnern wirst«, sagte Evie mit einem Lachen.

»Und er macht reichlich davon Gebrauch. Ich habe John Herbert gefragt, ob er es geschafft hat, ihn zu sehen. Hat er nicht, dabei weiß John immer, was in Haldon los ist.«

»John Herbert? Der neue Diener?«

»Er ist schon fast sieben Monate hier, Miss. Ich würde ihn nicht als neu bezeichnen.«

»Das liegt daran, dass du ihn als schrecklich gut aussehend bezeichnest«, neckte Evie sie.

»Das ist er.« Lizzy seufzte dramatisch.

Da Evie ein Gespräch über John Herberts unverschämt gutes Aussehen möglichst vermeiden wollte, das unausweichlich von einem Monolog über Robert Kleins ungeheure körperliche Stärke gefolgt werden würde, an das sich mit Sicherheit ein ausführlicher Vortrag über Calvin Bradleys teuflischen Charme anschließen würde, fragte sie: »Ist sonst noch jemand angekommen?«

»Mr Hunter«, erwiderte Lizzy und griff nach einem weiteren Kleid, »vor einer Stunde. Und gerade hat ein Sonderkurier eine

Nachricht von Lord Rockeforte gebracht. Er wurde aufgehalten, offenbar, weil er sich im Schutz der Dunkelheit aus dem Haus schleichen musste oder so ähnlich.«

Evie grinste bei dem Gedanken, dass der stolze und mächtige Herzog von Rockeforte es für notwendig hielt, sich heimlich aus seinem eigenen Haus zu schleichen, um seiner Frau und ihren Freundinnen aus dem Weg zu gehen. »Woher weißt du, was der Herzog zu sagen hatte? Du hast gelauscht, hm?«

»Diesmal nicht«, antwortete Lizzy ohne den geringsten Anflug von Scham. »Mr Fletcher hat Mr Hunter den Brief laut vorgelesen. Ich war zufällig gerade im Salon.«

»Das traf sich ja gut.«

»Ja, in der Tat.« Lizzy betrachtete geistesabwesend den Inhalt der Truhe. »Kommt er Ihnen bekannt vor?«

»Mr Hunter?« Evie legte ihre Arbeit beiseite. »Kate fragt mich das jedes Mal, wenn wir den Mann sehen.«

Lizzy nickte. »Er hat so etwas an sich, das mich dunkel an etwas erinnert. Und er hat irgendwie immer diesen Gesichtsausdruck, als wüsste er genau, woran das liegen könne, wolle es aber nicht sagen.«

»War er unfreundlich zu dir? Ist er ...«

»Oh nein, Miss, nichts in der Art.« Lizzy schüttelte den Kopf. »Er verhält sich dem Personal gegenüber wie ein Gentleman – meiner Meinung nach noch mehr als einige, die in die Position hineingeboren worden sind. Ich glaube, er hat ein Geheimnis, das ist alles.«

»Vielleicht kann ich es beim Dinner für dich herausfinden.«

Lizzy schreckte zusammen. »Dinner. Oh je, das habe ich ganz vergessen. Lady Thurston sagt, Sie sollen das Dinner heute Abend auf Ihrem Zimmer einnehmen.«

Evie blinzelte angesichts der Neuigkeit. »Hat sie auch gesagt, warum?«

»Nicht zu mir, aber ich habe gehört, wie sie zu Mrs Summers meinte, ihr sei bei dem Gedanken nicht wohl, dass Sie spätabends unten sind.«

»Wiederum praktischerweise im Salon?«

»Nein, ich habe gelauscht.«

Evie lachte auf. »Nun, es ist eine absurde Idee. Sie kann es unmöglich ernst meinen.«

Ein Klopfen an der Tür und das Eintreten eines Hausmädchens mit einem Essenstablett belehrte Evie, dass Lady Thurston es durchaus ernst meinte. Sie wusste nicht recht, ob sie erheitert oder verärgert darüber sein sollte, zum Abendessen auf ihr Zimmer verbannt worden zu sein, und ließ sich das Tablett auf das Bett stellen. Nachdem sie das Mädchen zur Tür begleitet hatte, setzte sie sich und griff nach einem Brötchen.

»Noch einmal, das ist absurd.«

»In diesem Haus gibt es schrecklich viele Türen und Fenster«, bemerkte Lizzy.

»Ich dachte, du hättest gesagt, um diese Sache werde zu viel Aufhebens gemacht.«

»Ich bin mir nicht sicher, ob ich es so schlimm fände, wenn man mir das Essen ans Bett servieren würde.«

Evie wollte das Brötchen gerade zum Mund führen und hielt inne. »Das ist ein Argument.«

Ein ausgezeichnetes Argument, räumte Evie im Stillen ein. Und jetzt, da sie darüber nachdachte, gefiel ihr die Idee nicht besonders, zum Dinner nach unten zu gehen. Wenn Gäste im Haus waren, tat sie das nie. Gäste bei Tisch bedeuteten Blicke und Redezwang. Mit McAlistair als einem dieser Gäste würden die Blicke und der Zwang noch unendlich viel schlimmer sein. Jedenfalls die Blicke.

Sie fragte sich, ob es sie zu einem Feigling machte, dass sie erleichtert darüber war, ihn nicht über den Esstisch hinweg ansehen zu müssen. Sie biss in ihr Brötchen, dachte darüber nach und befand, dass es ihr egal war. Sie war, wer sie war. Vielleicht war sie in mancher Hinsicht alles andere als mutig, aber das machte sie mit Tapferkeit auf anderen Gebieten wieder wett.

»Ich denke, hier ist alles fertig.«

Evie schluckte den Bissen hinunter und riss sich aus ihren Träumereien, dann schaute sie auf und sah Lizzy vor zwei geschlossenen Truhen stehen. »Wie bitte?«

»Es ist alles gepackt«, wiederholte Lizzy. »Es sei denn, wir haben etwas vergessen.«

Evie ging im Geiste alles durch, was sie in die Truhen gelegt hatten. »Ich habe genug, denke ich. Ich werde nicht länger als vierzehn Tage fort sein.«

Lizzy nickte anerkennend. »Das ist die richtige Einstellung. Noch ehe Sie auf halbem Weg nach Norfolk sind, wird Lord Thurston diese Angelegenheit regeln.«

Evie murmelte irgendetwas Nichtssagendes. Ob diese lächerliche Angelegenheit nun geregelt war oder nicht, nach Ablauf der vierzehn Tage würde sie nach Haldon zurückkehren.

Ihr Programm für die nächsten Tage stand fest, aber in zwei Wochen würde Mrs Nancy Yard aus London erwarten, dass sich jemand hinter Mavers Wirtshaus in dem nahen Dorf Benton mit ihr traf. Es war Evies Aufgabe, dieser Jemand zu sein – und dafür zu sorgen, dass die Frau Anweisungen und Mittel für den nächsten Abschnitt ihrer Reise bekam. Wenn alles gut ging, würde Mrs Yard ein neues Leben in Irland beginnen, von den gewalttätigen Launen ihres Ehemannes befreit.

William Fletcher hatte vierzehn Tage, um sein Gewissen zu beruhigen, und keinen Tag mehr.

Lizzy schaute sich in dem aufgeräumten Raum um. »Nun, wenn das alles wäre, Miss, dann gehe ich zu meinem Abendessen hinunter und früh ins Bett.«

Evie nickte und versuchte, ein gewisses Interesse für ihre Mahlzeit aufzubringen, während Lizzy die Verbindungstüren zwischen ihren Zimmern schloss. Sie war nicht besonders hungrig, aber das Essen war da, und sie hatte sonst nicht viel, um sich zu beschäftigen. Sie schaffte noch einen Bissen von ihrem Brötchen, stocherte in dem Huhn, spießte eine Möhre auf und verwandelte so ihr Essen in eine unappetitliche Pampe. Schließlich gab sie es auf, stellte das Tablett auf die Kommode, und nachdem sie beschlossen hatte, Lizzy nicht noch einmal zu bemühen, gelang es ihr, sich allein für die Nacht umzuziehen.

Wenn sie schon nicht essen konnte, dann würde sie eben schlafen. Nun gut, es war erst kurz nach neun, aber nach einem langen Tag und vor einem schrecklich frühen Morgen schien es klug zu sein, früh zu Bett zu gehen. Alles, was sie von einem bestimmten Hausgast ablenkte, schien klug zu sein.

Sie kroch unter die Decken und zwang ihren Verstand, sich zu leeren. Sie würde nicht an ihn denken. Auf gar keinen Fall. Kein einziger Gedanke würde an den gut aussehenden und geheimnisvollen Mr McAlistair verschwendet werden. Sie würde nicht an den Kuss denken, an die Art, wie er vollkommen stillgestanden hatte, während sein Mund sanft ihren eroberte. Sie würde nicht daran denken, wie ihr Herz gerast hatte und wie ihr der Atem gestockt hatte, als er sie mit diesen dunklen, intensiven Augen angesehen hatte. Sie würde nicht daran denken, wo er heute Nacht schlafen würde oder was er jetzt gerade tat oder …

»Oh, verflixt und zugenäht, verflucht, verflucht noch mal.«

Sie rollte sich herum, setzte sich auf und schlug einige Male mit der Faust auf das Kissen ein, dann warf sie sich schließlich mit einem frustrierten Stöhnen wieder hin. Es würde eine schrecklich lange Nacht werden.

Irgendwie gelang es Evie, einzuschlafen – für volle zwei Stunden. Vielleicht hätte sie sogar die ganze Nacht geschlafen, aber zum zweiten Mal an diesem Tag stolperte Lizzy durch die Verbindungstür. Ihre Augen waren so weit aufgerissen wie beim ersten Mal, aber jetzt trug sie ein Nachthemd und drückte einen Stapel Bettzeug an die Brust.

Evie schoss hoch, sofort hellwach, wenn auch noch nicht ganz klar im Kopf. »Was ist los? Was ist passiert?«

»Er ist in meinem Zimmer. Er hat mich aus meinem eigenen Zimmer geworfen.«

Evie sprang aus dem Bett. »Er? Er wer?«

»Der Eremit«, hauchte Lizzy. »McAlistair.«

»In deinem Zimmer?« Evie warf sich einen Überwurf über ihr Nachthemd.

Lizzy nickte und schluckte. »Ist einfach reingekommen, äußerst höflich – nun, er hat schon vorher angeklopft«, räumte sie ein. »Aber *dann* ist er einfach hereingekommen und hat mir gesagt, ich solle meine Sachen nehmen und bei Ihnen schlafen.«

»Ich kann es nicht glauben. Ich kann nicht glauben, dass er einfach in dein Zimmer platzt.«

Glaubte der Mann wirklich, er könne Lizzy behandeln, wie es ihm gefiel, nur weil sie als Bedienstete angestellt war?

»Ich kann immer noch nicht glauben, dass er echt ist«, flüsterte Lizzy. »All diese Zeit habe ich nach ihm Ausschau gehalten, und plötzlich …«

»Stürmt er in dein Zimmer«, beendete Evie den Satz für sie. Energisch raffte sie das Umschlagtuch über der Brust zusammen. »Das werden wir ja sehen.«

»Sollten wir nicht nach Lord Thurston schicken oder …«

»Ich kann mit solchen wie McAlistair allein fertig werden.« Sie ging zur Tür, in der Absicht, genau das zu tun.

4

Evie hatte sich nie für prüde gehalten. Ganz im Gegenteil. Mit vierzehn war sie die Erste ihrer Freundinnen gewesen, die von einem Jungen geküsst worden war. Mit neunzehn hatte sie ihre erste Prostituierte kennengelernt, und mit zwanzig waren ihr unsittliche Anträge von einer Hurenwirtin, einem Zuhälter und einer Handvoll betrunkener Seeleute gemacht worden. So war es eben um die Aufgeklärtheit einer Frau bestellt, die gelegentlich in einigen der zwielichtigen Viertel Londons unterwegs war.

Nach den Maßstäben ihres Standes war sie eine skandalös aufgeschlossene junge Frau – zumindest würde man sie dafür halten, wenn diese Maßstabsetzer jemals von ihren Verfehlungen erfahren sollten. Doch trotz ihrer überdurchschnittlich umfassenden Bildung war sie nicht ganz auf den Anblick vorbereitet, der sie auf der anderen Seite der Verbindungstür erwartete.

Nicht, wenn dieser Anblick der halb entkleidete McAlistair war. Nun, eher ein Viertel entkleidet, wenn man es ganz genau nehmen wollte. Der springende Punkt war, dass es sich um McAlistair handelte, und zwar in dem Raum, der unmittelbar mit ihren eigenen Gemächern verbunden war, und er war nicht vollständig bekleidet. Er stand in Hemdsärmeln da, und *dieses Hemd* war bis zum Nabel aufgeknöpft und entblößte glatte Haut und Muskeln. Mein Gott, diese Muskeln. Der Mann war so durchtrainiert und kräftig wie die Raubkatze, mit der sie ihn früher im Stillen verglichen hatte.

»W-w…« Oh, verflixt. Sie biss sich auf die Zungenspitze, dann wandte sie den Blick ab und verdrängte die plötzliche Hitze, die sie *überall* verspürte, dann versuchte sie es noch einmal. »Was t-tun Sie da?«

Er schwieg verständlicherweise, da es ziemlich offensichtlich war, was er da tat. Sie spürte, wie ihre Wangen brannten. Warum zum Teufel hatte sie nicht daran gedacht zu klopfen?

»Sie hatten kein Recht, Lizzy aus ihrem eigenen Z-zimmer zu vertreiben.«

Aus dem Augenwinkel beobachtete sie, wie er sich das Hemd wieder zuknöpfte. »Zu ihrer eigenen Sicherheit.«

Völlige Verblüffung ersetzte vorübergehend die Verlegenheit. »Ihrer eigenen Sicherheit?«

Er zeigte auf die großen Fenster. »Wenn ich es auf Sie abgesehen hätte, würde ich durch die hier kommen.«

Sie betrachtete Lizzys Fenster, dann trat sie zurück und blickte durch die Verbindungstür zu den breiteren Fenstern in ihrem eigenen Zimmer. »Warum sollte er nicht durch meine eigenen Fenster kommen?«

»Zu gut bewacht.«

»Nun, warum dann nicht u-unten ins Haus kommen oder durch die Fenster eines unbenutzten Raumes?« Davon gab es auf Haldon weiß Gott genug.

»Die hier sind näher.«

Irgendetwas war seltsam an seiner Begründung – abgesehen von der Tatsache, dass die Gefahr eines Eindringlings bei jedem der Fenster in Haldon gering war – aber sie konnte den Finger nicht darauf legen, was genau es war.

Da sie das nicht konnte, sah sie ihn direkt an – was jetzt, da er sein Hemd fertig zugeknöpft hatte, sehr viel einfacher zu bewerkstelligen war – und fragte: »Sind Sie ein Experte in diesen Dingen?«

Es folgte eine sehr, sehr lange Pause, bevor er nickte.

»Ich ... oh.« Wie konnte ein zu einem Eremiten gewordener Soldat um solche Dinge wissen? Und überhaupt, warum sollte ein normaler, gebildeter Soldat von wahrscheinlich guter Herkunft sich für ein Einsiedlerdasein entscheiden? Sie legte den Kopf schief und musterte ihn. »Wer sind Sie?«

Kuss hin oder her, er würde ihr doch sicher die Höflichkeit erweisen, diese Frage zu beantworten.

Ein ausgedehntes Schweigen verriet ihr, dass er das keineswegs tun würde.

Sie kämpfte den Kloß zurück, der sich vor Enttäuschung und Verletztheit in ihrer Kehle bildete. Es war lächerlich. Der Kuss, das Ränkespiel, seine Verschlossenheit – all das war absurd und daher kein Grund für sie, plötzlich undicht zu werden wie ein Sieb. Sie war eine erfahrene Frau von sechsundzwanzig, rief sie sich ins Gedächtnis, kein dummes Mädchen frisch aus dem Kinderzimmer, das wegen des Desinteresses eines Mannes die Fassung verlor.

»Dann behalten Sie eben Ihre Geheimnisse«, murmelte sie und drehte sich zur Tür um.

»Evie.«

Sie sollte nicht stehen bleiben. Sie wusste, dass sie es nicht sollte, aber sie tat es.

Er wartete, bis er ihren Blick auffing. »Ich wollte Sie nicht kränken«, sagte er leise. »Keine von Ihnen.«

Sie zögerte. Sie wusste, dass sie nicht fragen sollte. Wusste, dass sie das Thema nicht zur Sprache bringen sollte. Aber sie schien sich nicht bremsen zu können. »Warum ... in dieser Nacht im Wald ... warum ...« Als er den Kopf schüttelte, brach sie ab.

»Ich hätte das nicht tun sollen. Sie sind nicht für mich bestimmt.«

Argwohn, hässlich und so schmerzhaft wie sein früheres Schweigen, machte sich in ihr breit. »Und für wen b-bin ich dann bestimmt, Mr McAlistair?«

»Jemand ... anderen«, antwortete er leise. »Einen anderen.«

Der Argwohn löste sich so schnell auf, wie er gekommen war. McAlistair sprach nicht von einem bestimmten Mann für sie, sondern nur von einem Mann, der nicht er war. Dann war er also nicht eingeweiht. Vermutlich.

»Ich bin für den bestimmt, für den ich eben bestimmt bin«, gab sie zurück. »Sie haben mir nicht die Zukunft weiszusagen.«

Zufrieden mit ihrer Antwort und erleichtert, dass sie sie ohne ein einziges Stottern hervorgebracht hatte, drehte sie sich um, ging hinaus und schloss hinter sich die Tür.

Lizzy stand immer noch mitten im Zimmer und drückte ihr Bettzeug an die Brust.

»Nun, was hat er gesagt?«, fragte Lizzy.

»Dass er es für eine zu große Versuchung für die Mörder hält, die auf dem Grundstück herumschleichen.«

Lizzy blieb der Mund offen stehen. »Sie könnten durch meine Fenster kommen?«

Evie verspürte ein stechendes Schuldgefühl. Es war durchaus möglich, dass Lizzy nicht in die Verschwörung eingeweiht war, wenn auch unwahrscheinlich, denn Verkupplungspläne waren für sie unwiderstehlich.

»Natürlich nicht. Er hat überreagiert, das ist alles. Hast du nicht selbst gesagt, Lord Thurston würde es nicht zulassen, dass uns etwas geschieht?«

»Dass *Ihnen* etwas geschieht«, korrigierte Lizzy sie und erntete einen bösen Blick von Evie. »Also gut, uns beiden. Soll ich dann auf dem Fußboden schlafen, Miss?«

»Sei nicht dumm. Es gibt ein Dutzend anderer Betten im Haus. Was ist mit deinem alten Zimmer neben dem von Kate?«

»Das könnte ich nicht.« Lizzy schauderte theatralisch. »Diese Räume sind riesig. Ich wäre viel zu ängstlich, um dort zu schlafen, jetzt, wo Lady Kate fort ist.«

Evie hätte beinahe gelacht. Gerade Kates nächtliches Komponieren war der Grund gewesen, aus dem Lizzy kürzlich das Zimmer nebenan bezogen hatte. Man konnte nur schwer schlafen, wenn die Herrin die halbe Nacht Kerzen brennen ließ, vor sich hinsummte und die Neigung hatte, über Möbel zu stolpern.

Unglücklicherweise war Gelächter unter den gegebenen Umständen keine geziemende Reaktion. Sie durfte nicht erheitert sein, rief Evie sich ins Gedächtnis. Sie musste Angst haben. Schreckliche Angst – und sie musste im Angesicht der Angst schrecklich tapfer sein.

»Dann schlaf eben hier. Das Bett ist groß genug für uns beide.«

Eine weitere Einladung brauchte Lizzy nicht. Sie warf ihr Bündel auf einen Stuhl und kletterte in das Himmelbett. »Vielen Dank, Miss. Ich werde viel besser schlafen, wenn noch jemand im Zimmer ist.«

Da Lizzy zum Schnarchen neigte, bezweifelte Evie, dass sie das Gleiche von sich sagen konnte.

Sie bekam keine Gelegenheit, sich zu beklagen. Ein leises Klopfen an der Tür zum Flur kündigte die Ankunft von Mrs Summers an, die ein Nachthemd mit Rüschen und eine Haube mit noch mehr Rüschen trug.

Evie blinzelte sie völlig verwirrt an. »Mrs Summers?«

»Guten Abend, Evie.« Sie rauschte an ihr vorbei zum Bett. »Lizzy, Liebes, rutsch ein Stückchen. Ich schlafe lieber an der Außenseite.«

Evie starrte sie an. »An der Außen ...«

»Mr McAlistair hat sich in Lizzys Zimmer einquartiert, nicht wahr?« Mrs Summers warf ihr einen fragenden Blick zu, als sie ihr Umschlagtuch ablegte.

»Nun, ja, aber ...«

»Dann bestehe ich darauf, mich hier einzuquartieren. Bedrohung oder nicht, Sie müssen an Ihren Ruf denken.« Und mit dieser Erklärung schlüpfte sie neben Lizzy unter die Decken.

Evie warf die Hände in die Luft. »Ich kann mir nicht vorstellen, wie irgendjemand sonst davon erfahren sollte. Wir haben keine Besucher, die unser Vertrauen missbrauchen würden, und das Personal würde nicht klatschen.«

»Der größte Teil des Personals vermutlich nicht«, stimmte Mrs Summers zu, während sie ein Kissen nach ihrem Geschmack zurechtrückte. »Aber Ihre Tante hat mir mitgeteilt, dass Sie mehrere relativ neue Mädchen und Stallburschen im Haus haben.«

Wie Lizzy zuvor hervorgehoben hatte, war die jüngste Ergänzung des Haushalts vor mehr als sieben Monaten gekommen, aber es schien kaum der Mühe wert, darüber zu streiten. Außerdem wäre es wahrscheinlich das Beste, das Thema von Mr McAlistairs Anwesenheit im Nebenzimmer fallen zu lassen, bevor Lizzy durchblicken ließ, dass er dort drinnen nicht allein gewesen war. Angesichts ihrer gegenwärtigen Gesellschaft würde der Ausrutscher sie zwar nicht ruinieren, aber gewiss eine sehr langatmige und daher sehr ermüdende Standpauke von Mrs Summers nach sich ziehen.

»Nun, dann rutsch herüber, Lizzy. Ich liege auch nicht gern in der Mitte.«

»Ach, und ich schon?«, brummte Lizzy, rückte aber trotzdem in die Mitte des Bettes.

Wirklich die frechste Dienerin in England. »Du kannst gern

woanders schlafen«, rief Evie ihr ins Gedächtnis und kroch unter die Decke.

Lizzy rümpfte die Nase. »Die Mitte ist in Ordnung.«

Schlaf war nicht der Grund gewesen, warum McAlistair sich auszog. Er hatte nicht die Absicht, die Augen zu mehr als einem leichten Dösen zu schließen. Als er begonnen hatte, seine Kleider abzulegen, hatte er vor allem an Bequemlichkeit gedacht. Einer der vielen Vorteile des Eremitendaseins war die Freiheit gewesen, zu tragen, was ihm gefiel, und steife Westen und noch steifere Hemden standen definitiv nicht auf der Liste der Dinge, die er mochte.

Auf der Liste von Dingen, die er nicht mochte, stand außerdem das Schlafen unter einem Dach. Er zog das leise Säuseln des Windes in den Blättern dem Stimmengemurmel vor, um ihn in den Schlaf zu wiegen. Er lauschte lieber auf das Knacken von Zweigen und Unterholz als auf das leichte Knarren von Dielenbrettern, die ihm verrieten, dass jemand sich näherte. Und er fühlte sich im Wald eindeutig wohler als mit den beschränkten Möglichkeiten, die ein Raum mit nur zwei Ausgängen bot.

Als Einsiedler hatte er oft in der alten Hütte im Wald von Haldon geschlafen, aber es war ein großer Unterschied, ob man der einzige Bewohner eines Unterschlupfs mit einem einzigen Raum war oder einer von vielen Bewohnern eines riesigen Herrenhauses. Wohin er sich hier auch wandte, überall gab es noch mehr Menschen, noch mehr Räume und noch mehr Wände. Zwischen ihm und dem Wald schien sich eine endlose Anzahl von Hindernissen zu befinden.

Selbst jetzt, als er ein größeres Heim sein Eigen nannte, ging er bei Nacht mit einer Decke nach draußen und schlug seine Schlafstatt unter den Sternen auf, wann immer das Wetter es zuließ.

Und er würde nicht in diesem Bett in einem verdammten Nachthemd schlafen.

Er öffnete die letzten Knöpfe seines Hemdes, zog es aus und warf es über die Rückenlehne eines Stuhls. Bei der Erinnerung daran, wie Evie beim Anblick seiner nackten Brust aus dem Konzept geraten war, verzog sein Mund sich zu einem kleinen Lächeln. Sie war reizend, wenn sie errötete. Für ihn war sie immer reizend – diese riesigen, braunen Augen, die sanfte Wölbung ihrer Wangen, die verlockende Figur, die irgendwie gleichzeitig schlank und üppig war. Wie viele Nächte hatte er wach gelegen und sich diesen Körper vorgestellt, unter sich, über sich, um sich …?

Er stieß einen barschen Fluch aus und ging wütend zu den Fenstern, um sie weit aufzureißen, wohl wissend, dass kein Schurke, der etwas auf sich hielt, so dumm sein würde, hindurchzuklettern. Ein Grund mehr, warum er nicht für Evies Gesellschaft taugte, geschweige denn für ihre Gunst. Er hatte sie belogen, rundweg und ohne Reue.

Aber er wollte verdammt sein, wenn er um der Schicklichkeit willen ein Zimmer am anderen Ende des Flurs belegen würde. Der Unterschied zwischen Leben und Tod war oft eine Frage weniger, kostbarer Sekunden. Was, wenn sie ihn brauchte? Was, wenn sie schrie?

Er unternahm eine bewusste Anstrengung, sich zu entspannen. Sie befand sich nur wenige Meter von ihm entfernt. Es ging ihr gut. Sie war in Sicherheit.

Und er würde verdammt noch mal dafür sorgen, dass das auch so blieb.

5

Evie ging nach unten, gähnte dabei ausgiebig.

Jetzt war sie müde, hatte ein schlechtes Gewissen und widmete sich der Betrachtung, dass die ganze Scharade der Mühe nicht lohnte. Bei Tagesanbruch, du meine Güte. Gab es irgendjemanden, der noch alle Sinne beisammen hatte und es *vorzog*, den Tag bei Tagesanbruch zu beginnen?

»Scheint, als könntest du das hier gebrauchen.«

Evie blieb am Fuß der Treppe stehen und blinzelte, zuerst angesichts der Erkenntnis, dass Whit vor ihr stand, und dann zu der dampfenden Tasse, die er ihr hinhielt.

»Heiße Schokolade.« Sie seufzte entzückt, nahm das Getränk entgegen und sog das berauschende Aroma ein. »Gott segne dich, lieber Vetter. Alles, was ich heute Morgen zu mir genommen habe, war ein zu weiches Ei und eine Tasse schwacher Tee.«

»Ich fürchte, das Personal ist ziemlich beschäftigt.«

Er trat zurück, sodass sie durch die offenen Haustüren nach draußen blicken konnte. In der Einfahrt herrschte geschäftiges Treiben – Lakaien beluden die Kutsche, Stallburschen kümmerten sich um die Pferde, Dienstmädchen liefen umher und … sie hatte keine Ahnung, was sie taten. Lady Thurston, Mrs Summers und Mr Fletcher standen auf der Eingangstreppe und überwachten das Ganze. Irgendwo in dem Durcheinander war höchstwahrscheinlich der Mann, mit dem man sie verkuppeln wollte. Bestimmt war er in der vergangenen Nacht angekommen. Oder bevor sie aufgestanden war, der arme

Kerl. Wahrscheinlich war er auf der anderen Seite der Kutsche, überlegte sie, oder tat das, was immer auch Mr Hunter und McAlistair gerade taten.

Sie deutete auf die offenen Türen. »Ist das nicht ziemlich auffällig? Wenn jemand das Haus beobachtet ...«

»McAlistair und Mr Hunter suchen gerade das Grundstück ab. Es ist niemand da, der nicht hierhergehört.«

»Es ist ein großes Grundstück. Was ist, wenn sie sich irren?«

»Sie irren sich nicht.«

Sie musterte ihn nachdenklich. »Du bist dir ihrer ja sehr sicher.«

»Ich habe meine Gründe.«

Wie überaus interessant. Wäre sie nur wach genug gewesen, um sich einen schlauen Plan auszudenken und diese Gründe in Erfahrung zu bringen. Wenn sie es jetzt versuchte, solange sie noch nicht klar denken konnte, würde sie sich nur blamieren und Whit womöglich misstrauisch machen.

Sie nippte noch einmal an dem Kakao und sagte halb zu sich selbst: »Es spielt vermutlich keine Rolle, da du ja mitkommen wirst nach ...« Sie hielt inne, da ihr erst jetzt auffiel, dass er keine Reisekleidung trug. »Fährst du nicht mit?«

Er presste die Lippen zusammen. »Nein. Wir haben vereinbart, dass ich hierbleiben und mit Alex und William nach dem Bastard suchen soll. Bitte verzeih.«

Sie verdrehte die Augen. »Ich weiß nicht, warum du dich unbedingt entschuldigen musst, wenn du doch weißt, dass ich nicht gekränkt bin.«

»Gewohnheit«, antwortete Whit mit einem Achselzucken.

»Nun, es ist wirklich verflixt ärgerlich«, neckte sie ihn und stellte sich auf die Zehenspitzen, um ihn auf die Wange zu küssen, als er die Stirn runzelte. »Aber es ist vermutlich das Beste, dass du hier bleibst. Sophie, Mirabelle und Kate werden irgendwann zurückkommen. Alex mag ja vielleicht Sophie davon überzeugen können, sich nicht einzumischen, aber bei Mirabelle und Kate sieht es anders aus.«

»Mit meiner Frau und meiner Schwester werde ich schon fertig.«

»Freut mich zu hören. Darf ich sie nach meiner Rückkehr darüber informieren, dass du das gesagt hast?«

»Auf gar keinen Fall.«

Sie lachte leise, und Whit legte ihr den Arm um die Schultern und drückte sie an sich. Er trat zurück und schaute ihr prüfend ins Gesicht. »Du nimmst das alles sehr gut auf.«

Nicht zu gut, hoffte sie und bemühte sich um einen angemessen besorgten Gesichtsausdruck. »Ich bin mir nicht sicher, wie ich es sonst aufnehmen soll.«

Er unterzog die Frage und Evie einer kurzen Betrachtung, dann nickte er. »Du musst jetzt gehen. Die anderen möchten sich verabschieden.«

Er führte sie zur Vordertreppe, wo Lady Thurston ihre Darbietung zu einem neuen Höhepunkt führte und einen großen Wirbel um Evie machte, bevor sie tapfer die Tränen hinunterschluckte und schnell ins Haus flüchtete. Die Frau war erstaunlich.

Lizzy schlängelte sich neben sie, gerade rechtzeitig, um mit anzusehen, wie McAlistair und Mr Hunter die Einfahrt heraufgeritten kamen.

»Er ist ein Wilder, nicht wahr, Miss?«, flüsterte Lizzy mit einer – glücklicherweise leichten – Kinnbewegung in McAlistairs Richtung. »Er trägt eine Pistole bei sich und hat ein Messer im Stiefel.«

Evie betrachtete die hochgewachsene Gestalt auf der grauen Stute und weigerte sich entschieden, sich die Hitze einzugestehen, die in ihr aufstieg. »Woher willst du das wissen?«

Lizzy zuckte die Achseln. »Keine Ahnung, warum mir solche Dinge auffallen. Aber die Waffe kann man unter dem Mantel erkennen – sehen Sie? Und das Messer hat er zurechtgerückt, bevor er und Mr Hunter heute Morgen losgeritten sind. Ich würde mit Ihnen darauf wetten, dass es nicht das einzige ist.«

»Ich wäre eine Närrin, wenn ich diese Wette annehmen würde.«

»Oh ja.« Lizzy trat von einem Fuß auf den anderen. »Sie sollten jetzt los.«

Mrs Summers trat zu ihnen. »Das sollte sie allerdings.«

Evie betrachtete Mrs Summers' züchtig geschnittenes, pfirsichfarbenes Reisekleid. »Reisen Sie mit uns, Mrs Summers?«

»In der Tat.« Sie griff nach einem kleinen Koffer und ging auf die Kutsche zu. »Ich werde Ihre Anstandsdame sein.«

Evie gab Lizzy einen schnellen Kuss und folgte ihr, wobei sie ein Lächeln unterdrückte. Ihre Anstandsdame. Natürlich. Eine wohlerzogene junge Dame würde nicht im Traum daran denken, vor einer lebensbedrohlichen Situation ohne ordentliche Anstandsdame zu fliehen.

»Sind Sie wirklich sicher, Mrs Summers?«, fragte Evie und hob die blauen Röcke ihres eigenen Gewandes hoch – eines eleganten und schmeichelhaften Stückes, das sie mit großer Sorgfalt ausgewählt hatte. »Sie bringen sich selbst in schreckliche Gefahr. Ganz entsetzlich schreckliche Gefahr.«

Mrs Summers blieb am Kutschenschlag stehen und drehte sich zu Evie um. »Entsetzlich und schrecklich sind doppelt gemoppelt, meine Liebe«

»Ja, nun.« Oh, verflixt, sie hatte zu viel Spaß, und man begann, es ihr anzumerken. »Ich möchte nur sicher sein, dass Sie sich vollauf im Klaren über die ... über die ... äh ...«

»Gefahr bin?«

»Genau.«

Mrs Summers nickte schnell. »Das bin ich. Sie sollten wissen, dass Lady Thurston an meiner Stelle mitkommen wollte, aber Whittaker hat ein Machtwort gesprochen.«

Mr Fletcher kam auf sie zugeschritten. »Wie es nur recht und billig war«, blaffte er mit überraschendem Nachdruck. »Und wie ich es bei dir ebenfalls hätte tun sollen.«

»Du hast es getan«, rief Mrs Summers ihm gelassen ins Gedächtnis, während sie ihren Koffer in der Kutsche verstaute. »Aber du bist weder ein Graf noch mein Sohn. Daher werde ich dich ignorieren.« Sie drehte sich zu Evie um. »Hinein mit Ihnen, meine Liebe.«

Evie kletterte in die Kutsche, ließ sich auf einem Sitz nieder und wandte sich gerade noch rechtzeitig um, um zu sehen, wie Mr Fletcher Mrs Summers einen Kuss auf die Hand drückte.

»Sei vorsichtig, Mary«, befahl er, statt darum zu bitten. Als sie stumm nickte, ließ er ihre Hand sinken und half ihr in die Kutsche, dann schloss er hinter ihr die Tür. Dann öffnete er sie wieder.

»Und Sie auch, Evie.«

Sie lächelte ihn an, gerührt über seine Sorge um Mrs Summers und erheitert darüber, dass sie selbst ihm erst nachträglich eingefallen war. »Uns wird schon nichts passieren, Mr Fletcher.«

Sie würde jeden Penny, den sie besaß, darauf verwetten.

Er nickte und schloss die Tür.

»Schließen Sie die Vorhänge, Liebes«, wies Mrs Summers sie an, als die Kutsche sich mit einem leichten Ruck in Bewegung setzte.

Evie beugte sich vor, um an dem Vorhang zu ziehen. »Möchten Sie ein Nickerchen halten? Sie können gestern Nacht ja nicht gut geschlafen haben.« *Sie* hatte es jedenfalls nicht getan.

»Ein kleines Nickerchen wäre wunderbar, aber wir werden sie während der Reise geschlossen halten.«

Evies Augen weiteten sich. »Während der ganzen Reise?«

»Es ist besser, wenn Sie niemand sieht.«

Oh, Herrgott noch mal. Sie biss die Zähne zusammen, um nicht zu streiten. Es war ein so schöner Tag, sonnig und warm, und sie fand die Vorstellung, die ganze Zeit im Dunkeln zu sitzen, wenig verlockend. Aber wenn sie sich widersetzte, würde es so aussehen, als wäre ihr ihre eigene Sicherheit gleichgültig.

»Darf ich wenigstens einen kleinen Blick hinauswerfen?«

Mrs Summers schien die Angelegenheit zu überdenken. »Nur wenn Sie sicher sind, dass sonst niemand auf der Straße ist.«

Nun, jetzt war niemand da. Sie hatten das Ende der Einfahrt noch nicht erreicht. Sie schob die Vorhänge einen Fingerbreit zurück und sah McAlistair auf ihrer Seite neben der Kutsche reiten. Entschlossen, nicht an ihn zu denken – nicht schon wieder –, rückte sie über die Polster zur Seite und schaute aus dem anderen Fenster, wo Mr Hunter neben der Kutsche herritt.

Eine steile Falte trat zwischen ihre Brauen. Sie wusste, dass Christian, ein sehr alter Freund von Mirabelle und Mr Fletcher, die Kutsche fuhr, und bevor sie eingestiegen war, hatte sie bemerkt, dass er allein auf dem Kutschbock saß. Christian, ein Mann in mittleren Jahren mit einem leichten irischen Akzent, lebhaften, grünen Augen und einem lahmen Arm und Bein, hatte in Evie sofort ein Gefühl der Verbundenheit geweckt.

Aber Verbundenheit hin oder her, sie hatte nicht die Absicht, einen Mann zu heiraten, der zwanzig Jahre älter war als sie. Es musste noch jemand anders da sein. Sie schaute wieder aus beiden Fenstern und reckte den Hals, um vor und hinter die Kutsche zu schauen. Da war niemand sonst.

Sie lehnte sich zurück, ein bisschen verblüfft. Das waren ihre Beschützer? Christian, der Fahrer, Mr Hunter, der Geschäftsmann, und McAlistair, der Eremit? Sie alle waren brave Männer und wahrscheinlich durchaus imstande, eine Dame vor Schaden zu bewahren. Aber gewiss war doch keiner von ihnen ihr auserkorener Retter?

»Treffen wir unterwegs noch jemand anderen?«

Mrs Summers spähte nun selbst aus dem Fenster. »Es sind alle da.«

»Dann im Cottage?«, versuchte Evie es weiter. »Warten dort noch andere auf uns?«

»Nein, dies ist die ganze Gruppe. Christian wird fahren, und McAlistair und Mr Hunter werden neben der Kutsche reiten.«

»Oh.«

Mrs Summers nahm ein kleines Reisekissen aus ihrem Koffer. »Machen Sie sich Sorgen, Liebes? Denn ich versichere Ihnen, diese Gentlemen ...«

»Nein, ich mache mir keine Sorgen.« Stattdessen war sie verwirrt. Welcher der drei Männer sollte ihr holder Ritter sein?

Es musste Mr Hunter sein, befand sie und zog den Vorhang wieder zurück, um einen weiteren Blick auf ihn zu werfen. Eigentlich keine schlechte Wahl, wenn auch überraschend. Sie hätte schwören können, dass Lady Thurston wusste, dass seine Interessen anders gelagert waren.

Trotzdem, der Mann war attraktiv. Nicht im traditionellen Sinne – er war zu massig, genauso groß wie Alex und noch breiter in Brust und Armen. Und seine Züge waren zu dunkel, um der gegenwärtigen Vorliebe für helles Haar und helle Augen zu gefallen. Aber er hatte sehr schöne, tief liegende braune Augen, ein starkes, breites Kinn und ein unverschämt charmantes Lächeln.

Gerüchten zufolge besaß er auch eines der größten Vermögen im Land. Auf dem Heiratsmarkt würde er bei einigen als guter Fang gelten. Zugegeben, seine Herkunft war zweifelhaft, aber viele Mitglieder der feinen Gesellschaft waren bereit, solche Dinge zu vergessen – oder zumindest angelegentlich zu übersehen –, wenn großer Reichtum und die Empfehlung eines Grafen im Spiel waren.

Zu schade, dass sie nicht zusammenpassten, überlegte Evie. Er brauchte jemand ... Sanfteren. Jemand, der ein wenig mehr wie Kate war.

»Mrs Summers, meinen Sie ...«

Sie unterbrach sich, als sie bemerkte, dass Mrs Summers fest schlief und daher nicht in der Lage war, eine Meinung zu äußern.

Mrs Summers' kurzes Nickerchen erwies sich eher als etwas wie ihr zweiter Nachtschlaf. Evie vertrieb sich die Zeit mit Lesen, bis ihr von der kleinen Schrift und dem Schlingern der Kutsche Kopfschmerzen drohten. Sie legte ihr Buch beiseite und beschäftigte sich damit, im Geiste eine Liste der Arbeiten aufzustellen, um die sie sich in dem Cottage kümmern wollte, außerdem erhaschte sie gelegentlich einen Blick auf die vorüberziehende Landschaft und gab sich alle Mühe, nicht bei der Tatsache zu verweilen, dass für sie McAlistair den interessantesten Teil dieser Landschaft ausmachte.

Mit mäßigem Erfolg. So mäßig, dass sie einigermaßen erleichtert war, als Mrs Summers erwachte und einen späten Lunch für sie beide hervorzauberte, den sie sich teilen sollten. Sie brauchte dringend die Ablenkung durch ein Gespräch. Wenn Mrs Summers sich nur daran beteiligt hätte – aber die Frau schien immer noch im Halbschlaf zu sein und hatte sichtlich wenig Lust auf einen ausgedehnten Schwatz. Unter anderen Umständen hätte Evie Verständnis gehabt. Nach mehreren Stunden, in denen ihr nur die eigenen Gedanken Gesellschaft geleistet hatten, war ihr Verständnis jedoch knapp bemessen.

»Werden wir bald haltmachen, um die Pferde zu wechseln?« Evie biss in eine dicke Scheibe Brot.

»Recht bald, schätze ich.«

Sie schluckte und versuchte es erneut. »Waren Sie schon einmal in diesem Cottage? Es gehört Mr Hunter, nicht wahr?«

»So ist es, und ich bin noch nicht dort gewesen. Ich bin mit Mr Hunter nicht besonders gut vertraut.«

Die Bemerkung über die Vertrautheit erinnerte Evie an die süße Szene, die sie an diesem Morgen miterlebt hatte.

»Ich möchte nicht neugierig sein.« Sie dachte darüber nach. »Oder wahrscheinlich doch. Ich kann nicht anders. Haben Sie und Mr Fletcher eine gegenseitige Zuneigung entwickelt?«

Die scharfen Wangenknochen der älteren Frau färbten sich ganz leicht rosa. »Möglicherweise ja.«

»Oh, das ist schön, Mrs Summers.« Evie lächelte, aufrichtig glücklich für ihre Freundin. »Wirklich schön. Wann ist das passiert?«

»Ich bin nicht ganz ...«

Aus dem Rest des Satzes wurde ein Aufschrei, als die Kutsche einen Ruck machte und sich gefährlich zur Seite neigte. Evie wurde durch die Kabine geschleudert.

Ein Unfall. Sie hatten einen Unfall.

Ein Bild blitzte in ihrem Kopf auf, eine Erinnerung an Schreie und Schmerz und den scharfen Geruch von brennendem Holz.

Panik stieg in ihr auf, löschte alle Gedanken, jedes Gefühl für ihre Umgebung aus.

Das Nächste, was sie mit Sicherheit wusste, war, dass sie auf dem Boden der Kutsche lag, den Kopf gegen den Holzrahmen der vorderen Bank gedrückt, während etwas Rundes und Hartes sich unangenehm in ihren Rücken bohrte.

Sie atmete mehrmals tief durch, verdrängte die schrecklichen Bilder und bezwang ihre Angst. Sie war nicht eingeklemmt, sie hatte keine Schmerzen, und nichts brannte. Dies war nicht der Kutschenunfall ihrer Jugend. Es ging ihr gut. Ein bisschen durcheinander und in einer unbequemen Lage, räumte sie ein, als sie sich bewegte und wieder dieses große Etwas spürte, das sich ihr in den Rücken grub, aber davon abgesehen ging es ihr gut.

Die letzten Reste von Panik verschwanden, als die Tür aufflog und sie von hellem Sonnenlicht geblendet wurde.

»Evie!« Starke Hände hoben sie in eine sitzende Position. McAlistair.

Seine Hände glitten über sie und suchten nach Verletzungen. »Haben Sie sich verletzt?«

Verwirrt griff sie hinter sich, um sich über den Rücken zu fahren. Ihre Hand war klebrig von den zerquetschten Resten eines Apfels. »Also, *das* hat …«

McAlistair nahm ihr Gesicht in seine rauen Hände. »Sehen Sie mich an. Sind Sie irgendwo verletzt?«

Sie blinzelte und kam wieder zu sich. »Ich … nein. Es geht mir gut.« Als er ihr weiter mit seinen dunklen Augen forschend ins Gesicht sah, griff sie nach seinen Händen und zog sie von sich weg. »Es geht mir gut. Ich … Mrs Summers!«

Evie riss den Kopf herum und sah Mrs Summers aufrecht auf dem Boden sitzen. Sie rieb an einem Butterfleck auf ihren Röcken herum. »Ich bin wohlauf, meine Liebe, wenn auch ein wenig schmutzig.«

»Ist Christian …?«, fragte Evie.

Christian steckte den Kopf durch die offene Tür. »Kaum ein Kratzer, Miss. Aber der Achsnagel hat sich gelöst und die

Deichsel sieht so aus, als wäre sie beinahe durchgesägt worden – es war nur eine Frage der Zeit, bis sie brach.«

Mrs Summers erstarrte und flüsterte mit knapper, kontrollierter Stimme: »Sabotage?«

McAlistair und Christian tauschten einen Blick und sprachen gleichzeitig. »Hinterhalt.«

Mrs Summers versetzte Evie einen nicht allzu sanften Schubs in Richtung Tür. »Nehmen Sie sie. Gehen Sie.«

Nehmen Sie sie? Wovon zum Kuckuck redete sie?

Evie wollte eben das fragen, noch während sie aus der beschädigten Kutsche gezogen und ohne viel Federlesens auf die Füße gestellt wurde, aber McAlistair fragte, ehe sie auch nur Luft holen konnte:

»Können Sie reiten?«

»Reiten?« Sie schüttelte den Kopf, um klar denken zu können. »Ja, ja, natürlich.«

»Im Herrensitz«, verdeutlichte er.

»Oh.« Nervös blickte sie zu Mrs Summers hinüber. Im Herrensitz zu reiten zählte nicht zu den Talenten einer vornehmen Dame. »Das kann ich tatsächlich. Ich habe es mir ...«

»Steigen Sie aufs Pferd.«

»Aber ...«

Er machte jeder weiteren Diskussion ein Ende, indem er sie einfach um die Taille fasste, hochhob und in den Sattel der grauen Stute warf.

»Gütiger Himmel, was denken Sie, was Sie hier tun?«

McAlistair antwortete nicht. Stattdessen drehte er sich um, um von Christian ein Bündel entgegenzunehmen, und befestigte es hinter dem Sattel des anderen Pferdes. Verwundert schaute Evie zu Mrs Summers hinüber, stellte aber fest, dass sie die Überreste ihres Mittagessens in die Satteltaschen der grauen Stute packte. Alle schienen mit irgendetwas beschäftigt und hatten es dabei bemerkenswert eilig. Christian und Mr Hunter mühten sich, die Pferde auszuspannen. McAlistair und Mrs Summers packten weiter Vorräte auf die beiden freien Reittiere.

Keiner von ihnen schien im Mindesten darüber besorgt, dass sie gerade rittlings auf einem Pferd saß und ihre Röcke fast bis zu den Knien hochgeschoben waren. Nachdenklich betrachtete sie Mr Hunter. Nein, nicht einmal ein Blick in ihre Richtung. Das konnte für die Möchtegernkuppler nichts Gutes bedeuten.

Sie wand sich im Sattel und zog den Stoff nach unten, so gut es ging, bevor sie ihre Aufmerksamkeit wieder auf die Gruppe richtete. Verwirrt beobachtete sie die geschäftige Eile und lauschte auf die abgehackten Worte.

»Gespann sitzt fest.«

»Reiten Sie erst nach Norden. Meiden Sie die Oststraße.«

»Benachrichtigen Sie William.«

Sie waren so tüchtig, dachte Evie, so aufeinander abgestimmt, so ... Sie verengte die Augen.

Gütiger Himmel, hatten sie es *geprobt*?

»Was geprobt, Liebes?«

Sie blinzelte Mrs Summers an. Hatte sie das laut gesagt? »Ich ... nichts. Ich bin ein bisschen durcheinander, das ist alles.«

Mrs Summers richtete einen besorgten Blick auf ihre Stirn. »Sie sind sich ganz sicher, dass Sie sich nicht den Kopf gestoßen haben?«

»Ja. Mrs Summers, was hat das alles zu bedeuten?«

»Die Männer haben den Verdacht, dass wir vielleicht in einen Hinterhalt gelockt wurden. Es ist nicht sicher für Sie, hier auf offenem Gelände festzusitzen.« Sie griff durch den eingedrückten Kutschenschlag, kramte ein wenig im Kutscheninneren herum und holte eine Pistole heraus, die sie Evie überreichte. »Behalten Sie sie bei sich, Liebes.«

Oh, um Himmels willen.

Sie biss sich innen auf die Wange, um nicht zu kichern, und steckte die Pistole mit betont ernstem Gesichtsausdruck ein.

»Ich werde vorsichtig sein.« Sie bezweifelte stark, dass das Ding überhaupt geladen war. »Vielen Dank.«

Mr Hunter hielt in seiner Arbeit inne, um sie stirnrunzelnd zu mustern. »Ich bin mir nicht sicher, ob es eine kluge Entscheidung ist, Miss Cole zu bewaffnen.«

»Miss Cole ist eine glänzende Schützin«, informierte Mrs Summers ihn.

»Auf eine Zielscheibe zu schießen, ist nicht …«

»Schluss jetzt.« McAlistair schwang sich auf den dunkelbraunen Wallach. »Wir treffen uns übermorgen im Cottage.«

»Wir treffen … *in zwei Tagen*?« Evie verspürte die erste Welle echter Besorgnis. »Sie meinen doch wohl nicht …«

Offenbar tat er das doch. Er beugte sich hinüber und gab der Stute einen Klaps.

Und dann ritten sie los.

6

Evie hatte Mühe, mit dem Mann mitzuhalten.

Sie hielt sich für eine gute Reiterin, und es gab wenig, was sie mehr genoss als ein halsbrecherisches Rennen über eine offene Wiese, aber der holprige Pfad, den McAlistair gewählt hatte, hatte nichts mit den ausgedehnten Weiden zu tun, über die sie für gewöhnlich ritt.

Sie bahnten sich einen Weg zwischen Bäumen hindurch, ritten steile Hügel hinauf und hinunter und folgten keinem erkennbaren Pfad. Der Mann trieb sie an, als denke er, der Teufel persönlich sei hinter ihnen her.

Es war eine gefährliche Art zu reiten, und für Evie war das allein ein hinreichender Beweis, dass McAlistair nicht in die Verschwörung eingeweiht war. Er würde solche Risiken nicht eingehen, wenn er sie nicht für absolut nötig hielt.

Das Absurde daran war, dass sie wusste, dass es vollkommen *unnötig* war. Langsam war es genug, befand sie. Sie war in einem Brief beleidigt und aus ihrem Heim gerissen worden, hatte sich bei einem Kutschenunfall Beulen geholt und ritt nun scharf über fremdes Terrain, und das alles nur, weil ein paar fehlgeleitete Kuppler dachten, sie sei mit einem Gatten besser dran. Evie fand ihren kleinen Plan nicht mehr lustig.

Bis zu einem gewissen Punkt war sie bereit gewesen, mitzuspielen. Es ging jedoch nicht so weit, dass sie sich das Genick brach. Oder McAlistairs Genick.

Es war Zeit, ihm die Wahrheit zu sagen.

Sie rief nach ihm: »Mr McAlistair! Mr McAlistair!«

Entweder hörte er sie nicht, oder er ignorierte sie absichtlich. Sie gab es schließlich auf und hielt einfach ihr Pferd an. Irgendwann würde er schon merken, dass sie ihm nicht mehr folgte.

Sie brauchte nicht lange zu warten. McAlistair wendete sein Reittier und brachte es vor ihr zum Stehen.

»Sind Sie müde?«

Sie blies sich eine widerspenstige Locke aus den Augen – davon hatte sie im Moment sicher viele.

»Nein, ich bin nicht müde.« Sie ritten schließlich erst seit einer Viertelstunde. »Ich m-möchte mit Ihnen sprechen. Ich …« Oh je, das würde ziemlich peinlich werden. »Die Sache ist die, Mr McAlistair …« Sie rutschte im Sattel herum. »Die Sache ist die, das hier ist vollkommen unnötig. Dieses ganze T-Theater und Aufhebens, es ist einfach … unnötig«, beendete sie ihre Ausführungen lahm.

Er schwieg reglos und ließ auch sonst nicht erkennen, dass er sie gehört hatte. Wenn er sie nicht direkt angeschaut hätte, hätte sie gedacht, dass er überhaupt nicht zuhörte.

»Es ist eine List«, fuhr sie mit ein wenig mehr Nachdruck fort. »Eine ganz törichte List, die völlig außer Kontrolle geraten ist.« Sie verzog missbilligend die Lippen. »Ein Kutschenunfall, also wirklich. Es hätte immerhin jemand verletzt werden können.«

Er blieb still, aber wenn sie sich nicht täuschte, wurden seine Augen ein wenig schmaler. »Erklären Sie das.«

»Gut. Also. Es ist nichts weiter als ein absurder Versuch, mich zu verkuppeln, verstehen Sie? Der Brief, diese Reise, das alles wurde eingefädelt in der Hoffnung, dass ich mich über beide Ohren in meinen Retter verliebe.«

»Wer?«

Sie versuchte, angesichts dieses Zeichens von Eifersucht nicht zu lächeln. Wie reizend.

»Ich bin nicht ganz sicher, aber ich vermute, dass es Mr Hunter ist. Eine seltsame Wahl für einen weißen Ritter, nicht wahr? Grau vielleicht ...«

»Nein. Wer ist verantwortlich?«

»Wer ist ...? Oh.« *Oh.* »Mr Fletcher, mit Lady Thurston und Mrs Summers. Es hat etwas damit zu tun, dass Mr Fletcher dem verstorbenen Herzog von Rockeforte auf dem Totenbett ein Versprechen gegeben hat.«

Er schien für einen Moment darüber nachzudenken. »Nein.«

»Nein?« Sie blinzelte ihn an. »Was soll das heißen, nein?«

»Sie irren sich.«

»Das tue ich nicht. Ich habe ihr Gespräch darüber belauscht ... den größten Teil«, räumte sie ein. »Jedenfalls genug«, fügte sie hinzu, als er ihr einen zweifelnden Blick zuwarf. »Genug, um zu wissen, dass der Drohbrief von Mr Fletcher kam.«

»Nein.«

Evie verspürte einen Anflug von Ärger. »Ja. Nein. Wer. Sagen Sie, Mr McAlistair, sprechen Sie eigentlich jemals in ganzen Sätzen? Mit mehreren Wörtern?«

»Manchmal.« Er griff nach ihrem Zaumzeug und zog leicht daran, damit es weiterging. »Reiten.«

Sie beugte sich vor und schlug seine Hand weg. *»Nein.«*

Zum ersten Mal, seit sie ihn kannte, hatte Evie Gelegenheit, McAlistair überrascht zu sehen. Seine Augen weiteten sich nur ganz leicht, aber sie bemerkte es, so wie sie auch bemerkte, dass seine Stirn sich ganz leicht furchte.

»Sie stottern ja gar nicht.«

Wie aufmerksam von ihm, darauf hinzuweisen. »Ich stottere, wenn ich nervös bin, und im Moment bin ich nicht nervös. Ich bin verärgert. Ich mag es nicht, wie eine hilflose Idiotin behandelt zu werden, die man herumkommandieren und herumscheuchen kann.«

»Sie sind keine Idiotin.«

»Warum ...«

»Aber Sie irren sich.«

Wenn sie gedacht hätte, er würde ihr die Zeit dazu geben, hätte sie die Augen zusammengekniffen und langsam bis zehn gezählt. Stattdessen umklammerte sie fest ihre Zügel mit eisernem Griff. »Wie können Sie so ...« *Furchtbar stur sein.* »... so sicher sein, dass dies alles nicht nur ein absurder Versuch ist, mich in eine Ehe mit dem richtigen Gentleman zu drängen?«

»Weil«, sagte er und verzog die Lippen zu einem schiefen Lächeln, »sie Sie mit mir geschickt hat.«

McAlistair setzte sie wieder in Bewegung, und diesmal ließ Evie ihn gewähren.

Sie erwog es, weiteren Widerstand zu leisten, aber da er nicht geneigt zu sein schien, Vernunft anzunehmen, und weil das Tempo, das er vorgab, flott, aber nicht länger gefährlich war, entschied sie sich dagegen.

Außerdem hatte sein Argument etwas für sich.

Sie hat Sie mit mir geschickt.

Warum zum Teufel hatte Mrs Summers sie mit McAlistair weggeschickt?

Warum hatte Mrs Summers sie überhaupt weggeschickt? Man hätte sich tausend verschiedene Arten ausdenken können, um sie mit ihrem auserkorenen Retter zusammenzubringen. Die meisten von ihnen, da war sie sich sicher, erforderten keinen Kutschenunfall, keinen gefährlichen Ritt durch den Wald und zwei Tage allein mit einem Mann, der kein unmittelbares Mitglied ihrer Familie war. Sollte irgendjemand herausfinden, dass sie allein mit McAlistair losgezogen war, würde sie ruiniert sein.

Wäre da nicht die Tatsache gewesen, dass ein Skandal für sie einen Skandal für ihre ganze Familie bedeutete, hätte es Evie nichts ausgemacht, eine ruinierte Frau zu sein. Gewiss lag eine große Freiheit darin, nicht länger den strengen Regeln der feinen Gesellschaft unterworfen zu sein. Aber sie musste an ihre Familie denken, und wenn irgendjemand von ihrem heutigen Ritt erfuhr ...

Sie warf einen Blick über die Schulter und fragte sich, ob sie den Weg zurück zur Kutsche wohl ohne McAlistairs Führung finden würde. Wahrscheinlich nicht, befand sie. Das bedeutete, dass sie keine andere Wahl hatte als weiterzureiten und zu hoffen, dass sie ihn, wenn sie schließlich anhielten, von der List überzeugen und zur Rückkehr zu den anderen bewegen konnte, und zu beten, dass niemand außerhalb ihrer kleinen Gruppe jemals etwas davon erfahren würde.

Und was dann? Wollte sie zu den anderen zurückkehren und ihnen sagen, dass sie die Wahrheit kannte? Der Plan würde abgeblasen werden – was im Moment eine schöne Vorstellung schien –, aber Mr Fletcher würde es nur noch einmal zu einem späteren Zeitpunkt versuchen und sorgfältiger darauf achten, dass sie die Verschwörung nicht schon vorher entdeckte. Diese Aussicht erschien ihr deutlich weniger schön.

Und sie musste zugeben, dass die Möglichkeit eines Skandals ziemlich gering war. Dafür sorgte schon die Geheimniskrämerei bei dem ganzen lächerlichen Unterfangen.

Auch wenn ihr die Idee nicht besonders gefiel, schien es gegenwärtig ihre beste Option zu sein, McAlistair zu folgen.

Also folgte sie ihm, über weitere Hügel und Bäche, wobei sie hauptsächlich durch die Wälder ritten und die Straßen gänzlich mieden. Von Zeit zu Zeit verlangsamten sie das Tempo der Pferde zum Schritt, damit sie sich ausruhen konnten, aber meistens trieben sie ihre Reittiere und sich selbst so sehr an, wie das Gelände es zuließ.

Der Himmel war wolkenlos, und die Sonne brannte Evie unbarmherzig auf Kopf und Schultern. Unter anderen Umständen hätte sie das Gefühl genossen. Sonniges Wetter war nicht so alltäglich, dass sie es als selbstverständlich hinnahm. Doch jetzt war sie weniger dankbar als vielmehr erhitzt und zunehmend verschwitzt. Das verdünnte Bier, das sie trank, brachte wenig Erleichterung, und dass sie es versäumt hatte, ihre Haube aus der Kutsche mitzunehmen, machte die Sache nicht besser.

Um dem, was ihr langsam wie der unerfreulichste Ausflug ihres Lebens erschien, die Krone aufzusetzen, begann auch noch ihr Bein zu schmerzen. In der Vergangenheit hatte Evie festgestellt, dass ihr Bein immer steif wurde und wehtat, wenn sie mehr als eine Stunde im Sattel saß. Sie konnte etwas länger durchhalten, wenn sie regelmäßig Pausen einlegte, um sich die Beine zu vertreten und sich zu strecken, aber selbst dann waren zwei Stunden wirklich die Grenze.

Sie und McAlistair mussten bereits über vier Stunden ohne Pause reiten. Die Muskeln in ihrem Bein hatten nach der ersten Stunde leicht zu protestieren begonnen; nach der dritten hatten sie geschrien. Jetzt waren sie jedoch beunruhigend still geworden. Sie versuchte die Zehen zu bewegen und stellte fest, dass sie kein Gefühl darin hatte. Von ihrer rechten Hüfte abwärts war sie vollkommen taub.

Abzusteigen, begriff sie grimmig, würde zum Problem werden. Andererseits setzte diese spezielle Befürchtung voraus, dass Absteigen irgendwann auf der Tagesordnung stehen würde. So wie McAlistair sie antrieb, konnte man meinen, dass er direkt nach Norfolk durchreiten wollte.

Mehr als einmal öffnete sie den Mund, um eine Pause zu fordern, und mehr als einmal hielt ihr Stolz sie zurück. Sie hasste es, als schwach oder zerbrechlich angesehen zu werden. Sie verabscheute die mitleidigen Blicke, die sie von anderen bekam, wenn ihr Bein müde wurde und ihr Hinken sich bemerkbar machte. Und sie verachtete die geflüsterten Bemerkungen, die sie manchmal aufschnappte, wenn sie durch überfüllte Ballsäle ging: »Armes Kind. Seit dem Unfall ist sie recht stark behindert, wissen Sie.«

Behindert. Dieses Wort verabscheute sie mehr als alle anderen. Sie war ganz sicher nicht behindert, und wenn nötig, konnte sie so lange auf einem Pferd bleiben wie jeder Mann.

So lange wie die *meisten* Männer, schränkte sie nach einer Weile ein.

Wie *dieser* Mann, schränkte sie erneut nach einer weiteren Stunde ein. Sie konnte – und würde – genauso lange wie McAlistair auf einem Pferd bleiben. Selbst wenn das bedeutete, dass sie sich anschließend nicht mehr bewegen konnte, was mit jeder verstreichenden Minute leider immer wahrscheinlicher wurde.

Als McAlistair das nächste Mal die Pferde langsamer werden ließ, nutzte Evie die Gelegenheit, unbeholfen den Fuß aus dem Steigbügel zu ziehen, in der vergeblichen Hoffnung, dass selbst die kleinste Veränderung ihrer Haltung helfen würde. Es gelang ihr nur mühsam, das Gleichgewicht zu halten und den Fuß wieder in den Steigbügel zu bekommen, als sie ein schnelleres Tempo anschlugen, aber es blieb ihr nichts anderes übrig. Irgendetwas musste sie schließlich tun.

Unglücklicherweise schien das Etwas, das sie versuchte, wenig zu nützen, und als McAlistair die Pferde auf einer kleinen Lichtung zum Stehen brachte, war sie mit ihrem Latein fast am Ende. Sie war erschöpft, verärgert, wund an allen Stellen, die sie noch fühlen konnte, und ziemlich enttäuscht von sich selbst. Es hätte nicht so verflixt schwer sein dürfen, für einen halbtägigen Ritt im Sattel zu sitzen.

Sie beobachtete, wie McAlistair sich umsah.

»Ist es nicht langsam genug mit der Flucht?«, murrte sie und erwartete, dass ihre wütenden Worte der Erschöpfung auf wütende Worte des Stolzes treffen würden. Ein Gentleman floh niemals.

Sein Stolz schien jedoch unbeugsam genug, um ihrer schlechten Laune standzuhalten. Er schwang sich mit einer geschmeidigen Bewegung vom Pferd, um die sie ihn beneidete. »Fürs Erste ja. Die Pferde brauchen Ruhe.«

Da waren sie nicht die Einzigen, dachte sie. Was hätte sie nicht für ein heißes Bad gegeben, für frische Kleider, ein weiches Bett und ein paar ungestörte Minuten.

McAlistair sah kurz zu ihr hoch, bevor er sich daranmachte, eins der Bündel von seinem Sattel loszubinden. »Steigen Sie ab. Strecken Sie die Beine.«

Oh, wie gern sie das getan hätte. »Nein, danke.«

Er hielt inne und sah sie an. »Steigen Sie ab.«

Sie richtete sich im Sattel auf und bemühte sich um eine majestätische Haltung, wobei sie den Verdacht hatte, dass sie dabei kläglich scheiterte. »Ich fühle mich ganz wohl so, danke – nicht!« Sie riss eine Hand hoch, als er auf sie zukam.

Eine kleine Falte bildete sich zwischen seinen Brauen. »Was ist?«

»Nichts. Es ist ... ich bin ein wenig steif, das ist alles.«

»Dann lassen Sie sich von mir herunterhelfen.«

Sie schüttelte den Kopf, und leichte Panik und Verlegenheit ergriffen sie. Wenn er ihr jetzt hinunterhalf, würde sie nur auf das Gesicht fallen. »Ich ... es wäre mir lieber, wenn Sie das nicht täten.«

»Warum?«

Sie begann unauffällig, sich die Hüfte zu reiben, in der Hoffnung, sie wieder zum Leben zu erwecken. »Weil ich nicht gerne wie ein Sack Mehl auf mein Pferd hinauf- und wieder hinuntergeworfen werde. Das mag eine seltsame Haltung sein, aber ...«

»Es ist Ihr Bein.«

Ihre Hand erstarrte. Verflixt, der Mann hatte Augen wie ein Luchs. »Wie gesagt, ich bin etwas steif. Es wird mir gleich wieder ...«

Sie verstummte, als er einfach seine großen Hände um ihre Taille legte. Ihr blieb nichts anderes übrig, als seine Schultern zu umfassen, als er sie vom Pferd hob.

Er stellte sie auf die Füße, aber zu ihrer großen Erleichterung oder ihrem großen Entsetzen – das würde sie später entscheiden – ließ er sie nicht umfallen. Er legte ihr einen starken Arm um den Rücken, den anderen um die Schultern, und nahm den größten Teil ihres Gewichtes weg.

»Tut es weh?«, fragte er leise über ihrem Kopf.

Sie konnte sich nicht überwinden, hochzusehen. Sie waren aneinandergepresst wie in einer Umarmung. Die weiche Wolle seines Mantels kitzelte sie in der Nase und duftete verlockend nach Seife und Leder und Mann. Sie spürte die Muskeln seiner Beine an ihren Beinen – zumindest an einem ihrer Beine –, und seine harte Brust wurde gegen ihren Busen gedrückt, der all das Gefühl übernommen zu haben schien, das ihr Bein verloren hatte. Ihre Brüste fühlten sich plötzlich schwer und höchst empfindlich an: Sie hörte ihn etwas über ihrem Kopf murmeln, aber es war unmöglich, die Worte über dem dröhnenden Pulsieren in ihren Ohren zu verstehen.

Er sollte sie loslassen und zurücktreten. Und sie hatte schreckliche Angst, dass er das tun würde.

Eine starke Hand glitt ihren Rücken hinunter, und sie unterdrückte nur mit Mühe ein Schaudern.

»Evie, tut es weh?«

Sie hielt sich mit dem Blick an einem kleinen, weißen Knopf auf seinem Hemd fest. »Nein ... noch nicht. Es ist taub.«

Er schien zu nicken. Sie spürte die Bewegung in seinen breiten Schultern, hatte aber keine Zeit, darüber nachzudenken, da er ihr einen Arm unter die Knie schob und sie hochhob.

Sie stieß einen überraschten Laut aus und schlang ihm, ohne nachzudenken, die Arme um den Hals. Es war ein seltsames Gefühl, getragen zu werden, als würde man nichts wiegen. Wieder fühlte sie sich zwischen Genuss und Unbehagen hin- und hergerissen. Doch bevor sie Zeit hatte, darüber nachzudenken oder sich damit zu befassen, wie sehr sie es sich wünschte, den Kopf an seine Schulter zu legen und die Augen zu schließen, kniete er sich hin und legte sie sanft auf eine weiche Stelle im Gras.

»Sie hätten früher etwas sagen sollen.«

»Habe ich doch«, antwortete sie und ließ widerstrebend die Arme von seinem Hals gleiten. »Ich habe gesagt, dies alles sei eine List und wir sollten umkehren.« Streng genommen hatte sie Letzteres nicht gesagt, aber man hätte es bestimmt aus ihren Worten schließen können.

Ohne zu antworten, zog er ihr die Röcke bis zu den Knien hoch. Verblüfft schlug sie instinktiv seine Hand weg und riss die Röcke wieder herunter.

Er hob den dunklen Kopf, um ihr in die Augen zu schauen, und fuhr sich mit der Zunge über die Zähne. »Ich habe Ihre Knie schon den ganzen Tag angesehen.«

»Ich weiß.« Oder zumindest hatte sie gewusst, dass er ihre Knie hätte sehen *können*, und wenn sie sich im Moment nicht so elend gefühlt hätte, wäre sie wahrscheinlich froh gewesen zu hören, dass er es getan hatte. »Es tut mir leid. Es war eine spontane Reaktion darauf, dass mir ein Mann die Röcke hochgeschoben hat.« Oh verflixt, das klang schrecklich. »Das heißt ... ich bin noch nie zuvor in dieser Lage gewesen, aber ...«

»Ist schon gut.«

Wieder nahm er den Stoff, und diesmal schob er ihn langsam und sanft nach oben. Sie musste trotzdem die Fäuste ballen, um ihn nicht wieder herunterzuschieben. Wie lächerlich. Sie war den ganzen Tag geritten, und ihr Kleid war ihr über die Knie gerutscht. Warum sollte sie das jetzt stören?

Weil sie vorher auf einem Pferd gesessen hatte und in angenehmer Entfernung von McAlistair geritten war, begriff sie, und nicht auf dem Boden gesessen hatte, während er dicht neben ihr war – und ganz sicher nicht mit seinen bloßen Händen auf ihrem nackten Bein. Auch wenn sie im Moment seine Hände nicht spürte; aber sie sah sie – sah, wie er die Finger vorsichtig über Knöchel, Wade und Knie tanzen ließ.

»Gar nichts?«, fragte er.

Sie schüttelte den Kopf, unfähig zu sprechen. Seine Hände schlugen sie in ihren Bann – ihre Größe, die eleganten Finger mit den runden Spitzen, die Art, in der die gebräunte Haut sich so scharf von ihrem bleichen Bein abhob. Sie stellte sich vor, wie sie sich anfühlen würden – rau und stark und ...

»Bis wohin?«, fragte er.

»Was?« Sie blinzelte kurz und hektisch. »Oh, ähm ...« Sie zögerte, dann berührte sie ihre Hüfte. »Bis ganz oben, fürchte ich.«

Er machte Anstalten, ihr das Kleid noch weiter hochzuschieben, und sie schlug wieder nach seiner Hand. »Dafür werde ich mich nicht entschuldigen. Das haben Sie nicht ... den ganzen Tag lang angesehen.«

Sie hätte schwören können, wirklich schwören können, dass sie ihn etwas murmeln hörte, das verdächtig nach »leider« klang.

»Haben Sie gerade ...«

»Wir müssen die Blutzirkulation wieder in Gang bringen«, schnitt er ihr geschickt das Wort ab.

»Durch Anschauen und Befingern?«

»Durch Massieren.«

»Oh.« Sie hielt ihre Röcke über den Knien fest. »Gut. Das kann ich.«

Er schüttelte den Kopf. »Legen Sie sich hin.«

Sich hinlegen? Mitten im Wald mit einem fremden – oder fast fremden – Mann, während ihre Röcke fast bis zur Taille hochgeschoben waren? »Das kann unmöglich Ihr Ernst sein.«

Anscheinend doch. Er zog ihre Hände weg, fasste sie um die Schultern und drückte sie sanft, aber bestimmt zu Boden. »Bleiben Sie liegen.«

»Ich bin kein Hund, Mr McAlistair.«

»Bleiben Sie liegen«, wiederholte er, während seine Hände weiter auf ihren Schultern lagen. »Sonst binde ich Sie fest.«

Eine solche Drohung hätte bei Evie unter normalen Umständen eine heftige Reaktion hervorgerufen, wenn auch nur aus Prinzip, aber im Moment verspürte sie keinen Drang, sich zu wehren. Sie fand es tröstlich, seine warmen Hände auf ihrem Arm zu spüren, seine breite Gestalt über sich. Sein Gesicht blieb hart und unbeweglich, aber sie sah die Sorge in seinen Augen.

»Ich werde liegen bleiben«, murmelte sie. Dann, weil ihr Stolz keine völlige Unterwerfung zuließ, fügte sie hinzu: »Aber sollten Sie jemals versuchen, mich zu fesseln, werde *ich* Ihnen alle Knochen im Leib brechen, und wenn sie verheilt sind, breche ich sie alle noch einmal.«

Der Anflug eines Lächelns erschien um seine Lippen. »In Ordnung.«

Er lehnte sich zurück, und sie spürte in ihrem guten Bein, wie ihr die Röcke hochgeschoben wurden. Unbehaglich wegen des Schauers, der sie beim Anblick von McAlistairs dunklem Kopf über ihren Beinen durchzuckte, schloss sie die Augen und konzentrierte sich auf das, was mit ihrem tauben Körperglied geschah.

Zuerst waren da Bewegung und Druck, seltsame Gefühle, die von einem Punkt oberhalb ihrer Hüfte zu kommen schienen. Nach einer Weile begannen die ersten Lebenszeichen zurückzukehren. Ihre Zehen fingen an zu kribbeln, ein leichtes Brennen, das sie eher erleichternd als unbehaglich fand. Obwohl sie sie zurückgedrängt hatte, war da die kleine und irrationale Angst gewesen, dass das Gefühl nie mehr zurückkehren werde – dass ihr lästiges Bein zu einem gänzlich nutzlosen Bein geworden war.

Ihre Erleichterung darüber, dass diese beunruhigende Möglichkeit ausschied, war von kurzer Dauer. Das Kribbeln wanderte ihren Knöchel, ihr Knie, ihren Oberschenkel hinauf. Sie wusste, was das bedeutete. Oft genug war sie in den frühen Morgenstunden mit einem tauben Arm oder Fuß aufgewacht, um zu wissen, dass das harmlose Prickeln schon bald von einem stechenden Schmerz ersetzt werden würde.

Auch das begann in ihren Zehen, das schreckliche Brennen und die Krämpfe, die allein den Gedanken daran, berührt zu werden, nahezu unerträglich machten. Es drang von ihrem Fuß zu ihrem Knöchel vor. Sie biss die Zähne zusammen und kniff die Augen fest zu, entschlossen, nicht zu schreien.

Sie spürte jetzt McAlistairs Hände, aber die Vorstellung seiner Berührung faszinierte sie nicht mehr. Seine Finger fühlten sich wie heiße Kohlen an, die sich in ihre Haut pressten. Sie krallte die Finger in die Erde und das Gras, sonst hätte sie seine Hände weggeschlagen. *Aufhören*, war alles, was sie denken konnte. *Bitte, hör auf.*

Über den Schmerz hinweg wehte seine Stimme zu ihr. »Bewegen Sie das Bein.«

Sie wusste, dass er recht hatte. Wusste, dass Bewegung helfen würde, den Schmerz schneller vergehen zu lassen.

Allein schon bei dem Gedanken daran, das Bein zu bewegen, hätte sie am liebsten geweint.

Durch ihre zusammengepressten Lippen brachte sie ein ersticktes »Nein« heraus.

Das Brennen breitete sich über ihre Wade aus.

»Bewegen Sie das Bein, Evie.«

Sie schüttelte den Kopf und biss sich innen auf die Wange. Die Krämpfe erreichten ihr Knie, ihren Oberschenkel, ihre Hüfte. Sie litt Höllenqualen.

»Evie …«

»Oh, zum Teufel mit Ihnen!«

Sie fuhr hoch, packte ihr Bein am Oberschenkel und begann zu fluchen.

Eine Zeit lang hatte Evie die Angewohnheit gehabt, Kraftausdrücke zu sammeln. Es hatte als eine Art akademische Studie begonnen – ein Versuch, die farbige Sprache zu verstehen, die manchmal in den etwas anrüchigen Vierteln benutzt wurde, die sie besuchte. Aber es war schnell zu einem Hobby geworden, das ihr viel Freude bereitete. Sie hatte jeden bedrängt, der bereit gewesen war, ihr bei ihrer Suche zu helfen, und im Laufe der Zeit war es ihr gelungen, ein wahrhaft beeindruckendes Arsenal von Flüchen zusammenzutragen.

Jetzt benutzte sie jeden einzelnen davon.

Die Vulgärsten kamen zuerst, ausgestoßen durch zusammengebissene Zähne und einen vor Schmerz starren Kiefer. Ein kleiner Teil von ihr wand sich angesichts ihrer Sprache und hoffte verzweifelt, dass es unverständlich war. Da dieser kleine Teil von ihr jedoch außerdem darauf bestand, dass sie den Mund hielt, wurde er größtenteils ignoriert.

Als das Brennen nachließ, ließ auch die Intensität ihrer Flüche nach. Die weniger Anstößigen wurden ausgestoßen, als das Stechen aufhörte, und als der letzte verkrampfte Muskel sich entspannte, beendete sie ihre Sinfonie der Obszönität mit dem Satz: »Oh, verdammt, verdammt, *verdammt* noch mal«, und ließ sich mit einem langen Seufzer nach hinten ins Gras fallen.

Zutiefst erschöpft blieb sie dort keuchend und mit geschlossenen Augen liegen. Sie nahm wahr, dass McAlistair sich um sie herum bewegte, sogar, dass er für ein Weilchen zwischen den Bäumen verschwand, und sie fragte sich, was er tat. Aber es vergingen mehrere Minuten, ehe sie die Energie aufbrachte, die Augen zu öffnen und ihre Neugier zu befriedigen.

Sie sah, dass er über ihr stand und so etwas wie ein feuchtes Tuch in der Hand hielt. Er kniete sich hin und drückte es ihr auf die Stirn.

»Besser?«

Sie hätte beinahe vor Behagen geseufzt, als sie das kalte Wasser auf ihrer Stirn spürte. Wieder fühlte sie sich ein kleines bisschen besser. »Oh ja, danke.«

Er drehte den Lappen um. »Sie fluchen.«

Kein Tadel lag in seiner Stimme, kein Schock und keine Enttäuschung, nur ein Anflug von Überraschung. Es war eine so milde Reaktion auf die schrecklichen Worte, die sie ausgesprochen hatte. Wenn die Luft in der Lage gewesen wäre, sich schamrot zu verfärben, hätte der Raum zwischen ihnen nach Evies Vorstellung dunkler sein müssen als der tiefste Höllenschlund.

Hitze schoss ihr in die Wangen. »Ich bitte um Verzeihung.«

»Nicht nötig.«

Sie erinnerte sich plötzlich, dass zumindest einer dieser Kraftausdrücke ihm selbst gegolten hatte. Sie verzog das Gesicht. »Doch. Ich habe Ihnen gesagt, … das heißt, ich sagte …«

»Sie hatten Schmerzen. Es war verständlich.«

»Danke.« Sie wartete darauf, dass er noch etwas sagte, dann wurde ihr klar, dass sie ebenso gut darauf warten konnte, dass im Januar das Eis taute. Ein außerordentlich sinnloses Unterfangen. Sie suchte nach etwas anderem, das sie sagen konnte. »Wollen Sie nicht wissen, woher ich sie habe?«

»Wo alle anderen sie auch herhaben. Von anderen Leuten.«

»Ich …« Sie spitzte die Lippen. »Ich hätte sie ja auch in einem Buch lesen können.«

»Alle?« Er legte den Kopf schief. »Kann ich mir das leihen?«

Sie spürte, wie sich langsam ein Lächeln auf ihrem Gesicht ausbreitete. »War das ein Scherz, Mr McAlistair?«

Er nahm ihr das Tuch von der Stirn. »So etwas Ähnliches.«

So etwas Ähnliches zählte, befand sie. »Nicht schlecht für einen Mann, der sich das abgewöhnt zu haben scheint.«

»Ich wollte Sie lächeln sehen.«

Ihr wurde warm ums Herz. »Und ein freundliches Wort obendrein. Ich sollte mich öfter in eine unangenehme Lage bringen. Sie sind ja geradezu charmant geworden.«

»Unangenehm? So nennen Sie das also?«

Sie war überrascht, einen Muskel in seinem Kinn zucken zu sehen, und noch überraschter, diejenige zu sein, die dafür verantwortlich war. Sie sah ihn forschend an, lächelte weiter und behielt einen unbeschwerten Tonfall bei. »Nun, ich könnte ein paar passendere Adjektive verwenden, aber ich wiederhole mich nur ungern.«

Sein Gesicht entspannte sich merklich bei ihrem kleinen Scherz. »Geht es Ihnen wirklich gut?«

Er beugte sich tiefer über sie und sah sie forschend an, und plötzlich war sie sich seiner Nähe nur allzu bewusst. Er war so nah, so ungeheuer nah, dass sie jede Einzelheit seines Gesichtes erkennen konnte. Er hatte schöne, lange Wimpern, reizende Falten um die Augenwinkel und den absolut faszinierendsten Mund, den sie je gesehen hatte. Sie wäre ihm gern mit dem Finger über die volle Unterlippe gestrichen und ihm mit den Händen durch das Haar gefahren – Haar, das, so bemerkte sie zum ersten Mal, nicht einfach nur braun war, sondern eine reiche Mischung aus Braun- und Schwarz- und, wo die Sonne darauf fiel, sogar Rottönen. Einige Strähnen hatten sich aus dem Band gelöst und umrahmten sein Gesicht.

Sie stellte sich vor, wie sie ihn zu einem weiteren Kuss zu sich herunterzog. *Was würde er tun?*, fragte sie sich. Zurückzucken? Sie wegschieben? Oder ihren Kuss erwidern, sich ihren Forderungen beugen und sich auf sie legen, sodass sie sein Gewicht spüren und ihn kosten, diesen Duft einatmen konnte, den sie jetzt nur als quälenden Hauch wahrnahm?

»Evie?«

»Hmm.« Diesmal würde er sie umarmen, und nicht wie damals einfach nur dastehen.

»Evie.«

»Hm?« Sie blinzelte und riss sich in die Wirklichkeit zurück. »Was? Was?« Sie sah ihn an und bemerkte, dass der Tic in seinem Kinn zurückgekehrt war. »Wie bitte?«

»Ich habe gefragt, ob Sie sich besser fühlen.«

»Ja. Nein.« Sie schnitt eine Grimasse. »Ja, ich fühle mich besser. Es tut mir leid, ich bin ziemlich müde.« Bis zur Besinnungslosigkeit müde schien zutreffender angesichts der Tatsache, dass sie Tagträume darüber hatte, im Wald über Mr McAlistair herzufallen. Wie außerordentlich absurd.

Nun, vielleicht war der Teil mit dem Wald nicht vollkommen absurd, aber der Rest war lächerlich, sogar mehr als absolut lächerlich.

»Ich würde gern aufstehen.« Sie wartete nicht auf seine Zustimmung, und er erhob keine Einwände, aber als sie sich erheben wollte, legte er die Hand auf ihre Schulter und hielt sie zurück.

»Hinsetzen. Ausruhen.«

»Das würde ich ja gern, aber ... das heißt, ich muss ...« Sie deutete mit dem Finger auf eine dichte Baumgruppe.

»Spazieren gehen?«

»Was? Nein.« Sie ließ die Hand sinken. »Nun, in gewisser Weise. Ich habe stundenlang auf einem Pferd gesessen, Mr McAlistair. Ich brauche einen Moment der Ungestörtheit.«

»Ah.« Er richtete sich auf. »Brauchen Sie Hilfe?«
Hilfe? »Wobei?«
»Beim Stehen. Gehen.«
»Oh.« Oh, sie hoffte inständig, dass sie diese Hilfe nicht brauchte. Sie bewegte versuchsweise die Zehen, drückte die Ferse durch und spürte das Ziehen bis in ihre Hüfte hinauf. »Nein, danke. Ich glaube, ich komme zurecht.«

Bitte, *bitte*, lass mich zurechtkommen.

Sie nahm die Hand, die er ihr bot, ließ sie aber zutiefst erleichtert los, als sie feststellte, dass sie mühelos aus eigener Kraft aufstehen konnte. Ihr Bein war immer noch angegriffen und würde wahrscheinlich tagelang wehtun. Aber sie konnte es *spüren*, es belasten und einen Fuß vor den anderen setzen, und all das bedeutete, dass sie ohne Hilfe für einen Augenblick ungestört sein konnte.

Dem Himmel sei Dank.

»Gehen Sie nicht zu weit«, mahnte McAlistair sie.

»Ich bezweifle, dass ich das könnte.«

Sie humpelte in den Wald und machte sich daran, sich unter freiem Himmel Erleichterung zu verschaffen. Es gab Zeiten, murrte sie im Stillen, während sie ihre Röcke ordnete, zu denen es einer Frau gestattet sein sollte, Hosen zu tragen, oder zumindest weniger und möglichst kürzere Lagen von Stoff.

Als sie einige Minuten später zurückkehrte, hob McAlistair gerade eine Tasche vom Rücken seines Pferdes.

Neugierig kam sie näher. »Was tun Sie da?«

Er bedachte sie mit einem prüfenden Blick. »Abladen. Es geht Ihnen gut?«

»Ja, natürlich.« Sie tat die Frage mit einer Handbewegung ab, mehr als bereit, das Thema ihrer Gesundheit fallen zu lassen. »Warum laden Sie ab?«

»Wir werden hier kampieren.«

»Hier? Im Wald?« Evie sah sich um, ohne zu wissen, warum.

»Sie mögen den Wald«, gab er zu bedenken und erinnerte sie daran, dass er viel mehr über sie wusste als sie über ihn.

»Ich mag es, im Wald spazieren zu gehen, nicht, darin zu schlafen.«

»Haben Sie es jemals versucht?«

»Das habe ich, ja. Als ich fünfzehn war, habe ich mich einmal nachts aus Haldon geschlichen und in den Wäldern ein Lager aufgeschlagen.«

Er unterbrach seine Tätigkeit, um sie anzusehen. »Es hat Ihnen nicht gefallen?«

Sie hatte es geliebt, und nicht nur, weil es verboten und daher reizvoll war. Sie hatte unter einer alten Kiefer gelegen und auf das Knarren der Bäume im Wind gelauscht, während sie den Geruch des Waldes in sich aufgesogen hatte. Ihr letzter Gedanke vor dem Einschlafen war gewesen, dass aus dem Haus zu schleichen, um im Freien zu schlafen, so ziemlich die beste Idee war, die sie je gehabt hatte.

Ihr nächster Gedanke war gewesen, dass es die denkbar schlechteste Idee gewesen war. Mitten in der Nacht war sie unter schrecklichen Schmerzen aufgewacht, und ihr Bein hatte sich aus Protest gegen den harten Boden unbarmherzig verkrampft.

Sie wagte sich kaum vorzustellen, wie es ihr nach einem Ritt wie dem gerade überstandenen ergehen würde.

»Evie?«

»Ich ... könnten wir nicht weiterreiten? Es ist noch hell.«

»Sie brauchen Ruhe.«

So wahr und so ärgerlich. »Ich bin kein Pferd. Und ich dachte, Sie befürchten, dass uns jemand verfolgt.«

»Irgendwann müssen wir sowieso rasten.«

Ihre Lippen zuckten. »Ich nehme an, das ist wieder ein

Scherz, auch wenn er Sie als einen Mann auszeichnet, der Quantität Qualität vorzieht.«

»Außer Übung«, rief er ihr ins Gedächtnis. »Beantworten Sie meine Frage.«

Sie biss sich auf die Lippe – mehr um sich eine Bemerkung über seinen selbstherrlichen Befehl zu verkneifen als aus Nervosität – und trat von einem Fuß auf den anderen, was, wie sie gezwungenermaßen zugab, eindeutig auf Nervosität zurückging. Wie oft würden sie beide heute denn noch an ihr Gebrechen erinnert werden?

»Evie.«

Wieder wand sie sich unbehaglich, dann kapitulierte sie. Was war schon etwas zusätzlich verletzter Stolz? »Ja, es hat mir gefallen, im Wald zu schlafen ... aber meinem Bein nicht. Können wir jetzt weiterreiten? Ich ...«

»Haben Sie darauf geachtet, wohin Sie Ihr Bettzeug gelegt haben?«

»Nun, natürlich. Ich habe eine Decke mitgenommen und ein Stück Boden von Steinen befreit. Ich bin schließlich keine Idiotin.«

Er schüttelte den Kopf. »Es gibt Möglichkeiten, eine Stelle zum Schlafen bequemer zu machen. Kiefernzweige, Gras, selbst Blätter können den Boden weicher machen.«

»Oh.« Sie runzelte leicht die Stirn. »Nein, daran habe ich nicht gedacht. Das wusste ich nicht.«

»Woher auch?«

Der gesunde Menschenverstand kam ihr als Antwort in den Sinn. Hoffentlich nicht auch ihm. Seine Meinung von ihr neigte ohnehin dazu, deprimierend gering zu sein. Sie war nicht so tief in ihrem eigenen Unbehagen befangen, um nicht zu sehen, dass ebendieses Unbehagen sie zu einem unangenehmen Mitmenschen machte.

Sie zwang sich zu einem kleinen Lächeln. »Vielleicht haben Sie recht. Und es wird mir nicht schaden ...« Andererseits war das durchaus möglich. »Das heißt, ich bin bereit, es zu versuchen.« Vor allem, da sie dann für den Rest des Tages nicht wieder auf den Rücken eines Pferdes klettern musste. »Vielen Dank für den Vorschlag.«

Evie wählte die weiche, grasbewachsene Stelle, an der McAlistair sie zuvor niedergelegt hatte, und als sie damit fertig war, einige versteckte Kieselsteine beiseitezuwerfen, ging sie an den Waldrand, um Zweige für ihre improvisierte Matratze zu finden.

Sie war so müde, dass sie im Stehen hätte schlafen können, aber sie unternahm noch mehrere Ausflüge, bevor sie zurücktrat, die Hände in die Hüften gestemmt, und ihr Werk betrachtete. Ihrer Schätzung nach sah es wie ein sehr kleines, sehr grünes Nest aus. »Das kann unmöglich funktionieren.«

»Es wird funktionieren.«

Sie warf McAlistair einen Blick zu und bemerkte zum ersten Mal, dass er auf einer kleinen, freigeräumten Stelle Holz aufstapelte.

»Sie machen ein Feuer?«, fragte sie. »Haben Sie keine Angst, dass es unseren Standort verraten wird? Nicht dass irgendjemand nach besagtem Standort suchen würde, aber falls doch, wäre ein Feuer das Gleiche, als würde man ihm eine Karte schicken, oder?«

»Wir sind an Dutzenden von Häusern vorbeigekommen, die ...«

»Wirklich?« Sie konnte sich nicht daran erinnern, auch nur ein einziges gesehen zu haben.

»Außen um die Grundstücke«, räumte er ein. »Jede Menge Schornsteine.«

»Und viele Feuer, denen unser mysteriöser Feind auf den Grund gehen muss«, beendete sie den Satz mit einem Nicken.

Er zerbrach einen Ast und legte die Stücke kreuzweise übereinander. »Außerdem wird es bald dunkel.«

Sie sah zu, wie er ein dickes Holzscheit zu dem Stapel schleppte.

»Sie sind stärker, als Sie aussehen.« So stark, wie er aussah, besagte das einiges.

Seine einzige Reaktion bestand in einer hochgezogenen Augenbraue.

»Das Ding sieht schwer aus«, erklärte sie und deutete auf den Klotz. »Und Sie haben mich hochgehoben.« Was ihr in keiner Weise peinlich sein musste, sagte sie sich streng. »Mehr als einmal inzwischen.«

Er warf den Stamm zu Boden. »Sie sind leicht.«

Ihre Augen wurden schmal. Machte er sich über sie lustig? Sie war nicht leicht oder sogar zierlich, wie ihre Familie und ihre Freunde sie großzügig bezeichneten. Sie war klein und ausgesprochen üppig. Aber in McAlistairs Stimme oder Gesicht war keinerlei Anzeichen von Humor zu entdecken.

Aber es handelte sich schließlich um McAlistair; bei ihm ein Anzeichen von irgendetwas zu entdecken, hätte an ein Wunder gegrenzt.

»Nun ...« Wie sollte sie darauf reagieren? Weil sie absolut keine Ahnung hatte, fragte sie: »Kann ich irgendwie helfen?«

»Holen Sie den Proviant.«

Sicher – oder relativ sicher –, dass der kurz angebundene Befehl keine Kränkung sein sollte, zuckte sie die Achseln und ging zu den Sätteln, um die Reste des Mittagessens auszupacken, das sie und Mrs Summers sich geteilt hatten. Da war ein sehr traurig wirkendes Schinkensandwich, etwas Brot und Käse, die schon ziemlich mitgenommen aussahen, und eine größere Menge verdünntes Bier.

Verdursten würden sie nicht, aber das Essen reichte nicht einmal für einen von ihnen.

Sie sah zu McAlistair hinüber, der damit beschäftigt war, Holz fürs Feuer herbeizuschleppen. Er war größer, er arbeitete härter, und sie musste ihr gereiztes Verhalten wiedergutmachen.

»Ich fürchte, unsere Rationen sind ziemlich knapp bemessen.« Sie wartete, bis er das letzte Holzscheit abgelegt hatte, um ihm das Sandwich und den Löwenanteil von dem Brot und dem Käse zu reichen. »Aber ich habe ohnehin keinen großen Hunger.«

Er brach das Sandwich in der Mitte durch und reichte ihr einen Teil. »Essen Sie.«

Sie trat zurück, ohne das Sandwich zu nehmen. »Ich werde essen. Ich habe genug Brot und Käse, um ...«

»Nehmen Sie es, Evie.«

Da sie merkte, dass sie einem weiteren Streit gefährlich nahe waren, trat sie vor und nahm die Hälfte des Sandwichs, die er ihr anbot. »Wirklich ein bisschen dumm, dass ich es herunterwürge, wenn Sie nicht genug haben. Sind Sie sicher ...«

»Ich habe reichlich.« Er deutete mit dem Kinn auf Brot und Käse. »Nehmen Sie davon auch noch etwas.«

»Vielleicht«, antwortete sich ausweichend. »Falls ich nach dem Sandwich noch Hunger habe.«

Statt sie weiter zu bedrängen, kniete er sich hin und machte mit einer Geschicklichkeit Feuer, die er sichtlich durch viel Übung erworben hatte. Innerhalb weniger Minuten hatte er eine fröhliche kleine Flamme entzündet. Evie setzte sich ihm gegenüber auf den Boden, verputzte den Rest ihres Abendessens und verkniff sich wehmütige Blicke zu McAlistairs Brot und Käse.

Eine ganze Weile saßen sie beide in behaglichem Schweigen da, der Art von Schweigen, die weniger aus Vertrauen erwächst als aus der Tatsache, dass beide Parteien vollkommen erschöpft sind. Evie starrte in die Flammen und ließ ihre Gedanken schweifen, während sich ringsum die Dunkelheit herabsenkte.

»Warum sollten sie das tun?«, fragte McAlistair plötzlich.

Ihr Blick fuhr hoch. »Wie bitte?«

»Warum sollten die anderen sich verschwören, einen Ehemann für Sie zu finden?«

»Oh.« Sie blinzelte gegen die Benommenheit an und lächelte. »Dann glauben Sie mir also?«

»Nein. Es ist eine hypothetische Frage.«

Sie sackte in sich zusammen. Es war wirklich etwas entmutigend, dass er das, was sie ihm erzählt hatte, so leicht abtat. »Nun, ob Sie es glauben oder nicht, es ist eine List. Es hat etwas mit einem Versprechen zu tun, das Mr Fletcher Lord Rockeforte – Alex' Vater – auf dessen Totenbett gegeben hat. Ich habe keine Ahnung, was für ein Versprechen das war, warum dafür Kuppelei erforderlich war, oder warum er mich darin einschloss. Ich kannte den Mann kaum.«

»Können Sie nicht selbst einen Ehemann finden?«

»Natürlich kann ich das«, antwortete sie schnell und hoffte, dass er in dem sterbenden Licht ihr Erröten nicht sehen konnte. *Wahrscheinlich* konnte sie selbst einen Mann finden. Sie hatte zwar noch nie einen Heiratsantrag bekommen, aber andererseits hatte sie auch sorgfältig darauf geachtet, keinen Gentleman dahin gehend zu ermutigen. »Ich habe einfach kein Interesse daran.«

»Warum nicht?«

Sie hob einen kleinen Zweig auf und warf ihn ins Feuer. »Ebenso gut könnte man fragen, warum ich Interesse daran haben *sollte*.«

»Kinder und ein eigenes Heim.«

»Haldon ist mein Heim, Mr McAlistair, solange meine Familie dort wohnt. Darüber hinaus gefällt es nicht jeder Frau, ihr Leben nach Heirat und Geburt und Haushalt auszurichten.«

»Viele Frauen tun es«, bemerkte er. Dann fügte er hinzu: »McAlistair.«

Sie blinzelte ihn an. »Wie bitte?«

»Es heißt McAlistair, nicht Mr McAlistair.«

»Oh.« Meine Güte, der Mann war wirklich seltsam. »McAlistair ist Ihr Vorname?«

Er schüttelte den Kopf.

»*Haben* Sie denn einen Vornamen?«, erkundigte sie sich.

»Ja.«

Sie wartete eine Sekunde. Dann noch eine. Schließlich lachte sie und verdrehte die Augen. »Oh, was reden Sie da für ein Zeug!«

»Mr McAlistair war mein Vater.«

»So ist das normalerweise.«

»Sie brauchen mich nicht daran zu erinnern.«

»Ich verstehe.« Sie zupfte an einem Grashalm, hin- und hergerissen zwischen dem, was höflich gewesen wäre – das Thema fallenzulassen –, und dem, wonach es sie drängte, nämlich ihre unersättliche Neugier zu befriedigen. »War er lieblos?«

»Das weiß ich nicht«, antwortete McAlistair ohne jede Emotion. »Er hat uns verlassen, als ich vier war.«

»Das tut mir sehr leid.« Wieder zupfte sie an dem Gras. »Dann haben Sie vermutlich keine Geschwister?«

»Ich habe sechs jüngere Brüder.« Er reichte ihr ein Stück Brot.

»Jünger? ... Ah.« Sie nickte, und weil sie völlig ausgehungert war und er ihr das Brot so nachdrücklich hinhielt und es wirklich nur eine ganz kleine Portion war und ... oh, na schön, weil sie schwach war, nahm sie es an. »Verständlich.«

Erst als sie einen Bissen von dem Brot genommen hatte, wurde ihr bewusst, dass er sie wieder anstarrte. Sie kaute und schluckte. »Was?«

»Verständlich?«

Sie legte den Kopf schräg und sah ihn an. »Hatten Sie erwartet, dass ich Ihre Mutter verurteilen würde?«

»Ja.«

»Oh. Na ja.« Er war eindeutig unverblümt. »Ich wüsste nicht, warum. Die meisten Mitglieder der Halbwelt betrachten außereheliche Affären als modern – vorausgesetzt natürlich, die Dame hat mindestens einen männlichen Erben produziert.«

»Gehören Sie zur Halbwelt?«

»Nein, aber ich werde eine verlassene Frau nicht verurteilen, weil sie Trost gesucht hat. Ihr blieb ja nichts anderes übrig, oder? Ein Jammer, dass sie keine Scheidung erwirken konnte.«

»Sie heißen Scheidungen gut?«

Himmel, führten sie etwa ein richtiges Gespräch? »Unter gewissen Umständen, ja. Ich finde nicht, dass die Menschen nach Lust und Laune den Ehegatten wechseln sollten, aber es sollte auch nicht so schwer für eine Frau sein, sich aus einem schädlichen Bund zu befreien.«

»Wie die Frauen, denen Sie helfen?«

Sie biss noch einmal von dem Brot ab. »Genau.«

Ganze fünf Sekunden lang sah er sie an, ohne zu blinzeln, als würde er sie ganz genau betrachten. »Meine Brüder haben verschiedene Väter.«

Sie hörte auf zu kauen. »Was, *alle?*«

Er nickte.

»Nun. Ich verstehe.« Sie schluckte und dachte über dieses neue Detail nach. »Vielleicht brauchte sie eben sehr viel Trost.«

In der hereinbrechenden Dunkelheit und den Schatten, die das Feuer auf seine kantigen Züge warf, war es schwer zu erkennen, aber sie hatte den Eindruck, dass er lächelte.

Gleich darauf war sie sich absolut sicher, dass er die Stirn runzelte. Nicht wegen ihr, wohlgemerkt, er schaute auf etwas links von ihr, aber trotzdem, er runzelte die Stirn.

Verwirrt folgte sie seinem Blick. »Was ist?«

»Nicht bewegen.«

»Was? Was ist los?«

Dann sah sie sie, die braune Schlange mit dem schwarzen Zackenmuster auf dem Rücken, die sich keine zwei Schritte neben ihr über den Boden wand. Obwohl es nicht die erste Natter war, die sie sah, war es doch die erste, der sie begegnete, während sie auf dem Boden saß. Unwillkürlich überlief sie ein Schauer.

»Oh, verdammt.«

»Nicht bewegen«, wiederholte McAlistair streng. Während er weiter am Boden kauerte, zog er sein Messer aus der Scheide. Bevor sie sich auch nur fragen konnte, was er vorhatte, schnellte er in einer einzigen fließenden Bewegung vor, packte die Schlange mit seiner freien Hand und schnitt ihr den Kopf ab.

Obwohl ihr Herz angesichts der Gefahr immer noch flatterte und ihr der Kopf schwirrte von der schieren Geschwindigkeit, mit der McAlistair gehandelt hatte, drehte Evie sich bei dem beklagenswerten Anblick der enthaupteten Schlange der Magen um. »War das *wirklich* nötig?«

»Ja.« Er stand auf, um den Kadaver in den Wald zu werfen. »Sonst hätte ich es nicht getan.«

»Sie hat niemandem etwas getan.«

»Noch nicht.«

»Sie hätten …« Sie verstummte und war ausnahmsweise einmal dankbar, dass er nicht geneigt war, das Schweigen zu füllen. Ihre Argumente waren töricht. Er hätte nichts anderes tun können, außer die Schlange einzufangen, eins der Pferde zu satteln und – in fast völliger Dunkelheit – tief in den Wald zu reiten, um das Tier so weit vom Lager entfernt freizulassen, dass es nicht zurückkehrte.

Traurig zog sie die Stirn in Falten und blickte der toten Schlange hinterher. »Wirklich ein Jammer.«

Er nahm wieder Platz. »Sie mögen Schlangen?«

»Ich weiß nicht, ob man es ›mögen‹ nennen kann«, sagte sie und dachte an den kalten Schauder, der sie überlaufen hatte. »Aber ich habe Respekt vor ihnen und eine Abneigung dagegen, ein lebendiges Wesen zu töten, das nicht zum Verzehr bestimmt ist.«

Wenn sie sich nicht sehr irrte – und das tat sie ihrer Meinung nach –, stahl sich ein Anflug von teuflischem Humor in seine Stimme. »Soll ich sie holen und kochen?«

»Ich …« Ihr Blick fuhr zu ihm. »Kann man Nattern *essen*?«

»Ja.«

»Sind sie sicher? Haben Sie das schon einmal gemacht?«

»Oft.«

Sie biss sich auf die Lippe und dachte nach. »Wie schmecken sie?«

»Schwach.«

Schwach, überlegte sie, konnte vieles bedeuten. Es konnte, nach allem, was sie wusste, schwach ekelerregend bedeuten.

»Würden Sie nicht gern Ihr Gewissen beruhigen?«, erkundigte McAlistair sich.

Das würde sie schon, aber nicht auf Kosten ihres Magens. Sie spähte über die Flammen hinweg zu ihm hinüber.

»Wollen Sie sie mir etwa schmackhaft machen?«

»Ich will Sie herausfordern.«

»Eine Mutprobe also?« Einer Mutprobe konnte sie ebenso wenig widerstehen wie Neugier. »Was wären denn die Bedingungen?«

»Wenn Sie vier Happen essen, dürfen Sie sich die Decken für die Nacht aussuchen.«

Sie schnaubte. »Diese Wahl hätten Sie mir ohnehin überlassen.«

»Nicht ohne die vier Bissen«, erwiderte er, und diesmal war sie sich ziemlich sicher, dass sie den Teufel in seiner Stimme hören konnte. »Nicht mehr.«

»Ich verstehe.« Sie lachte. »Und was bekommen Sie, wenn ich versage? Abgesehen von einer angenehmeren Nachtruhe?«

Er schwieg einen langen, bedeutungsvollen Moment. Als er schließlich sprach, klang seine Stimme samtweich »Einen Kuss.«

Ihr Mund öffnete sich, aber es kam kein Laut heraus. *Einen Kuss?*

Ein Kuss im Wald? Machte er sich über sie lustig? Sie schaute ihn aus verengten Augen an, stellte aber fest, dass sie sein Gesicht nicht gut genug sehen konnte. So grausam würde er doch bestimmt nicht sein.

»Ein Kuss«, wiederholte sie schließlich heiser. Sie räusperte sich und versuchte, so etwas wie Erfahrung in ihre Stimme zu legen. »Nur ein einfacher Kuss, mehr nicht?«

»Ein Kuss auf meine Art.«

Ein Holzscheit knisterte im Feuer, und ein Funkenregen stob in die Luft. Die tanzenden Flammen spiegelten sich in seinen Augen und erhellten kurz sein Gesicht. In seinem Gesicht lag keinerlei Humor, kein Anflug von Erheiterung, der seine harten Züge weicher machte. Wenn überhaupt, wirkte er eher ... entschlossen.

»Sie sagten ...« Sie leckte sich die trockenen Lippen. »Sie sagten, ich sei nicht für Sie bestimmt.«

»Das sind Sie auch nicht.«

»Warum dann ...?«

Er schüttelte den Kopf. »Das sind die Bedingungen. Akzeptieren Sie?«

»Es ...« Sie räusperte sich erneut. »Es scheint mir ein ungleicher Handel zu sein. Wenn ich gewinne, bekomme ich nur etwas, das Sie beschlossen haben, mir vorzuenthalten. Ich möchte eine Gefälligkeit meiner Wahl.«

»Und die wäre?«

Sie zermarterte sich das Hirn nach etwas, *irgendetwas*, das sie lieber wollte als eine weitere Gelegenheit, McAlistair zu küssen. »Ich möchte ... ich möchte ...« Dann fiel ihr genau das Richtige ein. »Ich möchte, dass Sie diese ganze Angelegenheit ernst nehmen und offen für ein Gespräch darüber sind, dass es ein Verkupplungsplan ist.«

»Ich werde Ihre Sorgen ernst nehmen«, konterte er. »Mehr wäre eine Lüge.«

Sie dachte darüber nach und kam zu dem Schluss, dass sie die Aufrichtigkeit zu schätzen wusste. »Also schön. Abgemacht.«

8

Der Himmel hatte seinen letzten Rest Grau verloren, als McAlistair die Schlange endlich gehäutet, gesäubert und gekocht hatte.

Es sah eigentlich gar nicht so schrecklich aus, fand Evie, nachdem er ihr eine Portion gereicht hatte. Es roch auch gar nicht so schrecklich. Sie teilte ein kleines Stück ab, straffte die Schultern und nahm es in den Mund.

»Was denken Sie?«

Es schmeckte schwach. Fade. Wäre sie sich nicht der Tatsache allzu bewusst gewesen, dass es Schlange war, hätte sie vielleicht angenommen, es sei irgendein mit wenig Gewürz zubereitetes Geflügel. »Es ist gar nicht so schlimm.«

»Können Sie es ganz aufessen?«

»Gewiss.« Und um es zu beweisen, nahm sie noch einen Bissen und kaute mit einem selbstgefälligen Lächeln.

Er saß näher beim Feuer und näher bei ihr als zuvor, und in dem flackernden Licht konnte sie die Linien und Kanten seines Gesichtes ausmachen. Er schenkte ihr ein kleines Lächeln, als er ein Stück Fleisch abriss und hineinbiss. Ihr Blick verweilte auf seinem Mund.

Die Erinnerung daran, wie dieser Mund sich auf ihrem angefühlt hatte – warm, sanft, ein klein wenig fordernd –, blitzte in ihrer Erinnerung auf, und eine fast überwältigende Sehnsucht überkam sie.

Sie konnte es wieder haben. Sie brauchte nur die Mutprobe zu verlieren. Ihr Stolz regte sich bei dem Gedanken, aber sie kaute dennoch langsamer. Was konnte es schaden – abgesehen von dem Offensichtlichen, was ihr Stolz ihr gebot? Sie konnte mit einer dünneren Decke vorliebnehmen, und McAlistair schien ihr zu vernünftig, um die Echtheit des Verkupplungsplans lange zu leugnen. Und auch wenn er jetzt sofort an den Plan glauben würde, jetzt war es zu spät, umzukehren und die anderen zu suchen. Wie auch immer es dazu gekommen war – für die Dauer der Reise waren sie aufeinander angewiesen.

Sie kaute noch langsamer und stocherte ein wenig in dem Rest des Fleisches herum.

»Probleme?«, fragte McAlistair.

Sie würgte den Bissen demonstrativ herunter. »Nicht im Geringsten.«

Sie zupfte ein kleines Stück Fleisch ab und betrachtete es. Als sie sicher war, dass er sie beobachtete, riss sie das Stück entzwei, und wieder entzwei, und …

»Das ist kein Bissen, Evie.«

»Ist es doch.« Sie legte sich das inzwischen winzige Stück Fleisch in den Mund und kaute einmal betont darauf herum. »Sehen Sie? Ich habe gebissen.« Sie hätte auch schlucken können; das Stück war zu klein gewesen, um es zu erkennen.

»Das zählt nicht.« Er deutete auf die Reste des Stückes. »Alles.«

»Das sind mehr als vier Bissen.«

»Können Sie es nicht?«

»Natürlich kann ich es.« Sie konnte es wirklich. Fade oder nicht, ihrem Magen würde das Essen mehr als willkommen sein. Der Rest von ihr wollte jedoch etwas anderes. Sie berührte die Stückchen mit dem Finger. »Es ist ein bisschen fade, das ist alles.«

»Das müsste es eigentlich leichter machen.«

»Sollte man meinen«, stimmte sie in einem abwesenden Ton

zu. »Aber die Vorstellung ...« Sie stocherte noch etwas an dem Fleisch.

»Denken Sie an etwas anderes.«

Sie warf ihm einen Blick zu. Er ermunterte sie. Wollte er die Wette verlieren? Sie war nicht in der Lage, das zu beurteilen, wohlgemerkt, aber wenn sie absichtlich verlor, bedeutete das, dass sie geküsst wurde. Wenn *er* absichtlich verlor, bedeutete das, dass er sie nicht küssen wollte – was ein wenig beleidigend war. Und seltsam, da es seine Idee gewesen war.

»Was, wenn ich die verbliebenen zwei Bissen auf einmal essen würde?«, fragte sie. »Würde das zählen?«

»Ich wäre einverstanden.«

Sie verbarg ein Stirnrunzeln angesichts seiner schnellen Zustimmung. Er *wollte* verlieren. »Nun, wie viel wäre das?«

Er beugte sich vor und trennte ein Stück ab – ein riesiges Stück, das fast doppelt so groß wie ihre ursprüngliche Portion war.

Also schön, er wollte nicht verlieren.

»So viel bekomme ich nicht auf einmal in den Mund«, erklärte sie ihm lachend.

Seine Mundwinkel zuckten in die Höhe. »Dann lassen Sie es.«

»Das sind nicht die zwei Bissen, die ich Ihnen schulde. Es sind nicht einmal vier Bissen. Es ist ein sechsgängiges Menü und noch ein kleiner Imbiss hinterher.«

Er deutete mit dem Kinn auf die winzigen Fleischstückchen, die sie gerade zerpflückt hatte. »Die Strafe fürs Mogeln.«

»Ich mogele nicht.« Manch einer hätte gesagt, dass sie gerade durchaus mogelte, aber sie nicht. »Ich habe einfach keinen Hunger.«

»Sie haben heute wenig gegessen.«

»Ich habe mit Mrs Summers zu Mittag gegessen, zumindest

teilweise, und den Rest habe ich erst vor ein paar Stunden gegessen.«

Und sie hatte immer noch Hunger, aber einige Stunden des Fastens wären die Gelegenheit, McAlistair noch einmal zu küssen, mehr als wert.

Er warf ihr einen kühlen Blick zu. »Wir haben eine Abmachung, Evie.«

Die hatten sie allerdings. Und sie wollte auch gar nicht darüber streiten, aber wenn sie diese Wette gewinnen wollte, würde es von ihr erwartet werden.

Sie stocherte in dem Fleisch herum, während McAlistair aß.

»Ich kann nicht«, log sie, als er fertig war. »Ich kann es einfach nicht.«

Eine ganze Weile schwieg er. Und dann sagte er zu ihrem vollkommenen Erstaunen: »Sie haben es versucht. Keiner von uns hat gewonnen oder verloren.«

»Was?« Sie war sich nicht sicher, ob sie lachen oder weinen oder ihm das Essen an den Kopf werfen sollte. »Das können Sie nicht machen.«

»Sie wollen verlieren?«

»Das wäre dumm von mir, oder?«, fragte sie, um seiner Frage auszuweichen. »Aber Sie haben es selbst gesagt. Wir haben eine Abmachung getroffen, wir haben gewettet, und …«

Er griff nach dem verdünnten Bier. »Ich entbinde Sie davon«, sagte er nach einem langen Schluck.

»Damit beleidigen Sie uns beide.«

Bei ihrem brüsken Tonfall zog er die Augenbrauen hoch. »Wie bitte?«

Sie öffnete den Mund, um ihm einen bissigen Vortrag zu halten, aber schließlich entschied sie sich für ein einfaches »Wenn ich ein Mann wäre, würden Sie mir nicht anbieten, mich von der Wette zu entbinden.«

Seine Lippen zuckten. »Wenn Sie ein Mann wären, hätte ich die Wette gar nicht geschlossen.«

»Darum geht es nicht.« Sie wandte sich ab und starrte missmutig ins Feuer. McAlistairs Entscheidung, sie von der Wette zu entbinden, enttäuschte sie nicht nur wegen des ihr entgangenen Kusses. »Sie deuten damit an, dass man an mich nicht die gleichen Maßstäbe anlegen kann. Dass man Nachsicht üben muss, als wäre ich außerstande, die Wette richtig zu verstehen, oder als wäre mein Wort weniger wert als das eines Mannes. Ich finde diese Einstellung unerträglich.« Also schön, sie würde ihm doch einen Vortrag halten. »Außerdem zeigt es, dass Sie ein engstirniger Mensch sind, der wenig Wert auf ...«

»Nicht bewegen.«

»Was?« Ihr schlug das Herz bis zum Hals, und ihre Augen irrten hektisch auf der Suche nach einer weiteren Schlange umher. Saß sie etwa auf einem verdammten Nest davon?

»Meine Art«, sagte McAlistair. Er sah sie unverwandt an und beugte sich zu ihr herüber.

»Ihre ...?« Ihre Augen wurden groß, als sie seine Absicht begriff. Der Kuss. Er würde sie küssen. Auf seine Art.

Ihr Herz, das ihr bereits bis zum Halse schlug, begann wild zu hämmern.

Er nahm sanft ihre Hände, drückte sie auf den Boden und hielt sie dort fest. Dann beugte er sich vor, nah, näher, und dann hielt er inne, nur einen Atemzug entfernt. »Nicht bewegen«, wiederholte er mit rauem Flüstern.

Sie nickte oder dachte jedenfalls, es zu tun.

Und dann küsste er sie, und alle Gedanken lösten sich in nichts auf. Sie wollte nicht, dass das geschah – dass sie alles vergaß. Sie hatte sich konzentrieren wollen, hatte sich erinnern wollen, hatte jede Minute, jede Sekunde, jeden Herzschlag des Kusses speichern wollen. Noch vor einem Moment war ihr genau das ungeheuer wichtig erschienen. Aber jetzt, da sein Mund auf ihrem war, verdrängte die Wahrnehmung ihrer Sinne – sein Geschmack, sein Geruch, die Hitze in ihrem Bauch, als er sie seinerseits kostete – die Gedanken, und es schien nur noch wichtig zu sein, dass sie seinen Kuss erwiderte.

Ihre Hände ballten sich unter seinen zu Fäusten. Sie wollte ihn berühren, ihn näher heranziehen, wollte ihn drängen, aber er hielt sie fest und bewegte sanft seinen Mund über ihrem.

»Meine Art«, flüsterte er.

Er brachte seine Lippen wieder auf ihre und küsste sie mit äußerster Zärtlichkeit, rieb seinen Mund über ihren in der leichtesten Berührung, bevor er sich zurückzog, neu ansetzte und ihr einen weiteren Kuss auf die Lippen hauchte. Er küsste sie, als würde er prüfen, ob sie zerbrechlich war ... oder gefährlich.

Ohne die Kraft, sich zu bewegen, blieb ihr nichts anderes übrig, als ihn in seiner zarten Erkundung fortfahren zu lassen, bis sie glaubte, vor Verlangen nach mehr den Verstand zu verlieren.

Er wollte kosten, mehr nicht.

Das war es, was McAlistair sich gesagt hatte, als er die Wette eingegangen war, und was er sich schwor, noch während er Evies Hände in seine genommen und den Kopf vorgebeugt hatte, um ihren Mund zu finden. Doch nach dem ersten Probieren, diesem ersten berauschenden Geschmack, der nur Evie gehörte, musste er zugeben, was ein Teil von ihm die ganze Zeit über gewusst hatte: Es war ein Versprechen, das er nicht würde halten können.

Schon die Ahnung von ihr, die leiseste Berührung ihrer Lippen ließ das Blut in seinen Adern rauschen. Ein wildes Verlangen packte ihn. Erotische Bilder wirbelten gefährlich durch seinen Kopf: seine Hände in ihrem Haar, auf ihrer Hüfte, unter ihren Röcken. Evies Hände auf seinem Gesicht, auf seinem Rücken, auf seiner Haut.

Sie festzuhalten war nicht die Tat eines Mannes gewesen, der einer Frau seinen Willen aufzwingen wollte. Es war die Tat eines Mannes gewesen, der die Macht fürchtete, die diese Frau über ihn hatte. Eine leichte Berührung von ihr wäre genug, mehr als genug, um die Kontrolle zu verlieren. Und er war wild entschlossen, den letzten Rest an Selbstbeherrschung zu bewahren.

Nur noch einmal kosten, nur noch eine Berührung, dann würde er sich zwingen aufzuhören.

Ihre Zunge streifte seine. Es war nur die Spitze, die in einer zögerlichen, doch kühnen Geste nach vorn schoss, aber es war genug, um sein Blut zum Kochen zu bringen und sein Verlangen anschwellen zu lassen, bis er nichts anderes mehr hörte.

Furcht folgte dem Verlangen auf dem Fuß. Gewaltsam riss er sich zurück und packte sie an den Schultern, als wollte er sie festhalten oder auch wegstoßen. Später würde ihm klar werden, dass es eine sinnlose Geste war, da sie nicht nur saß, sondern auch vollkommen reglos war. Im Moment jedoch schien es absolut notwendig, sie um Armeslänge von sich wegzuhalten.

»Genug.« Selbst in seinen eigenen Ohren klang seine Stimme gepresst.

Evie öffnete langsam blinzelnd die Augen.

Genug? Wie konnte es denn genug sein?

Da war doch noch mehr, oder?, fragte sie sich, während sie wie auf einer Wolke zu schweben schien. Ja, natürlich war da noch mehr. Sie hatte Prostituierte über dieses Mehr in sehr unzweideutigen Worten sprechen hören. Diese Ausdrücke waren ihr damals ein wenig unvernünftig vorgekommen, aber nun erschienen sie ihr recht ... interessant.

»Wollen Sie denn nicht mehr?«

Sobald die Worte aus ihrem Mund heraus waren, setzte ihr Verstand wieder ein und warf sie völlig aus der Bahn. »Ich habe nicht ... ich k-kann nicht ...« Sie biss sich auf die Zunge. »Ich kann nicht glauben, dass ich das gesagt habe.« Obwohl sie unbedingt seine Antwort hören wollte. Es war schlichtweg nichts, was eine Dame sagte. Schlimmer noch, es kam einem Betteln gefährlich nahe.

McAlistair ließ ihre Arme los und stand auf, und der plötzliche Abstand ließ sie trotz der warmen Nachtluft frieren. Sie suchte nach Worten, irgendetwas, um das Schweigen zu brechen, das ihr immer unbehaglicher schien, aber er wandte sich ab und ging ein paar Schritte bis zu ihren Vorräten, bevor ihr etwas Passendes einfiel.

Evie stand auf, um ihn zu beobachten. Genauso gut hätte sie ihn im Sitzen beobachten können, aber wie etwas Weggeworfenes auf dem Boden zu sitzen, während er umherging, machte es noch schlimmer.

McAlistair nahm die dickere Decke und brachte sie ihr.

Instinktiv streckte sie die Hand danach aus. »Ich dachte, ich hätte die bessere Decke verloren«, sagte sie leise.

»Nein, Sie haben die Möglichkeit verloren, wählen zu dürfen. Schlafen Sie jetzt.«

Einfach so? Nach dem, was sie getan hatten, was sie gefühlt hatte? Nimm eine Decke und schlaf? Sie versuchte, den Kloß in ihrer Kehle hinunterzuschlucken. »Wenn Sie böse sind ...«

»Ich bin nicht böse«, sagte er schroff.

»Nun dann, wenn Sie ...«

»Ich bin es nicht.«

Der Kloß verwandelte sich in Verärgerung. »Wie können Sie ...«

»Lassen Sie es gut sein, Evie.«

Sie stieß einen wütenden Atemzug aus. »Für einen Mann, der wenig spricht, unterbrechen Sie mich ziemlich oft.«

»Für eine intelligente Frau muss man Sie ziemlich oft unterbrechen.«

Sie starrte ihn an. »Sind Sie ... sind Sie etwa *schnippisch*?«

Seine einzige Antwort war ein Knurren, bevor er sich umdrehte und mit großen Schritten im Wald verschwand.

Für McAlistair war es ein Leichtes, sich im Dunkeln zu bewegen. Die Dunkelheit war sein Element, sein Milieu, und er hatte Jahre Zeit gehabt, seine Fähigkeiten zu verbessern. Er konnte sich mühelos und lautlos durch Bäume und Unterholz bewegen, ohne einen einzigen Zweig zu berühren.

Doch jetzt tat er es nicht.

Er stampfte sogar ein wenig, gab er zu. Es ließ sich nicht ändern. Schnelligkeit war von äußerster Wichtigkeit. In der Nähe floss ein Bach, und mit etwas Glück würde er eisig sein. Er hatte vor, den Kopf hineinzutauchen.

Was zum Kuckuck war los mit ihm? Was zum Teufel hatte er sich dabei gedacht, Evie Cole *noch einmal* zu küssen?

Das war natürlich der springende Punkt – er hatte nicht gedacht.

Er runzelte die Stirn angesichts seiner unzureichenden Begründung. Nein, er hatte viel gedacht – daran, sie zu halten, sie zu kosten, sie zu lieben. Er hatte seit Jahren an wenig anderes gedacht. Das Problem war, dass es etwas ganz anderes gewesen war, sich vorzustellen, wie es wäre, Evie Cole zu lieben, während er allein im Wald gewesen war, statt es sich vorzustellen, während sie allein miteinander im Wald waren. Jetzt war die Versuchung sehr real.

Er hatte gewusst, dass es so sein würde. In dem Moment, in dem er sie ohne die anderen in den Wald geführt hatte, hatte er gewusst, dass sie tagelang zusammen sein würden, aber er war sich sicher gewesen, dass er würde widerstehen können. Er hatte auf seine Selbstbeherrschung vertraut.

Verdammter Narr.

Er hatte ihr nicht mehr als zehn Sekunden lang widerstehen können, als sie das erste Mal in Reichweite gewesen war. Wie hatte er nur denken können, dass es ihm gelingen würde, nachdem er einen vollen Tag vermieden hatte – ohne Erfolg –, die blasse Haut ihrer nackten Beine anzusehen, die Art, wie ihr Körper sich im Rhythmus ihres Pferdes bewegte, und die Art, wie ihr hellbraunes Haar sich aus den Nadeln löste, um vom Wind zerzaust zu werden? Warum zum Teufel hatte er gedacht, er würde ihr widerstehen können, wenn sie allein im Mondlicht saßen, ihr Gesicht in den Schein des Feuers getaucht wurde und ihr warmes Lachen die dunkle Luft erfüllte?

Es war das Lachen gewesen. Dieses leise, beinahe rauchige Geräusch des Vergnügens war seine erste Bekanntschaft mit Miss Evie Cole gewesen. Er hatte es in seiner ersten Woche als Einsiedler von Haldon Hall gehört, als es vom Rasen hinter dem Haus durch die Bäume zu ihm gedrungen war. Es hatte eine höchst seltsame Wirkung auf ihn gehabt. Er hatte dort gesessen und in den kleinen Bach geschaut, der durch den Wald lief. Sein Zustand hatte irgendwo zwischen seliger Benommenheit und gefährlicher Nervosität geschwankt. Ohne eine Aufgabe, die es zu erfüllen galt, ohne etwas anderes, das seinen Geist beschäftigte, hatten seine Gedanken sich dem Leben zugewandt, das er viel zu spät erst hinter sich gelassen hatte, und der trostlosen Zukunft, die vor ihm lag.

Er hatte sich ausgehöhlt gefühlt, verbrannt bis ins Mark.

Und dann hatte er sie gehört.

Er würde niemals sagen können, warum es ihr Lachen war und nicht das einer anderen Frau, das eine solch starke Wirkung auf ihn gehabt hatte. Warum ihre Stimme sich wie Balsam auf seinen Wunden angefühlt und das schlimmste Brennen gekühlt hatte, warum es die ärgsten Erinnerungen gemildert hatte. Vielleicht weil es ein so aufrichtiger Laut war – nach den vielen Jahren, in denen er es mit Lügen, mit Falschheit zu tun gehabt hatte, war es die schiere Ehrlichkeit ihres Vergnügens, die ihn bewegt hatte.

Es war nichts Künstliches daran gewesen, nichts, was unecht oder verlogen gewesen wäre.

Es gab immer noch Wahrheit auf der Welt, hatte er begriffen, und sie konnte im Lachen einer Frau gefunden werden.

An diesem Tag hatte er sich in sie verliebt. Ohne sie zu sehen, ohne mit Bestimmtheit zu wissen, wer sie war, hatte er sich verliebt. Anfangs war es eine unschuldige Art von Liebe gewesen, die Art, die ein verlorener und hungriger Mann für eine Frau entwickelt, die ihn aufnimmt und mit Essen und Freundlichkeit verzaubert.

Aber dennoch war es Liebe gewesen.

Für eine Weile war er mit dieser Zuneigung zufrieden gewesen; es hatte ihm genügt, einfach auf das Geräusch ihres Lachens zu lauschen und dafür dankbar zu sein. Aber er war nur ein Mann, und irgendwann hatte sein Wunsch, mehr zu erfahren, dazu geführt, dass er sie suchte. Angelockt vom Klang ihrer Stimme, war er eines Abends an den Waldrand nahe der Wiese gegangen und hatte den ersten Blick auf die Frau erhascht, die ihm ein gewisses Maß an Frieden gebracht hatte.

Sobald er sie erblickte, wusste er, wer sie war. Bevor er sich im Wald von Haldon niedergelassen hatte, hatte Whit ihm jedes Mitglied des Hauses beschrieben. Klein, fraulich, und mit einer Narbe, die sich über ihre ganze Wange zog, konnte der Gegenstand seiner Bewunderung keine andere sein als die achtzehnjährige Miss Evie Cole.

Er hatte sie und ein jüngeres, größeres Mädchen, bei dem es sich nur um Lady Kate Cole handeln konnte, beobachtet, wie sie mit einem Paar schlappohriger Welpen im Gras gespielt hatten. Er war nicht länger als eine Viertelstunde geblieben, gerade genug, um die behutsame Art zu beobachten, in der sie mit den Welpen balgte; die liebevolle Art, in der sie ihre Freundin neckte ... und die verstörende Art, wie sein Körper sich anspannte, als sie aufstand und sich bückte, um einen der Welpen hochzuheben, und ihm einen klaren Umriss ihres Hinterteils darbot.

An diesem Nachmittag war er mit einer ganz anderen Liebe in sein Lager zurückgekehrt als die, mit der er es verlassen hatte.

Zu dumm, dachte er jetzt, dass es nicht vorübergehend gewesen war.

Er fand den Bach und kniete sich hin, um sein Gesicht zu kühlen. Er war nicht so kalt, wie er gehofft hatte, aber er erfüllte seinen Zweck. Ruhiger, wenn auch nicht ganz entspannt, hockte er sich auf die Fersen und überdachte die Lage.

Er hatte Evie geküsst – erneut –, und das ließ sich nicht ungeschehen machen. Er bezweifelte, dass er den Kuss zurücknehmen würde, selbst wenn er es könnte. Es war der Himmel gewesen, und kein Mann gab das Paradies freiwillig auf, selbst wenn es unverdient war.

Ein Mann konnte sich jedoch umso mehr darum bemühen, es nicht zu stehlen.

Er würde Abstand zu ihr halten. Er würde sich daran erinnern, wer sie war – eine Dame, ein Unschuldslamm, die Cousine und Nichte der Menschen, denen er mehr schuldete, als er jemals zurückzuzahlen hoffen konnte. Wichtiger noch, er würde sich daran erinnern, wer er war und was er gewesen war.

McAlistair fühlte sich sehr viel entschlossener, als er aufstand und um das Lager herumging. Er hatte nicht die geringste Erwartung, irgendetwas zu finden. Er hätte sich weder den Kuss gegönnt, noch wäre er durch den Wald gestapft, wenn er auch nur für einen Moment geglaubt hätte, dass ihnen jemand gefolgt war, ohne dass er es bemerkt hatte.

Es hätte keine Rolle gespielt, wenn ein Verfolger jede Vorsichtsmaßnahme ergriffen hatte, um unbemerkt zu bleiben; McAlistair hätte von der Gefahr gewusst. Er hatte schließlich gutes Geld damit verdient, Männer aufzuspüren, die ihr Bestes getan hatten, um sich zu verstecken.

Trotzdem, er würde sich nicht wohlfühlen, wenn er auf die Patrouille verzichtete.

Evie würde die Vorsichtsmaßnahme zweifellos für übertrieben halten. Mit einem erneuten Stirnrunzeln schob McAlistair sich vorsichtig durch ein Gewirr tief hängender Zweige. Ihre Idee, dass das Ganze eine List war, um sie zu verkuppeln, beunruhigte ihn. Nicht weil er glaubte, dass an ihrer Theorie etwas Wahres war, sondern weil eine Frau, die sich in Sicherheit wähnte, viel eher persönliche Risiken einging.

Es ärgerte ihn außerdem, dass sie seine Ablehnung der Theorie nicht akzeptiert hatte. Sie hatte etwas unerwartet Stures an sich.

Dickköpfigkeit konnte der Vernunft und der Realität jedoch nicht ewig standhalten. Irgendwann würde sie zur Besinnung kommen. Und wahrscheinlich war es das Beste, wenn das schrittweise geschah. Es würde weniger traumatisch für sie sein, wenn sie sich nach und nach an die Vorstellung gewöhnte, statt plötzlich damit konfrontiert zu sein. Er bezweifelte stark, dass sie zu Hysterie neigte, aber man konnte nie wissen.

Und bis dahin konnte er sie beschützen.

Nachdem das beschlossen und seine Patrouille beendet war, wandte er sich wieder in Richtung des Lagers ... und seine Gedanken wieder zu dem Kuss.

Es kam ihm plötzlich in den Sinn, dass vielleicht eine Entschuldigung bei Evie angebracht war.
Zum Teufel damit.
Es genügte, dass er sich zurückgezogen hatte, bevor die Dinge außer Kontrolle geraten waren. Er würde das Thema übergehen – einfach so tun, als wäre es nicht geschehen. Es war schon einige Zeit her, seit er den Verhaltensregeln eines Gentleman unterworfen gewesen war, aber er war sich sicher – nun, *relativ sicher* –, dass so zu tun, als habe es den Kuss nie gegeben, nach einer Entschuldigung das Zweitbeste war.

Es würde genügen müssen. Er würde das Paradies nicht stehlen, aber er wollte verdammt sein, wenn er sich dafür entschuldigte, einen kleinen Blick darauf geworfen zu haben.

Allein gelassen, nachdem McAlistair in den Wald gestürmt war, hatte Evie erwogen, aufzubleiben, aus dem einfachen Grund, weil er ihr befohlen hatte, schlafen zu gehen. Am Ende war sie jedoch zu dem Schluss gekommen, dass es eine Spur weniger demütigend war, sich schlafend zu stellen, als herumzustehen und auf seine Rückkehr zu warten.

Als sie jetzt in den Ausschnitt des Nachthimmels sah, den die Lichtung freigab, hätte sie eine gewisse Freude an der Erkenntnis finden können, dass ihr Haufen aus Blättern, Zweigen und einer dicken Decke ein überraschend weiches Bett abgab – oder abgegeben hätte, hätte sie sich nicht so verflixt unwohl gefühlt.

Ihr Körper vibrierte immer noch von McAlistairs Kuss und machte sie heiß und rastlos, und ihr schwirrte nach wie vor der Kopf von seinem plötzlichen Rückzug.

Warum hatte er sich abgewandt? Warum hatte er ihr die Decke zugeworfen und war dann *weggerannt*? Sie fragte sich, wohin er gegangen war und wann er zurückkommen würde.

Vielleicht hätte sie ihm folgen sollen. Vielleicht sollte sie ihm jetzt folgen.

Wie demütigend wäre es wohl, wenn sie es versuchte, in der Dunkelheit hinfiel und ihn um Hilfe anrufen musste?

Sie erwog gerade, aufzustehen und ihre Erregung zu mäßigen, indem sie neben den glühenden Resten des Feuers auf- und abging, als sie das Rascheln von Zweigen hörte. Langsam (sie versuchte schließlich, sich schlafend zu stellen) drehte sie den Kopf zur Seite. Sie blinzelte in die Dunkelheit und konnte die Umrisse von McAlistairs Gestalt ausmachen, als er Äste am Rand der Lichtung sammelte.

Sie wandte das Gesicht ab, rollte sich auf die Seite und schloss die Augen, als er auf sie zukam. Sie wollte ihn fragen, ob er immer noch schnippisch sei, besann sich aber eines Besseren – vor allem, nachdem er sich hinter ihr hingelegt hatte. Er war ihr so nahe, dass sie jeden seiner Atemzüge hören konnte. Wenn sie sich umdrehte, könnte sie die Hand ausstrecken und ihn berühren. Der Drang, genau das zu tun, war beinahe überwältigend. Noch mehr wünschte sie sich jedoch, dass er derjenige sein möge, der die Hand ausstrecke.

»Evie?«, sagte er leise, und beinahe wäre sie hochgesprungen.

»Ja?« Die Hoffnung, die in diesem einen Wort lag, erschreckte sie.

»Ich heiße James. Mein Vorname ist James.«

»Oh.« Himmel, der Mann war wirklich seltsam. »Soll ich ... soll ich Sie James nennen?«

»Nein. Mein Vater hieß auch James.«

»Dann also McAlistair.«

Er würde die Hand nicht ausstrecken, begriff sie, aber wenigstens war er nicht zornig oder kalt. Da sie bereit war, sich damit für den Moment zufriedenzugeben, schloss sie die Augen und überließ sich erschöpft dem Schlaf.

9

Die Sonne war noch nicht über die Baumwipfel gestiegen, als Evie erwachte. Das Licht fiel in langen Strahlen durch die Zweige und Blätter auf den Waldboden und erhellte sanft die Lichtung. Evie blinzelte verschlafen zu McAlistairs Decke hinüber, nur um festzustellen, dass er fort war.

Sie setzte sich langsam auf und zuckte zusammen, weil ihr Bein steif war und … nun, weil eigentlich alles steif war. »McAlistair?«

Hinter ihr antwortete das leichte Rascheln von Blättern. Als sie sich umdrehte, sah sie McAlistair aus den Bäumen auf die Lichtung treten – mit zwei Fischen in der Hand.

Sie unternahm einen vergeblichen Versuch, sich den Schlaf aus den Augen zu reiben. »Wo haben Sie die her?«

»Bach. Hab sie gefangen.«

Sie konnte nirgendwo eine Angelrute oder ein Netz entdecken. »Womit?«

Er hob die freie Hand und wackelte mit den Fingern.

»Oh, das haben Sie nicht.« Sie lachte. Das konnte er unmöglich getan haben. Sie sah zu, wie er seinen Fang neben dem Feuer ablegte und die Glut anfachte.

»Oder doch?«

Einer seiner Mundwinkel zuckte in die Höhe. »Ich könnte es Ihnen zeigen.«

»Was, *jetzt?*«

Er schüttelte den Kopf. »Beim Cottage. Da ist ein Bach.«

»Sie sind dort gewesen?«

»Nein. Ich habe Mr Hunter in Haldon gebeten, eine Karte zu zeichnen.«

»Oh.« Sie gähnte ausgiebig. »Ist sie gut?«

Er schaute auf. »War kein Porträt. Nur eine Skizze der umliegenden Städte, Landmarken, Gebäude.«

Natürlich. Was sollte es denn sonst sein – ein Aquarell von jedem Raum, jedem Ziegelstein und jedem Baum? Sie verzog das Gesicht. »Ich bin morgens nicht in Bestform. Ich ziehe Abende und Nächte bei Weitem vor. In London ...«

Sie verstummte und erinnerte sich plötzlich besonders an die vergangene Nacht.

Dass sie sie auch nur für einen Moment vergessen haben konnte, belegte, *wie* durcheinander sie morgens war.

Gütiger Himmel, er hatte sie geküsst. Sie hatte seinen Kuss erwidert. Köstliches Entzücken rang mit einer plötzlichen Welle der Nervosität. Sollte sie etwas sagen – irgendwie auf das eingehen, was geschehen war? Würde er etwas sagen?

Er klatschte einen Fisch auf einen großen, flachen Stein und zog sein Messer heraus. »Was ist in London?«

Anscheinend würde er nichts sagen. »Ich – nichts.«

Enttäuschung verdrängte das Entzücken. War es derart alltäglich für ihn gewesen, dass er so leicht abtun konnte, was zwischen ihnen geschehen war? Oder war es einfach so, dass das, was sie empfunden hatte – diese wunderbare, fast überwältigende Erregung –, ihn nicht ebenfalls berührt hatte? Es war ein demütigender Gedanke, und weil sie aus Prinzip nichts für Demütigungen übrig hatte, schob sie ihn beiseite.

Er verhielt sich wie ein Gentleman, das war alles. Ein Mann von guter Erziehung würde eine Dame niemals an etwas erinnern, was manch einer als moralischen Fehltritt betrachten würde. Ungeachtet der Tatsache, dass ein Gentleman sie überhaupt nicht geküsst hätte, benahm er sich jetzt wie einer. Sie sollte wirklich dankbar sein. Es würde ihr sehr viel Beschämung ersparen, ganz zu schweigen von weiteren abstrusen Tagträumen.

Er hatte ihr gesagt, dass sie für jemand anderen bestimmt sei, nicht wahr? Ihrer Meinung nach hieß diese Entschuldigung so viel wie »Nein, danke«. Das und seine plötzliche Vergesslichkeit bedeutete, dass ein paar gestohlene Küsse alles waren, wofür er sich interessierte. Sie sollte so klug sein, das im Gedächtnis zu behalten.

Sie setzte einen gleichgültigen Gesichtsausdruck auf, schlenderte zu ihm hinüber und betrachtete den Fisch auf dem Stein. »Whit und Alex wären ungeheuer beeindruckt ...«

Sie verstummte und verzog das Gesicht, als er den Fisch zu säubern begann.

Er sah auf. »Haben Sie noch nie gesehen, wie ein Fisch ausgenommen wird?«

»Oh doch. Oft.« Sie vermied es sorgsam, ihn und seine Arbeit anzusehen. »Whit und Alex gehen oft angeln, schon seit sie kleine Jungen waren.« Wieder verzog sie das Gesicht. »Jungs neigen dazu, mit den kleinen Teilen herumzuspielen.«

»Sie haben sie Ihnen ins Bett gelegt, oder?«

»Um den Zorn der Haushälterin auf sich zu laden?« Sie lachte und schüttelte den Kopf. »Sie haben uns lieber mit einem Stock über den Hof gejagt, auf den sie den Kopf und ich weiß nicht, was noch, gespießt hatten.«

»Kleine Jungen sind gemein.« Er lächelte und griff nach einem Fisch. »Haben Sie sich gerächt?«

»Wir haben ihnen die Angelleinen hoffnungslos verknotet«, bestätigte sie. Sie legte den Kopf schräg und musterte ihn. Mit einem Mal war er fast schon gesprächig – fragte sie nach ihrer Familie, bot an, ihr Angeln beizubringen, begann ein Gespräch.

Er war putzmunter, wach, beinahe fröhlich, jedenfalls so fröhlich, wie sie ihn noch nie gesehen hatte.

»Sie sind ein Morgenmensch.« Sie hatte nicht gewollt, dass es so anklagend klang, aber sie hegte seit Langem ein tiefes Misstrauen gegen Morgenmenschen. Es war so unnatürlich.

»Ich mag das Licht«, entgegnete er rätselhafterweise.

»Ich mag es auch«, murmelte sie. »Mittags.«

»Sie schlafen bis zum Mittag?«

»Nicht, wenn ich mir keine Standpauke von Lady Thurston über die Gefahren der Trägheit anhören möchte. Ich bin einfach erst mittags richtig wach.« Sie rieb sich mit der Hand übers Gesicht. »Wie meinen Sie das, Sie mögen das Licht?«

»Es ist weicher.«

»Tatsächlich?« Sie schaute nach Osten und zuckte zusammen. »Mir kommt es schrecklich hell vor.«

»Kommt auf den Standpunkt an.«

»Vermutlich.« Sie vergaß ihren Ekel und sah zu, wie er den ersten Fisch beiseite legte und nach dem zweiten griff. »Kann ich irgendwie helfen?«

»Machen Sie Feuer.«

Evie fragte sich, ob es klug war, sie morgens gleich als Erstes mit Feuer spielen zu lassen, tat aber trotzdem wie geheißen. Und schließlich gelang es ihr, aus der Glut des vergangenen Abends eine hübsche Flamme zu zaubern, wobei sie sich nur ganz leicht den Ärmel ansengte. Sie seufzte über die Beschädigung ihres Kleides. Ihr modisch elegantes blaues Reisekostüm war hoffnungslos zerknittert, verschmutzt und hatte nun auch noch einen Brandfleck. Der Rest von ihr sah vermutlich fast genauso schrecklich aus, doch abgesehen von ihrem Haar, das sie zu einem Zopf geflochten und über die Schulter geworfen hatte, konnte sie wenig daran ändern, bis sie irgendwo waren, wo sie Seife und einen Spiegel zur Verfügung hatte.

Zu ihrer Enttäuschung verwarf McAlistair schnell die Idee, in einem Gasthaus Rast zu machen.

»Wir halten uns von der Straße fern«, teilte er ihr mit, nachdem er die Fische gegart, ihr einen halben gegeben und den anderen für das Mittagessen weggepackt hatte.

»Könnten wir nicht *irgendwo* Pause machen?«, fragte Evie, während sie ihre winzige Portion aß.

Er löschte das Feuer mit Erde und einigen gezielten Stiefeltritten. »Wo?«

»Ein Wirtshaus? Ein Bauer? Ein …?«

»Nein.«

Sie hatte diese Antwort beinahe erwartet und hielt sich nicht mit Nörgeln auf.

Sie begann jedoch heftig zu murren, als sie beim Aufbruch in ihren Sattel kletterte. Nach dem Ritt des vergangenen Tages bestand ihr ganzer Körper nur noch aus schmerzenden Muskeln und Knochen, und das war nur eine Halbtagesreise gewesen. Wie viel schlimmer würde ein ganzer Tag im Sattel sein?

Es war bei Weitem nicht so schrecklich, wie Evie befürchtet hatte. Aus Rücksicht auf ihr Wohlbefinden machte McAlistair regelmäßig Pausen, damit sie absitzen und sich strecken konnte. Es verletzte ihren Stolz ein wenig, und ihr Bein schmerzte auch weiter, aber es war erheblich besser als die Taubheit, die sie am Tag zuvor verspürt hatte. Sie beschloss ihrerseits, ihr Unbehagen zu verdrängen und das Beste aus der Reise zu machen. Es war schließlich ein Abenteuer, das sich wahrscheinlich nicht wiederholen würde.

Wirkliche Konversation mit McAlistair kam nicht infrage, da er immer vor ihr oder hinter ihr oder an der Seite oder … nun, jedenfalls immer irgendwo anders ritt. Sie redete sich ein, dass er herauszufinden versuchte, ob sie verfolgt wurden, und dass er sie nicht einfach mied, aber so oder so blieb ihr nichts anderes übrig, als sich allein zu beschäftigen.

Und diese Unterhaltung bestand *nicht* darin, sich dem Anblick hinzugeben, wie er auf seinem Pferd dahingaloppierte ... auch wenn er ziemlich umwerfend aussah, mit seinen dunklen Locken, die sich aus dem Band lösten und ihm über die rastlosen Augen wehten, und die festen Muskeln seiner Beine, die sich unter dem Stoff seiner Reithose abzeichneten, und ...

Sie riss den Blick von ihm los und richtete die Gedanken bewusst auf unverfängliche Themen wie die Betrachtung eines ungewöhnlich großen Strauches. Mirabelle, sagte sie sich, würde alles über diesen Strauch wissen wollen. Tatsächlich würde Whits Frau, die eine begeisterte Pflanzenliebhaberin war, sich wahrscheinlich freuen, eine detaillierte Beschreibung jeder Blume, jedes Baums und jedes Busches zu hören, die Evie sah.

Die Überlegung, was sie ihren Freunden von ihrer Reise erzählen oder mitbringen könnte, war sehr viel erfreulicher, als bei ihren verwirrten Gefühlen zu verharren. Als sie begann, an sie statt an sich selbst zu denken, nahm sie ihre Umgebung mit neuem Interesse wahr.

Es war eine schöne Landschaft, befand sie. Obwohl sie schon früher in Cambridgeshire gewesen war, hatte sie die größeren Städte noch nie verlassen und war nie so weit von der Straße entfernt gewesen. Es war eine ganz andere Welt und eine neue Erfahrung, die vertrauten, sanften Hügel und Wälder zu betrachten, die langsam in die flachen Moore übergingen. Wenn sie in einer Kutsche gesessen hätte, hätte sie sich wahrscheinlich die Zeit mit Lesen oder Gesprächen vertrieben und nur gelegentlich einen Blick aus dem Fenster geworfen. Sie hätte die allmählichen Veränderungen, die sanften Farben oder den luftigen Zauber einer fernen Windmühle gar nicht wahrgenommen.

Sie streckte die Hand aus und riss einige Blätter von einer hohen Pflanze ab, bemerkte den leichten Salbeiduft und steckte sie sich für Mirabelle in die Tasche. Vielleicht konnte sie für Kate eine Wildblume finden, die sie pressen konnte. Sophie würde nichts besser gefallen als ein oder zwei unterhaltsame Geschichten, und Evie war sich sicher, dass sie jede Menge davon erzählen können würde, ehe die Reise vorüber war.

Beschäftigt mit ihrer Umgebung und Gedanken an ihre Freundinnen bemerkte Evie kaum, wie der Morgen verstrich, bis McAlistair sein Pferd neben ihres lenkte, erklärte, es sei Zeit fürs Mittagessen, und die Pferde zum Stehen brachte. Sie ließen sich auf einer der Decken nieder – Evie bestand darauf, denn er wäre es zufrieden gewesen, im Stehen zu essen – und verzehrten schnell den Fisch, den McAlistair vom Frühstück aufgespart hatte. Im Allgemeinen bevorzugte Evie ihren Fisch warm und gewürzt, aber da sie in den letzten vierundzwanzig Stunden so wenig zu essen bekommen hatte, schmeckte das Mahl wie Ambrosia – eine leider ungenügende Portion Ambrosia.

Evie dachte flüchtig daran, McAlistair einen Teil ihrer Portion anzubieten. Dann aß sie ihren Fisch in vier gierigen Bissen auf. So edel war sie nun auch wieder nicht.

Um sich davon abzulenken, dass der Fisch so wenig dazu beigetragen hatte, ihren Hunger zu stillen, richtete sie die Aufmerksamkeit einmal mehr auf die Landschaft. Wenn es tatsächlich jemand auf sie abgesehen hätte, würde sie nur ungern in so offenem Gelände reiten, überlegte sie. »Was für ein leichtes Ziel wir abgeben«, bemerkte sie geistesabwesend.

McAlistair verzehrte den Rest seines Fisches und sah sie an. »Wie bitte?«

Sie deutete mit der Hand auf die offene Landschaft. »Hier

können wir uns nirgendwo verstecken. Nicht dass wir es müssten«, fügte sie schnell hinzu, »aber wenn wir es müssten, könnten wir es nicht.«

»Hier könnte sich auch sonst niemand verstecken.«

»Da ist was dran.« Jeder, der auf sie zielen wollte, würde sich selbst ebenfalls zur Zielscheibe machen. »Was wäre, wenn plötzlich ein Mann auf einem Pferd auf uns zugaloppiert käme? Würden wir einfach aufeinander schießen und hoffen, dass wir besser zielen als er, oder würden wir fliehen und hoffen, dass unsere Pferde länger durchhalten als seins, oder …«

»Ich werde nicht zulassen, dass Ihnen etwas geschieht.«

Sein ernster Tonfall veranlasste sie, sich zu ihm umzudrehen, doch bei seinem durchdringenden Blick wandte sie sich wieder ab, und ihr stockte der Atem. Eine unangenehme Kombination aus Hitze und schlechtem Gewissen machte sich in ihrer Brust breit.

Das war gedankenlos von ihr gewesen.

McAlistair hielt die Verschwörung für echt. Natürlich sollte er das nicht – sie hatte ihm gesagt, wie es wirklich war –, aber er *glaubte* nun einmal, sie sei in Gefahr. Und wegen dieses Glaubens war seine Bereitschaft, sie sicher durch mehrere Grafschaften zu begleiten, ein Akt aufrichtiger Selbstlosigkeit. Sie hatte keine Bedenken, mit ihm über die Notwendigkeit seiner Besorgnis zu streiten, aber sie musste mehr darauf achten, sich deswegen nicht über ihn lustig zu machen.

»Das weiß ich«, sagte sie leise.

»Weil Sie nicht glauben, dass Sie in Gefahr sind«, vermutete McAlistair.

»Nun, ja«, gab sie zu, immer noch unfähig, ihm in die Augen zu sehen. »Aber nur zum Teil.«

»Sie denken, Sie sind in der Lage, selbst auf sich aufzupassen?«

»Nun, ja«, sagte sie wieder. »Aber wenn ich in Gefahr *wäre* und nicht selbst auf mich aufpassen könnte, würde ich mich darauf verlassen, dass Sie das erledigen.«

»Sie sind zu gütig«, erwiderte er trocken.

Es entlockte Evie ein Lachen, und durch das Lachen verflog die Anspannung. »Das stimmt, ich bin ein unerschöpflicher Quell der Großzügigkeit.« Sie seufzte auf und rieb sich die Hände an ihren blauen Röcken ab. »Und jetzt, da wir uns einig sind, sollten wir weiter.«

»Sie haben es eilig mit dem Reiten?«

Sie schenkte ihm ein schiefes Lächeln und stand auf. »Ich habe es ungeheuer eilig, anzukommen.«

»Das dauert noch einen Tag«, erinnerte er sie, als er sich mit der geschmeidigen Anmut erhob, an die Evie sich niemals gewöhnen würde.

»Ich weiß. Wenigstens haben wir gutes Wetter«, antwortete sie aufgeräumt und gut gelaunt.

Wäre sie nicht gar so entschlossen gewesen, hätte sie vielleicht bemerkt, wie McAlistair düster zum Horizont blickte oder wie seine Lippen die Worte formten: »Noch.«

Am Nachmittag hatte die Sonne nichts von der milden Wärme, die Evie am Morgen genossen hatte, oder von dem freundlichen Licht, das sie mittags kaum bemerkt hatte. Die Nachmittagssonne war heiß, brutal und brannte ihr genau wie am Vortag unbarmherzig auf Kopf und Rücken.

Sie verzog das Gesicht, als ihr der Schweiß zwischen den Schulterblättern hinunterrann. Sie fühlte sich grauenhaft und sah zweifellos auch so aus. Wenn McAlistair nur für einige Minuten die Richtung ändern würde, damit sie einen anderen Teil ihres Körpers rösten könnte ...

Sie unterbrach ihren Gedankengang.

Warum zum Teufel schien ihr die Sonne auf den Rücken? Sie drehte sich im Sattel um und ignorierte den Protest ihrer wunden Muskeln.

Sie ritten nach Osten, wurde ihr plötzlich klar. Sie waren fast den ganzen Tag nach Osten geritten. Norfolk lag nicht genau im Osten. Verblüfft brachte sie ihr Pferd zum Stehen.

»McAlistair?«

Er war zur Abwechslung einmal in Sprechweite geritten und brachte sein Pferd neben ihrem zum Stehen. »Stimmt etwas nicht?«

»Nein. Ja. Ich weiß nicht genau«, befand sie.

Eine Falte bildete sich auf seiner Stirn. »Ist es Ihr Bein?«

»Nein, ich …« Sie verlagerte ihr Gewicht. »Haben wir uns verirrt?«

»Nein.«

Sie stieß einen ärgerlichen Seufzer aus. War das nicht einfach typisch Mann? Er zog nicht einmal die Möglichkeit in Betracht, dass er sich irrte, selbst wenn eine große, strahlende Kugel am Himmel das Gegenteil anzeigte.

»Dann wissen Sie also, wo wir sind?«, fragte sie.

»Nicht weit von dem Dorf Randswith entfernt.«

Da sie selbst jede Orientierung verloren hatte, hatte sie überhaupt keine Ahnung, ob das stimmte. »Die Sache ist die, McAlistair … wir reiten nach Osten.«

»Ja.«

Sie öffnete den Mund und schloss ihn wieder. Oh, zum Teufel, was hatte sie sich dabei gedacht, einem Mann zu folgen, der das Gelände von Haldon wahrscheinlich seit einem Jahrzehnt nicht mehr verlassen hatte?

»Ich …« Sie holte tief Luft und bemühte sich um einen sanften Ton. »McAlistair, Norfolk liegt im Norden, nicht im Osten. Ich meine, es liegt ein *bisschen* östlich, gewiss, aber nicht einen vollen Tagesritt. Wir müssen inzwischen in der Nähe von Suffolk sein.«

Er ließ den Blick über die Landschaft schweifen, während er sprach. »Wir werden morgen in Suffolk sein.«

»Aber das Cottage ist in Norfolk.«

»Planänderung.« Er drehte sich um und musterte die schmale Spur, die sie in dem hohen Gras hinterlassen hatten.

»Planänderung?« Sie zuckte ein wenig zusammen. »Was für eine Planänderung?«

»Wir reiten nach Suffolk.«

Ein kleines Lachen entfuhr ihr. »Aber *warum?*«

Er schwieg kurz, doch statt sofort gekränkt zu sein, wie sie es vielleicht vor zwei Tagen gewesen wäre, wartete Evie geduldig – relativ geduldig – darauf, dass er etwas sagte. Schweigen nach einer Frage, so begann sie langsam zu begreifen, bedeutete nicht zwangsläufig, dass er die Antwort verweigerte. Es hieß zwar nicht zwangsläufig, dass er antworten *würde*, aber es schien nur fair, ihm eine Chance zu geben.

»Wir fanden, Suffolk wäre am besten«, gab er schließlich zu.

Evie fand, dass so wenig Aufklärung das Warten nicht wert gewesen war. »Wir?«

»Whit, William, Mr Hunter …«

»Bevor wir Haldon verlassen haben? Sie haben unser Ziel *vorher* geändert?«

»Ja. Es war besser so.«

»Und niemand hat daran gedacht, es mir zu sagen?« Wenn er mit irgendeiner Variante von »besser so« antwortete, würde sie ihn umbringen. Sie würde seine Zügel packen und sie ihm um den Hals wickeln.

»Wir konnten es nicht riskieren.«

Sie verengte die Augen. Das kam dieser Antwort schon gefährliche nahe. »Was riskieren?«

»Dass Sie dem Personal erzählen, wo wir hinwollten.«

Sie fuhr im Sattel hoch, die Kränkung hatte sie getroffen. »Ich kann ein Geheimnis bewahren.«

Sein Mundwinkel zuckte in die Höhe. Wenn sie das nur nicht so attraktiv fände!

»Haben Sie das denn getan?«, fragte er.

Nein, sie hatte es Lizzy erzählt, aber verdammt wollte sie sein, wenn sie das zugab. »Niemand hat mich darum gebeten.«

Er nahm seine Zügel in eine Hand. »Und wenn wir Sie gebeten hätten?«

»Ich bin eine Cole.« Sie straffte die Schultern. »Ich halte immer mein Wort.«

»Das werde ich mir merken.«

Sie verzog die Lippen. »Und ich sollte mir wohl merken, dass Sie mich skrupellos belügen.«

»Wahrscheinlich«, erwiderte er leichthin, was ihm ein kleines Lächeln von ihr eintrug. »Aber in diesem Fall habe ich es Ihnen einfach nicht erzählt.«

»Eine Unterlassungslüge ist auch eine Lüge.«

»Es war eher die Unterlassung, ein Missverständnis zu korrigieren.«

Sie lachte leise. »Sie haben ein schlaues Mundwerk, wenn Sie denn einmal gewillt sind, es zu benutzen.«

»Es ist sehr lange her, seit ...« Er verstummte und legte den Kopf ein wenig schief. »Sie sind mir nicht böse.«

»Natürlich nicht. Mein Mundwerk ist viel schlauer.«

»Wegen des nicht korrigierten Missverständnisses.«

»Nicht besonders, nein«, gab sie zu. »Zumindest bin ich über diese kleine Fehlinformation nicht böser als wegen der vielen Fehlinformationen davor. Ich würde sagen, meine Gefühle in dieser Sache liegen irgendwo zwischen Verblüffung und Ärger.« Sie warf ihm einen grimmigen Blick zu. »In Zukunft würde ich es jedoch sehr zu schätzen wissen, über jede Veränderung in unserer Reiseroute informiert zu werden.«

Er neigte den Kopf, womit er einer Entschuldigung schon so nahe kam, wie man sie von seinesgleichen erwarten konnte.

»Nun denn«, sagte sie, »wenn wir nicht auf dem Weg zu Mr Hunters Cottage sind ...«

»Das sind wir, nur ist es ein anderes Cottage.«

Sie blinzelte. »Wie viele besitzt dieser Mann denn?«

»So einige.«

»Was Sie nicht sagen«, spottete sie. »Soll ich das so verstehen, dass Sie es nicht wissen?«

»Wenn Sie so wollen.«

Erneut lachte sie und trieb ihr Pferd an. Für sie spielte es keine große Rolle, wohin genau sie ritten, solange sie einigermaßen zeitig ankamen. Sie sehnte sich schrecklich nach einem heißen Bad.

Während der nächsten Stunde ritten sie in etwa wie vorher. McAlistair streifte umher, und Evie war ihren Gedanken überlassen.

Als eine dicke, graue Wolkenwand am Horizont erschien, richteten diese Gedanken sich auf Regen, und als die Wand nur zwanzig Minuten später den halben Himmel bedeckte und die Sonne verbarg, fragte sie sich, ob sie sich wohl auf einen Sturm gefasst machen mussten.

»Unheilvolle Wolken«, murmelte sie bei sich, dann drehte sie sich um und richtete dieselben Worte an McAlistair, als er neben sie ritt.

Er nickte. »Wir werden vielleicht in Randswith bleiben müssen. Kennen Sie dort jemanden?«

Sie lächelte. »Ich bin die Nichte der verwitweten Lady Thurston. Wahrscheinlich kenne ich Menschen aus jeder Stadt, jedem Ort und jedem Dorf im Land.«

Er wühlte in einer der Satteltaschen und zog ein grünes Wollcape mit Kapuze hervor, das er ihr reichte. »Hier.«

Sie nahm das unbekannte Kleidungsstück entgegen und starrte es an. »Wo um alles in der Welt haben Sie das her?«

»Von Lady Thurston. Habe ich in letzter Minute auf Haldon bekommen.«

»Wo um alles in der Welt hatte *sie* es her? Es ist nicht einmal ansatzweise modisch. Ich kann mir nicht vorstellen, wozu sie es aufbewahrt hätte.« Sie sah sich zu ihm um. »Es sei denn natürlich, sie hat es im Voraus anfertigen lassen. Weil sie schon vorher wusste, dass ich es brauchen würde. Sie *wusste* …«

»Ziehen Sie es einfach an, Evie.«

Beinahe hätte Evie ihn daran erinnert, dass er bereit gewesen war, sich ihre Bedenken anzuhören, aber dann fiel ihr wieder ein, dass sie dieses Recht gegen einen Kuss eingetauscht hatte. Sie seufzte und zog das Cape an. Sie bereute ihre Entscheidung nicht, die Wette zu verlieren, selbst wenn das Cape oben zu knapp war – anscheinend war es doch nicht für sie angefertigt worden –, sodass der Stoff sich unangenehm über ihren Schulterblättern spannte, als sie den Verschluss unter ihrem Kinn einhakte. Der Kuss war es wert gewesen.

Sie ließ die Schultern kreisen und verzog das Gesicht, weil die raue Wolle sie im Nacken kratzte. Sie zog die Kapuze auf und fing den starken Geruch von alter Truhe und …

Sie beschnupperte das Innere der Kapuze und rümpfte die Nase. Was war das?

Sie hob eine Ecke des Saums an und fand einen dunklen Fleck. Der Gestank wurde stärker. Das konnte nicht sein. Es konnte doch unmöglich …

Dann sah sie es, verfangen am Innensaum, ein kleines, dunkles Kügelchen, bei dem es sich nur um Mäusedreck handeln konnte. »Verdammt.«

Sie kämpfte sich aus dem schlecht sitzenden Kleidungsstück heraus. »Ich nehme es zurück. Er war es nicht wert. Ich will eine Revanche.«

McAlistair beobachtete, wie sie sich das Cape vom Leib riss. »Behalten Sie es an. Eine Revanche wofür?«

Evie hielt es für das Beste, die letzte Frage zu ignorieren, daher hielt sie das Kleidungsstück eine Armlänge von sich weg und beantwortete die erste Frage. »Ich werde es nicht anbehalten. Es ist voller Mäuseköttel.«

»Ich sehe keinen.«

»Nun, sie sind schließlich klein, nicht?« Und ›voll‹ war vielleicht ein bisschen übertrieben gewesen. Trotzdem, nach ihrem Maßstab galt das Cape schon mit einem Köttel als ziemlich voll.

»Dann schütteln Sie es aus«, riet McAlistair ihr.

Sie sah ihn mit Leichenbittermiene an. »Abgesehen von der Tatsache, dass es nicht passt und fürchterlich kratzt, sind da ein verdächtiger Fleck und ein deutlicher Geruch. Irgendwie bezweifle ich, dass Größe und Gefühl sich ändern, wenn ich es ausschüttele, oder dass es dadurch weniger wie ein ehemaliges Heim für Nagetiere wirkt.« Sie bedachte das Cape mit einem angewiderten Blick. »Ich kann nicht glauben, dass meine Tante von mir erwartet, dies zu tragen. Sie hätte es zumindest vorher waschen lassen können.«

»Wie gesagt, es war eine Ergänzung in letzter Minute. Schütteln Sie es aus und ziehen Sie es an.«

Sie seufzte und ließ den Arm sinken. »Wenn ich auch nur für einen Moment dächte, dass unsere Sicherheit davon abhinge, dass ich nicht gesehen werde, würde ich es ganz bestimmt …«

»Da ist außerdem noch Ihr Ruf.«

Verwünscht, er hatte recht. Sie durfte sich nicht in einem Gasthaus mit McAlistair sehen lassen. Sie wäre ruiniert. »Warum lassen wir das Gasthaus nicht sein und verbringen noch eine Nacht im Wald?«, schlug sie hoffnungsvoll vor, obwohl ihr bei der Vorstellung, auf ein heißes Bad und eine anständige Mahlzeit zu verzichten, das Herz sank. »Wir könnten uns ein ruhiges Fleckchen mit ein wenig Deckung und einem Bach suchen. Sie könnten mir beibringen, wie man mit bloßen Händen Fische fängt.«

Bei näherer Betrachtung gefiel ihr die Idee recht gut. Sie konnte sich mit einem kalten Bad begnügen. Und ohne die Angst, vor Schmerzen aufzuwachen, fand sie die Aussicht auf eine weitere Nacht unter den Sternen, umgeben von Mondlicht und den Geräuschen des Waldes, ganz angenehm. Vor allem mit McAlistair neben sich.

»Das wird schön. Es hat etwas abgekühlt, und ...« Sie unterbrach sich, als ein dicker Regentropfen ihren Oberschenkel traf. Stirnrunzelnd betrachtete sie ihn, doch dann landete ein weiterer Tropfen auf ihrem Knie, dann je einer auf ihrem anderen Knie und auf ihrem Handgelenk. »Ein bisschen Regen, das ist alles. Das wird uns nicht umbringen. Vielleicht ist es ja ganz schön, zu dem Geräusch von vereinzelten Regentropfen auf den Blättern einzuschlafen.«

Der Himmel brach auf – er brach ganz einfach auf und entlud sich in einem gewaltigen Wasserschwall. Augenblicklich gesellte sich der Lärm hinzu, und Evie war sofort durchweicht – bis auf die Haut, als hätte ihr jemand einen großen, randvollen Eimer Wasser über dem Kopf gekippt.

McAlistair deutete mit dem Kinn auf das dicke, grüne Cape, das nun tropfnass war, und hob die Stimme über den donnernden Regen. »Jetzt ist es gewaschen. Ziehen Sie es an.«

10

Der wenige Nutzen, den das Ausschütteln des Capes gebracht hatte, wurde von dem sintflutartigen Regen zunichtegemacht. Nasse Wolle war nie ein schöner Anblick. Nasse, schlecht sitzende, stinkende Wolle war nicht nur unangenehm, sie war absolut ekelhaft.

Evie sah aus wie ein nasses Nagetier, fühlte sich so und roch zweifellos auch so. Der Stallbursche des Gasthauses schien das ebenfalls zu finden. Nachdem er ihrer Gegenwart ausgesetzt worden war, hatte der Junge die Pferde genommen und war derart überstürzt davongeeilt, dass Evie sich fragte, ob er befürchtete, von ihr verfolgt zu werden.

»Das ist demütigend«, murrte sie, während sie unter dem Dachvorsprung des alten Gebäudes entlanggingen. Jetzt, da Regen und Wind nicht mehr ihre Sicht behinderten, unterzog sie ihre Zuflucht für die Nacht einem kritischen Blick.

Verwittertes Holz, eingesunkenes Dach und fehlende Fensterläden erweckten allesamt deutlich den Eindruck, dass es zumindest ein paar Jahrzehnte her war, seit dieses Gasthaus bessere Tage gesehen hatte. Als sie ein rhythmisches Quietschen hörte, trat Evie einen Schritt zurück, blickte nach oben und sah das Wirtshausschild, das gefährlich von einer Kette baumelte.

»Die Sau und der Eber«, las sie laut vor und kniff wegen des Regens die Augen zusammen. Das verhieß nichts Gutes, oder?

»Warum gerade dieses?«, fragte sie McAlistair über den heulenden Sturm hinweg. »Vor nicht einmal fünf Minuten sind wir an einem viel schöneren Gasthaus vorbeigekommen.«

»Das Schönere will Eheringe. Halten Sie die Hände unter dem Cape«, empfahl er. »Nur für den Fall.«

»Ah.« Sie zog die Hände ein. »Gut.«

Ein Gasthaus für die Wohlhabenderen würde kaum seinen Ruf ruinieren, indem es einem Mann und einer Frau Quartier bot, die nicht miteinander verheiratet waren. Wahrscheinlich würde man sie und McAlistair hinauswerfen, wenn sie es versuchten.

McAlistair zog ihr die Kapuze weiter über das Gesicht. »Und seien Sie still.«

Der erste Blitz zuckte über den Himmel, als sie durch die schwere Vordertür traten, und als McAlistair die Tür hinter ihnen schloss, erklang das darauf folgende Donnergrollen.

Zu ihrer Erleichterung stellte sie fest, dass das Innere des Gasthauses zumindest eine Spur besser erhalten war als das Äußere. Die Möbel waren so alt und verschrammt wie der Boden unter ihren Füßen – der sich, wie sie nicht umhin konnte zu bemerken, stark nach links neigte –, aber irgendjemand schien sie im letzten Jahr mit Besen und Staubtuch bearbeitet zu haben, und in der Luft lag ein nicht ganz unangenehmer Duft nach Kerzenwachs und warmem Essen. Allerdings wäre ihr im Moment selbst ein frischer Haufen Pferdedung als Verbesserung erschienen.

Sie wünschte sich sehnlichst, aus dem elenden Cape herauszukommen.

McAlistair besorgte ohne großen Aufwand ein Zimmer. Obwohl der vierschrötige, kahl werdende Mann, der sich als der Gastwirt vorgestellt hatte, mehrere kaum verhohlene Versuche unternahm, unter ihre Kapuze zu spähen, schien er eher neugierig als besorgt. Und als seine Neugier ihn dazu trieb, sich ein wenig weiter vorzubeugen, brachte diese Anstrengung ihm kaum mehr ein als einen Duftschwall nach nasser, stinkender Wolle.

Naserümpfend fuhr er zurück. »Treppe rauf, zweite Tür rechts. Da brennt schon ein Feuer, um Ihre Sachen zu trocknen. Würde ... ähm ... würde die Missus gern ein heißes Bad nehmen?«

»Oh, *ja* ...«

»Eine Schüssel Wasser wird genügen.«

Sie funkelte McAlistair wütend an, was ihr nicht viel nützte. Der Gastwirt war nicht der Einzige, der nicht durch ihre Kapuze hindurchsehen konnte. Dennoch fühlte sie sich ein wenig besser, als sie McAlistair hinter seinem Rücken eine Grimasse schnitt, während er sie nach oben führte.

Das Zimmer war klein und spärlich möbliert. Es gab einen Tisch und zwei Stühle, einen Wandschirm zum Umziehen und ein Bett, aber das Zimmer war sauber und trocken, und es brannte ein fröhliches Feuer im Kamin. Ihre Laune hob sich merklich.

Sobald die Tür sich schloss, riss sie sich das Cape vom Leib, und da sie fürchtete, der Gestank könne den ganzen Raum erfüllen, entschied sie sich dafür, es in einer Ecke zusammenzulegen, statt es vor dem Feuer zu trocknen.

»Ich hätte dieses Bad wirklich gern genommen«, brummte sie, dann machte sie eine abwehrende Geste, ehe McAlistair antworten konnte. »Ich weiß, dass hier kein Personal hinein- und hinausspazieren darf.« Widerstrebend gab sie ihren Tagtraum von heißem Wasser und Seife auf und trat zum Feuer, um sich zu wärmen. »Warum haben Sie nicht zwei Zimmer verlangt?«

McAlistair streifte seinen Mantel ab. »Verdächtig.« Sie fragte sich, ob der Boden sauber war, und überlegte, ob sie wohl genug Kraft hatte, einen Stuhl vom Tisch herüberzuziehen.

Sie setzte sich auf den Boden. »Sie hätten ihm ja erzählen können, wir seien Geschwister.«

»Noch verdächtiger.«

»Das verstehe ich nicht.«

Er seufzte ein wenig, was sie zwar befriedigend fand – es war stets befriedigend, überhaupt eine Reaktion von McAlistair zu erhalten –, aber auch ärgerlich. Es war doch wohl kaum zu viel verlangt, eine Erklärung für sein Tun von ihm zu fordern.

»Er weiß, dass wir lügen, aber er glaubt, wir hätten ein heimliches Stelldichein. Er ist neugierig, macht sich aber weiter keine Gedanken. Falls wir getrennte Räume nähmen ...«

»Müsste er vermuten, dass wir aus anderen Gründen lügen«, beendete sie seinen Satz. »Vermutlich haben Sie recht.«

Er musterte sie kurz, dann zog er seine Weste aus und warf sie vor das Feuer. Er hatte sich an diesem Morgen die Mühe eines Halstuchs erspart, und dort, wo sein trockenes Hemd oben offenstand, war ein Dreieck gebräunter Haut zu sehen. Evie war von dem Anblick fasziniert. Die Haut war glatt und bis zur Hüfte sonnengebräunt, erinnerte sie sich. Da sie spürte, dass sie zu erröten drohte, riss sie den Blick und ihre Gedanken von der Erinnerung an McAlistairs muskulöse Brust los.

»Wie geht es Ihrem Bein?«, fragte er.

»Ich ... gut, danke.«

Forschend betrachtete er ihr Gesicht. »Bereitet es Ihnen Schmerzen?«

»Ich bin ein wenig wund«, gab sie zu und fand sich damit ab, dass sich ein weiteres Gespräch über ihr verflixtes Bein nicht vermeiden ließ. »Aber es ist auszuhalten.«

Zwischen seinen Brauen bildete sich eine Falte. »Sind Sie sich sicher ...«

»Es geht mir ganz gut, wirklich. Ein heißes Bad hätte geholfen, aber einige Stunden Schlaf werden ohne Zweifel genügen.«

Er nickte und griff nach dem Lederband, das sein Haar zusammenhielt. »Sie werden vorher noch zu Abend essen wollen.«

Hätte er nicht vom Essen gesprochen, hätte Evie beim Anblick von McAlistairs dichtem Haar, das ihm über die Schultern fiel, sicherlich geseufzt, und dann noch einmal, als er es zurücknahm und wieder zusammenband. Aber nicht einmal ihre eigenartige Faszination für McAlistairs Haar konnte sich mit der Aussicht auf ein richtiges Mahl messen.

»Oh, ja, *bitte*«, hauchte sie. »Ich weiß, es ist noch früh, aber ...«

»Ich kümmere mich darum.«

Sie hätte zwar ohne Weiteres und vollständig bekleidet gleich dort auf dem Fußboden einschlafen können, nahm sich aber so weit zusammen, um sich vorzubeugen und sich die Stiefel aufzubinden. »Danke.«

»Wenn ich klopfe, stellen Sie sich hinter den Wandschirm.«

Evie richtete sich auf. »Hinter den Wandschirm? Warum denn das?«

»Man wird das Tablett hereinbringen.«

»Das ist doch absurd.«

»Der Wandschirm oder das Cape. Liegt bei Ihnen.«

Sie war zu müde und zu hungrig, um sich zu widersetzen. »Dann der Wandschirm.«

Obwohl Evie sich töricht fühlte, versteckte sie sich hinter dem hölzernen Paravent, als es zwanzig Minuten später an der Tür klopfte. Sie überlegte kurz, ob eine Reaktion vonnöten war, dann zuckte sie die Achseln und rief: »Herein.«

Es entstand eine gewisse Unruhe – Möbel kratzten über den Boden, Teller klapperten. Sie hörte sogar etwas scheppern – was sie verwirrte –, und jemand murmelte einen milden Fluch. Es scharrten wohl mindestens ein halbes Dutzend Fußpaare über den Boden, zählte Evie und widerstand nur mit Mühe dem Drang, einen Blick zu riskieren. Warum zum Teufel sollte ein halbes Dutzend Leute vonnöten sein, um ein Tablett mit Essen nach oben zu tragen?

»Sollen wir es hinter den Wandschirm stellen, Sir?«, fragte jemand, dessen Stimme angestrengt klang.

»Nein. Vor das Feuer.«

»Und der Wandschirm, Sir?«, fragte ein anderer. »Soll ich ihn wegstellen?«

Da sie nicht richtig sehen konnte, konnte sie nur vermuten, dass McAlistair den Kopf schüttelte. Und warum auch nicht? Wer aß in einem privaten Zimmer schon hinter einem Wandschirm? Sie hörte das unverkennbare Klimpern von Münzen, dann Füßescharren und schließlich das Knarren der Tür, bevor sie geschlossen wurde.

»Sie können herauskommen.«

»Es war völlig unnötig, dass ich mich überhaupt versteckt habe. Was um alles in der Welt war das …?« Sie unterbrach sich, als sie hinter dem Wandschirm hervortrat und eine sehr kleine Wanne sah, die vor dem Feuer stand. Sie war bereits halb mit dampfend heißem Wasser gefüllt. Ein kleiner Stapel Handtücher und ein frisches Stück Seife lagen daneben.

»Ein heißes Bad«, hauchte sie, dann drehte sie sich um und sah McAlistair an dem kleinen Tisch sitzen, auf dem sich jetzt Platten voller Speisen türmten. »Und ein warmes Abendessen.«

Er stand auf und faltete den Wandschirm zusammen, um ihn vor der Wanne aufzustellen. »Nacheinander wäre es besser gewesen, aber so gab es nur eine Störung. Was möchten Sie zuerst?«

»Zuerst?« Sie schaute von der Wanne zu dem Tisch und wieder zu der Wanne. Ihr war beinahe schwindlig vor Glück. »Ich weiß es nicht.«

»Dann das Bad«, schlug er vor. »Bevor es kalt wird.«

»Ja … natürlich … ähm …« Sie beäugte die Speisen und konnte sich nicht erinnern, wann sie sich jemals so hin- und hergerissen gefühlt hatte. »Vielleicht …« Ihr kam eine wunderbare Idee. Sie hob den Deckel von einem der Servierteller und sah dicke Scheiben Lammfleisch. Sie spießte ein Stück auf eine Gabel und führte es an den Mund, um hineinzubeißen. »Beides.«

»Beides? Sie wollen in der Wanne essen?«

»Ekelhaft, nicht wahr?«

Das war es zwar tatsächlich, aber dennoch nahm sie ihre Scheibe Lammfleisch mit hinter den Wandschirm. Es war nicht ganz einfach, sich mit nur einer Hand auszuziehen, aber nach einer Weile gelang es ihr, und schon bald glitt sie in das warme Wasser. Die Wanne war klein, und das Lamm nicht gerade meisterhaft zubereitet, aber die Kombination nach zwei Tagen scharfen Ritts war einfach wundervoll. Sie seufzte vor Wonne.

Eigentlich hätte sie sich unbehaglich fühlen müssen, dachte sie, keine vier Schritte von McAlistair entfernt nackt in einer Wanne zu sitzen, nur durch einen dünnen Wandschirm von ihm getrennt, aber sie konnte die nötige Kraft dafür einfach nicht aufbringen.

»Das war eine herrliche Idee, McAlistair.« Sie sprach mit vollem Mund. »Und sehr aufmerksam von Ihnen. Vielen Dank.«

Es entstand eine lange Pause, bevor er antwortete. »Gern geschehen.«

McAlistair starrte auf den Paravent. Er konnte den Blick nicht davon losreißen. Er konnte seine Fantasie nicht vor dem zurückhalten, was sich hinter dieser dünnen, hölzernen Barriere befand …

Evie. Nackt und nass.

Mit einem gewaltigen Willensakt verbot er sich, sich vorzustellen, wie sie sich entkleidete, und konzentrierte sich stattdessen darauf, sich mit der Seife und der Schüssel heißen Wassers zu waschen, die er für sich selbst bestellt hatte. Und das erste leise Platschen, als sie in die Wanne gestiegen war, hatte er ignorieren können, indem er sich gezielt seiner Mahlzeit widmete.

Aber dann hatte sie geseufzt – dieses tiefe, leise Geräusch der Wonne –, und alle Gedanken waren ausgelöscht bis auf Evie.

Nackt und nass.

Es wäre so einfach, aufzustehen und um diesen Wandschirm herumzugehen.

In der Nacht zuvor war sie so offen, so willig, so empfänglich gewesen. Es würde ihn kaum Mühe kosten, sie davon zu überzeugen, dass er sich jetzt zu ihr gesellen durfte.

Weil die Idee zu verführerisch war, erhob er sich so schnell von dem Tisch, dass die Stuhlbeine über den Boden kratzten.

»Sie brauchen etwas Trockenes zum Anziehen.«

Das Wasser in der Wanne schwappte, und er hätte beinahe selbst gestöhnt. Er sah buchstäblich, wie es über ihre bleiche Haut floss und die Spitzen dieses weichen, braunen Haares benetzte. Sicher lächelte sie, glänzte ...

»Wie bitte?«, rief sie.

Er musste sich doch tatsächlich räuspern. Seit er ein grüner Junge war, hatte er sich seiner Erinnerung nach bei keiner Gelegenheit vor Verlangen räuspern müssen, um zu sprechen.

»Ich komme gleich wieder.«

Aber nicht zu bald, beschloss er.

Evie hatte sich abgeschrubbt, abgetrocknet und überlegte, ob McAlistairs lange Abwesenheit bedeutete, dass es ihm nicht gelungen war, trockene Kleider zu besorgen, und ob sie stattdessen ihre schmutzigen wieder anziehen sollte, als er endlich zurückkehrte.

Sie spähte um den Wandschirm herum, fest in ein großes Handtuch gewickelt. »Wo sind Sie gewesen?«

Er hielt den Blick auf einen Punkt irgendwo über ihrer Schulter gerichtet und reichte ihr ein schlichtes Nachthemd und einen Morgenrock. »Diese Sachen für Sie besorgen. Von der Frau des Gastwirts.«

»Oh, dem Himmel sei Dank.« Sie nahm die angebotene Kleidung. »Sie waren sehr lange fort.«

»Ich habe im Flur gewartet.« Seine Stimme war ausdruckslos, seine Wangen leicht gerötet.

Evie nahm an, dass es von der Hitze im Raum kam. »Im Flur? Aber warum?«

»Damit Sie ein wenig ungestört sein konnten.«

»Oh. Das war gewiss sehr freundlich, aber nicht nötig. Der Wandschirm war völlig ausreichend.« Sie warf einen Blick zu dem Tisch hin. »Und jetzt haben Sie kaltes Essen und ein kaltes Bad.«

»Die Schüssel genügt.«

»Aber ...«

»Ich habe etwas gegessen, bevor ich gegangen bin.«

»Oh, gut, aber trotzdem ...«

»Ziehen Sie sich an, Evie.«

Sie wunderte sich über den schroffen Befehl, dann führte sie ihn auf die Müdigkeit zurück. Wieder schlüpfte sie hinter den Paravent und zog Nachthemd und Morgenrock an. Sie passten bei Weitem nicht – die Ärmel fielen ihr über die Fingerspitzen, die Säume beider Kleidungsstücke schleiften über den Boden, und der Morgenrock war so weit, dass sie zweimal hineingepasst hätte – aber sie waren sauber und weich, und sie war dankbar dafür. Sie konnte den Morgenrock mit dem Gürtel fest verschließen, und die Ärmel konnte sie aufkrempeln. Durch die überschüssige Länge war es jedoch nötig, dass sie den Rock zusammenraffte und über dem Arm trug.

Als sie hinter dem Schirm hervorkam, saß McAlistair am Tisch. Bei ihrem Anblick zog er eine Augenbraue hoch. »Sie versinken ja geradezu darin.«

»So fühle ich mich auch ein bisschen. Es ist herrlich.« Sie setzte sich ihm gegenüber an den Tisch und rieb sich gedankenverloren ein wenig das schmerzende Bein.

Er bemerkte die Bewegung. »Besser?«

»Hmm? Oh ja, viel besser.«

Er nickte, und obwohl sie es gerne selbst getan hätte, füllte er einen Teller für sie. »Ihre Verletzung stammt von einem Kutschenunfall?«

Er stellte die Frage beiläufig, aber dennoch warf sie Evie aus der Bahn. Sie war nicht an neugierige Fragen wegen ihres Beins oder ihrer Narbe gewöhnt, ob sie nun beiläufig waren oder nicht. »Ich ... ja.«

»Sie müssen nicht darüber sprechen, wenn es Ihnen unangenehm ist.«

Es war ihr nicht direkt unangenehm. Abfällige Bemerkungen oder wenn man sie wie eine Behinderte behandelte, *das* war ihr unangenehm, aber wenn sie die Geschichte des Unfalls erzählte, der diese Verletzungen verursacht hatte, würde sie sich ganz wohl dabei fühlen ... oder relativ wohl ... wahrscheinlich jedenfalls. Woher sollte sie es wissen? Es war eine Ewigkeit her, seit jemand sie danach gefragt hatte.

»Da gibt es nur wenig zu erzählen«, begann sie und nahm den Teller, den er ihr reichte. »Wir kehrten von einer Geburtstagsfeier bei unserem Nachbarn zurück. Es war dunkel, und die Kutsche kam von der Straße ab und prallte gegen einen Baum.«

»Kam von der Straße ab«, wiederholte er. »War es das Wetter?«

»Nein.« Sie dachte an die laute, lallende Stimme ihres Vaters, über ihrem Kopf, während er die Pferde mit der Peitsche antrieb, schneller und immer schneller zu laufen, und sie merkte, wie ihr die Röte in die Wangen stieg. Vielleicht gab es ja doch einen Teil der Geschichte, den sie nicht so gern erzählte. Sie griff nach der Teekanne auf dem Tisch. »Möchten Sie Tee?«

Er schüttelte den Kopf. »War der Fahrer neu? Nicht mit der Straße vertraut?«

Sie stellte die Teekanne ab. »Nein.«

»Man kommt nicht einfach so von der Straße ab ...«

Sie verkrampfte die Finger auf dem Schoß, dann griff sie wieder nach der Kanne und schenkte sich eine Tasse ein. »Er hatte getrunken.«

»Ich hoffe, Ihr Vater hat ihn mit der Pferdepeitsche bearbeitet.« Sein Gesicht wurde hart, als er sprach, und Evie kam der flüchtige Gedanke, dass es ihr immer leichter fiel, ihn zu verstehen.

Mit einer Bewegung, von der sie hoffte, dass sie unbefangen war, gab sie zwei Löffel Zucker in ihre Tasse. »Schwierig, da mein Vater der Fahrer war.« So, sie hatte es gesagt. »Er kam dabei um.«

Seine Miene wurde sofort weicher. »Das tut mir leid.«

Mir nicht. Der Gedanke kam ungebeten, und obwohl ihm ein Moment instinktiven Schuldgefühls folgte, drängte Evie es beiseite. Es tat ihr nicht besonders leid um ihren Vater; es tat ihr nur leid, dass er kein Mann gewesen war, um den sie trauern konnte. Wenn sie deswegen eine schreckliche Person war, dann war es eben so.

Sie zuckte die Schultern und gab einen Klecks Sahne in ihren Tee. »Es ist lange her.«

Aber nicht annähernd lange genug, war der nächste unwillkommene Gedanke. Es wäre besser gewesen, er wäre Jahre zuvor von der Straße abgekommen.

»Fehlt er Ihnen?«

»Kein bisschen.« Der Löffel, mit dem sie sorgfältig in ihrem Tee gerührt hatte, fiel klappernd auf den Tisch. »Ich weiß nicht, warum ich das gesagt habe. Ich hätte es nicht sagen sollen.«

»Haben Sie es denn so gemeint?«

»Ich …« Ihr Blick fiel auf ihre Tasse. »Ich habe noch nicht mal Durst.«

Er stieß ihren Teller an. »Essen Sie.«

Der Hunger war ihr ebenfalls vergangen. Aber der Drang zu reden, den Teil der Geschichte zu erzählen, den sie jedem bis auf Lady Thurston verschwiegen hatte, war überwältigend. Sie schluckte hörbar und ballte die Hände auf dem Schoß zusammen. »Er hat darauf bestanden zu fahren. Er hat in der Einfahrt ein solches Theater gemacht und wahrscheinlich meine Mutter in Verlegenheit gebracht. Ich erinnere mich, dass er das oft getan hat – sie vor anderen zu beschämen. Eine der Methoden, mit der er sie einschüchterte.« Grimmig schaute sie auf den zerschrammten Tisch. »Eine von vielen. Ich hätte nicht sagen sollen, dass er mir nicht fehlt.« Sie schluckte wieder. »Aber ich meine es so.«

»Warum sollten Sie ihn vermissen?«, fragte McAlistair. »Oder lügen und behaupten, Sie täten es?«

»Er war doch mein Vater.«

»Er war ein Mistkerl.« Mit dieser nüchternen Feststellung griff McAlistair nach Messer und Gabel und aß weiter.

»Er …« Sie blinzelte, dann spürte sie zu ihrem Erstaunen, dass ihre Mundwinkel belustigt zuckten. »Ja, das war er. Genau das war er. Nichts weiter als ein andauernd betrunkener Mistkerl.«

Er schnitt ein Stück Lammfleisch ab. »Ein versoffener Mistkerl.«

Ihr Lächeln wurde breiter. Es fühlte sich wunderbar an, sich darüber lustig zu machen, sich über *ihn* lustig zu machen – als wäre er dadurch weniger wichtig. Sie konnte sich kein schlimmeres Schicksal für einen Rüpel vorstellen. »Ein versoffener Mistkerl«, wiederholte sie, als prüfe sie die Worte. »Ziemlich eingängig. Schade, dass wir seinen Grabstein nicht umschreiben können.«

»Wer sollte Sie daran hindern?«

Jetzt lachte sie und griff nach ihrer Gabel. Der Hunger war zurückgekehrt. »Meine Mutter hätte vielleicht etwas dagegen. Sie besucht fast täglich sein Grab. Zumindest erzählt man mir das.«

Es folgte eine nachdenkliche Pause, bevor McAlistair fragte: »Wie kommt es, dass Sie verletzt wurden und Ihre Mutter nicht?«

»Größtenteils Glück, oder vielmehr Pech. Ich saß auf der Seite, die dem Baum am nächsten kam.«

Er beugte sich über den Tisch und fuhr sanft mit dem Daumen über ihre Narbe. »Das da?«

Ein Schauer überrieselte sie. Am liebsten hätte sie die Wange in seine warme Hand geschmiegt. Und sich gleichzeitig zurückgezogen und ihr Gesicht verborgen. »Ich ... ich weiß nicht genau. Es ging so schnell. Ein spitzer Holzsplitter wahrscheinlich, oder ein Metallsplitter.«

Er zog die Hand zurück. »Und Ihr Bein?«

Sie widerstand dem Drang, die Stelle zu berühren, an der sie noch die Wärme seiner Finger spürte. »Ich weiß es nicht mehr genau ... Ich war unter einem Teil der Trümmer eingeklemmt. Da war es schon gebrochen, aber nicht so schlimm oder so sehr, glaube ich ... durch die Laternen brach ein Feuer aus, und sie mussten mich herausziehen, ohne das Bein vorher zu befreien. Dadurch wurde es verschlimmert.«

Er nickte verständnisvoll, und zu ihrer Erleichterung lenkte er das Gespräch auf angenehmere Themen. Mindestens eine Stunde lang unterhielten sie sich unter anderem über den Sohn der Rockefortes, Whit und Mirabelles Ehe, Kates Talent für alles, was mit Musik zu tun hatte. Ein- oder zweimal wollte Evie sich nach McAlistairs Vergangenheit erkundigen, aber er wich der Frage entweder geschickt aus und gab einsilbige Antworten, oder er zuckte die Achseln und wechselte das Thema. Evie kam zu dem Schluss, dass das alles zu schön war, um zu drängen und einen Streit zu riskieren. Sie genoss ganz einfach das entspannte – wenn auch ein wenig einseitige – Gespräch, und ebenso das herzhafte Mahl. Sie aß, bis sie keinen Bissen mehr herunterbrachte.

»Du meine Güte«, stöhnte sie und schob ihren Stuhl zurück. »Ich kann mich nicht daran erinnern, jemals so viel auf einmal gegessen zu haben.«

»Es war nicht auf einmal«, erinnerte McAlistair sie, während er den letzten Rest seines eigenen Mahls verzehrte. »Sie haben schon in der Wanne etwas gegessen.«

»Dann eben so viel in so kurzer Zeit«, sagte sie und beobachtete ein wenig benommen, wie er begann, das Geschirr sauber auf das Tablett zu stapeln. Der Mann war wirklich sehr ordentlich. Sie stand auf, um ihm zu helfen. Erst als sie fertig waren und er nach seinem Mantel griff, überkam sie leise Verwirrung.

»Was tun Sie da?«, erkundigte sie sich.

»Das Tablett muss zurück.«

»Natürlich.« Sie deutete auf die gegenüberliegende Wand. »Da drüben ist ein Glockenzug.«

Er schüttelte den Kopf und hob das Tablett an. »So geht es schneller.«

»Und ich muss mich nicht wieder hinter dem Wandschirm verstecken«, vermutete sie.

Er nickte und ging zur Tür.

»Aber warum Ihr Mantel? Ist die Küche nicht im Hauptgebäude?«

»Wahrscheinlich.«

Sie überholte ihn und öffnete die Tür. »Was ist mit der Wanne – werden sie die nicht holen kommen?«

»Morgen.« Er bewegte sich so, dass man sie vom Flur aus nicht sehen konnte, und seine Stimme klang auf einmal barsch. »Gehen Sie wieder hinein. Schließen Sie hinter mir die Tür ab.«

Diesen Ton schlugen Whit und Alex ihr gegenüber oft an. Er hatte schon seit Jahren keine Wirkung mehr auf sie, und sie verdrehte die Augen.

McAlistair warf ihr einen finsteren Blick zu und trat in den Flur. »Das ist kein Spiel, Evie.«

»Nein, es ist eine schlechte Farce«, antwortete sie und schloss leise die Tür, bevor er widersprechen konnte.

11

McAlistair war seit einer Ewigkeit fort.

Oder jedenfalls seit einer halben Stunde.

Viel zu lange für Evies Geschmack. Sie schlenderte zum Fenster ohne die Erwartung, in Regen und Dunkelheit etwas sehen zu können. Der Hof war schwarz, und nur das schwache Licht vom Gasthaus und den umliegenden Häusern erhellte die Umgebung.

Wäre nicht der Blitz gewesen, sie hätte niemals die einsame Gestalt gesehen, die vom Gasthaus zum Stall ging, und wenn diese Gestalt nicht genau im richtigen Moment zu ihrem Fenster geschaut hätte, hätte sie McAlistair nicht erkannt.

Verwundert beugte sie sich vor und spähte in die Dunkelheit, in der Hoffnung, einen weiteren Blick auf ihn zu erhaschen, aber er war in der Nacht verschwunden.

Was zum Teufel tat er da?

Sie waren doch gerade erst trocken geworden. Nun gut, sein Mantel hatte den Regen besser abgehalten als ihr Wollumhang, aber McAlistair war trotzdem bis zur Weste durchnässt gewesen. Und da seine Weste immer noch feucht gewesen war, war er jetzt wahrscheinlich nass bis auf die Knochen.

Er würde sich den Tod holen. Wenn ihn nicht zuerst der Blitz traf oder er von einem fallenden Ast erschlagen oder von herumfliegenden Trümmern des baufälligen Gasthauses getroffen oder …

Sie war stark in Versuchung, das Fenster aufzudrücken und nach ihm zu rufen – oder besser gesagt, in die Richtung, wo sie ihn das letzte Mal gesehen hatte –, aber sie konnte sich gut vorstellen, wie er darauf reagieren würde.

Nun, nein, sie hatte nicht die leiseste Ahnung, wie er reagieren würde. Unter anderen Umständen hätte sie es vielleicht für wert gehalten, nass zu werden, nur um es herauszufinden. Aber sie wollte ihn bei seiner Rückkehr wegen dieses Unsinns zur Rede stellen, und bei einer solchen Auseinandersetzung war es nur klug, wenn ihr eigenes Betragen über jede Kritik erhaben war.

Sie begnügte sich damit, finster durch die Scheibe zu starren und auf seine Rückkehr zu warten. Eine Rückkehr, die ungebührlich lange zu dauern schien. Verdrossen suchte sie nach Möglichkeiten, sich zu beschäftigen. Sie schürte das Feuer, bürstete ihr feuchtes und staubiges Kleid aus und putzte sich die Zähne. Sie ging zwischen Tisch und Fenster auf und ab, bis ihre steifen Muskeln protestierten, dann setzte sie sich auf die Bettkante und blickte wütend zur Tür. Als die Müdigkeit ihr die weiche Matratze unter ihr allzu verführerisch erscheinen ließ, stand sie auf und ging wieder auf und ab. Machte der Mann denn einen Stadtrundgang, verflixt noch mal?

Zum hundertsten Mal in den letzten zehn Minuten blieb sie stehen, um aus dem Fenster zu spähen, und sah in den Blitzen, die die Dunkelheit durchzuckten, nichts als einen leeren Innenhof. Nirgendwo eine Spur von McAlistair.

Sie kochte beinahe vor Wut und war kurz davor, sich ihr widerliches Cape überzustreifen und sich draußen auf die Suche nach ihm zu begeben – ein schreckliches Bild von McAlistair vor Augen, wie er irgendwo gefangen war, bis zum Hals im Wasser, das immer höher stieg –, als er leise die Tür aufschloss und hereinkam.

Sie öffnete den Mund, bereit, ihn zur Rede zu stellen, klappte ihn dann aber wieder zu, als sie den beängstigend intensiven

Ausdruck auf seinem Gesicht sah. Ohne sie eines Blickes zu würdigen, schloss und verriegelte er die Tür, ging an ihr vorbei zum Fenster und riss die Vorhänge zu.

»Sie sollen nicht vor dem Fenster stehen«, schnauzte er sie an.

»Ich ... Sie sind böse auf *mich*?«

»Ich möchte, dass Sie sich vom Fenster fernhalten. Ich habe Sie vom Hof aus gesehen ...«

»Ja, und ich habe Sie gesehen«, unterbrach sie ihn, nachdem sie die Fassung wiedergefunden hatte. »Was zum Teufel haben Sie sich dabei gedacht, mitten in einem Gewitter draußen herumzuspazieren?«

Die harten Falten des Ärgers auf seinem Gesicht entspannten sich, und er verzog den Mund zu einem schwachen Lächeln. »Ich spaziere nicht.«

Sie funkelte ihn an.

Er schlüpfte aus seinem Mantel. »Ich habe das Gelände abgesucht.«

»Und haben Sie etwas gefunden? Außer Bergen von Schlamm?«

Er warf seinen Mantel vors Feuer. »Nein.«

»Nein?«, wiederholte sie. »Und wissen Sie auch, *warum* Sie nichts gefunden haben?«

Er streifte die Weste ab und brachte ein fast trockenes Hemd zum Vorschein. »Entweder weiß er nicht, wo wir sind, oder er hat sich wegen des Unwetters einen Unterschlupf gesucht.«

Sie machte sich nicht die Mühe zu fragen, wer »er« war, sondern warf entnervt die Hände in die Luft. »Himmel noch mal, es gibt keine Verschwörung gegen mein Leben. Sie haben nichts gefunden, weil es nichts zu finden gibt.«

Es fühlte sich an, als würde ihr Unmut sich in ein lebendiges, atmendes Ding verwandeln, das unter ihrer Haut umherkroch. Sie ballte die Hände zu Fäusten und zwang sich, langsam und bedächtig zu sprechen. »Vor einer Woche habe ich ein Gespräch zwischen Lady Thurston, Mrs Summers und Mr Fletcher mit angehört, ein Gespräch, das in der Entscheidung gipfelte, mir einen Drohbrief zu schicken, damit ein Gentleman ihrer Wahl die Gelegenheit erhält, den Ritter in der Not zu spielen. Das hier, diese ganze ...« Sie suchte nach dem richtigen Wort und warf erneut die Hände in die Luft, als sie es nicht fand. »Diese ungeheure Narretei ist nichts anderes, *nichts* anderes als ein schlecht geplanter, lästiger und wohl auch verrückter Versuch, dafür zu sorgen, dass ich unter die Haube komme.«

»Und doch können Sie nicht erklären, warum Mrs Summers Sie mit mir fortgeschickt hat«, sagte er leise.

»Dafür gibt es ein Dutzend möglicher Erklärungen«, konterte sie und zermarterte sich verzweifelt das Gehirn, um sich wenigstens eine einfallen zu lassen. »Vielleicht war es nur um der Dramatik willen. Vielleicht wird der Mann, den sie ausgewählt haben, als Überraschung im Cottage auftauchen, und so spielte es nicht die geringste Rolle, mit wem ich in den Wald geritten bin, solange ich nur gehörige Angst hätte.« Das ließ Mrs Summers und die anderen geradezu teuflisch klingen. »Angst ist vielleicht nicht das richtige Wort. ›Überzeugt‹ wäre vielleicht treffender.«

»Das könnte sein, wenn Sie recht hätten.«

Sie wartete darauf, dass er noch etwas sagte. Er tat es nicht.

»Ist Ihnen klar, dass ein bloßes ›Sie irren sich‹ kein besonders zwingendes Argument ist?«

Er betrachtete sie für einen Moment. »Ich muss mich nicht mit Ihnen streiten.«

Sie schnaubte. Jetzt, da er wieder im Zimmer war, in Sicherheit und relativ trocken, begann der Teil ihres Ärgers, der von ihrer Sorge herrührte – wohl der überwiegende Teil – zu verrauchen. »Ich bin nicht erpicht darauf...«

»Aber vielleicht ist es unvermeidlich.«

»Zu streiten?« Ihre Lippen zuckten. »Es sieht jedenfalls so aus.«

Er kam herüber, nahm einen der Stühle vom Tisch und stellte ihn ans Feuer. »Setzen Sie sich, Evie.«

Sie sah ihn aus schmalen Augen an.

Er betrachtete sie. »Ich wüsste nicht, woran Sie dabei Anstoß nehmen sollten.«

»Am Entgegennehmen von Befehlen.«

»Jeder nimmt Befehle von irgendjemandem entgegen«, bemerkte er.

»Ja, aber ich nicht von Ihnen.«

Sein Kinn schien sich ein klein wenig zu verkrampfen, aber die Bewegung war so flüchtig, dass sie es nicht mit Bestimmtheit sagen konnte. Erneut deutete er auf den Stuhl. »Bitte, setzen Sie sich.«

»Ich – danke.«

Ein wenig argwöhnisch darüber, wie leicht sie diese Schlacht gewonnen hatte, nahm sie Platz und wartete darauf, dass er den Krieg begann.

McAlistair platzierte den zweiten Stuhl Evie gegenüber, nicht so nahe, dass ihre Knie einander berührten, was ihn abgelenkt hätte, aber nahe genug, um sie zu packen, falls sie es sich in den Kopf setzen sollte wegzulaufen. Er ging eigentlich nicht davon aus, aber andererseits hatte Evie, wie er gerade feststellte, ein Talent dafür, das Unerwartete zu tun.

Und er wusste nicht genau, wie sie auf seine Befragung reagieren würde.

Er setzte sich und widerstand dem Drang, die Schultern

kreisen zu lassen, um die Anspannung daraus zu vertreiben. »Ich muss mehr über Ihre Arbeit wissen.«

»Meine Arbeit?«, wiederholte sie, sichtlich überrascht.

McAlistair nickte, erleichtert, dass ihre Bewegung nicht der Tür galt. »Ich hätte schon eher fragen sollen.«

»Warum haben Sie es nicht getan?«

»Sie waren müde.«

»Jetzt bin ich auch müde«, bemerkte sie.

»Ich wollte …« Er zermarterte sich das Gehirn nach den richtigen Worten. »Ihnen Zeit geben.«

Sie blinzelte. »Zeit wofür?«

»Sich daran zu gewöhnen.«

Sie schien vollkommen verwirrt. »Daran, Ihnen von meiner Arbeit zu erzählen? Ziemlich unwahrscheinlich, da ich keine Ahnung hatte, dass Sie sich dafür interessieren. Obwohl …« Sie unterbrach sich, als ihr die Antwort dämmerte. »Daran, dass die Bedrohung, die Gefahr echt ist – *das* meinen Sie, nicht wahr?«

Er nickte.

»Ich verstehe nicht. Ich habe Ihnen doch gesagt, ich weiß, dass es eine Lüge ist.« Ungläubigkeit breitete sich auf ihrem Gesicht aus und verdunkelte es. »Sie haben doch gewiss nicht erwartet, dass ich, nur weil Sie etwas anderes sagen …«

»Doch«, unterbrach er sie. Sie musste ihm seinen eigenen Fehler nicht auseinandersetzen. »Das habe ich.«

Sie starrte ihn an wie jemand, der nicht weiß, ob er völlig entsetzt oder sehr erheitert sein soll. »Das ist *bemerkenswert* arrogant.«

Es war keine Arroganz, sondern Erfahrung. »Ich habe meine Gründe.«

Sie lehnte sich zurück und verdrehte theatralisch die Augen. »Bei Menschen wie Ihnen ist das immer so.«

Menschen wie mir sind Sie noch nie begegnet. Das konnte er kaum sagen, also sagte er gar nichts.

Sie fuchtelte mit der Hand in seine Richtung. »Nun gut, nur zu. Was wollen Sie wissen?«

Er zog eine Augenbraue hoch. »Einfach so?«

»Gewiss«, versicherte sie ihm. »Ich bin stolz auf das, was ich tue, und ich habe so selten die Gelegenheit, darüber zu sprechen.«

»Selbst mit ihren Freunden?«

Sie schürzte die Lippen. »Von Zeit zu Zeit, aber ich halte diese Gespräche kurz und spreche nur ganz allgemein. Es ist mir lieber, wenn sie nicht direkt damit zu tun haben.«

»Weil Sie wissen, dass es gefährlich ist«, vermutete er und beobachtete, wie sie auf ihrem Stuhl herumrutschte, weil sie die Falle erkannte.

»Nun, ja, das zum einen. Aber eher ... ich glaube nicht, dass einer von ihnen wirklich für diese Arbeit geschaffen ist. Ich möchte nicht abwertend klingen. Es ist nur ... mal ehrlich, könnten Sie sich vorstellen, dass Kate irgendwohin inkognito gehen könnte?«

Whits Schwester war für ihre Tollpatschigkeit berüchtigt. Ihr Schleier würde sich bei der ersten Gelegenheit in einer Tür verfangen, dachte McAlistair. Er machte sich nicht die Mühe zu fragen, warum Evie vor Mirabelle diverse Dinge geheim gehalten hatte. Sie wussten beide, dass Mirabelle bis vor Kurzem mit ihren eigenen Schlachten beschäftigt gewesen war.

»Wer weiß denn von dem, was Sie tun, im Allgemeinen oder im Speziellen?«

»Außerhalb der Familie – und das schließt die Rockefortes mit ein – nur diejenigen von uns, die auch in dieses kleine Abenteuer eingeweiht sind, Mr Fletcher und Lizzy.«

»Das sind alle?«

»Ja.«

Vielleicht war Lizzy der Schlüssel, dachte er, war aber klug genug, sie nicht vor Evie zu verdächtigen. »Was ist mit den Leuten, die mit Ihnen zusammenarbeiten?«

»Keiner von ihnen weiß, wer ich bin. Wir verständigen uns überwiegend per Post, und die meisten von uns verwenden Pseudonyme. Die wenigen Male, als ich die anderen getroffen habe, habe ich mein Gesicht nicht gezeigt.«

»Irgendjemand muss davon wissen. Wie haben Sie die Gruppe entdeckt? Wer hat sich für Sie verbürgt?« Man stolperte nicht einfach über eine Organisation, die auf Geheimhaltung angewiesen war, und diese Organisation würde sich nicht selbst in Gefahr bringen, indem sie ein neues Mitglied ohne Empfehlung aufnahm.

»Ah, ja.« Sie nickte. »Lady Penelope Cutler, eine Freundin meiner Tante und eine große finanzielle Gönnerin unserer Gruppe. Lady Thurston wusste von ihrer Arbeit und hat uns miteinander bekannt gemacht, als deutlich wurde, dass wir ähnliche Interessen haben.«

»Es war die Idee Ihrer Tante?«

»Ja.«

Er nickte. Dieser Rückhalt und die Arbeit, die dadurch möglich wurde, waren ohne Zweifel von unschätzbarem Wert gewesen, um das Selbstbewusstsein wiederherzustellen, das Evies herzloser Vater zerstört hatte. »Wie lange ist das jetzt her?«

»Oh ...« Sie verzog nachdenklich das Gesicht. »Sechs Jahre, mehr oder weniger. Lady Thurston hat dafür gesorgt, dass ich vorher zumindest eine Londoner Saison ohne Ablenkungen erlebte.«

»Und wo ist Lady Penelope jetzt?«

»Sie ist gestorben. Vor vier Jahren.«

»Das tut mir leid.« Er kam sich dumm bei diesen Worten vor. Wie er sich auch dumm und hilflos gefühlt hatte, als sie von ihrem Vater erzählt hatte. Gern hätte er etwas Eloquenteres, etwas Gehaltvolleres gesagt als »es tut mir leid« und »er ist ein Mistkerl«. Aber es war Jahre her, seit er Worte hatte finden müssen, geschweige denn die richtigen Worte.

Evie schüttelte den Kopf. »Ist schon in Ordnung. Ich kannte sie nicht besonders gut.«

Er gestattete sich zwar keinen Seufzer der Erleichterung, wechselte jedoch das Thema. »Was genau tun Sie denn?«

»Nun, das ist verschieden, je nach Zeit, Ort und Notwendigkeit. Ich schreibe Briefe an Parlamentsmitglieder und an die Presse, anonym natürlich. Ich verfolge …« Sie hielt inne und legte den Kopf schief. »Sie interessieren sich vermutlich nur für die potenziell gefährlichen Teile.«

Alles war gefährlich, dachte er, nickte jedoch, statt eine Bemerkung zu machen. Es war besser, wenn er zuerst das Schlimmste hörte.

»Also. Ich bin eine Art Kontaktperson für Frauen – gelegentlich auch für Frauen und ihre Kinder –, die einem unerträglichen Leben entfliehen möchten.«

»Wie?«

»Ihre Reise wird – im Allgemeinen, wenn auch nicht immer, wenn sie außer Landes geht – im Vorfeld arrangiert, aber es besteht immer die Gefahr, dass eine Frau ihre Meinung ändern und zu ihrem Mann oder Vater zurückkehren könnte oder zu wem auch immer und alles ausplaudert. Als Vorsichtsmaßnahme erhält sie immer nur für eine einzelne Reiseetappe Informationen und finanzielle Mittel. Ein Mitglied der Gruppe stößt am Ende jeder Etappe zu ihr und stattet sie mit den Mitteln und den Informationen für den nächsten Abschnitt aus. Das ist meine Aufgabe.«

Ihm blieb fast das Herz stehen. »Sie treffen sich also mit diesen Frauen.«

»Ja, aber ich verberge mein Gesicht hinter einem Schleier und bleibe nur so lange, bis ich das Geld ...«

»Und niemand in Benton nimmt Notiz von einer verschleierten Frau, die sich regelmäßig an der Kutschstation aufhält?«

Ihr Tonfall wurde hochmütig. »Ein wenig mehr könnten Sie mir schon zutrauen. Im vergangenen Jahr habe ich ganze zwei Frauen an der Kutschstation von Benton getroffen.«

»Zwei Frauen?« Das schränkte den Kreis derer, die auf Rache sannen, stark ein.

»An der Kutschstation von Benton, ja. Ich habe auch zwei Frauen in der Buchhandlung getroffen. Eine Frau, die mit einer Mietkutsche geschickt wurde, am Rand einer wenig befahrenen Straße. Und drei Frauen in umliegenden Dörfern. Das Jahr davor war ähnlich, nur dass ich statt in der Buchhandlung in Mavers Taverne war, und dass ich niemanden auf der Straße und nur eine Frau an der Station getroffen habe.«

McAlistair runzelte die Stirn. Im Laufe mehrerer Jahre war das immer noch ziemlich viel Zeit, die Evie verschleiert verbracht hatte. Und nichts erregte so viel Neugier wie eine geheimnisvolle Frau.

»Irgendwann wird es jemand bemerken«, stellte er fest.

Sie verzog das Gesicht und stimmte ihm überraschenderweise zu. »Ich weiß. Übernächstes Jahr werde ich es für eine Weile sein lassen müssen. Ich werde an etwas anderem oder an einem anderen Ort arbeiten. In London war es genauso.«

»Sie haben Frauen in London getroffen?« Allein schon bei der *Vorstellung*, dass Evie sich allein in London herumgetrieben hatte, bekam er feuchte Hände.

Sie schien sein Unbehagen gar nicht zu bemerken. »Oh ja, und sehr viel häufiger, aber dort gibt es schließlich viel mehr

Frauen und mehr Treffpunkte, nicht wahr? Trotzdem hielt ich es nach einer Weile für das Beste, nicht mehr so oft nach London zu fahren.«

Eine vernünftige Entscheidung, musste er zugeben. Tatsächlich erschien ihm alles, was sie ihm bisher erzählt hatte, ziemlich vernünftig. Und *das* wiederum fand er zutiefst ärgerlich. Es wäre ihm lieber, sie wäre unvorsichtig gewesen. Wie hätte er sonst zornig darüber sein können, dass sie sich in Gefahr gebracht hatte? Auch wenn er ihre Arbeit bewunderte – ein kleiner, selbstsüchtiger Teil von ihm wollte einen Grund, um von ihr zu verlangen, dass sie aufhörte.

Und dieser kleine Teil von ihm war entschlossen, seinen Willen durchzusetzen. »Wie wird Ihnen Ihre Post zugestellt?«

Eine leichte Falte trat zwischen ihre Brauen, als er so plötzlich das Thema wechselte. »Sie wird in ein kleines, unbewohntes Cottage am äußersten Rand von Benton gebracht und unter der Tür hindurchgeschoben, bis ich sie abhole. Und bevor Sie fragen, ich bin höchstens einmal im Monat dort.«

»Das Cottage läuft auf Ihren Namen?«

»Nein, es gehört einer erfundenen Witwe namens Mrs Eades. Sie lebt bei ihrer Schwester in Wales. Sie werden Lady Thurston oder vielleicht Whit fragen müssen, wie sie das zustande gebracht hat.« Sie hielt inne und gähnte. »Ich weiß es nicht.«

McAlistair wäre noch ein Dutzend weiterer Fragen eingefallen, aber er wusste, dass jetzt nicht die Zeit dafür war. Evies Augen waren inzwischen nicht mehr nur schläfrig, sondern gerötet, und ihre Haltung war erst abwehrend gewesen, dann erschöpft und schließlich schlaftrunken.

»Wir werden dieses Gespräch später weiterführen. Es ist Zeit fürs Bett.«

»Gleich«, sagte sie und richtete sich ein wenig in ihrem Stuhl auf. »Ich habe auch ein paar Fragen an Sie.«

Verdammt. »Es ist schon spät.«

»Es kann doch höchstens halb zehn sein.«

»Es war ein langer Tag.«

»Was Sie nicht sagen.« Sie fixierte ihn. »Ich habe Ihre Fragen beantwortet, McAlistair. Es ist nur fair, dass Sie meine beantworten.«

»Ich bin hier nicht derjenige, der in Gefahr ist.« Und er pflegte nicht fair zu spielen.

Sie ignorierte diese Feststellung. »Warum sind Sie zum Einsiedler geworden?«

»Ich wollte kein Soldat mehr sein.«

»Warum sind Sie Soldat geworden?«

Er war unerträglich zornig gewesen. »Ich war gut darin.«

»Das können Sie doch nicht gewusst haben, ehe Sie zur Armee gegangen sind.« Sie musterte ihn finster und ließ sich wieder zurücksinken. »Sie spielen nicht mit, oder?«

Er wusste, dass ihr die Antwort nicht gefallen würde, und entschied sich daher, nichts zu sagen.

Evie presste die Lippen zusammen, verschränkte die Arme vor der Brust und starrte ihn finster an.

Er wartete auf die Standpauke, die mit Sicherheit kommen würde, und ließ den Blick über ihr Gesicht wandern: die geschwungenen Brauen, die langen, gebogenen Wimpern, die leichten Sommersprossen auf ihrer Nase. Die Sommersprossen waren neu, stellte er fest, wohl eine Folge des Reitens ohne Kopfbedeckung. Dagegen sollte er morgen etwas unternehmen. Oder auch nicht. Er mochte die Sommersprossen fast genauso wie den lockeren Zopf, in dem ihr Haar ihr über den Rücken fiel. Wenn er eine Haube für sie fand, konnte sie Zopf und Sommersprossen bedecken. Andererseits, wenn sie den Zopf und die Sommersprossen bedeckte, würde er vielleicht nicht mehr darüber fantasieren, Ersteren zu lösen und die Lippen über Letztere wandern zu lassen. Allerdings ...

Er blinzelte und unterbrach seinen Gedankengang. Warum war es so still? Hatte Evie ihm nicht gerade eine Standpauke halten wollen? Er betrachtete ihre Haltung, die verschränkten Arme, die verengten Augen. Während der letzten fünf Minuten hatte sie sich nicht gerührt. Und nichts gesagt.

Kein Wort. Keine Silbe. Keinen einzigen Laut. Verflixt und zugenäht, das Mädchen versuchte, ihn mit Blicken zu bezwingen.

Evie wusste, dass sie nicht die geringste Chance hatte.

McAlistair hatte wahrscheinlich über Tage, Wochen und sogar Monate hinweg kein Wort gesprochen. Ihr Schweigerekord stand hingegen in direkter Beziehung zu der längsten Zeit, die sie jemals schlafend verbracht hatte.

Aber es war ihr nicht gelungen, sich eine Ersatzlösung für sein ärgerliches Schweigen einfallen zu lassen. Und Feuer mit Feuer zu bekämpfen hatte eine gewisse Zweckmäßigkeit, die ihr gefiel. Ein Jammer, dass es so wenig Wirkung auf McAlistair zu haben schien.

Er lehnte sich in seinem Stuhl zurück und schien vollkommen entspannt, und wenn sie sich nicht völlig täuschte, auch ein wenig zufrieden.

Ihre Augen verengten sich noch mehr.

Einer seiner Mundwinkel zuckte nach oben.

Das Schweigen dehnte sich.

Evie, die für einen solchen Wettstreit nur jämmerlich gerüstet war, ballte die Hände zu Fäusten, verlagerte das Gewicht und klopfte mit dem Fuß, um ihr Unbehagen zu lindern. Vergeblich. Sie wollte gerade aufgeben, als er zu ihrer großen Überraschung zu sprechen begann.

»Wollen wir die ganze Nacht so dasitzen?«

Es war keine wirkliche Kapitulation – wahrscheinlich eher ein Akt der Gnade –, aber sie würde sie annehmen. »Das hängt von Ihnen ab.« Als ihr klar wurde, dass ihm das mehr Macht zugestand, als sie beabsichtigt hatte, fügte sie ein ziemlich lahmes »mehr oder weniger« hinzu.

»Was möchten Sie, Evie?«

Sie ließ die Arme sinken. »Ich möchte, dass Sie meine Gedanken, meine Sorgen und meine Fragen ernst nehmen.«

»Ich nehme sie ernst.«

»Schwachsinn«, fauchte sie ohne die Spur eines schlechten Gewissens, so vulgär gewesen zu sein. »Sie stellen persönliche Fragen, weigern sich aber, selbst welche zu beantworten. Sie haben auf nichts von dem gehört, was ich über diese Verschwörung gesagt habe …«

»Doch. Ich bin mit dem, was ich gehört habe, zwar nicht einverstanden, aber ich habe Ihnen zugehört.«

Sie warf die Hände in die Luft. »Woher soll ich das denn wissen? Sie wollen ja nicht sprechen.«

»Ich spreche doch gerade«, bemerkte er.

»Ja, aber wer weiß, wann Sie es das nächste Mal tun? Ich mag es nicht, derart im Nachteil zu sein, und Ihre schweigsame Art und Ihr Beharren darauf, dass ich jede Information liefere, die Sie für interessant halten, bringt mich durchaus in eine nachteilige Position.«

Nachdenklich legte er den Kopf schief.

»Nun?«, hakte sie nach.

»Ich überlege nur, wie man gleichzeitig schweigsam und beharrlich sein kann.«

Er hatte nicht unrecht, aber ganz gewiss würde es zu nichts Gutem führen, wenn sie das zugab, vor allem da es ihr nicht darum ging. »Das war möglicherweise der längste Satz, den Sie je in meiner Gegenwart gesprochen haben.«

»Kann sein.« Er strich sich mit den Knöcheln übers Kinn und ließ sie dabei nicht aus den Augen. »Ich bin an Konversation nicht gewöhnt.«

Er war nicht nur nicht daran gewöhnt, merkte sie; er fühlte sich dabei unwohl. Schuldgefühle nagten an ihr und ließen sie die Finger in die Falten ihres Morgenrocks vergraben. »Ja, natürlich. Und es tut mir leid, dass ich es so breitgetreten habe, aber wir können so nicht weitermachen.«

Er nickte. »Ich werde versuchen, mehr zu reden.«

»Danke.« Sie entspannte die Finger und schenkte ihm ein Lächeln.

Er lächelte nicht zurück. »Im Gegenzug werden Sie sich, ohne zu murren, den Sicherheitsmaßnahmen unterwerfen, die ich verhänge.«

»Ich … ich werde mich daran halten … aber ich behalte mir das Recht zum Murren vor.«

»In Ordnung«, stimmte er zu, und diesmal verzogen sich seine Lippen fast unmerklich zu einem Lächeln. Er erhob sich und hielt ihr die Hand hin, um ihr aufzuhelfen. »Sie müssen schlafen. Wir haben morgen einen langen Tag vor uns.«

Evie hätte auch dann schlafen müssen, wenn für den folgenden Tag nichts Anstrengenderes als Dösen geplant gewesen wäre. Sie konnte sich nicht erinnern, jemals so erschöpft gewesen zu sein. Während McAlistair die Kerzen löschte, kroch sie ins Bett und seufzte angesichts des herrlichen Gefühls weicher Laken und dicker Kissen. Ihre Lider sanken bereits herab, als er die zusätzliche Decke vom Bett zog, die zu ihren Füßen gefaltet lag, und auf den Boden warf.

Sie sah ihn stirnrunzelnd an. »Was machen Sie da?«

»Schlafen gehen.«

Der Gedanke gefiel ihr nicht, dass er auf dem harten Holzboden schlief, während sie sich auf einem großen Federbett ausstreckte. Es schien furchtbar unfair und ein wenig absurd, wenn man bedachte, dass sie in der Nacht zuvor Seite an Seite geschlafen hatten.

»Es gibt keinen Grund, warum Sie auf dem Boden schlafen sollten, wenn im Bett jede Menge Platz ist.«

»Der Boden genügt mir.« Er nahm sich ein Kissen und warf es auf die Decke.

»Wenn es die Nähe ist, die Ihnen zu schaffen macht, würde ich gern darauf hinweisen, dass wir gestern Nacht ...«

»Ich weiß«, knurrte er förmlich.

Sie biss sich auf die Unterlippe, unsicher wegen seines schroffen Tons, aber nicht bereit, das Thema fallenzulassen. »Es gibt Haushalte, in denen die ganze Familie in einem Bett schläft – wenn sie das Glück haben, eines zu besitzen. Die Kinder, Mutter, Vater ...«

»Mutter und Vater. Die sind verheiratet.«

»In der Regel. Und heute Nacht sind wir es auch. Außerdem, was wäre, wenn eins der Mädchen hereinkäme?«

»Die Tür ist versperrt.«

»Ja, aber es gibt Schlüssel, nicht wahr? Und es ist üblich, dass jemand morgens hereinkommt und die Lampen ...«

»Sie wird vorher anklopfen.«

»Aber was ist, wenn Sie nicht aufwachen und ...«

»Ich werde aufwachen.«

Es war unmöglich, gegen diese Art von Arroganz zu argumentieren. »Was, wenn ... könnten Sie nicht ...« Ihr müder Verstand kämpfte darum, sich einen weiteren Grund dafür einfallen zu lassen, warum er das Bett nehmen sollte.

McAlistair trat näher zum Bett, und seine Stimme wurde sanft. »Was ist los, Evie? Haben Sie Angst?«

Sie warf ihm einen kühlen Blick zu. Es wäre vielleicht bequemer gewesen, ihm zu sagen, ja, sie habe große Angst, aber sie hatte ihren Stolz. »Meine größte Angst ist im Moment, dass Sie steif, mit Schmerzen und mürrisch aufwachen. Mürrische Leute sind unangenehme Reisegefährten.«

»Ja, ich weiß«, bemerkte er ironisch.

Sie lächelte und gähnte. Den kleinen Seitenhieb hatte sie verdient. Und er verdiente die Wahrheit, befand sie. Es gab keinen guten Grund, ihre Gefühle vor ihm zu verbergen. Sie war sich nicht sicher, warum sie es tat. Allerdings – zuzugeben, dass es ihr zu schaffen machte, war fast das Gleiche wie zuzugeben, dass er ihr etwas bedeutete. Und das gab ihr ein Gefühl der Verletzlichkeit.

Sie zupfte an einem kleinen Riss in ihrer Decke. »Es ... es gefällt mir nicht, dass Sie da unten auf dem harten Fußboden liegen, während ich hier oben so viel Platz habe.«

»Wollen wir tauschen?«

»Nein«, erwiderte sie, ohne eine Sekunde zu zögern. »*Ich* bin hier nicht diejenige, die stur ist.«

Er verzog amüsiert die Lippen. »Es macht Ihnen wirklich etwas aus?«

Wieder nickte sie, aber es fiel ihr schwer, ihm in die Augen zu sehen. »Ja, das tut es.«

Er seufzte zwar nicht, zögerte aber, weswegen Evie den Verdacht hatte, dass er es eigentlich gern getan hätte. Und das war fast das Gleiche. Trotz seiner offensichtlichen Bedenken hob er Decke und Kissen auf und warf sie wieder aufs Bett.

»Drehen Sie sich um und schlafen Sie.«

Die Andeutung, sie hätte vielleicht etwas anderes vorgehabt, gefiel ihr gar nicht. Nun, um ganz ehrlich zu sein, war sie der Idee, etwas *anderes* zu tun, nicht *völlig* abgeneigt – ihn wieder zu küssen, zum Beispiel –, aber sie hatte es nicht *vorgehabt*. Und so reizvoll die Vorstellung, McAlistair zu küssen, auch sein mochte, im Moment war sie zu erschöpft, als dass sie ernsthaft erwogen hätte, die Theorie in die Praxis umzusetzen.

Sie rutschte auf die andere Seite und wandte ihm wortlos den Rücken zu. Die Matratze senkte sich, als er sich auf dem Bett niederließ.

»Schlafen Sie ein bisschen«, hörte sie ihn vom Rand der Matratze aus sagen. »Wir brechen bei Tagesanbruch auf.«

Sie schnitt eine Grimasse in ihr Kissen. Warum hatten die Leute immer das Bedürfnis, bei Tagesanbruch aufzubrechen? »Was ist denn gegen etwas später einzuwenden?«, murmelte sie.

»Wie bitte?«

»Nichts. Gute Nacht, McAlistair.«

Sie schlief ein, ohne seine Antwort zu hören.

McAlistair lag im Bett und lauschte auf das Prasseln des Regens und das letzte, ferne Donnergrollen. Es war ungefähr vier Uhr morgens, schätzte er, und er hatte ungefähr drei Stunden Schlaf bekommen.

Das Knarren der Dielenbretter im Flur hatte ihn aus einem leichten Dämmerschlummer geweckt. Es war nur ein später Gast gewesen, aber es hatte eine Untersuchung erfordert – ebenso wie das Knarren eine Stunde zuvor und das Geräusch von Stimmen im Hof noch eine Stunde früher.

In der vergangenen Nacht, umgeben von den tröstlichen Geräuschen des Waldes, hatte er besser geschlafen. Und mit etwas mehr Abstand zwischen sich und Evie. Wenige Minuten, nachdem sie eingeschlafen war, hatte sie sich zu ihm umgedreht und war auf seine Seite des Bettes gerollt. Er hatte es nicht übers Herz gebracht, sie zu wecken, und er hatte nicht die Absicht, sich auf die andere Seite des Bettes zu begeben, sodass sie näher an der Tür gewesen wäre. Aber es war verdammt schwer, zu schlafen, während ihre Beine seine streiften, der Duft ihres Haares über dem Kissen lag und ihr süßes Gesicht nur Zentimeter entfernt war. Sie hatte einen festen Schlaf, stellte er fest. Nachdem sie auf die andere Seite gerutscht war, hatte sie sich nicht mehr bewegt, außer um ihr Kissen zu umarmen.

Ihm war schon in der vergangenen Nacht aufgefallen, dass sie im Schlaf immer etwas festhielt – nur war es da seine Weste gewesen. Er hatte sie ausgezogen und ihr nachts unter den Kopf geschoben. Er hatte sie sogar ein wenig bewegen müssen, um eine Locke ihres Haares von einem Knopf zu befreien. Aber sie war nicht aufgewacht, und am Morgen hatte sie kein Wort darüber verloren.

Höchstwahrscheinlich hatte sie es gar nicht bemerkt, dachte er mit einem kleinen Lächeln. Vor Mittag war mit der Frau nichts anzufangen.

Das hatte er nicht erwartet. Er hätte eigentlich vermutet – genauer gesagt, er *hatte* es vermutet –, dass ihre Lieblingstageszeit der Morgen war. Der Morgen passte zu ihr. Er war sanft und weich, genau wie sie. Der Morgen hatte ihn immer an Evie erinnert.

Es gab nichts Reineres, Verheißungsvolleres als das erste Morgenlicht.

Vermutlich hätte sie den Vergleich nicht verstanden. Ob wohl sonst jemand das verstand oder verstehen würde? Ihre Freunde? Ihre Familie?

Ihr künftiger Ehemann?

Er runzelte die Stirn. Was, wenn sie recht hatte, was die List betraf? Er hielt es für unwahrscheinlich; diese Theorie hatte zu viele Löcher. Aber was, wenn doch? Was, wenn die Ereignisse der beiden letzten Tage nicht mehr gewesen waren als eine überaus idiotische Methode, sie unter die Haube zu bringen? Er verspürte ein scharfes Brennen in seinem Magen. Wenig überrascht über seine heftige Reaktion auf die Vorstellung, Evie könne mit einem anderen Mann verbunden sein, nahm er den Schmerz zur Kenntnis und schob ihn beiseite.

Wenn William und die anderen diese Sache eingefädelt hatten und wenn Evie trotz der Lächerlichkeit des Ganzen eine Liebe fand, die sie glücklich machen würde, dann sollte es so sein.

Er würde ihr gratulieren. Gleich, nachdem er William ganz langsam mit seinem stumpfsten Messer ausgeweidet hatte. Auch wenn er gar kein stumpfes Messer besaß; er würde sich eigens für den Anlass eins kaufen. Eins, das schon leicht verrostet war.

Er beobachtete sie im Schlaf und wusste, dass er nie wieder die Gelegenheit dazu haben würde, sobald sie das Cottage erreicht hatten.

Weil sie nicht für ihn bestimmt war.

Er hob einen Finger und zeichnete, Millimeter von ihrer Haut entfernt, eine Stelle über ihrer Wange nach. Er wusste, dass die helle, elfenbeinfarbene Haut sich weich und zerbrechlich anfühlen würde – sie konnte leicht von groben Händen verletzt, leicht von schmutzigen Fingern besudelt werden.

Er zog die Hand zurück.

Nein, sie war nicht für ihn bestimmt. Und selbst wenn sie es gewesen wäre, würde er sie nicht nehmen.

Ein Mann zerstörte nicht, was er liebte.

Er drehte sich auf den Rücken und starrte zu den Rissen in der Decke empor. Ein Mann konnte jedoch ein rostiges Messer kaufen und denjenigen aufschlitzen, der diese Geliebte einem anderen gab. Und der ihn zum Narren gehalten hatte.

Und wenn er es nur in Gedanken tat.

Durch diesen Gedanken beschwichtigt, schloss er die Augen, ließ seine Gedanken schweifen und lauschte auf das nächste Knarren im Flur.

12

Evie hatte einen köstlichen und ärgerlichen Traum.

Sie war tief im Wald von Haldon, saß auf dem weichen Boden und war in einen berauschenden Kuss mit McAlistair versunken. Es war eine leidenschaftliche Begegnung drängender Lippen und heißen Atems, die ihren Puls rasen und ihre Glieder schwer werden ließ. Zu schwer, um genau zu sein. Sie konnte sie nicht bewegen, konnte die Arme nicht heben, um McAlistair zu berühren. Sie gab sich solche Mühe, aber …

»Evie.«

McAlistair umfasste ihre Schultern und schüttelte sie sanft. Es war, dachte sie, verteufelt schwer, so zu küssen.

»Loslassen.«

»Evie, wachen Sie auf.«

»Losla …« Vorsichtig öffnete sie die Augen und sah McAlistair, der sich über sie beugte. Sie waren im Gasthaus, begriff sie, nicht im Wald. Es saß auf der Bettkante, nicht neben ihr auf dem Boden. Und er wollte sie gar nicht umarmen; er wollte sie wecken.

Mit einem leisen Seufzer kniff sie die Augen zu.

»Nicht wieder einschlafen, Evie.«

»Werde ich nicht.« Wahrscheinlich. Viel zu benommen, um wegen ihres Traums verlegen zu sein, rieb sie ihr Gesicht mit beiden Händen und fragte sich, wie schrecklich sie wohl aussehen mochte.

Sie spürte, dass McAlistair sich vom Bett erhob. »Möchten Sie frühstücken?«

»Schokolade«, seufzte sie. »Bitte.«

»Ich werde sehen, ob es hier im Ort welche gibt.«

Mühsam zwang sie die Augen auf und blickte zum Fenster hinüber. Nicht der kleinste Lichtschimmer drang durch die Vorhänge. Die einzige Beleuchtung im Raum kam von der glühenden Kohle im Feuer. »Im Ort?«

»Wir brauchen Vorräte. Ich werde nicht lange fort sein.«

Er hatte den Mantel übergezogen, noch ehe sie die Kraft fand, sich aufzurichten, und war zur Tür hinaus, bevor sie Anstalten machte, vom Bett aufzustehen.

Der Boden schien so schrecklich weit weg.

Sie streckte die Beine, dann den Rücken und hoffte, dass die Bewegung den letzten Schlaf verscheuchen würde. Es half ein wenig, und sie hievte sich aus dem Bett, um zu einem der Stühle zu schlurfen ... wo sie sich hinsetzte und ins Feuer starrte.

Als McAlistair zurückkehrte, starrte sie den Kamin immer noch an, in einem Zustand zwischen Schlafen und Wachen.

Er durchquerte den Raum und reichte ihr einen dampfenden Becher. »Keine Schokolade, fürchte ich. Nur Tee.«

»Was?« Blinzelnd betrachtete sie den Becher. »Ach ja. Danke.«

»Immer noch nicht wach?«

Sie schüttelte den Kopf, sog den Duft des Tees ein und trank einen kleinen Schluck. Er war stark und heiß und half ihr wunderbarerweise, einen klaren Kopf zu bekommen.

»Es ist noch dunkel«, stellte McAlistair fest.

Evie nahm noch einen Schluck und spürte, wie die Müdigkeit von ihr abfiel. »Das ist mir schon aufgefallen. Wie sind Sie an den Tee und die Vorräte gekommen?« Sie sah ihn an. »*Haben* Sie Vorräte bekommen?«

»Einige, sind schon eingepackt. Ich habe an ein paar Türen

gehämmert«, sagte er und lächelte ein wenig, als sie mitfühlend zusammenzuckte. »Nur an zwei, und ich habe großzügig bezahlt.«

»Und der Tee?«

»Die Köchin ist schon auf.«

»Oh.« Er war einkaufen gegangen, hatte Tee gemacht und Vorräte zusammengepackt, und das alles, während sie hier gesessen hatte. »Wie lange waren Sie fort?«

»Eine knappe Stunde. Ich dachte, Sie würden fertig sein, wenn ich zurückkomme.«

Eine Stunde? Sie war wirklich auf dem Stuhl eingeschlafen. »Ich bin morgens immer langsam.«

»Wenn Sie schnell genug sind, sich vor Sonnenaufgang anzukleiden, können Sie auf das Cape verzichten.«

Sie kippte den Rest ihres Tees hinunter und stürzte zum Wandschirm.

Zu Evies Freude waren im Gasthaus nur das Klappern der Töpfe aus der Küche und gedämpfte Stimmen aus dem Stall zu hören, als sie und McAlistair in den Hof gingen. Beidem konnte sie leicht aus dem Weg gehen – dem Töpfeklappern, indem sie einfach die Küche mied, und den Stimmen, indem sie wartete, während McAlistair die Pferde holte.

Sobald McAlistair zurückkam, stopfte sie das Cape in die Satteltasche. Bei der ersten Gelegenheit würde sie das schmutzige Ding vergraben. Zweifellos wäre es befriedigender – und sicher weniger Arbeit –, es zu verbrennen, aber der Himmel allein wusste, welche Dämpfe dabei freigesetzt wurden.

Für den Moment war Evie schon froh, es nicht mehr sehen und riechen zu müssen.

Für ihren Geschmack war es viel zu früh am Tag, und ihre schmerzenden Muskeln sträubten sich sowohl gegen das Aufsitzen in den Sattel als auch gegen das sanfte Schaukeln, als die Pferde die Straße erreichten. Aber sie war einer weiteren Begegnung mit dem scheußlichen Cape entgangen, und das genügte, um sie mit einem gewissen Maß an Optimismus für den bevorstehenden Tag zu erfüllen.

Das Gewitter hatte sich verzogen und kühle Luft und weichen Boden hinterlassen ... nun, jedenfalls, nachdem sie den matschigen Innenhof verlassen hatten. Die Sonne musste erst noch aufgehen, aber ein Schimmer am Horizont hatte die nächtliche Dunkelheit verdrängt. In dem fahlen Licht konnte Evie die grauen Umrisse der Läden und Häuser entlang der Straße ausmachen. In einigen Fenstern flackerte Kerzenlicht, aber größtenteils schlief die Stadt noch.

Da das Gasthaus näher am Stadtrand als an der Stadtmitte lag, dauerte es nur eine Viertelstunde, bis die Häuser Bauernhöfen wichen, und aus den Bauernhöfen wurden schon bald offene Wiesen unkultivierten Landes.

McAlistair führte sie von der Straße auf eine solche Wiese, als die Sonne über den Horizont stieg. Mit einem sehnsüchtigen Seufzer drehte Evie sich im Sattel um und warf einen letzten Blick auf die Straße. Für eine Weile würde es die letzte Begegnung mit der Zivilisation sein.

Als der Vormittag halb vergangen war, war das kalte Wetter in eine drückende Schwüle umgeschlagen. Aufgewärmt von der Sonne und feucht vom Regenguss der vergangenen Nacht, war die Luft schwer und stickig und versprach im Laufe des Tages, noch unangenehmer zu werden.

Evie aß den Apfel auf, den McAlistair ihr zugeworfen hatte – sie war froh, dass sie ihn nur einmal hatte fallen lassen –, und betrachtete den Fluss, dem sie seit ihrem Aufbruch aus der Stadt gefolgt waren.

In großen Schleifen zog er sich wie ein breites Band durch die Landschaft, mal sichtbar, mal verborgen. Sie warf das Kerngehäuse des Apfels für die Vögel hin und beobachtete, wie der Fluss zwischen ein paar Bäumen verschwand. Irgendwo würde er nach einer oder zwei Meilen wieder auftauchen.

Und ehe der Tag vorüber war, würde sie sich nach einem Bad darin sehnen.

Sie fragte sich, ob McAlistair wohl für die Idee zu gewinnen war. Man konnte es unmöglich wissen, da er es unmöglich gemacht hatte, irgendeine Art von Gespräch zu führen. In den letzten fünf Stunden hatte er kaum fünf Minuten in Sprechweite verbracht, und das auch nur für jeweils zehn Sekunden. Und während dieser kurzen Zwischenspiele schienen seine dunklen Augen unablässig den Horizont abzusuchen und spähten zu jedem Felsen oder Busch hinüber, der groß genug war, um einen Schatten zu werfen, oder betrachteten aufmerksam jeden Teil der Landschaft, jeden Abdruck in der Erde. Alles sah er an, so schien es Evie, nur nicht sie. Selbst wenn sie rasteten, damit sie ihr Bein ausruhen konnte, hatte McAlistair sie verlassen, um umherzustreifen. Er blieb immer in Sichtweite und war selten mehr als fünfzig Meter entfernt, aber wenn sie nicht schreien wollte, kamen Gespräche auch dann nicht infrage.

Sie überlegte ernstlich, ihm bei einem seiner kleinen Ausflüge zu folgen – eigentlich nur, um zu sehen, was er tun würde –, als ihr Pferd plötzlich stolperte und Evie im Sattel durchschüttelte. Die Stute brauchte nur wenige Schritte, um sich wieder zu fangen, aber als sie weiterlief, hinkte sie ein wenig.

»Nun, sieh uns an«, murmelte Evie und ließ das lahmende Pferd anhalten. »Wir passen ja gut zusammen.«

Erheitert über ihren dummen Scherz, schwang sie ihr Bein über den Sattel und stieg ab.

Sie hatte kaum ihre Röcke gerichtet, als McAlistair auch schon an ihre Seite geritten war und aus dem Sattel sprang. »Evie?«

»Ich denke, sie hat ein Hufeisen verloren«, teilte sie ihm mit, beugte sich vor und brachte die Stute sanft dazu, das Vorderbein anzuheben. Wo die Nägel sich gelöst hatten, war der Huf ein wenig gesplittert, aber es war nichts, was durch eine gute Beschneidung nicht behoben werden konnte.

»Nicht verletzt«, murmelte McAlistair und warf einen schnellen Blick über ihre Schulter.

»Hmmm, nur ein bisschen empfindlich, nicht wahr, Kleine?«, gurrte sie der Stute zu und ließ den Huf los. »Das wäre ich auch, wenn mir ein Schuh fehlen würde. Keine Sorge, Süße ...« Ihre Stimme verlor sich. »Ich weiß gar nicht, wie sie heißt.«

»Wie bitte?«

Sie drehte sich zu McAlistair um. »Der Name des Pferdes. Ich reite sie nun schon seit Tagen und habe nicht einmal nach ihrem Namen gefragt.«

»Das bekümmert Sie?«

»Ja, es scheint ...« Sie hätte beinahe gesagt, dass es ihr unhöflich scheine, aber sie hatte Angst, dass er lachen würde. »Ich finde, ich sollte ihn kennen.«

Er nickte verständnisvoll und ergriff die Zügel. »Sie heißt Rose.«

»Rose?« Sie lächelte. »Das ist mein zweiter Vorname. Nun, einer davon.«

Sein Blick wanderte zu einem Punkt über ihrer Schulter. »Ja?«

»Ja. Der andere ist Elizabeth.« Sie strich mit der Hand über Roses Widerrist und deutete mit dem Kopf auf McAlistairs Pferd. Und wie heißt er?«

»Keine Ahnung. Er gehört Hunter.«

»Oh.« Sie zuckte die Achseln, ein wenig enttäuscht, und drehte sich wieder um, um Rose gut zuzureden. »Was machen wir denn jetzt mit dir?«

»Das Hufeisen ersetzen«, schlug McAlistair vor.

»Ja, natürlich«, meinte sie mit halbem Lächeln. »Wo?«

»Nicht weit von hier befindet sich eine Art Dorf.« Er band die Zügel der Stute an die des Wallachs. »Sie werden Ihr Gesicht verbergen müssen.«

»Unter gar keinen Umständen werde ich diesen grässlichen Umhang anziehen …« Sie verstummte, als er etwas Dunkles, Wallendes aus seiner Satteltasche zog und es ihr reichte. »Oh.«

Es war ebenfalls ein wollenes Kapuzencape, aber es war Welten von der schlecht sitzenden, grünen Monstrosität entfernt. Dieses Cape war dunkelbraun, leicht, weich und sauber.

Sie berührte das Material. »Woher haben Sie das?«

»Randswith. Mit den Vorräten.«

»Oh, Sie hätten etwas sagen sollen.« Sie griff in eine ihrer Taschen nach ihrem Münzbeutel. »Ich schulde Ihnen …«

»Behalten Sie Ihr Geld.«

Sie brach ihre Suche ab, um ihn anzusehen. »Aber das Cape ist sehr fein. Es muss teuer …«

»Behalten Sie es.«

Angesichts seines strengen Tons zuckten ihre Augenbrauen in die Höhe. »Es geziemt sich nicht für eine Dame, Kleidungsstücke von einem Herrn anzunehmen.«

»Stört Sie das?«

»Nicht besonders, nicht unter den Umständen.« Wenn es ihn störte, ihr Geld zu nehmen, würde sie ihn nicht drängen. Außerdem war es wahrscheinlich gar nicht sein Geld, oder? Er war Eremit oder war es zumindest gewesen, und Eremiten waren nicht gerade für ihre finanzielle Unabhängigkeit bekannt. Höchstwahrscheinlich hatte Whit ihm etwas gegeben, bevor sie Haldon verlassen hatten. Sie warf sich das Cape über die Schultern. »Dann vielen Dank. Das war sehr aufmerksam von Ihnen. Und es fühlt sich himmlisch an, auch ohne Vergleich mit dem vorherigen.«

Er nickte kurz, was sie als ein »gern geschehen« interpretierte, dann schwang er sich auf sein Pferd und hielt ihr die Hand hin.

Sie sah die Hand an. »Äh ...«

»Brauchen Sie keine Hilfe?«

»Hilfe?« Sie blickte von seiner Hand zu seinem Gesicht. »Wobei?«

»Beim Aufsteigen. Oder haben Sie vor, zu Fuß zu gehen?«

Das hatte sie tatsächlich – oder hatte es gehabt. Es war einfach das, was man tat, wenn das eigene Pferd lahmte. »Sie sagten, es sei nicht weit.«

»Ist es auch nicht, wenn man reitet. Es sind vier Meilen.«

»Oh.« Sie ließ sich von ihm auf sein Pferd ziehen.

13

Evie fand, dass es eine seltsame und wunderbare Erfahrung war, einen Sattel mit McAlistair zu teilen. Nun gut, ohne Zügel in den Händen fühlte sie sich ein wenig unsicher. Und es machte ihr ein bisschen zu schaffen, dass sie nicht sehen konnte, wo sie hinritten, es sei denn, sie beugte sich vor, um an ihm vorbeizuschauen. Aber die schiere Nähe zu McAlistair stellte eine Intimität her, die sie geradezu aufregend fand. Ihre Knie stießen gegen seine Beine, und sie hielt sich in Hüfthöhe mit beiden Händen an seinem Mantel fest. Sie hatte überlegt, ihm die Arme um die Taille zu legen, hatte aber den Mut nicht aufbringen können. Damit hätte sie sich dicht an ihn geschmiegt, hätte sich an seinen Rücken gedrückt, vielleicht mit ihrer Wange an seiner Schulter. Es war wirklich ein reizvoller Gedanke, und es war nur wenig näher als ihre jetzige Position. Aber während sie gemächlich dahinritten – wodurch Sicherheit sich als Ausrede für ihr Verhalten ausschloss –, markierte dieser Abstand die Grenze zwischen angenehm aufregend und gefährlich kühn.

Kühn war nicht so schlimm, aber *gefährlich* kühn möglicherweise schon.

McAlistair wandte den Kopf und richtete über seine Schulter hinweg das Wort an sie. »Wir sind fast da.«

Sie beugte sich vor und sah in der Ferne Schornsteinrauch über der hügeligen Landschaft aufsteigen.

»Bevor wir ankommen, ziehen Sie die Kapuze hoch«, befahl McAlistair. »Halten Sie Ihr Gesicht verborgen und sagen Sie nichts.«

Sie lehnte sich zurück und verdrehte die Augen. »Ja. Ja.«
»Geben Sie mir Ihr Wort, Evie.«
»Das tue ich nicht«, erwiderte sie leichthin.

Er brachte das Pferd abrupt zum Stehen und drehte sich im Sattel, um sie anzusehen. Er wirkte überrascht und nicht wie sonst kühl und gelassen, daher beschloss Evie, keinen Anstoß daran zu nehmen.

Sie zuckte die Achseln. »Versprechen, die man unbedacht gibt, werden allzu leicht gebrochen.«

»Also schön.«

Zu ihrer Überraschung drehte er sich wieder um, ohne noch etwas zu sagen. Und dann saß er zu ihrem völligen Erstaunen einfach nur da, sah vor sich hin, sagte nichts und regte sich nicht.

»Was tun wir?«, fragte sie nach einer Weile.

»Warten, bis Sie nachgedacht haben.«

Sie fuhr sich mit der Zunge über die Zähne und kämpfte gegen ein Lächeln an. »Und wenn ich mich nach reiflicher Überlegung immer noch weigern sollte, es zu versprechen?«

»Warten wir, bis Sie erneut nachgedacht haben.«

»Das dachte ich mir.« Sie lachte. Sie konnte nicht anders. »McAlistair, das ist doch absurd.«

Er drehte sich wieder um. »Ich will Ihr Wort.«

»Und ich will es nicht geben. Es gibt zu viele Variablen, zu viele Gründe, wegen denen ich es vielleicht brechen müsste.«

»Zum Beispiel?«

Eine vernünftige Frage. *Verflixt.* »Was ist, wenn ... was ist, wenn uns ein wütender Bulle angreifen würde?«

»Ist das ein magischer Bulle, den nur Sie sehen können?«

»Ich ...« Was war denn das für eine Frage? »Nun, er muss nicht *magisch* sein ...«

»Wie sonst sollte ich ein sechshundert Kilogramm schweres Tier übersehen, das direkt auf uns zurennt?«

»Ein schlechtes Beispiel«, räumte sie ein. »Was, wenn ich einen verdächtigen Mann sehen sollte, der in der Stadt herumlungert, und ...«

»Stoßen Sie mich an und zeigen Sie mit dem Finger auf ihn.«

Eine vernünftige Lösung. *Verflixt.* »Also schön, was, wenn ... was, wenn ...«

McAlistair wartete mit geduldiger Miene, während sie sich das Gehirn nach Möglichkeiten zermarterte. Zu ihrem Verdruss fiel ihr keine einzige Situation ein, die sich nicht mit einem Stupser und einem Fingerzeig beheben ließe.

»Fertig mit Nachdenken?«, fragte McAlistair nach einer Weile.

Sie schaute ihn finster an.

»Versprechen Sie es, Evie.«

Sie sah keine Möglichkeit, es zu umgehen. Nicht, wenn sie nicht für den Rest ihres Lebens mit McAlistair mitten im Nirgendwo auf einem Pferd sitzen wollte.

Nicht dass sie es unangenehm fand, ein Pferd mit McAlistair zu teilen; es war der Rest ihres Lebens im Nirgendwo, der ...

»Evie.«

»Na schön.« Sie stieß einen Seufzer aus. »Ich verspreche es.«

»Nicht ein Wort. Nicht einen Pieps.«

Es erheiterte sie zwar, das Wort »Pieps« von McAlistair zu hören, aber die Kränkung trübte ihre Erheiterung.

Sie zog die Augenbrauen hoch. »Erst bestehen Sie auf meinem Wort, und gleich darauf zweifeln Sie es an?«

Er neigte den Kopf. »Verstanden.«

Sie rümpfte hoheitsvoll die Nase. Es war ein bisschen stark, aber nachdem sie den Streit verloren hatte, war sie geneigt, das Beste aus jedem kleinen Sieg zu machen, den sie für sich beanspruchen konnte.

McAlistair wirkte höchst unbeeindruckt. »Springen Sie ab.«
Sie blinzelte ihn an. »Runterhüpfen?«
»So können Sie nicht in die Stadt reiten.«
Sie schaute an sich herab und wusste, dass er recht hatte. Die Röcke waren ihr wieder bis nach oben über die Knie gerutscht. »Irgendwann gestern habe ich nicht mehr darauf geachtet«, sagte sie abwesend, dann sah sie ihn an. »Soll ich zu Fuß gehen?«
Er schüttelte den Kopf und half ihr vom Pferd. »Damensitz.«
Sie sah zu ihm empor. »Wie soll ich das schaffen?«
Er rutschte ein wenig zurück und klopfte auf den Sattel vor sich.
Evies Augen wurden rund. Sein Schoß? Er wollte, dass sie auf seinem Schoß ritt?
»Ähm ...«
»Wenn es Ihnen lieber ist, kann ich zu Fuß gehen.«
»Nein.« Sie schluckte und streckte die Hand aus. Es war nicht fair, den Mann die nächsten zwei Meilen zu Fuß gehen zu lassen, nur weil sie auf einmal tugendhaft sein wollte. Hatte sie sich nicht gerade eine Ausrede gewünscht, um ihm näher zu sein? »Nein, das ist schon in Ordnung.«
Statt ihre Hand zu nehmen, beugte er sich herab, drehte sie um, schlang einen Arm um sie und hob sie in den Sattel, als würde sie überhaupt nichts wiegen.
Gütiger Himmel.
Evie blieb kurz Zeit, über seine bemerkenswerte Stärke und Balance nachzusinnen, bevor sie sich auf dem Pferd wiederfand, halb auf dem Sattel und halb auf McAlistairs Beinen. Gleich darauf staunte sie nur noch, wie bemerkenswert unbequem diese Position war.
Sie veränderte ihre Haltung, um dem Rand des Sattels auszuweichen, der sich in ihr Bein drückte, und wand sich erneut,

damit ihre Füße nicht gegen die Flanke des Pferdes schlugen.

»In Kates Romanen wird das immer ganz anders beschrieben.«

»Wie bitte?«

Sie wand sich ein wenig, um ihre Röcke glatt zu streichen, die sich unter ihr bauschten. »Kate. Sie hat eine Vorliebe für Liebesromane. Dort wird das Teilen eines Sattels immer als ein romantisches und abenteuerliches Unterfangen beschrieben.«

Sie wand sich noch einmal. »Abenteuerlich ist es wirklich.«

McAlistair fasste sie an den Hüften, hob sie hoch, setzte sich um und ließ sie wieder herunter. Diesmal lehnte sie an seiner Brust und saß fast vollständig auf seinem Schoß.

»Besser?«

Sie musste schlucken, weil ihre Kehle plötzlich trocken geworden war. »Ja.«

Es *war* besser. Es war plötzlich auch genauso romantisch, wie Kates Romane es sie hatten glauben machen.

Vielleicht war romantisch auch nicht das richtige Wort. *Erregend* war vielleicht treffender.

Sie befand sich in einem äußerst buchstäblichen Sinne *auf* dem Mann. Sie spürte seine Wärme durch ihr Kleid. Sein Geruch, der ihr nun sowohl vertraut als auch fremd war, reizte ihre Nase, und sie verspürte den seltsamen Drang, das Gesicht in sein Hemd zu drehen und ihn einzuatmen. Die straffen Muskeln seiner Oberschenkel bewegten sich mit jedem Schritt des Pferdes unter ihr und ließen ihr Herz rasen. Als er die Zügel verkürzte, war es, als würde er sich um sie herum legen, und seine kräftigen Schultern ragten über ihr auf. Seine breite, harte Brust drückte sich ihr in die Seite. Und seine Arme, hager und stark, streiften ihren Busen und sandten einen Schauer der Wonne über ihren Rücken.

Sie fühlte sich umarmt, umfangen, geschützt. Und entschieden überhitzt.

»Es ist nicht mehr weit, oder?«, fragte sie in einem Versuch, den Bann zu brechen. Ihre Stimme kam als Quietschen heraus, aber das war nicht zu ändern. Sie war erstaunt, dass sie überhaupt sprechen konnte.

»Nicht sehr«, antwortete er schroff.

Obwohl die Antwort ihr bereits klar gewesen war, nickte sie, blickte entschlossen geradeaus und nahm sich vor, in Zukunft vorsichtiger mit ihren Wünschen zu sein.

Das Dorf bestand aus einer losen Ansammlung von kaum einem halben Dutzend Hütten, die rings um eine große Grasfläche standen.

Evie zupfte an der Kapuze ihres Capes. »Woher wussten Sie von diesem Ort?«

»Landkarte. Verbergen Sie Ihr Gesicht.«

»Es ist verborgen. Dieser Ort steht auf einer Landkarte?«

»Mr Hunters Landkarte. Und jetzt nicht mehr reden.«

Da sie gerade die erste Hütte erreicht hatten und weil sie ihr Versprechen nicht brechen wollte, zupfte Evie erneut an ihrer Kapuze und verstummte.

Die Schmiede war leicht zu finden. Das einstöckige, strohgedeckte Cottage stand am Ende einer langen Lehmeinfahrt, und von der Werkstatt im hinteren Teil des Gebäudes stieg eine dicke Rauchsäule auf.

McAlistair ließ die Pferde anhalten und saß ab, bevor er Evie um die Taille fasste und sie auf den Boden stellte.

Er beugte sich vor und flüsterte: »Wie geht es Ihrem Bein?«

Da sie genau wusste, dass er ihren Gesichtsausdruck nicht sehen konnte, wenn sie den Kopf gesenkt hielt, zog sie die Augenbrauen hoch. Glaubte er, dass sie ihr Versprechen so bald brechen würde?

Sie schüttelte den Kopf.

Ob er daraus entnahm, dass ihr Bein nicht schmerzte oder dass sie nicht antworten würde, konnte sie nicht sagen. Er fasste sie einfach sanft am Arm und führte sie zu einer kleinen Bank unter dem einzigen Baum im Hof.

»Bleiben Sie hier«, befahl er, als sie sich hinsetzte. »Ich werde ...«

»Schwierigkeiten, Sir?«

Sie drehten beide die Köpfe, als der Schmied um das Cottage herumkam. Evie spähte unauffällig unter ihrer Kapuze hervor, sorgfältig darauf bedacht, ihr Gesicht verborgen zu halten. Er war ein breitschultriger Mann, dicker als groß, mit kräftigen Armen und Beinen und einem gewaltigen Brustkorb, der von einer Lederschürze bedeckt war. Sein Gesicht war rot und platt wie das einer Bulldogge, außerdem rußverschmiert. Wäre da nicht das freundliche Lächeln des Mannes gewesen, Evie hätte sein Aussehen beunruhigend gefunden.

Mit einer überraschend anmutigen Bewegung verneigte er sich vor McAlistair. »Mr Thomas, zu Ihren Diensten.«

McAlistair erwiderte den Gruß; als er sprach, klang seine Stimme herzlich, sogar fröhlich und ganz anders als sonst. »Mr Thomas, ist mir ein Vergnügen. Ich bin Mr Black. Dies ist meine Schwester, Miss Black. Wir sind auf dem Weg zu unserer lieben Mutter im Osten. Ein kleiner Gichtanfall, Sie verstehen. Gott weiß, dass es ihr wieder gut gehen wird, wenn wir dort ankommen, aber man kann seiner eigenen Mutter wohl kaum etwas abschlagen, nicht wahr? Wir dachten, wir würden es an einem Tag schaffen, aber Lotties – das heißt, Miss Blacks – Pferd hat keine zwei Meilen von hier einen Huf verloren. Ganz verfluchte Sache.«

Mr Thomas sah Evie mit schräg gelegtem Kopf an. »Geht es Ihnen gut, Miss? Sie sind nicht verletzt, oder?«

Auch ohne ihr Versprechen zu schweigen hätte sie kein Wort herausbekommen. Unter dem Schutz ihrer Kapuze starrte sie McAlistair an. Wo zum Teufel war dieser vergnügte Idiot hergekommen?

»Ein bisschen schüchtern, meine Schwester«, teilte McAlistair Mr Thomas mit einem Grinsen mit. »Aber kerngesund. Sie wird froh sein, ein Weilchen auf der Bank zu sitzen, wenn es Ihnen recht ist.«

»Sie können dort sitzen, solange Sie mögen«, beschied Mr Thomas ihr freundlich.

Er drehte sich zu Rose um, strich ihr sanft über das Vorderbein und untersuchte ihren Huf. »Nichts verletzt«, erklärte er und richtete sich auf. »Dann bringen Sie sie mal rüber. Wir werden diese hübsche Dame im Handumdrehen in Ordnung bringen.« Er sah wieder zu Evie hinüber. »Wenn Sie meinen Lehrling sehen – großer junger Mann mit einer langen Nase –, schicken Sie ihn zu mir, ja, Miss? Der Junge verschwindet ständig, wenn Arbeit wartet.«

Evie nickte und sah den beiden nach, wie sie um das Cottage herumgingen, während der Schmied die ganze Zeit über seinen schlechten Lehrling klagte. »Der Bursche glaubt, er wäre immer noch in London. Will seine Tage damit verbringen, zu trinken und den Mädels nachzustellen. Hätte mir einen Bauernjungen suchen sollen ...«

Seine Stimme verklang, und Evie nutzte den Moment der Einsamkeit, um den Kopf in der vergeblichen Hoffnung auf einen Windhauch in den Nacken zu legen.

Sie senkte den Kopf rasch wieder, als sich langsam die Vordertür des Cottages öffnete und in den rostigen Angeln knarrte. Soweit es Evie betraf, gab es keinen Grund, ihr Gesicht in diesem kleinen Dorf zu verbergen, aber sie hatte ihr Wort gegeben und würde es halten.

Sie wartete darauf, dass der Neuankömmling etwas sagte oder hinter das Haus ging, aber nach einigen Momenten unbehaglichen Schweigens sah Evie auf und zog sich die Kapuze ins Gesicht.

Hier war der verschwundene Lehrling, begriff sie. Es war ein junger Mann, nicht älter als zwanzig, groß, mit muskulösen Armen und der langen Nase, die der Schmied beschrieben hatte.

Unsicher, wie sie auf seinen beunruhigenden Blick reagieren sollte, zeigte sie mit der freien Hand in Richtung der Werkstatt.

Der junge Mann trat vor und legte verschwörerisch einen Finger auf die Lippen. »Der alte Mann sucht nach mir, nicht?«

Nachdem sie nun ihre Verpflichtung Mr Thomas gegenüber erfüllt hatte, hätte sie ihn zwar lieber ignoriert, aber Evie konnte nur nicken.

»Das Pferd hat ein Hufeisen verloren, nicht?«

Evie nickte wieder und fragte sich, warum er das Gespräch in die Länge zog. Ganz offensichtlich hatte er gelauscht, und sie tat nichts, um ihn weiter zum Sprechen zu ermutigen.

Er trat näher und warf einen argwöhnischen Blick um das Cottage herum. »Ich wette, Sie haben ein hübsches Gesicht unter dieser Kapuze.« Er beugte sich ein wenig vor, als versuche er, einen Blick auf sie zu werfen. »Willste mich nich ansehen, Süße?«

Evie konnte nur vermuten, dass die abscheuliche Grimasse, die er zog, ein charmantes Lächeln sein sollte. Der nahe Blick auf seine teigige Haut und die riesigen, gelben Zähne beschwor ihr vergangenes Mittagessen herauf. Sie schüttelte den Kopf.

»Bisschen schüchtern?« Er trat näher. »Ich mag 'ne Frau, die weiß, dass sie den Mund halten soll.«

Ihr fielen tausend scharfe Erwiderungen ein, aber abgesehen von der Tatsache, dass eine Konfrontation mit einem Fremden wahrscheinlich ihr Stottern verschlimmern würde, war da auch dieses verflixte Versprechen, das sie McAlistair gegeben hatte.

Sie stand auf und schob sich auf die andere Seite der Bank.

»Was zierste dich denn so? Du bist genauso wenig seine Schwester wie ich.« Er kicherte leicht und kam näher. »Und ihr seid nicht unterwegs nach Gretna Green. Damit bleibt nur eins. Also …« Er griff in die Tasche und zog eine Münze hervor. »Ich will nur mal gucken, Süße. Vielleicht mal kosten.« Er hielt ihr die Münze hin, und als sie sie nicht annahm, fror sein Lächeln ein wenig ein. »Das ist gutes Geld. Dein feiner Pinkel braucht nichts davon zu wissen.«

Er wedelte mit der Münze vor ihrer Nase herum. »Na los. Nimm die Kapuze ab.«

Sie schüttelte wieder den Kopf.

Er steckte die Münze wieder ein. Seine Hand hatte zu zittern begonnen. »'ne Frau, die weiß, dass sie gehorchen soll, mag ich noch lieber als eine, die den Mund hält. Zieh die Kapuze zurück.«

Er kam um die Bank herum, und als sie ihm auf die gleiche Weise ausweichen wollte, griff er hinüber und packte sie am Arm.

Versprechen oder nicht, als seine knochigen Finger sich in ihre Haut gruben, hätte sie normalerweise aufgeschrien, aber er drehte sie mit einer schnellen, flinken Bewegung um und zog sie zu sich hin. Mit einer Hand hielt er sie fest, und die andere legte er ihr über den Mund.

»Das ist alles nicht nötig«, zischte er, als sie sich wand. »Nicht nötig. Wollte nur mal kosten.«

Furcht und Abscheu überkamen sie. Der Arm schnitt ihr wie ein Eisenring in die Taille. Der Gestank nach Rauch, Schweiß und Zwiebeln stach ihr in die Nase, und eine Welle der Übelkeit stieg in ihr auf.

Sie wehrte sich, trat nach seinen Schienbeinen, bekam fast einen Arm frei und stieß ihm den Ellbogen in den Magen. Aber sie war nicht stark genug, um sich loszureißen, und es war zu wenig Abstand zwischen ihnen, um auszuholen und Kraft in die Schläge zu legen. Ihre Bemühungen brachten ihr ein Grunzen und dann ein langes, aufreizendes Kichern von ihm ein.

»Immer noch stumm?«, keuchte er und presste ihr die Finger fester auf den Mund. »Ich hab da was für dich.«

Er machte Anstalten, ihr mit dem Kinn die Kapuze abzustreifen.

Sie versuchte, ihm in die Hand zu beißen.

Und dann war er einfach weg. Ganz plötzlich waren die harten Finger und der faulige Atem verschwunden.

Halb blind wegen ihrer Kapuze fuhr sie herum und riss die Hände hoch, da sie fürchtete, er würde zuschlagen oder sie wieder packen.

»Evie? Sind Sie verletzt?«

McAlistairs Stimme durchschnitt die Panik. Aber da ihre Finger zitterten, gelang es ihr erst nach mehreren Versuchen, die Kapuze von den Augen zu ziehen. Er stand einen guten Meter von ihr entfernt und hatte den Arm fest um den Hals des Lehrlings gelegt.

Sie hatte ihn nicht aus der Schmiede kommen gehört, war sich seiner Anwesenheit nicht bewusst gewesen, als er ihren Angreifer weggezogen hatte. Er war einfach ... plötzlich da gewesen.

»Evie?«

Sie starrte ihn an, während ihr Atem sich beruhigte und ihr rasendes Herz wieder langsamer schlug. Eine seltsame Ruhe überkam sie.

»*Evie.*«

Sie blinzelte langsam und stellte fest, dass ihr Blick ein wenig getrübt war. Es dauerte einen Moment, bevor ihr seine Frage wieder einfiel. Sie schüttelte den Kopf.

»Sicher?«

Sie nickte. War sie sich nicht sicher? Sie fühlte sich wohl ... Nein, das stimmte nicht ganz. Sie fühlte sich nicht wohl oder gelassen, wie sie gerade noch gedacht hatte, sondern seltsam betäubt.

Wie aus weiter Ferne beobachtete sie, wie McAlistair sich seinem Gefangenen zuwandte. Das Gesicht des jungen Mannes wurde rot, und sein Mund stand offen, während er unter McAlistairs Arm nach Luft rang. Er wehrte sich, und McAlistair verstärkte kurz den Druck und schnürte ihm die Luft ab. Der Lehrling hörte auf, sich zu bewegen, und schnappte nach Luft, als er wieder zu Atem kam.

»Entschuldige dich bei der Dame«, befahl McAlistair.

Sie fand, dass er bemerkenswert ruhig klang, und fragte sich – törichterweise, wie sie später zugeben würde –, ob er sich ebenso benommen fühlte wie sie.

Aber dann sah sie es – den kalten Zorn in seinen Augen, die entschlossen zusammengebissenen Zähne, die angespannten Muskeln. Er war nicht nur ruhig. Er war *tödlich* ruhig. Seine Bewegungen waren präzise und geschmeidig, seine Stimme leise und erschreckend gleichgültig – als könnte er dem jungen Mann jeden Moment das Genick brechen. Oder auch nicht. Es war ihm egal.

Dies war nicht mehr der McAlistair, den sie geneckt und mit dem sie tagelang geflirtet und gestritten hatte. Dies war der wilde, gefährliche Mann, von dem sie fast vergessen hatte, dass er unter den Kleidern und den Manieren eines Gentleman steckte. Hier war der wilde Eremit, der disziplinierte Soldat, die tödliche Raubkatze.

»Entschuldige dich.« In McAlistairs Hand erschien ein Messer. Er ließ es über die Wange des Lehrlings gleiten, bis die Spitze sich von unten in sein Kinn bohrte.

Der junge Mann bog den Hals nach hinten, um der Klinge auszuweichen. »Aber sie ist doch nur eine Dirne!«

Evie sah, wie McAlistair eine Bewegung machte, und ihr wurde flau im Magen. Sie trat vor und wollte ihn wegziehen. Sein Name formte sich auf ihren Lippen, aber bei einem eiskalten Blick von McAlistair schluckte sie die Worte hinunter und blieb stehen. Es lag eine derartige Gewalttätigkeit in seinen Augen, dass ihr ein furchtsamer Schauder über den Rücken lief und schuldbewusste Erleichterung sie erfüllte, als er seine Aufmerksamkeit wieder dem Lehrling zuwandte.

»Du wirst dich mit dieser bösartigen Zunge entschuldigen«, sagte McAlistair leise. Er strich mit dem Messer über den Mund des keuchenden Mannes und ließ es in der grausamen Nachahmung eines Kusses zwischen seinen Lippen verweilen. »Sonst schneide ich sie dir heraus.«

»Tut mir leid! Es tut mir leid!«

McAlistair sah sie an. Sie begriff erst nach ein paar Sekunden, dass er darauf wartete, ob sie die Entschuldigung annahm, und nickte hektisch.

Langsam atmete sie aus, während McAlistair sein Messer wegsteckte. Das war es also. Es war vorbei. Sie konnten gehen und ...

»Was hat das alles zu bedeuten? Lassen Sie den Jungen los.«

Die Erleichterung, die Evie gerade verspürt hatte, verging beim Erscheinen des stämmigen Mr Thomas. Als es nur um geschäftliche Dinge gegangen war, war er ihr groß erschienen, aber jetzt, da ein finsterer Blick sein freundliches Lächeln ersetzt hatte und seine gewaltigen Hände zu Fäusten geballt waren, sah er geradezu riesig aus.

Er wird McAlistair in Stücke reißen.

Sie wappnete sich und wusste nicht, wofür: wegzulaufen, McAlistair fortzuziehen, den Schmied fortzuziehen.

McAlistair warf Mr Thomas einen finsteren Blick zu.

»Sie werden sich da raushalten«, sagte er, ganz wie jemand, der Gehorsam nicht nur erwartete, sondern ohne Frage wusste, dass man ihm gehorchen würde.

Mr Thomas schien nicht geneigt, ihn von dieser Haltung abzubringen. Er blieb wie angewurzelt stehen. »Was hat der Junge getan?«

»Die Dame belästigt.«

Zu ihrer Überraschung sah der Schmied zuerst sie zur Bestätigung an. Ihr Nicken löste bei dem Lehrling ein verzweifeltes, wortreiches Leugnen aus.

»Ich hab nix getan! Sie lügen! Das sind Lügner! Sie ...« Als McAlistair seinen Griff wieder verstärkte, blieb ihm nichts anderes übrig, als seinen Redefluss zu bremsen.

»Lassen Sie den Jungen los«, sagte Mr Thomas. »Ich kümmere mich um ihn.«

McAlistair schien darüber nachzudenken.

»Ihre Pferde sind so weit«, fügte Mr Thomas hinzu. »Und wenn Sie ihn noch länger festhalten, werden Sie ihn umbringen.« Er rieb sich das Kinn, und ein grüblerischer Ausdruck trat in sein Gesicht. »Einen wie Sie könnte ich wohl nicht bremsen, wenn Sie auf Mord aus sind.« Er ließ die Hand sinken. »Aber ich bin ein gesetzestreuer Mann. Ich will verdammt sein, wenn ich Sie danach nicht anzeige.«

McAlistair wartete noch kurz, dann ließ er seinen Gefangenen los. Der Lehrling fiel in dem ungepflasterten Hof auf die Knie und hielt sich heftig keuchend die Kehle.

Dort hockte er immer noch und rang nach Luft, während Mr Thomas mitleidlos neben ihm stand, als Evie und McAlistair ihre Pferde bestiegen und die Schmiede verließen.

14

Sie ritten schweigend denselben breiten Fluss entlang, dem sie den größten Teil des Morgens gefolgt waren. Die Vögel sangen immer noch, die Sonne schien immer noch hell, und das Hufgetrappel auf dem weichen Boden hatte einen vertrauten und irgendwie beruhigenden Rhythmus. Aber es war nicht mehr dasselbe.

McAlistair hatte Evie noch einmal gefragt, ob sie unversehrt sei, als er ihr aufs Pferd geholfen hatte. Sie hatte bejaht, und in den zwanzig Minuten, die seitdem vergangen waren, hatte keiner von ihnen ein weiteres Wort gesprochen.

Evie war sich undeutlich bewusst, dass er sich in ihrer Nähe hielt und besorgte Blicke in ihre Richtung warf, aber der größte Teil ihrer Konzentration war nach innen gerichtet.

Sie zitterte. Als sie die Zügel mit einer Hand losließ, beobachtete sie, wie ihre Finger bebten. Nur ein Teil ihrer Reaktion wurde durch den Nachklang der Furcht und den Abscheu vor ihrem Angreifer verursacht, und ein wenig vielleicht von dem Schock darüber, was sie in McAlistairs Augen gesehen hatte. Aber überwiegend zitterte sie vor Wut.

Sie umfasste die Zügel von Neuem und biss in ohnmächtigem Zorn die Zähne zusammen. Sie hätte nichts, oder jedenfalls so gut wie nichts, tun können, um sich vor dem Lehrling zu retten.

Sie hatte zwar die besten Methoden gelernt, um einen allzu glühenden Verehrer abzuwehren – ein schnelles Knie in die Lenden, hatte man ihr gesagt, würde genügen. Aber sie war nicht in der Lage gewesen, diese Taktik bei dem Schmiedelehrling anzuwenden. Und selbst wenn sie sich in den richtigen Winkel hätte manövrieren können, was war, wenn sie ihn verfehlt oder er sich bewegt hätte, oder wenn es nicht so wirkungsvoll gewesen wäre, wie man ihr erzählt hatte?

Die ernüchternde Wahrheit war, sie wäre höchstwahrscheinlich nicht entkommen, wenn McAlistair nicht aufgetaucht wäre. Sie war nicht groß genug, sie war nicht stark genug, und sie wusste eindeutig nicht, wie man so etwas anstellte.

Nach dem Zwischenfall fühlte sie sich klein und schwach ... und immer wütender.

Wie konnte er es wagen?

Wie konnte es irgendein Mann wagen? Was spielte es für eine Rolle, ob sie eine Mätresse *war?* Sie hatte überdeutlich klargemacht, dass sie nichts mit ihm oder seinem Geld zu tun haben wollte. Er hatte kein Recht gehabt, das zu ignorieren, sich über ihren Widerstand hinwegzusetzen, als würde dieser gar nichts bedeuten. Als würde *sie* nichts bedeuten.

Aber er hatte es getan.

Er hatte es getan, weil er ein Mann war und sie eine Frau, und weil er es konnte.

Weil sie es zugelassen hatte.

»Zum Teufel damit«, hörte sie sich murmeln. »Zum Teufel damit, verdammt.«

Ohne McAlistair ein Zeichen zu geben, ließ sie ihr Pferd anhalten und drehte sich im Sattel, um die Taschen zu durchstöbern.

Sie war so darin vertieft, dass sie nicht bemerkte, wie McAlistair sein Pferd neben ihr anhielt, ehe er sprach.

»Was suchen Sie?«

Sie zog die Waffe heraus, die Mrs Summers ihr gegeben hatte. »*Danach.*«

»Stecken Sie sie weg.«

»Oh, das werde ich. *Nachdem* ich ihn erschossen habe.«

Er beugte sich vor und griff nach den Zügeln ihres Pferdes. »Sofort.«

»Nein. Lassen Sie los. Ich reite zurück.«

Er schwang sich von seinem Pferd, ohne ihre Zügel loszulassen. Evie hatte keine Gelegenheit zu fragen, was er tat, bevor er sie vom Pferd hob.

Sobald ihre Füße den Boden berührten, stieß sie McAlistair weg. Nicht hart und mehr in unbedachtem Zorn als in der Absicht, ihm zu schaden. »Für heute habe ich es mehr als satt, herumgeschubst zu werden«, fauchte sie.

»Ich weiß. Geben Sie mir die Waffe, Evie.« Seine Stimme war voller Verständnis, und der Griff, mit dem er sie noch um die Taille hielt, war unerbittlich und unerhört sanft zugleich.

Am liebsten hätte sie ihm mit dem Pistolenknauf den Schädel eingeschlagen.

Mitgefühl und Freundlichkeit waren das Allerletzte, was sie im Moment wollte. Sie brachten ihren Zorn zum Schmelzen, und dieser Zorn war das Einzige, was zwischen ihr und dem unerträglichen Gefühl der Hilflosigkeit stand.

»Es ist nicht Ihre Pistole.« Jetzt benahm sie sich einfach kindisch, aber das war immer noch besser als die Alternative.

»Ich weiß«, sagte er leise.

»Mrs Summers hat sie mir zu meiner freien Verfügung gegeben.« Und sie konnte sich genau vorstellen, wie sie auf den abscheulichen Lehrling schießen würde, genau dorthin, wo es dem Mann möglichst lange möglichst viel Schmerz bereiten würde.

»Sie haben nicht zugelassen, dass ich ihm etwas antat.«

»*Sie* hat er ja auch nicht belästigt, oder?« Sie hörte, wie ihre Stimme kippte, und das erschreckte sie. Ein Kloß bildete sich in ihrer Kehle, und Tränen stiegen ihr in die Augen. Heftig hielt sie ihm die Waffe hin. »Na gut. Nehmen Sie sie.«

»Es tut mir leid, Evie.«

Sie antwortete nicht. Sie konnte nicht. Ohne ein weiteres Wort riss sie sich los, drehte sich um und stapfte in Richtung des Flusses davon. Alles in ihr verlangte danach zu rennen, so schnell und so weit wie möglich fortzukommen, aber Rennen war so würdelos – vor allem, wenn man ein schwaches Bein hatte –, und das bisschen Würde, das sie noch zusammenkratzen konnte, brauchte sie so dringend.

McAlistair kämpfte gegen den Drang, hinter Evie herzujagen. Es schien nicht richtig, sie gehen zu lassen, verletzt und allein. Er runzelte die Stirn, als sie im Schatten der Bäume verschwand, die an den Fluss grenzten, machte aber keine Anstalten, ihr zu folgen, sondern trieb die Pferde nur so weit in ihre Richtung, dass er sie leicht würde hören können, falls sie ihn brauchte. Sie wollte allein sein, und das konnte er ihr zugestehen – ein paar Minuten, um sich Luft zu machen und sich wieder zu fangen.

Verdammt, er wusste kaum, was er ihr sagen sollte oder was er für sie tun konnte. Er hatte keine Erfahrung mit diesen Dingen. Er war mit Brüdern aufgewachsen. Er hatte als Soldat gelebt, als Mörder und als Eremit. Was wusste er schon davon, wie man Frauen tröstete?

Frustriert schob er ihre Waffe zurück in den Beutel hinter ihrem Sattel. Er brauchte ebenfalls etwas Zeit – um das Tier in sich zu beruhigen, das immer noch in ihm wütete, und den Zorn zu ersticken, der immer noch in ihm kochte.

Am liebsten hätte er den Lehrling in Stücke gerissen.

Es hatte ihn in den Armen gejuckt, den Hals des Mannes zuzudrücken. Die Hand mit dem Messer hatte darauf gebrannt zuzustoßen.

Er hatte Vergeltung gewollt, und vor acht Jahren hätte er Vergeltung geübt. Ein Schnitt mit dem Messer oder eine schnelle Drehung des Halses, und die Sache wäre erledigt gewesen.

Aber er war nicht mehr derselbe wie vor acht Jahren.

Er hatte schon einmal getötet, um sich zu rächen. Er wusste besser als die meisten, wie wenig Trost es brachte.

Und außerdem war da Evie gewesen, die ihn mit diesen großen, erschrockenen Augen angestarrt hatte. Er konnte den Bastard schließlich schlecht aufschlitzen, während sie zusah, oder?

Sie hatte schon genug durchgemacht.

Er schaute zum Fluss hinüber und fand, dass Evie jetzt lange genug allein gewesen war.

Er ertrug den Gedanken nicht, dass sie dort allein stand – verletzt, verängstigt und wütend. Er wusste vielleicht nicht, was er sagen sollte, aber er konnte zumindest in der Nähe sein, falls sie ihn brauchte.

Er fragte sich, ob er sie zwingen sollte, mit ihm zu sprechen. Vielleicht würde sie sich danach besser fühlen. Evie redete schrecklich gern.

Er band die Pferde an und ging aufs Wasser zu.

Würde sie weinen? Er spürte, wie seine Hände feucht wurden.

Bitte, Gott, mach, dass sie nicht weint.

Er konnte durchaus Konversation machen. Unbeholfen vielleicht, aber die Grundlagen waren ihm vertraut. Doch er hatte nicht die leiseste Ahnung, was er mit einer weinenden Frau anfangen sollte.

Zu seiner großen Erleichterung fand er sie am Ufer des Flusses auf dem Boden sitzend, die Arme um die Knie geschlungen. Mit vollkommen trockenen Augen blickte sie starr auf das Wasser.

Er setzte sich neben sie und überlegte krampfhaft, was er sagen konnte – irgendetwas, das vielleicht die düstere Verzweiflung in ihrem Gesicht mildern würde.

»Fühlen Sie sich besser?« Die Frage war zu seinem Bedauern noch das Beste, was ihm einfiel.

Sie zuckte kaum merklich die Achseln. »Ein bisschen. Ich habe Steine ins Wasser geworfen.«

Er betrachtete den Fluss. Hier war er schmal, und das Wasser floss tief und schnell. Ein Stein von ordentlicher Größe verursachte ein anständiges Platschen. »Das kann helfen.«

»Und ich habe gegen einen Baum getreten.«

»Ebenfalls wohltuend.«

»Ich mag es nicht«, sagte sie, und ihre Stimme klang schrecklich brüchig. »Ich mag es nicht, wie ich mich dabei gefühlt habe.«

Er hätte sie gern in den Arm genommen. Er hätte gern über die schmerzende Stelle in seiner Brust gerieben. Er wäre gern zu dem Schmied zurückgegangen, um den Lehrling umzubringen. Unbeholfen und hilflos streckte er die Hand aus und strich ihr sachte über den Rücken.

»Wütend?«, fragte er und hoffte unvernünftigerweise, dass sie sich wirklich besser fühlen würde, wenn sie redete.

»Nun, ja, aber ...« Sie schluckte hörbar und lehnte sich kaum merklich in seine Hand, »... aber hauptsächlich schwach ... und hilflos.«

Er ließ die Hand ihren Hals hinaufwandern und knetete sanft die verkrampften Muskeln. »Sie haben sich gewehrt.«

Sie seufzte leise bei dem wohltuenden Druck seiner Finger. »Ich hätte nicht gewonnen.«

»Vielleicht doch, wenn Sie es geschafft hätten, ihn zu beißen.«

Sie drehte sich um, sah ihn erstmals an und legte die Wange auf ihr Knie. »Das haben Sie gesehen?«

»Sie haben ihn knapp verfehlt – und nur, weil ich ihn weggezogen habe.«

Sie lächelte ein wenig, nur ganz kurz, aber er hatte es gesehen, und sie fühlte sich geradezu heldenhaft.

»Trotzdem ...«, sagte sie leise und schaute wieder zum Fluss hin, »ich will, dass er leidet. Ich will, dass er bezahlt.«

»Ich hätte ihm doch die Zunge herausschneiden sollen«, vermutete er.

»Nein.« Sie löste die Arme von den Knien, um nach einem glatten Kieselstein zu greifen. »*Ich* hätte das tun sollen.«

»Dann eben ein Kompromiss«, meinte er und ließ die Hand sinken. »Ich halte ihn fest, und Sie schneiden ihm die Zunge heraus.«

Das Lächeln kehrte zurück, diesmal ein klein wenig breiter. »Er könnte immer noch an einer Infektion sterben.«

»Er ist der Lehrling eines Schmieds. Genug Möglichkeiten, sich die eigene Wunde auszubrennen.«

Zu dem Lächeln gesellte sich ein kleines Lachen. »Was für ein Bild.«

»Befriedigend, nicht?«

»Ja.« Sie spielte mit dem Stein in ihrer Hand und sah ihn nachdenklich an. »Würden Sie das tun?«

»Ihn für Sie festhalten?«

Sie nickte.

»Mit Vergnügen.« Er konnte nicht anders; er beugte sich hinüber und strich ihr eine Haarsträhne hinter das Ohr. Er ließ die Finger dort verweilen und spielte mit den weichen Locken. »Wenn Sie sich dann besser fühlen.«

Er glaubte es zwar nicht, aber wenn es das war, was sie brauchte ...

Sie schnaubte kurz und warf den Stein ins Wasser. »Wahrscheinlich würde mir nur übel werden.«

Beim ersten Mal ist das immer so, dachte er und ließ, angewidert von sich selbst, die Hand sinken.

Evie schien sein Unbehagen nicht zu bemerken. »Vermutlich verliert ein Racheakt ein wenig an Wirkung, wenn man mittendrin seine Teekuchen ausspuckt.«

Er lächelte, weil sie das brauchte. »Kommt drauf an, wohin man die Teekuchen spuckt. Zielen Sie auf seine Schuhe, dann fügen Sie dem Ganzen noch eine Kränkung hinzu.«

Diesmal lachte sie richtig. »Gute Idee.«

»Fühlen Sie sich jetzt besser?«

»Ein bisschen.« Sie stieß einen Seufzer aus. »Besser als bei dem Tritt gegen den Baum.« Sie wischte sich die Hände an den Röcken ab. »Wir müssen vermutlich weiter.«

»Wir bleiben, solange Sie wollen.«

Sie schüttelte den Kopf und stand auf. »Ich möchte schnell so weit weg von hier wie möglich.«

In Wahrheit fühlte Evie sich nicht nur ein bisschen besser. Sie konnte zwar nicht behaupten, dass sie sich vollkommen wohlfühlte, aber der rote Nebel des Zorns hatte sich gelichtet – das meiste davon, nachdem sie die Steine geworfen und auf den Baum eingetreten hatte –, und die Furcht und Verzweiflung waren allein durch das Reden und Lachen gemildert worden. Das hatte sie McAlistair zu verdanken.

Während sie an den Bäumen vorbei zu den Pferden zurückkehrten, blickte sie zu ihm hinüber. Trost in Form von Gelächter hätte sie nicht von ihm erwartet. Wenn sie ehrlich war, hatte sie *überhaupt keinen* Trost von ihm erwartet.

Anscheinend war er nicht ganz der Mann, für den sie ihn gehalten hatte –, was sie an etwas erinnerte …

»Warum waren Sie so anders?«, fragte sie ihn, als sie um einen großen Baum herumgingen. »Als wir bei der Schmiede ankamen, meine ich. Sie haben Ihre Stimme und Ihr Verhalten verändert.« Bei der Erinnerung lachte sie leise. »Sie haben geklungen wie ein Londoner Dandy.«

Er zuckte sichtlich zusammen, was sie überaus genoss. »Falls jemand nach uns fragt, sollte der Schmied sich an einen Londoner Dandy erinnern.«

»In dem Gasthaus waren Sie Sie selbst«, wandte sie ein. »Was ist, wenn jemand dort nach uns fragen sollte?«

»Unsere Begegnung mit dem Gastwirt war kurz, und er ist den Umgang mit Fremden gewöhnt. Wir sind ihm nicht besonders aufgefallen.«

Sie nickte, da ihr das einleuchtete. »Aber für Mr Thomas waren Besucher doch etwas Ungewöhnliches. Er wird sich an uns erinnern.«

Und nicht so, dachte sie, wie McAlistair es beabsichtigt hatte. Da sich jetzt nichts mehr daran ändern ließ, schob sie die Angelegenheit beiseite, stieg auf ihr Pferd und folgte McAlistair nach Osten.

Mit jeder Meile fühlte sie sich etwas mehr wie sie selbst. Sie hätte es nicht laut zugegeben, aber es half, dass McAlistair neben ihr ritt. Wegen ihres Ausbruchs fühlte sie sich mittlerweile ein wenig töricht – ihre Waffe herauszuholen, *also wirklich* – und wenn McAlistair so wie üblich galoppiert wäre, hätte sie sich wieder fragen müssen, ob er ihr aus dem Weg ging und wenn ja, warum.

Aber McAlistair schien mit ihrer Gesellschaft ganz zufrieden und begnügte sich damit, den Blick wachsam über die Landschaft schweifen zu lassen, während er neben ihr ritt.

Als Gesprächspartner war er … nun, kein völliger Versager, das nicht. Als gesichert konnte jedoch gelten, dass man ihn in der feinen Gesellschaft niemals als großen Redner ansehen würde. Aber was ihm als aktivem Teilnehmer eines Gesprächs fehlte, machte er als passiver Teilnehmer wieder wett. Während Evie von einem Thema zum anderen sprang – und nach den anstrengenden Ereignissen dieses Morgens und der zwei Tage, die sie schweigend geritten waren, konnte sie sich nicht zurückhalten und plauderte munter drauflos –, nickte McAlistair, machte Bemerkungen und stellte sogar hier und da eine Frage. Kurzum, er hörte zu.

Und nicht so, wie Whit oder sogar Alex manchmal zuhörten, wenn gute Manieren und Familienloyalität vorschrieben, dass sie Interesse an einem Thema heuchelten, für das sie sich nur wenig erwärmen konnten. Erst neulich hatte sie gesehen, wie Whit Lady Thurston auf diese Weise zugehört hatte, als sie über Kates bevorstehende Saison gesprochen hatte – der abwesende Blick, der klopfende Zeigefinger, die verstohlenen, sehnsüchtigen Blicke zum nächsten Ausgang.

Nein, McAlistair hörte aufmerksam zu – als sei er interessiert, als sei es wichtig, was sie sagte und dachte. Es war genau das, was sie brauchte, nachdem ihr jemand das Gefühl gegeben hatte, klein und hilflos zu sein.

Sie sprach von ihrer Familie und ihren Freunden, von ihrer Arbeit und ihren Steckenpferden. Sie war so in den Austausch vertieft – sie wusste wirklich nicht, wie sie es sonst nennen sollte –, dass sie mehrere Minuten brauchte, um zu merken, dass er sie auf eine schmale Straße geführt hatte.

Sie verstummte. Bis jetzt hatte McAlistair sich jede Mühe gegeben, sie von allen Anzeichen der Zivilisation fernzuhalten, wo immer es möglich war.

Die Straße bestand nur aus zwei Radspuren und einem Streifen mit hohem Gras dazwischen. Dennoch war es eindeutig eine Straße, und Evie war überrascht, sich darauf zu befinden. Noch überraschter war sie, als sie zu einer kleinen Jagdhütte kamen, die von Bäumen umgeben war. Da kein Rauch aus dem

Schornstein stieg und die Fensterläden verschlossen waren, schien sie unbewohnt zu sein, aber woher konnte McAlistair das gewusst haben?

»Kennen Sie diese Jagdhütte?«, fragte sie.

»Sie gehört Mr Hunter.«

»Oh.« Nachdenklich betrachtete sie das Gebäude. »Warum sollte Mr Hunter hier eine Hütte besitzen und nur wenige Stunden davon entfernt ein Cottage?«

»Wie weit ist Haldon von Ihrem Londoner Stadthaus entfernt?«

»Nicht sehr weit«, gab sie zu. »Sie dienen zwei vollkommen unterschiedlichen Zwecken.«

»Dies hier ist eine Jagdhütte. Das andere ist ein Cottage an der Küste.«

»An der Küste kann man nicht jagen?«

»An der Küste fischt man.«

»Ja, aber ...« Ihre Stimme verlor sich, und sie schüttelte den Kopf. Welche Rolle spielte es schon, ob Mr Hunter halb England gehörte?

McAlistair führte sie seitlich um das Haus herum, vorbei an einer verfallenen, niedrigen Mauer und einem kleinen, überwucherten Garten.

»Es sieht nicht so aus, als wäre er in letzter Zeit hier gewesen«, bemerkte Evie.

»Er ist noch nie hier gewesen. Sie gehört ihm einfach.«

»Warum sollte jemand eine Jagdhütte kaufen und nie dorthin fahren?«

»Waren Sie schon auf jedem Besitz, der Ihrer Familie gehört?«

Sie hatte keine Ahnung, wie viele Häuser Whit besaß. »Ich kann mit absoluter Sicherheit sagen, dass ich auf jedem Besitz war, der mir persönlich gehört.«

»*Gehört* Ihnen irgendwelcher Besitz?«
»Kein Quadratzoll.«

Er lächelte und führte sie durch die Bäume hinter dem Haus über einen schmalen Pfad. Dieser öffnete sich sofort zu einem großen Teich, der von hohem Schilf umgeben und am Rand grün von Algen war. Von dem schlammigen Ufer ragte ein Steg ins Wasser.

McAlistair drehte sich zu ihr um. »Haben Sie Hunger?«

»Ich könnte schon etwas vertragen.« Ihr Magen war noch ein wenig nervös, aber es war weit nach Mittag, und sie hatte an diesem Morgen nur Tee und den Apfel gehabt.

»Dann also Mittagessen.«

Ein wenig vom Ufer entfernt breiteten sie eine Decke auf dem Boden aus und aßen Brot, Käse und Obst. McAlistair hatte mehr als genug gekauft, und Evies Appetit war gestillt, ehe sie auch nur die Hälfte der Portion verzehrt hatte, die er ihr gereicht hatte.

Ihr Blick und ihre Gedanken richteten sich auf den Teich. Mit seinem grünen, trüben Wasser war er weniger reizvoll als der klare, plätschernde Fluss, dem sie gefolgt waren, aber es würde genügen, um schnell die Füße darin zu kühlen … oder die Hände. Ihr kam eine interessante Idee.

»McAlistair?«

Er gab durch eine Art männliches Grunzgeräusch zu verstehen, dass er zuhörte, schaute aber nicht von seinem Mahl auf.

»Glauben Sie, dieser Steg ist in Ordnung?«

Er würdigte ihn eines kurzen Blickes. »Sieht so aus.«

»Und sind Fische in dem Teich, was meinen Sie?«

»Jede Wette.«

»Können Sie in einem Teich mit den Händen fischen?«

Diesmal schaute er auf und lächelte sie an. »Schon schwieriger, aber wahrscheinlich schon. Sie wollen, dass ich es Ihnen beibringe.«

»Wenn wir keine Zeit dazu haben, würde ich es verstehen ...«

»Wir haben Zeit.« Er aß den Rest seines Apfels, stand auf und zerkrümelte das letzte Stück Brot in seiner Hand. »Unwahrscheinlich, dass wir um diese Tageszeit in einem Teich etwas fangen, aber ich kann Ihnen die Grundlagen zeigen.«

Sie sprang auf. »Großartig.«

»Sie interessieren sich sehr dafür«, bemerkte er.

Sie zuckte die Achseln und folgte ihm zur Anlegestelle. »Ich interessiere mich für alles, was mit Selbstversorgung zu tun hat.«

»Sie würden sich gern selbst versorgen?«

»Ich wäre gern dazu in der Lage.«

Er sah sie an. »Warum?«

»Nun, es bedeutet eine gewisse Freiheit, nicht wahr? Als Einsiedler haben Sie doch vermutlich diese Erfahrung gemacht. Sie waren zur Selbsterhaltung auf sich selbst angewiesen.«

»Ich war auch darauf angewiesen, dass Ihre Familie mir erlaubt hat zu bleiben.«

»Jahrelang hat Sie kaum jemand gesehen. Sie hätten sich weiter vor Lady Thurston und Whit verstecken können.«

»Vielleicht.« Er erreichte die Anlegestelle als Erster und hielt Evie mit ausgestrecktem Arm zurück, während er die Sicherheit des Stegs mit seinem eigenen Gewicht prüfte. »Er hält«, erklärte er, nachdem er bis zum Ende und wieder zurückgegangen war.

Obwohl sie für die niedrige Stufe keine Hilfe brauchte, nahm sie die Hand, die er ihr bot, und folgte ihm auf den Steg. »Ist das der Grund, warum Sie mitgekommen sind und warum Sie mir helfen?«

»Weil Mr Hunter eine stabile Anlegestelle hat?«

Sie schnitt eine Grimasse. »Weil Sie sich meiner Familie verpflichtet fühlen.«

Er blieb stehen und sah sie an. »Ich *bin* Ihrer Familie verpflichtet«, sagte er leise.

Nun, es war nicht die Antwort, die sie hatte hören wollen, aber sie konnte ihm aus seiner Aufrichtigkeit und seinem Ernst keinen Vorwurf machen.

»Aber ich wäre in jedem Fall mitgekommen«, fügte er hinzu. »Mit oder ohne Verpflichtung.«

Schon viel besser. »Oh?«

Sie verdrehte die Augen, als sie nur ein schiefes Lächeln erntete »Jetzt geht das schon wieder los: Sie plappern ohne Unterlass und sind entschlossen, mich in Grund und Boden zu reden, nicht wahr?«

»Spielt es eine Rolle, warum ich mitgekommen bin? Sie glauben ja doch nicht daran.«

Es spielte eine größere Rolle, als ihr lieb war, und deswegen lenkte sie das Gespräch auf ein angenehmeres Terrain. »Wäre es Ihnen lieber, ich wäre völlig überzeugt davon und während der ganzen Reise hysterisch?«

»Nein.« Er warf ihr einen neugierigen Blick zu. »Wären Sie denn hysterisch?«

»Nein.« Das hoffte sie jedenfalls, aber da sie nie in einer solchen Situation gewesen war, konnte sie es unmöglich mit Bestimmtheit sagen.

Er wandte sich zum Wasser und schaute von einem Ufer zum anderen, als würde er nach der perfekten Stelle suchen. »Was würden Sie anders machen?«, fragte er beiläufig.

»Wenn wirklich ein Wahnsinniger entschlossen wäre, mich umzubringen?« Sie zuckte die Achseln. »Ich habe eigentlich gar nicht darüber nachgedacht. Gewiss hätte ich mich dagegen ausgesprochen, Mrs Summers mitzunehmen.«

»Warum?«

»Weil es lächerlich gewesen wäre – sie in Gefahr zu bringen, nur um meine Tugend zu bewachen.« Sie blies sich eine verirrte Locke aus dem Gesicht. »Angesichts unserer gegenwärtigen Situation *war* es lächerlich, List oder nicht.«

»Aber Sie hätten Haldon aus freien Stücken verlassen?«

»Natürlich. Warum sollte ich bleiben und die Menschen in Gefahr bringen, die ich liebe?«

»Wenn es einen Wahnsinnigen gibt, sind Christian, Mr Hunter und ich ebenfalls in Gefahr«, stellte er fest.

Als er sich umdrehte, um sie anzusehen, schenkte sie ihm ein süßes Lächeln. »Ja, aber Sie drei kenne ich kaum.«

»Das ist wohl wahr.«

Sie lachte, wandte sich ab und blickte nachdenklich über das Wasser, während er sich hinkauerte und über die Anlegestelle spähte. »Um ehrlich zu sein, ich weiß nicht, was ich getan hätte. Wahrscheinlich hätte ich den Brief für mich behalten und einen Weg gefunden, Haldon zu verlassen.«

»Um allein damit fertig zu werden?«

»Warum sollte jemand anders darunter leiden?«

»Die anderen würden sehr leiden, wenn Ihnen etwas zustieße. Sie sind nicht unbezwingbar, Evie.«

»Das ist niemand.«

»Manche Menschen sind zerbrechlicher als andere.«

Sie trat überrascht einen Schritt zurück und funkelte seinen Rücken an. »Wollen Sie mich etwa als zerbrechlich bezeichnen?«

»Nein. Ich würde sie eher als zart bezeichnen.« Er ließ die Finger durchs Wasser gleiten.

»Zart«, wiederholte sie langsam. »Wirklich.«

Evies Ansicht nach war es ein Beweis dafür, wie lange McAlistair ohne Berührung mit dem anderen Geschlecht gelebt hatte, dass er nicht im Mindesten auf ihren ärgerlichen Ton reagierte. Er zuckte nicht einmal zusammen.

»Sie haben so etwas Sanftes an sich«, fuhr er gedankenverloren fort. Er stand auf und sah nachdenklich aus verengten Augen auf das Wasser zu seinen Füßen. »Hier ist es zu tief.«

Sanft und zart. Sie hätte sich zwar nicht gerade hart und unverwüstlich genannt, fand aber doch, dass man sie zumindest als stark oder, Gott bewahre, klug bezeichnen konnte.

»Ich glaube, Sie haben einen falschen Eindruck von mir.«

Er warf ihr einen Blick über die Schulter zu, einen herablassenden Blick, der sie verärgerte. »Ich glaube nicht. Sie sind eine Dame, durch und durch. Sie sind … gut«, befand er.

»Gut.« Was für eine schrecklich nichtssagende Beschreibung.

Er richtete seine Aufmerksamkeit wieder auf den Teich. »Hmm, und außerdem ein wenig naiv. Der Steg wird vielleicht nicht halten.«

»Naiv?« ›Naiv‹ war keineswegs nichtssagend. Es war zutiefst beleidigend.

»Ein bisschen. Es hängt vermutlich mit der Zartheit zusammen. Das andere Ufer sieht vielversprechend aus.«

Sanft, zart, gut und *naiv*?

Nun, auch eine gute Frau hatte ihre Grenzen.

15

Noch Jahre später würde Evie bei der Erinnerung an das, was als Nächstes geschah, lachen müssen und sich fragen, was um alles in der Welt in sie gefahren war, etwas so Kindisches, Kleinliches und *Unüberlegtes* zu tun, wie den dunklen und gefährlichen James McAlistair in einen schmutzigen Teich zu werfen.

Aber genau das tat sie. Sie beugte sich einfach vor, legte ihm die flache Hand auf den Rücken und versetzte ihm einen kräftigen Stoß, sodass er kopfüber in das grüne, schleimige Wasser kippte.

Obwohl sie nicht genau wusste, *warum* sie es getan hatte – abgesehen davon, dass sie ziemlich entrüstet darüber war, naiv genannt zu werden –, war Evie sich schon damals sicher, dass sie es nie bereuen würde. Keine Minute lang.

Er fiel mit einem lauten Platschen hinein, und für den Bruchteil einer Sekunde verschwand er in dem trüben Wasser. Dann kam er wieder hoch. Er tauchte nicht keuchend oder fluchend auf oder tat etwas, was sie selbst vermutlich getan hätte, wenn jemand sie ins Wasser geworfen hätte. Er erhob sich geschmeidig und beinahe anmutig. Dann stand er nur da und sah sie an.

Abgesehen von seiner nicht ganz so idealen Reaktion fand Evie es köstlich, absolut köstlich, den ungemein unerschütterlichen McAlistair bis zur Brust in einem Teich stehen zu sehen, tropfnass von Kopf bis Fuß. Das Wasser rann ihm in Strömen aus dem dunklen Haar, auf seiner Schulter lag eine lange, dünne Pflanze, und etwas Schwarzes und Klebriges verunzierte seine rechte Wange. Während er sie weiter anstarrte, die dunklen Augen zu Schlitzen verengt, wischte er es langsam mit dem Handrücken weg.

»Möchten Sie Ihre Meinung über mich vielleicht noch einmal überdenken?«, fragte sie honigsüß und wich klugerweise in Richtung Ufer zurück.

»Kommen Sie her, Evie.«

Sie verbiss sich ein Lachen und trat von der Anlegestelle weg. »Wollen Sie zu Ihrer Liste von Komplimenten auch noch ›einfältig‹ hinzufügen?«

Er antwortete nicht. Stattdessen sah er sie unverwandt an und begann ohne Hast, aber entschlossen, zum Ufer zu waten – auf *sie* zu.

Sie tänzelte weiter vom Wasser weg, und ein erstes Lachen entschlüpfte ihr. »Sie haben kein Recht, verärgert zu sein, wissen Sie. Sie haben mich beleidigt.«

»Ich sagte, Sie seien zart.« Er erreichte das schlammige Ufer. Vorwurfsvoll zeigte sie mit dem Finger auf ihn. »Genau.«

Langsam und bedächtig kam er auf sie zu. Sie kreischte, ließ die Hand sinken und ergriff etwas verspätet die Flucht.

Weit kam sie nicht.

Er hielt sie von hinten fest und schlang die Arme um sie, zog sie rückwärts an seine Brust und hob sie hoch, dann ging er auf das Wasser zu.

»Nein! Halt!« Sie zappelte und strampelte, aber Protest wird selten ernst genommen, wenn Gelächter im Spiel ist, und sie lachte so heftig, dass sie die Worte kaum herausbrachte.

Er ging bis zum Ende der Anlegestelle und ließ ihre Füße über den Rand baumeln. »Können Sie schwimmen?«

Sie zögerte kurz. »Nein.«

»Lügnerin.«

Er grinste und sprang vom Steg.

Sie hatte nur noch Zeit zum Schreien oder Luftholen und entschied sich fürs Luftholen.

Dann war sie unter Wasser. Es war nicht so kalt, dass ihr die Luft wegblieb, aber es fehlte nicht viel dazu, und als er sie wieder an die Oberfläche brachte, keuchte, lachte und fluchte sie.

»Sie elender Narr! Ich kann es nicht glauben …! *Kann nicht glauben, dass Sie* …«

Erstaunt schwieg sie, als sie begriff, dass ihr Lachen nicht das einzige Geräusch über dem Wasser war.

McAlistair lachte ebenfalls. Und es war auch nicht nur ein Kichern. Es war ein kräftiger, voller Laut, der von tief innen kam und sie weit mehr verblüffte als ihr plötzliches Bad im Teich.

»Sie lachen«, sagte sie leise.

Weil er bei ihrer Bemerkung damit aufhörte, fügte sie hinzu: »Es gefällt mir … auch wenn es klingt, als würde man zwei Bretter gegeneinander schlagen.«

Sein Lachen kehrte nicht wieder, aber er grinste sie an. Sie lächelte und fragte sich, wer von ihnen sich wohl als Erster zurückziehen würde. Sie würde es nicht sein, befand sie. Ihr gefiel das Gefühl seiner starken Arme um ihre Taille, seiner breiten Schultern unter ihren Händen, das Gefühl, so mühelos gehalten zu werden, als würde sie gar nichts wiegen. Es gefiel ihr sehr.

Er löste einen Arm von ihr, hielt sie aber weiter mit dem anderen. »Sie haben da etwas …« Er kicherte und wischte ihr eine Alge von der Schulter.

Sie sah die Alge kurz an, dann warf sie den Kopf in den Nacken und lachte. »Sie haben da etwas …« Sie fuhr mit dem Finger über seinen mit Algen bedeckten Mantel und hielt ihn hoch. »Überall.«

Er schaute an sich herab. »Anscheinend habe ich am meisten abbekommen.«

»Nur so viel, wie Sie verdient haben.«

»Dafür, dass man mich in einen Teich geworfen hat?«

»Dafür, dass Sie in einer Weise über mich gesprochen haben, die das erforderlich machte.« Sie rümpfte geziert die Nase. »Und dafür, dass Sie ungerechtfertigte Rache genommen haben.«

»Ungerechtfertigt, ja?«

»Und ganz und gar nicht wie ein Gentleman«, bemerkte sie.

»Ich habe nie gesagt, dass ich ein Gentleman bin.«

»Sie sagen selten etwas«, neckte sie ihn.

»Sie reden ja genug für uns beide.«

»Und jetzt bin ich auch noch eine plappernde Närrin. Beschimpfungen sind keine gute Einleitung zu einer Entschuldigung, wissen Sie?«

»Evie?«

»Ja?«

»Halten Sie die Luft an.«

»Die Luft …?« Sie sah das Glitzern in seinen Augen gerade noch rechtzeitig und schnappte nach Luft, bevor er sie untertauchte.

Als sie hustend und prustend wieder auftauchte, war er bereits halb am Ufer.

»Sie haben verfluchtes Glück, dass ich schwimmen kann«, rief sie ihm nach und wischte sich klatschnasse Haarsträhnen aus dem Gesicht.

»Eigentlich nicht«, rief er über die Schulter zurück. »Das Wasser ist kaum einen Meter zwanzig tief.«

Was bedeutete, dass es ihr fast bis zum Hals stand, als ihre Füße den schlammigen Boden trafen.

Und als ihre Füße im Schlamm versanken, stand es ihr fast bis zum Kinn.

»Igitt!«

Sie hielt es für besser, den Teich schwimmend als gehend zu verlassen, und stieß sich vom Boden ab, was nur dazu führte, dass ihre Füße noch tiefer im Teichboden versanken.

Sie wollte sich freistrampeln, aber das einzige Ergebnis war, dass der Schlamm dick und schwer in ihre Stiefel sickerte.

»Oh, verdammt.«

Angewidert drehte sie sich, zappelte, paddelte und zerrte und erreichte nichts, als das ohnehin schon schlammige Wasser noch mehr aufzuwühlen.

»Äh, McAlistair?« Sie schaute zu ihm hinüber und stellte fest, dass er sie vom Ufer aus seelenruhig beobachtete.

»Gibt es ein kleines Problem?«, erkundigte er sich.

»Ja, ich ...« Sie verstummte und bemerkte jetzt erst, dass er herablassend klang und die Hände hinter dem Rücken verschränkt hielt, als würde er geduldig warten, und wie ein ausgemachter Idiot grinste. Er hatte es *gewusst*. »Sie *wussten*, dass der Boden schlammig war.«

»Kann schon sein.«

»Sie wussten, dass ich feststecken würde.«

»Durchaus möglich.«

»Sie ... ich ...« Tausend Beschimpfungen und tausend grässliche Drohungen kamen ihr in den Sinn, aber sie würden nur lächerlich klingen, wenn sie von jemandem kamen, der bis zum Kinn im Wasser stand. Sie legte den Kopf zurück, um kein Wasser in die Nase zu bekommen, dann rümpfte sie die Nase mit der ganzen Überheblichkeit und Würde, die sie aufbringen konnte, nämlich gar keiner.

»Helfen Sie mir nun oder nicht?«

»Möchten Sie nicht lieber frei und unabhängig sein?«

Sie funkelte ihn an. Wahrscheinlich war ihr Gesichtsausdruck nicht beeindruckender als die Schimpfwörter und Drohungen, aber wenigstens fühlte sie sich etwas besser.

Wieder rümpfte sie die Nase, und auch davon ging es ihr besser. »Na schön.«

Da ihr nichts Besseres einfiel, holte sie tief Luft, schloss die Augen und tauchte wieder unter Wasser.

Es war unmöglich, in dem Schlamm etwas zu sehen, aber das musste Evie für das, was sie vorhatte, auch gar nicht. Sie wollte sich die Stiefel aufschnüren und aus ihnen hinausschlüpfen, um sie aus dem Schlamm ziehen zu können, wenn ihr Gewicht sie nicht mehr in den Boden drückte. Sie riskierte dabei, sie aus den Augen zu verlieren, sobald sie sich befreit hatte, was der *einzige* Grund war, warum sie ursprünglich um Hilfe gebeten hatte, aber dieses Risiko musste sie jetzt eingehen. Lieber lief sie den Rest des Tages barfuß, als McAlistairs Herablassung zu ertragen.

Es war nicht leicht, nasse Schnürsenkel aufzuknoten, aber sie schaffte es, den ersten zu lockern, bevor sie auftauchen musste, um Luft zu holen. Sie richtete sich auf, tauchte auf und atmete wieder tief ein. Dann hörte sie McAlistair ihren Namen rufen, aber sie ignorierte ihn und tauchte wieder unter.

Sie musste das dreimal wiederholen, aber schließlich gelang es ihr, aus einem Stiefel zu schlüpfen und ihn aus dem Schlamm zu ziehen. Beim vierten Mal tauchte sie mit einem triumphierenden: »So!« auf und hätte McAlistair um ein Haar mit dem Stiefel am Kinn getroffen, hätte er sie nicht in letzter Sekunde am Handgelenk gepackt.

»Was zum Teufel machen Sie da?«, fragte er scharf.

Sie blinzelte sich das Wasser aus den Augen. »Das sehen Sie doch. Ich ziehe mir die Stiefel aus.«

Mit seiner freien Hand nahm er den Stiefel. »Es sah so aus, als würden Sie ertrinken.«

»In einem Meter zwanzig tiefem Wasser?«, spottete sie. »So klein bin ich nun auch wieder nicht. Auch wenn es Ihnen recht geschehen wäre, nachdem Sie mich so im Sumpf zurückgelassen haben. Und wenn Sie mich jetzt entschuldigen würden, ich habe noch einen Stiefel – nein!« Sie streckte abwehrend die Hand aus, als er nach ihr greifen wollte. »Das kann ich selbst.«

»Sie haben klargestellt, worum es Ihnen ging.« Er schob ihre Hand beiseite, legte ihr einen Arm unter die Schultern und zog sie an sich.

Evie blieb nichts anderes übrig, als ihm die Arme um den Hals zu legen und ihn anzulächeln. »Und was wäre das?«, fragte sie, um ihren Sieg in die Länge zu ziehen.

Er legte ihr den anderen Arm unter die Knie und trug sie ans Ufer. »Dass Sie ein kluges Mädchen sind.«

Nicht ganz das Zugeständnis, dass sie unabhängig sei, aber sie gab sich damit zufrieden. Im Moment war sie sowieso nicht in der Lage, einen zusammenhängenden Satz zu formulieren, da sie wieder in seinen Armen lag.

Würde er sie küssen?, fragte sie sich, während sie sich dem Ufer näherten.

Wollte sie, dass er sie küsste?

Sie studierte sein gut aussehendes Gesicht – die vollen Lippen, die zu oft ernst waren, das harte Kinn, das zu oft verspannt war, und diese wundervollen, dunklen Augen, die ihren Blick ganz offensichtlich mieden.

Er hatte gesagt, dass sie nicht für ihn bestimmt sei, und obwohl sie ihm erklärt hatte, sie sei für den bestimmt, für den sie eben bestimmt sei, hatte Evie immer geglaubt, dass sie in Wirklichkeit für niemanden bestimmt war. Sie war eine unabhängige Frau und würde das immer vorziehen.

Aber jetzt war sie sich nicht mehr so sicher. Wie konnte sie das sein, wenn schon eine bloße Berührung, manchmal nur ein einziger Blick dieses Mannes ihr Herz zum Rasen brachte?

Wie konnte sie das sein, nachdem sie ihn hatte lachen hören? Dieses wunderbare, glückliche Lachen hatte etwas in ihrem Herzen zum Klingen gebracht. Und dass sie die Ursache dieses Lachens war – wenn auch nur indirekt –, hatte ihr mehr Freude bereitet, als sie es je für möglich gehalten hätte.

Sie wollte, dass er wieder für sie lachte. Sie wollte, dass er sie auf diese Art ansah, die ihre Haut kribbeln ließ. Sie wollte, dass er sie berührte. Sie wollte *ihn*.

Nein, sie war sich ganz und gar nicht sicher, ob sie nicht doch für jemanden bestimmt war.

Und ja, sie wünschte sich sehr, dass er sie küsste.

Nur für den Fall, dass er das erwog, schlang sie ihm die Arme ein wenig fester um den Hals, sodass ihre Gesichter einander näherkamen. Sein Haar kitzelte ihre Finger, und sie verspürte den starken Drang, das Band zu lösen, das es bändigte. Es war jetzt nass, und das normalerweise kräftige Braun wirkte fast schwarz. Es sah ziemlich verwegen aus, wie ein Pirat aus Kates Romanen. Wieder fragte sie sich, wie es sich anfühlen würde, mit den Fingern durch das Haar zu fahren. Und fragte sich, ob es seltsam war, dass sie nicht aufhören konnte, sich diese Fragen zu stellen.

Ihre Finger zuckten ganz von allein. Es war eine hauchzarte Bewegung, sie streifte nur seinen Nacken, aber McAlistair spürte es. Sein Blick schoss zu ihrem, und für einen Moment war sie sicher, absolut sicher, dass sich in seinen Augen ihre eigene Sehnsucht spiegelte.

Er würde sie ganz bestimmt küssen.

Ohne den Blick abzuwenden, setzte er sie ab, bis ihre Füße langsam den Uferschlamm berührten. Es schien nur ein Moment zu vergehen, während sie in seinen Armen dastand, gefangen in seinem Blick, und jeder Nerv in ihrem Körper vibrierte.

Plötzlich verhärtete sich seine Miene, und er riss den Blick von ihr los. Ein kurzes Zittern schien ihn zu überlaufen, aber das konnte genauso gut sie selbst gewesen sein, und dann ließ er sie los.

»Ich werde die Sachen packen. Ziehen Sie Ihren Stiefel wieder an.« Mit dieser unglaublich unromantischen Bemerkung reichte er ihr den Stiefel, wandte sich ab und ging zur Decke hinüber.

Er würde sie nicht küssen.

Er konnte sie nicht sehen, da er ihr den Rücken zukehrte, also gab sie ihrem Drang nach und tat so, als wollte sie ihm den Stiefel an den Kopf werfen.

Ich werde unsere Sachen packen? Ziehen Sie Ihren Stiefel wieder an? Von all den wunderbaren, zärtlichen Dingen, die er in diesem Moment hätte sagen oder tun können, war *das* das Beste, was er zustande brachte?

Sie schwankte zwischen Gekränktheit und Ärger. Es war nur natürlich, dass sie den Ärger leichter ertrug. Sie ging zum Rasen, setzte sich hin und stieß den Fuß in den nassen Stiefel.

Sie brauchte keine zärtlichen, romantischen Momente von jemandem wie James McAlistair, tobte sie innerlich. Und seine Küsse brauchte sie schon gar nicht. Sie hatte sich in einem weiteren Tagtraum verloren, das war alles. Und hatte sie sich nicht schon einmal dafür gescholten, dass ihr bei ihm die Fantasie durchging?

Anscheinend hatte sie eine Gedächtnisstütze gebraucht.

Zornig funkelte sie seinen Rücken an und befand, dass sein Haar nicht im Mindesten verwegen aussah. Es sah einfach nur nass aus. Vielleicht sogar ein bisschen schmutzig.

Sie wandte ihre Aufmerksamkeit wieder ihren Schnürsenkeln zu.

Die Vorstellung, die Hände durch schmutziges Haar gleiten zu lassen, war kein bisschen reizvoll, jetzt, da sie darüber nachdachte. Wahrscheinlich würden sich ihre Finger verheddern.

Das Bild, wie ihre Hand sich hoffnungslos in seinem Haar verfing, war so absurd, dass sie lächeln musste.

»Keine schlechte Laune mehr?«, fragte McAlistair beiläufig.

Sie warf ihm einen Blick zu und stellte fest, dass er sie beobachtete. Instinktiv wollte sie geziert die Nase rümpfen und sich abwenden, aber sie schob den Impuls beiseite. Er hatte ja nichts getan, was ihren Ärger rechtfertigte. Es musste sie schließlich nicht attraktiv finden. Und wer konnte ihm einen Vorwurf daraus machen, dass er es nicht tat, dachte sie mit einem kläglichen Blick auf ihr schlammiges Kleid. Sie musste geradezu wie eine Vogelscheuche aussehen.

Außerdem hatte sie in der letzten halben Stunde mindestens dreimal die Nase gerümpft. Ein viertes Mal wäre wahrscheinlich zu viel des Guten.

Sie konzentrierte sich darauf, sich das Haar auszuwringen. »Ich hatte keine schlechte Laune«, sagte sie vorsichtig, in der Hoffnung, dass er es glaubte.

Er zog eine Augenbraue hoch, enthielt sich aber jeder Bemerkung.

Angesichts seines erwartungsvollen Blickes zuckte sie mit den Achseln. »Nur ein bisschen müde. Und unbestreitbar feucht. Wie weit ist es noch bis zum Cottage?«

»Noch drei Stunden, mehr oder weniger.« Er nahm die gefaltete Decke. »Wir sollten uns auf den Weg machen.«

Sie drückte Wasser aus ihren Röcken. »Aber wir sind nass.«

»Gestern waren wir auch nass.«

»Für kaum eine Stunde. Sie sagten, es seien noch drei Stunden bis zum Cottage.« Sie sah die Pferde an. »Es scheint mir nicht fair, sie unnötig zu belasten.«

»Es ist Wasser, kein Stein«, stellte er fest und packte die Decke in eine der Satteltaschen. »Sie werden schon zurechtkommen.«

»Ich weiß nicht, ob ich zurechtkommen werde.« Allein das Wundreiben ...

»Wir können noch etwas warten, wenn Sie möchten.«

Sie öffnete den Mund und wollte schon zustimmen, dann schloss sie ihn wieder, denn ihr wurde klar, dass das bedeuten würde, während der nächsten halben Stunde neben McAlistair zu sitzen und sich schrecklich verlegen – und schrecklich anlehnungsbedürftig – zu fühlen. Es würde unerträglich werden.

»Ich ...« Krampfhaft suchte sie nach etwas Einfallreichem. »Ich glaube ... ich würde gern einen kleinen Spaziergang machen.«

»Einen Spaziergang«, wiederholte er, und wer konnte ihm daraus einen Vorwurf machen? Was Einfallsreichtum anging, war es unbestreitbar schwach.

»Einfach«, sie deutete vage in Richtung des Teiches, »ein bisschen auf und ab gehen. Die Bewegung wird dazu beitragen, mein Kleid zu trocknen.« Es schien zumindest eine vernünftige Annahme.

McAlistair zuckte kaum merklich die Achseln – was sie unendlich ärgerte – und setzte sich auf den Boden. »Wie Sie wollen.«

16

Als Evie ihren kleinen Spaziergang am Rand des Teiches begann, stieß McAlistair einen langen, stillen Seufzer aus.

Er war nicht ganz so gleichmütig, wie er Evie glauben machen wollte. In Wirklichkeit rasten sein Herz und sein Verstand – *hatten* gerast, seit er aus dem Teich aufgetaucht war, eine zappelnde Evie in den Armen, und sein eigenes Lachen gehört hatte.

Er könnte sich nicht erinnern, wann er das letzte Mal gelacht hatte. Er wusste wirklich nicht mehr, wann er aufgehört hatte, Freude am Leben zu haben. Es war lange vor seiner Ankunft in Haldon gewesen, so viel war sicher. Er konnte sich deutlich erinnern, wie er Jahre zuvor in Clubs und bei Abendgesellschaften so getan hatte, als würde er lachen, aber das war ein Mittel zum Zweck gewesen.

Alles, was er getan und gesagt hatte, war viel zu lange buchstäblich ein Mittel zu irgendjemandes Zweck gewesen, was natürlich genau der Grund war, warum er aufgehört hatte zu lachen.

Er schaute zu Evie hinüber und sah, dass sie vorsichtig etwas Matschiges, Braunes mit dem Fuß anstieß. Verfaultes Holz vielleicht, oder ein Klumpen gestrandete Wasserpest. Sie war sicher angewidert und zweifellos zu neugierig, um sich abzuwenden. Er lächelte über ihren Anblick, wie sie da in der Sonne am Ufer entlangging, nass, schmutzig und wunderschön.

Er hatte in diesen letzten beiden Tagen ziemlich viel gelächelt, mehr als sonst in einem Jahr – einem sehr guten Jahr.

Aber bis er gelacht hatte, war ihm nicht bewusst gewesen, wie nah er dem Glücklichsein war. Das Lachen hatte ihn verblüfft. Die Vorstellung davon erstaunte ihn immer noch.

Sie hatte ihn zum Lachen gebracht. Sie hatte ihn seine undurchsichtige Vergangenheit vergessen lassen, seine unklare Zukunft, und er hatte es einfach genossen, eine tropfende, prustende, lachende Frau in den Armen zu halten.

Viel zu sehr hatte er es genossen.

Er hätte sie beinahe geküsst, als sie das Ufer erreicht hatten. Sie war ihm so nah gewesen, so weich, so verdammt verführerisch, dass er sich mehr als nur einen Kuss vorgestellt hatte. Er hatte sich ausgemalt, sie hinzulegen, wo das Wasser ans Ufer schwappte, und sie aus den nassen Kleidern zu schälen, um die weichen Kurven zu entdecken, von denen er tausend Mal geträumt hatte. Er hatte sich danach gesehnt, sie zu kosten, zu fühlen und zu berühren, ihre weiche Gestalt mit seiner eigenen zu bedecken und sich vollkommen zu vergessen.

Zu vergessen, wer er war, wo sie waren und was sie bedrohte.

Ein selbstsüchtiger Akt und ein dummer Fehler, genau das wäre es gewesen. Schlimm genug, dass er die Gefahr, in der sie schwebte, im Teich für einige Momente vergessen hatte – viel schlimmer war es, dass sie ihm wieder eingefallen war und er dennoch in Versuchung gewesen war, sie noch eine oder zwei Stunden länger zu vergessen.

Obwohl es ihn fast umgebracht hatte, hatte er Evie auf den Boden gestellt und sich abgewandt.

Sie war nicht allzu erfreut darüber gewesen. Vielleicht war er ein wenig aus der Übung, was Frauen anging – das kleine Bad im Teich hatte er wirklich nicht kommen sehen –, aber er erkannte Verlangen, und er erkannte verletzten Stolz und Enttäuschung, wenn er sie vor der Nase hatte.

Er ließ die Schultern kreisen. Es schmerzte ihn, Evies Gefühle zu verletzen, aber das ließ sich nicht ändern. Sie war unschuldig. Sie wusste kaum, was sie verlangte; und ganz sicher war ihr nicht klar, von wem sie es verlangte. Sie wusste zu wenig, und vielleicht wusste er zu viel.

Was er getan hatte, war nur zum Besten gewesen. Und sie war kein Kind von Traurigkeit – sie würde sich die Laune nicht lange von ein paar unangenehmen Minuten verderben lassen. Nach ihrem kleinen Spaziergang würde sie wieder lächeln. Und wenn sie erst zu Pferd waren, würde sie bald plaudern.

In wenigen Stunden würden sie das Cottage erreichen, und dort würde sie Mrs Summers zur Gesellschaft haben. Als die beiden einzigen Frauen im Haus würden sie sich wahrscheinlich absondern, um ... nun, er hatte nicht die leiseste Ahnung – zu tun, was Damen eben taten, wenn sie sich absonderten.

Möglicherweise würde er sie nur zu den Mahlzeiten oder vielleicht im Vorbeigehen im Flur sehen. Der Gedanke, sie nicht mehr für sich zu haben, zerriss ihm das Herz, aber nicht annähernd so sehr wie das Wissen, dass er eines Tages kaum mehr für sie sein würde als eine Erinnerung an ein flüchtiges Abenteuer und einen Flirt. Und noch mehr marterte ihn das Wissen, dass alles andere ein schrecklicher Fehler wäre.

In einem Punkt hatte McAlistair recht. Evie lächelte, als sie ihr Kleid für trocken genug befand – und für hinreichend von Wasserpest befreit –, um einen langen Ritt im Sattel zu ertragen. Sie hätte sich nicht gerade als glücklich bezeichnet, und sie hatte auch nicht plötzlich vergessen, dass McAlistair sie doch nicht geküsst hatte. Es war einfach so, dass Evies Meinung nach von den begrenzten Möglichkeiten, die ihr zur Verfügung standen, Lächeln noch die vorteilhafteste war.

Indem sie gute Laune vortäuschte, ließ sich ihre verletzte Eitelkeit noch am ehesten verbergen. Die Vernunft sagte ihr, dass McAlistair sie nicht schon zweimal geküsst hätte, wenn er sie unattraktiv fände. Aber Vernunft und Eitelkeit existierten häufig unabhängig voneinander, und obwohl sie ihr entstelltes Äußeres akzeptiert hatte und sich im Allgemeinen weigerte, sich deswegen zu grämen, war es doch unmöglich, die hässliche Narbe, die ihr Gesicht verunstaltete, und das Bein, das ihr häufiger Hindernis als Hilfe war, völlig zu ignorieren. Genauso wenig konnte sie die Frage verdrängen, ob McAlistair sie früher womöglich nicht deshalb geküsst hatte, weil er sie attraktiv fand, sondern weil er sie bemitleidete.

Diese Vorstellung, wie unbegründet sie auch sein mochte, verletzte sie tief. Und aus diesem Grund suchte Evie nach einer anderen Erklärung für sein Verhalten.

Vielleicht hatte McAlistair sie nur deshalb nicht geküsst, weil ihm nicht klar gewesen war, dass ein Kuss eindeutig an der Reihe gewesen war. Er war schließlich sehr lange ein Einsiedler gewesen, und es war bereits deutlich geworden, dass er, was den Umgang mit anderen Menschen anging, aus der Übung war. Hatte sie ihn nicht deshalb gerade in den Teich gestoßen? Zugegeben, er hatte vor ihrem Spaziergang bemerkt, dass sie verärgert war, aber Ärger war einfacher zu erkennen als Verlangen. Ärger war ein Gefühl, das man seit frühester Kindheit kannte.

Das Lächeln fiel Evie beim Wegreiten gleich viel leichter, nachdem sie McAlistairs fehlenden Kontakt zu … nun, *allen* Menschen in den vergangenen Jahren bedacht hatte.

Zu plaudern ging jedoch über ihre Kraft. Sie fühlte sich besser, sogar versöhnlich, aber nicht fröhlich. Die nächste Stunde verbrachten sie schweigend, während McAlistair wieder einmal hierhin und dorthin galoppierte und Evie die Landschaft betrachtete.

Sie folgten demselben gewundenen Bach, bis er in einen kleinen Fluss mündete, dann ritten sie den Fluss entlang, bis dieser sich in eine kleine Salzwasserbucht ergoss. Jenseits der Bucht konnte Evie das aufgewühlte Wasser der Nordsee und die langen, goldenen Sandstrände sehen.

Es war ein malerischer Anblick – das unberührte Ufer und das helle Aufblitzen bernsteinfarbenen Lichts von der untergehenden Sonne, das sich auf den Wellen brach. Sie brachte ihr Pferd zum Stehen, drehte das Gesicht in den leichten Wind, der vom Wasser kam, und atmete die Seeluft ein.

McAlistair ritt neben sie. »Stimmt etwas nicht?«

Sie schüttelte den Kopf. »Es ist wunderschön.«

»Vom Cottage aus ist es auch wunderschön.«

»Ist das ein Hinweis, dass ich weiterreiten soll?«, fragte sie lachend.

»Nur eine Erinnerung daran, dass es bis zum Cottage nicht mehr weit ist.«

»Ich verstehe.« Sie trieb ihr Pferd an und fragte sich, ob er sie loswerden wollte.

Statt voranzureiten, wie sie es erwartete, lenkte McAlistair sein Pferd neben ihres. »Werden Sie Mrs Summers zur Rede stellen, wenn wir ankommen?«, fragte er.

Sie biss sich auf die Lippe. Durch die Grübelei über McAlistair war sie zu abgelenkt gewesen, um über dieses Thema ernsthaft nachzudenken. »Ich nehme an ... ich nehme an, das hängt davon ab.«

»Wovon?«

»Von Ihnen.«

»Ah.« Seine Mundwinkel hoben sich. »Sie wollen, dass ich Ihren Verdacht für mich behalte.«

»Es sind Tatsachen, und das ist eine sehr merkwürdige Art, es auszudrücken, wenn man darüber nachdenkt. Aber es wäre mir wirklich lieber, wenn Sie das, was ich über die List weiß, für sich behalten ...«

»Das, was Sie annehmen.«

»Na schön, was ich annehme«, stimmte sie zu. Sie war im Moment nicht in der Lage zu streiten. »Werden Sie schweigen?«

Er nickte. »Wenn Sie das möchten.«

»Dann geben Sie mir also Ihr Wort?«

»Ja.«

»Warum?«, fragte sie, misstrauisch, weil er so schnell einverstanden war.

»Weil Sie mich darum gebeten haben.« Er erwiderte ihren Blick. »Sie können mich um alles bitten, Evie.«

Was für eine interessante Feststellung. Und was für ein bemerkenswert wirkungsvoller Balsam für ihre verletzten Gefühle. Sie legte den Kopf schief und sah ihn an. »Würden Sie alles für mich tun?«

»Nein.« Sein Mundwinkel zuckte leicht nach oben, obwohl seine Augen weiter auf der Hut waren. »Aber Sie können mich bitten.«

Sie lachte. »Also schön, ich bitte Sie, nicht zu erwähnen, was ich Ihnen über die Kuppelei erzählt habe.«

»Abgemacht.«

»Danke.«

Kurze Zeit ritten sie schweigend weiter, bevor ihr etwas anderes einfiel.

»McAlistair?«

»Hmm?«

Sie rutschte im Sattel herum und wünschte sich sehnlichst, sie besäße wenigstens einen Bruchteil von Kates Talent, die männliche Hälfte der Menschheit zu betören. »Wäre ... wäre es zu viel verlangt, wenn ich Sie bäte, auch den unglücklichen Zwischenfall bei der Schmiede für sich zu behalten?«

»Soll ich ihn ganz für mich behalten oder nur Mrs Summers gegenüber?«

»Mir ist beides recht.«

»Das werde ich wohl schaffen.«

Sie atmete ganz leicht auf. *Ausgezeichnet.* »Und die Sache mit der Natter brauchen Sie auch nicht zu erwähnen.«

»Nicht?«

Sie tat, als hätte sie die Erheiterung in seiner Stimme nicht gehört. »Oder dass mein Bein mir Probleme bereitet hat.«

»Ich verstehe.«

»Oder ...«

»Was *darf* ich Mrs Summers denn erzählen?«

Sie schenkte ihm ein hoffnungsvolles Lächeln. »Dass wir abgesehen von ein bisschen Regen eine angenehme, aber ereignislose Reise hatten?«

»Belügen Sie Ihre Freundin immer?«

Weil sein Tonfall eher akademisch als anklagend war, fand es Evie schwer, daran Anstoß zu nehmen. Noch schwerer fand sie es, die Frage zu beantworten, und schlug ihrerseits einen neugierigen Ton an.

»Urteilen Sie immer über andere?«

»Nein.« Er lächelte seltsam, als würde er über sich selbst lachen. »Das ist eine völlig neue Erfahrung für mich.«

»Nun, für mich ist es eine neue Erfahrung, eine Schachfigur im Spiel eines anderen zu sein.« Sie fingerte ein wenig an den Zügeln herum. »Wenn wir Mrs Summers alles erzählen würden, würden wir sie damit nur aufregen. Sie wäre entsetzt zu erfahren, dass ihre List mich in wirkliche Gefahr gebracht hat.«

»Dann würden Sie lügen, um ihre Gefühle zu schonen?«

»Sie klingen nicht überzeugt«, murmelte sie.

»Das bin ich auch nicht.«

»Ich versichere Ihnen, ich bin durchaus zu einem kleinen Täuschungsmanöver bereit, um Mrs Summers Kummer zu ersparen.«

Er schwieg mehrere lange Sekunden, was ihrem Gewissen reichlich Zeit gab, sie niederzudrücken. Um es zu beschwichtigen, hob sie den Arm, als wolle sie sich die Wange reiben, und murmelte in ihre Hand: »Und um die unausweichliche Gardinenpredigt zu vermeiden.«

»Wie bitte?«

»Nichts«, zwitscherte sie. Sie hatte es schließlich gesagt, nicht wahr? Nicht nötig, sich zu wiederholen.

»Etwas über eine Predigt?«

Verflixt, das Gehör dieses Mannes war entschieden zu gut. Resigniert sank sie im Sattel in sich zusammen. »Mrs Summers neigt zu Predigten.«

»Sie haben nichts Falsches getan.«

»Nein, aber es wird etwas geben, das ich hätte besser machen können, oder etwas, das ich aus der Erfahrung lernen kann, oder etwas, über das ich nachdenken sollte.« Die Möglichkeiten waren schier endlos. »Es wäre die Predigt von jemandem, der sich ständig Sorgen macht.«

»Ich verstehe. Ist Ihre Beziehung zu Mrs Summers nicht noch einigermaßen jung?«

Das war sie. Sie war Mrs Summers erst vor zwei Jahren begegnet, als sie sich mit Sophie Everton, der jetzigen Herzogin von Rockeforte, angefreundet hatte. Aber die ältere Frau war ihr ebenso schnell zu einer Tante geworden, wie Sophie zu ihrer Schwester geworden war. Evie war sich nicht sicher, ob McAlistair eine so rasche Zuneigung verstehen würde, daher zuckte sie nur die Achseln und sagte: »Sie ist eben eine Gouvernante. Wahrscheinlich kann sie nicht dagegen an.«

Evies erster Eindruck von Mr Hunters Cottage war, dass es sich überhaupt nicht um ein Cottage handelte. Das zweistöckige Gebäude mit dem ausgebauten Dachboden aus Stein und Holz stand auf einer Wiese, keine hundert Meter vom Strand entfernt. Es war zwar viel kleiner als Haldon Hall und machte den Eindruck, höher als breit zu sein, aber nach Evies Vermutung enthielt es mindestens ein halbes Dutzend Schlafzimmer mit weiteren Räumen unter dem Dach für das Personal. Obwohl es nicht das war, was sie erwartet hatte, wirkte es doch grundsolide, auf seine eigene Weise beruhigend und recht einnehmend.

Sie ritten zum Eingang des Gebäudes, als gerade die Sonne unter dem Horizont verschwand. Als Evie absaß, kam Mrs Summers, auf jede Schicklichkeit verzichtend, mit wehenden grünen Röcken zur Tür herausgelaufen.

Für eine nicht mehr ganz junge Frau war sie ziemlich schnell. Evie hatte kaum ihr Kleid gerichtet und McAlistair die Zügel überreicht, als sie sich auch schon in einer überraschend heftigen Umarmung wiederfand. »Sie sind hier«, rief Mrs Summers. »Ich habe mir so schreckliche Sorgen gemacht, aber da sind Sie beide, gesund und munter. Christian hat Sie kommen sehen, und ... warum sind Sie so feucht?« Sie trat einen Schritt zurück und hielt Evie auf Armeslänge von sich. »Regnet es im Westen?« Sie warf McAlistair einen anklagenden Blick zu. »Haben Sie sie gezwungen, im Regen zu reiten?«

Evie lachte und schüttelte den Kopf. »Der Himmel war den ganzen Tag über klar. Es ist eine sehr lange Geschichte.«

»Ich würde sie gern hören.«

McAlistair murmelte, er werde sich um die Pferde kümmern.

»Sie finden Mr Hunter in den Ställen«, erklärte Mrs Summers seinem entschwindenden Rücken. »Und Christian in der Küche.« Sie drehte sich wieder zu Evie um. »Es geht Ihnen doch gut, oder? Und McAlistair?«

»Ja, sehr gut. Und Ihnen?«

»Es geht mir schon viel besser, jetzt, da Sie eingetroffen sind.« Sie seufzte glücklich und tätschelte Evie die Wange. »Sie müssen sehr erschöpft sein.«

»Ziemlich«, gab Evie zu, ergriff Mrs Summers' Hand und führte sie zum Haus, »aber die Reise war gar nicht so schlimm. Nach einem Bad und nachdem ich mich umgezogen habe, könnte ich vielleicht so weit gehen, sie als … denkwürdig zu bezeichnen. Es kommt nicht oft vor, dass man ein solches Abenteuer erlebt.«

Mrs Summers sah sie misstrauisch an. »Sie haben sich amüsiert?«

Evie wurde sich bewusst, dass es zu spät war, Trübsal zu heucheln. Es war ihr peinlich, und sie hoffte, Tapferkeit mit einem Anflug von Entrüstung vortäuschen zu können. »Wäre es besser gewesen, wenn ich mich elend gefühlt hätte?«

»Sie hätten beunruhigt sein sollen.«

Evie trat vor Mrs Summers zur Haustür und nutzte die Gelegenheit, um heimlich die Augen zu verdrehen. »Ich versichere Ihnen, es gibt wenig an dieser Angelegenheit, das ich nicht beunruhigend finde.«

Der Versuch, sie zu verkuppeln, sie mit einem Mann in den Wald zu schicken, der nicht ihr Ehemann war, die Begegnung mit dem Lehrling des Schmieds, ganz zu schweigen von der Natter – es war alles außerordentlich beunruhigend.

Und dann war da McAlistair. Evie fand, dass ihre Gefühle für ihn ebenfalls als beunruhigend gelten konnten.

»Ich bin erleichtert, das zu hören«, erwiderte Mrs Summers.

Evie brauchte einen Moment, um zu begreifen, dass Mrs Summers davon sprach, beunruhigt zu sein, und nicht von Evies wachsender Zuneigung zu dem Eremiten von Haldon Hall. Die kurze Verwirrung brachte sie in Verlegenheit, und sie bemühte sich, das Thema zu wechseln.

Sie wedelte mit der Hand. »Dies ist ein entzückendes Cottage ... äh ... Haus.«

Das Innere beseitigte jeden Zweifel, dass es tatsächlich ein Haus und kein Cottage war. Wo sie eine gemütliche, abgenutzte und rustikale Einrichtung erwartet hatte, fand sie stattdessen eine Ausstattung vor, die neu und teuer wirkte. Bei einem Blick in den Salon bemerkte Evie, dass in den goldenen Polstern nicht ein loser Faden war, kein Fleck auf dem dunkelgrünen Teppich und keine Falte in den üppigen roten Vorhängen.

Der Raum zeugte von Wohlstand, dachte sie und betrachtete den kunstvollen, marmornen Kaminsims und den mächtigen Kristalllüster, der ihrer Meinung nach in einem Salon an der Küste leicht deplatziert war.

»Sind alle Räume wie dieser?«

»Die meisten«, erwiderte Mrs Summers. »Aber einige der Schlafzimmer sind nicht ganz so prunkvoll.«

Evie schaute nach unten und ließ den Fuß über den Holzboden in der Eingangshalle gleiten. Die dünne Staubschicht, die sie dort sah, fehlte auf den Möbeln. Vermutlich waren Letztere vor ihrem Eintreffen mit Tüchern verhüllt gewesen.

»Gibt es hier Personal?«, erkundigte sie sich.

Mrs Summers folgte ihrem Blick zu dem glänzenden Holz eines Beistelltisches. »Nein. Wir haben die Möbel selbst enthüllt, als wir angekommen sind.«

Evie stellte sich den kultivierten Mr Hunter bei der Verrichtung alltäglicher Hausarbeiten vor und bedauerte, dass sie das verpasst hatte.

Auf dem Weg zu Evies Schlafzimmer führte Mrs Summers sie kurz durch ihr vorübergehendes Zuhause. Es war zwar kein großes Anwesen, verfügte aber über alle wichtigen Annehmlichkeiten, und bevor sie auch nur auf halbem Weg zu ihrem Zimmer waren, wusste Evie Mr Hunters Haus zu schätzen und sogar zu würdigen. Es war so entzückend unverhohlen in seiner Pracht. Und es passte perfekt zu seinem Herrn. Auch er stammte aus bescheidenen Verhältnissen und konnte jetzt das Beste beanspruchen, was das Leben zu bieten hatte.

Sie blieben stehen, um einen kurzen Blick in eine kleine Bibliothek zu werfen, wo der Luxus statt in Überfluss in Bequemlichkeit bestand. Da waren dicke Teppiche, noch weichere Polstersessel und eine Fensterbank mit so dicken Kissen, dass es nach Evies Vermutung eine gewisse Herausforderung sein musste, hinauf- und hinabzuklettern.

»Das ist ein schöner Raum«, seufzte sie.

»Ja, nicht wahr?«, stimmte Mrs Summers zu, ehe sie sich vorbeugte und leise flüsterte: »Seien Sie vorsichtig mit dem Fenstersitz. Es ist ziemlich schwierig, ihn zu erklimmen.«

Evie lachte leise. »Haben Sie festgesteckt?« Was für eine köstliche Vorstellung.

»Ich war kurz davor, um Hilfe zu rufen«, gestand Mrs Summers. »Der Sitz ist eindeutig für einen Mann gedacht, wie alles andere hier im Haus.«

Obwohl ihr feuchtes Kleid sie fast genauso niederdrückte wie die Erschöpfung, war Evie zu fasziniert von dem Raum, um der Versuchung des Fensters zu widerstehen. Sie ließ die Hand über die dunkelgrünen Kissen gleiten. »Vermutlich haben Sie recht. War es schwierig für Sie, nur mit den Herren als Gesellschaft zu reisen?«

»Nicht im Mindesten. Sie waren überaus aufmerksam.«

Evie schaute durch das Fenster zum Meer dahinter. Sie konnte das rhythmische Klatschen der Wellen hören, die auf den Strand trafen, aber das Wasser war in dem rasch schwindenden Licht kaum zu sehen.

»Was ist passiert, nachdem McAlistair und ich aufgebrochen sind?«

»Wir haben die Pferde losgemacht und uns dann einem sehr netten Mann aufgedrängt, der in seinem Wagen vorbeifuhr. Er hat uns ins nächste Dorf gebracht. Von dort haben wir einen Brief nach Haldon geschickt und sind zu Pferd auf großen Umwegen zu dem Cottage weitergereist.«

Evie wandte sich vom Fenster ab. »Woher wissen Sie, dass Sie nicht verfolgt wurden?«

»Woher wissen Sie es?«

»McAlistair und ich sind fast ausschließlich abseits der Straße gereist.«

»Genau wie wir.«

»Oh.« Evie versuchte, sich Mrs Summers vorzustellen, wie sie durch die Landschaft ritt und unter den Sternen schlief, und es gelang ihr einfach nicht. »Was ist mit unseren Sachen aus der Kutsche?«

Mrs Summers warf ihr einen gequälten Blick zu. »Ich fürchte, das meiste wurde nach Haldon zurückgebracht. Wir haben nur mitgenommen, was wir tragen konnten.«

»Zurückgebracht?« *Oh, verflixt.* Es befanden sich Dinge in ihren Truhen, die sie brauchte, die sie unbedingt brauchte. »Aber ich habe selbst nichts mitgenommen. Ich habe nicht einmal frische Kleider zum Wechseln. Ich kann unmöglich …«

»Sie brauchen sich keine Sorgen zu machen, Liebes. Unsere Abreise war nicht so übereilt wie Ihre. Ich konnte einige Ihrer Sachen einpacken.«

»Welche Sachen?«

»Drei Kleider, ein Nachthemd ...«

»Oh, Gott segne Sie.« Sie musste unbedingt etwas anderes anziehen.

»Außerdem mehrere Stücke Unterwäsche«, fuhr Mrs Summers fort, »eine Bürste und Haarnadeln und Ihr Rechnungsbuch.«

Evie stieß einen hörbaren Seufzer der Erleichterung aus. »Mein Rechnungsbuch. Dem Himmel sei Dank.«

Mrs Summers bedeutete Evie, ihr zu folgen. »Ich dachte, Sie würden es vielleicht gern bei sich haben.«

Evie war ein wenig verärgert darüber, dass sie nicht selbst daran gedacht hatte, es mitzunehmen. In der Tür stellte sie sich auf die Zehenspitzen und gab Mrs Summers einen Kuss auf die Wange. »Danke, dass Sie daran gedacht haben. Ich habe den Damen versprochen, dass ich bis zum Ende des Monats ein neues Budget aufstellen werde.« Und auch wenn die Angaben in dem Rechnungsbuch anonym waren und es daher unwahrscheinlich war, dass von ihnen eine Gefahr ausging, war die Vorstellung, dass sie bekannt werden könnten, doch beunruhigend.

Mrs Summers tat ihre Dankbarkeit mit einer knappen Handbewegung ab und führte Evie in ihr Schlafzimmer, eine geräumige Kammer, die in sanften Blau- und Gelbtönen eingerichtet war.

»Ihre Kleider wurden bereits eingeräumt«, eröffnete Mrs Summers ihr. »Sie können es sicher kaum erwarten, aus dem da herauszukommen.«

»Sie haben ja keine Ahnung.« Evie zupfte an ihren Röcken. »Ich werde es auswaschen müssen. Ein einfaches Bürsten wird wohl kaum genügen.« Sie seufzte müde, als ihr auf einmal klar wurde, dass sie wieder nach unten gehen und sich alles selbst holen musste, wenn sie ein heißes Bad wollte. »Wir werden für eine Weile auf uns allein gestellt sein, nicht wahr?«

»Ich fürchte, ja.« Mrs Summers presste die Lippen zusammen. »Und es gab gewisse Differenzen über die Aufgabenverteilung.«

Evie unterdrückte ein Gähnen. »Was für Differenzen?«

Mrs Summers rümpfte die Nase. »Die Herren standen unter dem Eindruck, ich könne kochen.«

»Ich verstehe.« Nun, nein, eigentlich verstand sie nicht. »Können Sie es denn nicht?«

»Nein.« Mrs Summers warf ihr einen skeptischen Blick zu. »Können Sie es?«

»Ich … ich bekomme einige einfache Dinge hin. Toast zum Beispiel, und Eier. Ich kann Sandwiches machen.« Sie durchforstete ihr Gehirn nach etwas anderem, etwas, das ein wenig beeindruckender wäre. »Einmal habe ich der Köchin geholfen, einen Kuchen zu backen.«

»Und wie alt waren Sie da, Liebes?«

Sie war elf gewesen, wenn ihr Gedächtnis sie nicht täuschte. »Darum geht es nicht. Sie haben doch sicher nicht jedes Mal Personal geweckt, wenn Sie Lust auf eine Kleinigkeit hatten oder eine frühe Mahlzeit oder …«

»Natürlich nicht. Ich bin in der Lage, zu warten und mich den Gegebenheiten anzupassen, oder meinen Hunger mit ein wenig Brot und Käse zu stillen.«

»Ah. Nun, welche Aufgaben würden Sie vorziehen?«

»Ich werde Tee kochen, mich um die Wäsche kümmern und ansonsten das Cottage sauber halten.«

»Das scheint mir vernünftig.« Es widerstrebte ihr, die nächste Frage zu stellen. »Was soll ich tun?«

»Sie sollen nach den Mahlzeiten spülen.«

Evie zuckte zusammen. »Ich würde mich lieber im Kochen versuchen.«

»Das können Sie mit Christian abmachen, wenn Sie wollen. Er ist für den Moment mit dieser Aufgabe betraut. Da Männer eine natürliche Abneigung dagegen haben, den Herd zu benutzen, würde er die Verantwortung vermutlich nur zu gern an Sie abtreten.« Mrs Summers schaute zur Tür und senkte die Stimme. »Es wäre vielleicht besser so. Das Frühstück heute Morgen bestand aus einem Teil Ei, sechs Teilen Salz und einer entsetzlichen Menge Butter.« Sie drückte sich eine Hand auf den Bauch. »Ich habe mich immer noch nicht davon erholt.«

»Hat Mr Hunter etwas dazu gesagt?«

Mrs Summers legte verwundert die Stirn in Falten. »Nein, er hat sogar recht kräftig zugelangt. Das haben sie beide getan. Und während der ganzen Mahlzeit über Viehzucht geredet … Ich bin ja so froh, dass Sie hier sind, Liebes.«

»Das bin ich auch, obwohl *hier* sich als ein ganz anderer Ort entpuppt hat, als ich erwartet hatte.«

»Oh.« Mrs Summers hob nervös die Hände und spielte mit der Spitze ihres Kleides. »Ja. Hm.«

»Sie *wussten* es«, beschuldigte Evie sie.

»Ja, nun … hm.«

»Und haben mir nichts gesagt.«

Mrs Summers ließ die Hände sinken. »Es war besser so.«

»Sie wissen ganz genau, dass ich ein Geheimnis hüten kann.«

»Wenn es Ihnen wichtig ist, ja.«

»Wenn man mich darum *bittet*«, korrigierte Evie sie etwas hitzig.

Mrs Summers hob zum Zeichen der Kapitulation die Hände. »Sie haben ganz recht. Es war falsch von mir, an Ihrem Wort zu zweifeln. Ich entschuldige mich und auch dafür, dass ich Sie nicht über die Planänderung in Kenntnis gesetzt habe.«

Gegen solch aufrichtiges Bedauern war Evie machtlos. Sie trat einen Schritt vor und drückte Mrs Summers noch einen Kuss auf die Wange. »Ich bin Ihnen nicht böse. Es ist einfach nur diese Müdigkeit, die mich ungehalten macht. Bitte zerbrechen Sie sich nicht den Kopf.« Ihr kam eine Idee, und sie lächelte hoffnungsvoll. »Obwohl … wenn Sie mir helfen wollten, von unten die Wanne zu holen, könnte ich mich vielleicht entschließen, den Zwischenfall zu vergessen.«

Eine halbe Stunde später genoss Evie ihr Bad. Aber anstatt danach in ein frisches Kleid zu schlüpfen, wählte sie ihr bequemes Nachthemd. Sie würde ein kurzes Schläfchen halten und zum Abendessen wieder auf sein … jedenfalls dachte sie das.

Sobald ihr Kopf das Kissen berührte, fiel sie in einen tiefen, traumlosen Schlaf. Sie hörte das Klopfen an ihrer Tür nicht, als es Zeit fürs Abendessen war, und als Mrs Summers in ihr Zimmer spähte, regte sie sich nicht einmal. Sie schlief volle sechzehn Stunden.

18

Evie erwachte am nächsten Morgen erfrischt und energiegeladen. Sie rekelte sich genüsslich, bevor sie aufstand und die Vorhänge zurückzog, um die helle Sonne hereinzulassen. Der Morgen, befand sie, war nicht annähernd so grässlich, wenn er um Viertel nach elf begann. Sie riss das Fenster auf, atmete die warme Salzluft ein und beobachtete zwei Möwen, die sich über etwas im Sand stritten.

»Was für ein schöner Tag«, murmelte sie. Rasch zog sie ein Tageskleid aus weichem, weißem Musselin mit einer zarten Stickerei am Saum und einem schmeichelhaften Ausschnitt an. Und nach mehreren Minuten vergeblicher Versuche gelang es ihr, ihr Haar aufzustecken, wobei sie einen modischen Stil anstrebte, aber nicht ganz erreichte.

Sie schnitt dem Spiegel auf der Frisierkommode eine Grimasse. Mit McAlistair im Haus wäre es schön, so gut wie möglich auszusehen, vor allem, da sie während der vergangenen zwei Tage mit dem Mann denkbar schlecht ausgesehen hatte.

Schließlich fand sie sich damit ab, dass es nicht zu ändern war, wandte sich vom Spiegel ab und ging zur Tür. Mrs Summers stand davor, die Hand zum Klopfen erhoben.

»Ah. Ich wollte gerade nach Ihnen sehen. Wie fühlen Sie sich?«

»Sehr gut, danke.« Was offensichtlich mehr war, als man von Mrs Summers behaupten konnte. Die Frau sah geradezu grünlich aus. »Ist alles in Ordnung, Mrs Summers?«

Die ältere Dame griff sich mit unsicherer Hand an den Magen. »Alles bis auf meine Verfassung. Das Frühstück war heute noch schlimmer als gestern. Ich glaube, Christian hat Ihnen einen Teller aufgehoben ... sagen Sie lieber, dass Sie gerne Toast hätten, trockenen.«

Evie verzog mitfühlend das Gesicht. »Das werde ich beherzigen, danke. Was gab es gestern Abend zu essen?«

»Ich hatte Obst und Käse. Es schien mir eine kluge Entscheidung. Sie werden doch mit dem Mann besprechen, dass Sie das Kochen übernehmen wollen, nicht wahr, Liebes?«

»Ich kann nicht versprechen, dass er einverstanden ist oder dass Sie eine deutliche Verbesserung bemerken werden, wenn er Ja sagt, aber ich werde mit ihm reden.« Sie blickte den Flur hinunter und fragte in einem Ton, von dem sie hoffte, dass er beiläufig klang: »Wo sind die anderen?«

»Mr Hunter zeigt McAlistair das Haus und das Grundstück. Ich würde Ihnen ja das Gleiche vorschlagen ...« Mrs Summers schluckte hörbar. »Aber ich fürchte, ich muss mich hinlegen.«

»Sie brauchen sich meinetwegen keine Gedanken zu machen. Ich kann das Haus auch gut allein erkunden.«

»Oh, Gott sei Dank.« Mrs Summers stöhnte beinahe, dann schleppte sie sich unverzüglich in das Nebenzimmer.

Während des restlichen Vormittags erkundete Evie ihre neue Umgebung. Sie traf Christian in der Küche an, beschloss jedoch, das Gespräch über das Kochen zu verschieben. Sie kannte den Mann ja kaum. Angenommen, er war launenhaft oder empfindlich? Was, wenn er ihren Wunsch zu kochen als persönliche Beleidigung auffasste?

Als sich herausstellte, dass das Mittagessen aus den aufgewärmten Resten des Frühstücks bestand, wich Evies Sorge wegen Christians Empfindlichkeiten schnell der Sorge um ihre Gesundheit. Mrs Summers – die so vernünftig gewesen war, mit einer weiteren Mahlzeit aus Käse und Obst auf ihrem Zimmer zu bleiben – hatte recht gehabt. Jeder Bissen Ei schmeckte wie eine große Gabel voll Butter. Es war grauenhaft.

Sie schob das widerwärtige Essen auf ihrem Teller hin und her, um ihren Mangel an Begeisterung zu verbergen.

»K-kommen Sie oft an die Küste?«, fragte sie Mr Hunter und verkniff sich wegen ihres Rückfalls ins Stottern eine Grimasse. In der Gesellschaft von Mr Hunter und Christian fühlte sie sich noch nicht ganz so wohl wie mit Mrs Summers und McAlistair.

Mr Hunter schluckte einen Bissen hinunter. Mrs Summers hatte auch in diesem Punkt recht; weder er noch Christian noch McAlistair schienen das geringste Problem damit zu haben, das in Butter getränkte Mahl zu verzehren. »Nicht so oft, wie mir lieb wäre.«

»Und w-womit beschäftigen Sie sich, wenn Sie hier sind?«

»Da gibt es nur wenig, um ehrlich zu sein. Ich komme für gewöhnlich mit Personal und verbringe meine Zeit mit Lesen, Segeln oder ...«

»Segeln?« Ihr Interesse war sofort geweckt. »Sie haben ein Boot?«

»Mehrere. Sie segeln gern, nehme ich an?«

»Ich habe keine Ahnung«, gestand sie. »Ich war n-noch nie auf See.«

»Noch nie?« Christian und McAlistair wiederholten die Frage wie aus einem Mund.

»Nicht ein einziges Mal. Die Gelegenheit hat sich nicht oft ergeben, und ...« Und wenn sie sich ergeben hatte, hatte man ihr dringend davon abgeraten, sie zu nutzen. Der Arzt der Familie hatte darauf beharrt, dass die Kombination von rauer See und ihrem schwachen Bein ein Sicherheitsrisiko für sie darstelle. Völliger Unsinn. Es war *ihr* Bein, und sie kannte ihre Fähigkeiten besser als irgendjemand sonst. »Es haben sich Umstände ergeben, die meine T-Teilnahme unmöglich gemacht haben«, beendete sie ihre Ausführungen und sah Mr Hunter hoffnungsvoll an. »Aber ich würde es jetzt schrecklich gern einmal versuchen.«

Mr Hunter griff nach seinem Glas und lächelte. »Gewiss. McAlistair kann mit Ihnen ausfahren.«

McAlistair zog eine Augenbraue hoch und sah Mr Hunter an. »Ja, das könnte ich vermutlich.«

Es war nicht ganz das begeisterte Angebot, das sie sich erhofft hätte, aber da es immerhin ein Angebot *war*, entschied Evie, nicht zu kleinlich zu sein.

»Heute? Können wir ...«

»Morgen«, unterbrach McAlistair sie. »Ich muss vorher noch etwas erledigen.«

»Was?«

»Dies und das.«

Als er es nicht näher ausführte, verdrehte sie die Augen. »Oh, dann ist das in Ordnung.«

Das trug ihr ein Lachen von Mr Hunter ein. »Ich glaube, McAlistair will nach Charplins reiten, in das nächste Dorf.«

»Ich verstehe.« Sie hätte gern gefragt, ob sie mitkommen dürfe, wusste aber nur allzu gut, wie die Antwort ausfallen würde. »Ist es weit?«

»Der Ritt dauert hin und zurück mehrere Stunden«, erwiderte Mr Hunter.

»So lange?« So kurz nach ihrer Ankunft konnte sie sich nicht vorstellen, wieder für mehrere Stunden in den Sattel zu klettern. Sie wandte sich an McAlistair. »Sie müssen doch bestimmt nicht heute reiten. Könnten Sie sich nicht einen Tag lang ausruhen?«

»Nein. Die Stadt hat ein Gasthaus.«

»Viele Städte haben eins.«

»Gasthäuser sind in einer Stadt ein Umschlagplatz für Informationen«, sagte Christian, der zum ersten Mal seine Aufmerksamkeit von seiner gewaltigen Portion löste.

»Oh.« Sie sah McAlistair an und überlegte, warum nicht er ihr diese Erklärung gegeben hatte und warum er fast nichts zu dem Gespräch beitrug.

Und dann begriff sie. Er war aus dem gleichen Grund verstummt, aus dem sie zu stottern begonnen hatte – weil andere im Raum waren.

Es war wohl nicht Schüchternheit wie in ihrem Fall. Es war Vorsicht. Der Mann war auf eine Weise zurückhaltend, die sie nicht verstand. Er war in allem wohlüberlegt – was er sagte, wie er sich bewegte, mit wem er verkehrte. Sie fragte sich, ob er wohl vor sich selbst oder vor anderen auf der Hut war.

In ihrer Gegenwart war er mittlerweile viel weniger zurückhaltend, begriff sie. Die Veränderung hatte sich im Laufe der vergangenen Tage so allmählich vollzogen, dass sie den gewaltigen Unterschied bis jetzt gar nicht bemerkt hatte.

Um einen Fortschritt nicht zu zerstören, der ihr gerade erst aufgefallen war, unternahm sie keinen weiteren Versuch, McAlistair in eine Unterhaltung zu ziehen. Nicht, dass sie viel Gelegenheit dazu bekommen hätte. Da die Frage des Segelns geklärt war, kam das Gespräch bald auf das Thema Dampfkraft, über das Evie absolut gar nichts wusste. Nachdem sie zehn Minuten lang zugehört hatte, wie Christian und Mr Hunter über die Zukunft einer solch unwahrscheinlichen Energiequelle diskutierten, entschuldigte Evie sich, griff nach einem Stapel schmutzigen Geschirrs, unterdrückte ein Seufzen und trug ihn widerwillig zum Spülen in die Küche.

Ein ganzer Berg Seife würde nötig sein, um all die Butter abzubekommen.

19

Verflucht noch mal, tat das weh.

McAlistair stand in der Eingangstür und gab sich einer kurzen Betrachtung seiner vielen Schmerzen hin. Ein Großteil davon konzentrierte sich auf die untere Körperhälfte, und sie standen alle in Zusammenhang mit zu vielen Stunden im Sattel.

Er ließ die Schultern kreisen, streckte ein wenig den Rücken und streifte dann die Handschuhe ab. Schmerzen hin, Schmerzen her, wundgeritten oder nicht, der Ausflug ins Dorf war nötig gewesen. Er hatte zwar nichts Neues erfahren, aber es hatte sich trotzdem gelohnt.

Dem Betreiber von Charplins einzigem Gasthaus und Taverne nach waren McAlistair und Christian die einzigen Neuankömmlinge, die seine Schwelle in den vergangenen vier Tagen überschritten hatten. Gegen ein vernünftiges Honorar – vernünftig nach Einschätzung des Gastwirts, beträchtlich nach jeder anderen Einschätzung – war er gerne bereit, Mr Hunter eine Nachricht zu schicken, sollten irgendwelche Reisenden eintreffen.

McAlistair hatte ihm das Geld gegeben – zusammen mit einer Warnung davor, gegen die Abmachung zu verstoßen –, und damit waren seine Geschäfte im Gasthaus beendet gewesen. Nach einem Ritt durch die Stadt, um sich mit den Straßen vertraut zu machen, waren er und Christian zu Mr Hunters Haus zurückgekehrt.

Unterwegs hatten sie sorgfältig die Umgebung ausgespäht – hatten Routen, Aussichtspunkte und Verstecke eingeschätzt –, aber nichts Ungewöhnliches entdeckt. Entweder war ihr Feind ihnen nicht nach Suffolk gefolgt, oder er war anderswo untergekommen. Jetzt gab es kaum noch etwas zu tun, als zu beobachten und abzuwarten.

Die Warterei ging ihm auf die Nerven. Als Mann der Tat sehnte er sich danach, Evies Widersacher selbst zur Strecke zu bringen, und obwohl er es nicht laut zugegeben hätte, ärgerte es ihn, nicht an der Jagd beteiligt zu sein. Aber die Vorstellung, Evies Sicherheit jemand anderem zu überlassen, gefiel ihm noch viel weniger.

McAlistair ging den Flur entlang und zupfte abwesend an seinem Halstuch. Als eine schwache Bewegung seine Aufmerksamkeit erregte, blieb er an der offenen Bibliothekstür stehen.

Evie saß an einem kleinen Schreibtisch, den Rücken dem Fenster zugewandt. Ein Strahl des Nachmittagslichts fiel auf ihr Haar und durchzog das helle Braun mit bronzefarbenen Strähnen. Sein Herz setzte kurz aus. Das tat es immer, wenn er sie sah. Evie, die seine Anwesenheit nicht bemerkte, fuhr langsam mit dem Ende ihres Stiftes auf der Unterlippe hin und her. Er fand die Geste bezaubernd ... und quälend erotisch.

Er zwang sich, den Blick zu senken, wodurch dieser allerdings auf das Oberteil ihres Kleides fiel, als sie sich vorbeugte, um etwas zu schreiben. Sofort waren alle anderen Gedanken ausgelöscht. Da waren nur die cremeweiße Fläche verbotener Haut, die weiche Schwellung üppiger Brüste und die verlockende Andeutung des tiefen Tals dazwischen. Er stellte sich vor, wie es wäre, dieses Tal langsam und gründlich mit der Zunge zu erforschen. Er malte sich aus, wie er seine Hände füllte, seinen Mund, sein Herz. Er malte sich aus, wie er *sie* ausfüllte.

Er unterdrückte ein Stöhnen, kniff die Augen fest zusammen, biss die Zähne zusammen und atmete schnell durch die

Nase, bis er sich wieder halbwegs unter Kontrolle hatte. Dann öffnete er die Augen und hielt den Blick geflissentlich auf den Schreibtisch gerichtet.

Evie schien in ein Rechnungsbuch zu schreiben, aber das war von der Tür aus schwer zu erkennen. Und was sollte die Frau überhaupt mit einem Rechnungsbuch anstellen? Neugierig durchquerte er lautlos den Raum und spähte über ihre Schulter.

Es war tatsächlich ein Rechnungsbuch. »Was tun Sie da?«

Sie fuhr zusammen, ließ den Stift fallen und sprang fast vom Stuhl hoch. »Gütiger Himmel!«

»Tut mir leid, habe ich Sie erschreckt?« Er wusste, dass es eine dumme Frage war, noch ehe er sie ganz ausgesprochen hatte.

Mit einem leisen Lachen rieb sie sich die Brust, als wolle sie ihren Herzschlag zwingen, sich wieder zu beruhigen. »Natürlich haben Sie mich erschreckt. Sie bewegen sich wie eine Katze.«

»Alte Gewohnheit.«

Sie legte den Kopf schräg. »Wieso hat ein Einsiedler diese Gewohnheit? Haben Sie Kaninchen auch mit bloßen Händen gefangen?«

»Regelmäßig«, log er, einerseits, um ihr ein Lächeln zu entlocken, und außerdem, um der ersten Frage auszuweichen.

Geistesabwesend klopfte sie mit dem Finger auf den Tisch. »Sie sind ja schnell von Ihrem Ritt zurückgekehrt.«

»Ich bin Stunden fort gewesen.«

»Ach ja?« Ihr Blick huschte zu der Uhr auf dem Kaminsims. »Schon fünf? Das kann unmöglich stimmen.«

»Doch«, versicherte er ihr, ein wenig enttäuscht darüber, dass die Zeit, in der er fort gewesen war, für sie so schnell vergangen war.

Sie legte die Stirn in Falten. »Ich wollte das noch vor dem Abendessen erledigen. Ich bin fast fertig.«

»Sie haben noch Zeit. Christian hat noch nicht angefangen ...«

Sie schüttelte den Kopf. »Ich habe vor Ihrem Aufbruch heute Morgen die Pflichten mit ihm getauscht. Ich werde heute Abend kochen.«

»Sie haben noch Zeit«, wiederholte er und deutete auf den Schreibtisch. »Was tun Sie da?«

»Oh.« Sie blickte wieder auf ihre Arbeit. »Ich rechne die Konten für die Gruppe ab, mit der ich arbeite.«

»Sie führen dafür ein Rechnungsbuch?«

»Natürlich. Der Umzug einer Frau und möglicherweise von Kindern kostet eine beträchtliche Summe, und dieses Geld muss abgerechnet und eingeteilt werden.«

Er dachte darüber nach. »Woher kommt das Geld?«

»Von hier und da. Meistens private und anonyme Spenden.«

»Wie viel davon gehört Ihnen?«

Sie zuckte die Achseln und griff nach ihrem Stift. »Soviel ich mir leisten kann.«

Übersetzt hieß das wohl, eine ganze Menge. Er beugte sich über sie und beobachtete, wie sie die Seite ihres Rechnungsbuchs umblätterte, auf eine lange Zahlenkolonne blickte und die Gesamtsumme unten vermerkte, ohne dass deswegen auch nur eine Falte zwischen ihre Brauen trat.

»Verdammt, das ist erstaunlich.«

Sie hielt inne und sah ihn an. »War das ein Fluch, McAlistair?«

Das war es verdammt noch mal gewesen. Er deutete auf das Rechnungsbuch. »Wie kriegen Sie das so schnell hin?«

»Das weiß ich auch nicht. Ich war schon immer gut mit Zahlen.«

Gut, dachte er, war keine zutreffende Beschreibung. Er hatte Männer gekannt, die ihr Leben der Mathematik gewidmet hatten. Keiner von ihnen konnte eine ganze Seite in einem Rechnungsbuch mit solcher Geschwindigkeit addieren und subtrahieren. »Warum ...?«

Von der Tür her erklang Mr Hunters Stimme. »Ah! McAlistair. Gibt es irgendwelche interessanten Neuigkeiten?«

McAlistair schüttelte den Kopf, unerklärlich verärgert über die Störung.

»Das hatte ich mir gedacht«, meinte Mr Hunter und wandte seine Aufmerksamkeit Evie zu. »Mrs Summers hat mir gesagt, dass Sie eine überragende Schachspielerin sind, Miss Cole. Könnte ich Sie zu einem Spiel verlocken?«

»Ich fürchte, im Augenblick nicht«, erwiderte Evie mit einem entschuldigenden Lächeln. »Ich m-muss gleich einen Schinken zubereiten. Ich habe mit Christian die Pflichten getauscht.«

»Dann ein anderes Mal.«

»Natürlich.« Wieder klopfte sie mit ihrem Stift auf den Schreibtisch. »Sind Sie ein versierter Spieler?«

»Es gibt keinen besseren.« Er ließ ein durchtriebenes Lächeln aufblitzen, dann verschwand er klugerweise, bevor sie widersprechen konnte.

Das unsinnige Manöver hatte Evie zum Lachen gebracht, und McAlistair war gleichermaßen erfreut und verärgert. Er liebte es, sie lachen zu hören. Weniger gefiel es ihm, dass es Mr Hunter war, der sie zum Lachen gebracht hatte.

Er widerstand dem unvernünftigen Drang, die Arme vor der Brust zu verschränken. »Sie spielen gern strategische Spiele?« Warum hatte er das nicht gewusst?

»Ich *gewinne* gern strategische Spiele«, stellte sie mit einem Lächeln klar.

»Mr Hunter wirkt zuversichtlich.«

»Selbstüberschätzung.« Sie machte eine wegwerfende Geste. »Das Verderben aller großen Männer.«

Jetzt überkam ihn der unvernünftige Drang, eine Liste der sehr guten Gründe aufzustellen – und Evie mitzuteilen –, aus denen Mr Hunter nicht als großer Mann gelten konnte. Er hätte es wohl nicht getan – wahrscheinlich nicht –, aber er war erleichtert, dass Evie ihn von der Versuchung befreite, indem sie ihr Rechnungsbuch zuklappte und das Thema wechselte.

»Das werde ich wohl ein andermal zu Ende bringen müssen.« Sie stand auf und verzog leicht das Gesicht, steif vom stundenlangen Sitzen auf dem harten Stuhl. »Vielleicht werde ich mich doch einmal auf die Fensterbank wagen. Ich hatte es nämlich vor, aber dann hatte ich diese schreckliche Vision davon, festzustecken und …«

»Warum sollten Sie feststecken?«

Sie deutete auf das Fenster. »Nun, sehen Sie es sich an.«

Er musterte den Sitz. »Scheint mir eine ganz normale Fensterbank zu sein.«

»Die Kissen sind drei Meter dick.« Sie verdrehte die Augen, als er bei der Übertreibung eine Braue hochzog. »Oder jedenfalls einen halben Meter. So dick, dass ein Mensch unter einem Meter achtzig Gefahr läuft, in diesen Kissen zu versinken und dort gefangen zu sein, bis jemand kommt und ihn rettet.«

»Dann setzen Sie sich eben nicht auf die Kissen.«

»Sie sehen aber schrecklich bequem aus.«

Bei ihrem sehnsüchtigen Seufzer zuckten seine Lippen. »Ich könnte ein Seil an der Wand befestigen. Dann könnten Sie sich selbst daran hochziehen.«

Sie lachte, für *ihn*, und seine Anspannung verflog.

»Ich bin mir nicht sicher, ob das nicht demütigender wäre, als um Hilfe rufen zu müssen, aber ich werde mir Ihr Angebot überlegen.« Sie seufzte, drehte sich um und griff nach ihrem Rechnungsbuch. »Ich sollte mich wirklich langsam um das Abendessen kümmern. Falls mich jemand braucht, ich bin in der Küche.«

Es war zwar nicht mit Bestimmtheit zu sagen, aber er hatte den Eindruck, als hätte sie dieser Feststellung noch etwas hinzugefügt, als sie sich zum Gehen wandte. Etwas Ähnliches wie: »Der Himmel stehe uns bei.«

Mrs Summers blieb zögernd vor der Küche stehen und durchlebte eine kleine Gewissenskrise.

Sie hatte Evie geradezu bedrängt zu kochen. Evie hatte zwar als Erste vorgeschlagen, mit Christian die Aufgaben zu tauschen, aber Mrs Summers musste sich eingestehen, dass sie es nur zu schnell erlaubt hatte. Dem armen Mädchen war kaum etwas anderes übrig geblieben, als in den sauren Apfel zu beißen – und das nur einen Tag nach einer furchtbaren und anstrengenden Reise.

Dass Evie es tun sollte, stand nicht zur Debatte. Mrs Summers konnte schlichtweg nicht noch eine weitere Mahlzeit aus buttertriefenden Eiern oder Käse und Obst ertragen. Sie konnte jedoch Hilfe anbieten, falls Evie sie brauchte. Natürlich nicht bei der Zubereitung des Essens – sie hätte gar nicht gewusst, wo sie anfangen sollte –, aber sie konnte sich bereithalten, falls zum Beispiel Feuer gemacht werden musste.

Sie tat einen Schritt auf die Tür zu und trat dann wieder zurück. Das Problem mit Hilfsangeboten war, dass man nie wusste, ob der Empfänger vielleicht gekränkt sein würde. Nur wenige Menschen schätzten es, wenn man sie auf ihre Grenzen aufmerksam machte, und Menschen mit zusätzlichen Beschränkungen wie Evie und Christian schienen es noch weniger zu mögen.

Mrs Summers nahm die Schultern zurück. Bevor sie sicher war, dass Evies Beschränkungen sich nicht auch auf Besteck und offene Flammen erstreckten, würde sie ein Auge auf das Mädchen haben ... diskret.

Sie ging in die Küche und traf dort auf Evie, die neben dem Spülbecken Kartoffeln in Scheiben schnitt. Keine blutenden Finger, bemerkte sie erleichtert, und ein schneller Blick auf den Herd ergab keine Rauchwolken oder hohen Flammen.

Evie sah von ihrer Arbeit auf. »Guten Abend, Mrs Summers.«

»Guten Abend, Liebes. Haben Sie alles, was Sie brauchen?«

»Ich habe mehr als genug«, versicherte Evie ihr mit einem Lächeln und wandte ihre Aufmerksamkeit wieder den Kartoffeln zu. »Wir haben so viele Vorräte, dass wir eine einjährige Belagerung überstehen könnten.«

Da Mrs Summers am Tag ihrer Ankunft geholfen hatte, den Wagen abzuladen, den Mr Hunter in die Stadt gefahren hatte, wusste sie nur allzu gut, dass die Speisekammer voll war. Es schien klug, das Evie gegenüber nicht zu erwähnen. Stattdessen drehte sie eine Runde durch den Raum und inspizierte die verschiedenen Utensilien, die zur Vorbereitung einer Mahlzeit für fünf Personen vonnöten waren.

Auf dem Tisch in der Mitte der Küche lag ein kleiner Schinken. Mrs Summers betrachtete ihn stirnrunzelnd. Das arme Kind hatte noch nicht einmal eine Nelke hineingesteckt. Nun, sie mochte in der Küche zwar keine große Hilfe sein, aber sie wusste immerhin, dass man Schinken mit einem Klecks Senf und einigen Nelken würzen musste. Als Evie ihr den Rücken zudrehte, holte Mrs Summers unauffällig beides aus der Speisekammer. Mit Ersterem rieb sie schnell das Fleisch ein und schmuggelte einige der Letzteren in die Unterseite des Schinkens.

Dann wischte sie sich die Hände an einem Lappen ab und richtete das Wort an Evie. »Sie scheinen recht gut zurechtzukommen.«

»Was?« Evie wandte sich von der Arbeitsfläche ab und blinzelte ein paarmal. »Oh, Mrs Summers, Sie waren so still geworden, dass ich dachte, Sie seien gegangen.«

»Ich mache mich nur mit der Küche vertraut.« Umständlich öffnete sie einige Schränke.

»Suchen Sie etwas Bestimmtes?«

»Nein, aber unter den gegebenen Umständen halte ich es für klug, wenn alle im Haus sich mit den Räumlichkeiten vertraut machen.«

Evie fuhr sich mit der Zunge über die Zähne. »Haben Sie Angst, es versteckt sich jemand in der Speisekammer?«

Da in der Speisekammer nicht einmal mehr genug Platz war, um einen kleinen Hund zu verstecken, zog Mrs Summers lediglich eine Augenbraue hoch und sah an ihrer Nase entlang. Sie hatte vor langer Zeit gelernt, dass dieser Blick freche Kinder wirkungsvoll zum Schweigen brachte. »Sarkasmus ist in dieser Situation nicht angebracht, Evie Cole.«

Wie Mrs Summers erwartet hatte, zeigte Evie sich sofort zerknirscht. »Sie haben recht. Bitte entschuldigen Sie.«

Mrs Summers nickte steif und ließ das Thema fallen. Es schien nur fair, da die ganze Sache mit den Schränken nur der Ablenkung gedient hatte. »Nun, Sie scheinen hier alles im Griff zu haben. Ich werde Sie nicht weiter von der Arbeit abhalten.«

Sie warf noch einen Blick auf den Herd, bevor sie die Küche verließ. Jetzt kam zwar kein Rauch heraus, aber das konnte sich binnen einer Viertelstunde ändern. Vielleicht würde sie Christian herunterschicken, um eine fundiertere Meinung einzuholen. Der Mann war zwar ein grauenhafter Koch, aber immerhin war es ihm gelungen, das Haus nicht niederzubrennen, und diese Leistung war nicht hoch genug einzuschätzen.

Christian zauderte nicht lange vor der Küche. Er war es herzlich leid, auch nur in deren Nähe zu sein, und er hatte vor, die lästige Kontrolle von Evie schnell hinter sich zu bringen. Er hätte dem überhaupt nicht zugestimmt – das Mädchen konnte doch sicher ein einfaches Gericht zustande bringen, ohne sich selbst zu verletzen –, aber Mrs Summers hatte darauf bestanden. Und es war einfacher, einer solch respekteinflößenden Frau zuzustimmen, als sich mit ihr zu streiten.

Er fand Evie damit beschäftigt, Möhren zu hacken und zu einem guten Berg Kartoffelscheiben zu geben. »Guten Abend, Christian.«

»'n Abend, Mädel.« Mit weniger Feingefühl, als es Mrs Summers gefallen hätte, ging er direkt zum Herd. »Ein hübsches Feuer haben Sie da gemacht.«

»Oh, gut.« Sie warf ihm einen kurzen Blick zu und lächelte. »Ich werde bestimmt bald mehr Holz brauchen, wenn ich einen ganzen Schinken z-zubereiten soll.«

»Hinten ist noch jede Menge. Ich werde es für Sie hereinholen.«

»Sie brauchen nicht ...«

»Ich habe im Moment nichts anderes zu tun«, versicherte er ihr. Um Himmels willen, er konnte das Mädchen doch kein Holz schleppen lassen.

»Oh, nun, danke.« Sie schenkte ihm ein weiteres Lächeln und wandte sich wieder ihren Möhren zu.

Als er sich zum Gehen wandte, fiel Christians Blick auf den Schinken. Stirnrunzelnd betrachtete er ihn für einen Moment, dann Evies Rücken, und dann wieder den Schinken. Frauen waren dafür berüchtigt, Fleisch zu wenig zu würzen, dachte er, und Evie schien da keine Ausnahme zu sein. Es war keine Nelke zu sehen, und sie würde sicher sparsam mit dem Pfeffer sein. Schlimm genug, dass sie seine Eier mit viel zu wenig Butter brieten, aber ein Mann hatte ein Recht auf Fleisch, das nach etwas schmeckte. Mit einem weiteren Blick, um sich zu vergewissern, dass Evie nicht hinschaute, ging er schnell zur Speisekammer, um Pfeffer und Nelken zu holen … und es konnte auch nicht schaden, den Schinken ordentlich mit gemahlenem Senf zu bestäuben.

20

Gütiger Herr im Himmel, was hatte sie getan?

Fluchend schnappte Evie sich zwei Lappen und holte den Schinken aus dem Ofen. Er war noch nicht durch. Er konnte unmöglich durch sein. Sie hatte ihn erst vor einer Stunde hineingeschoben.

Warum roch er dann so penetrant? Sie legte den Schinken auf eine Platte und machte sich daran, die Hintertür und alle Fenster aufzureißen. Die ganze Küche stank ziemlich schlimm nach – sie ging zu dem Schinken und beugte sich darüber, um zu schnuppern – nach Nelken zum Beispiel.

Hatte sie zu viele hineingesteckt? Sie musterte die kleinen, schwarzen Stöckchen, die aus dem Fleisch ragten, und fand, dass es so ziemlich die gleiche Menge war, die man allgemein bei einem Schinken sah.

War es der Pfeffer, mit dem sie ihn gewürzt hatte, oder der Senf?

Vielleicht war es einfach das Fleisch. Es war ihr ziemlich faserig erschienen, als sie es mit den Nelken gespickt hatte, aber sie hatte angenommen, das sei bei einem Schinken eben so.

Misstrauisch schnitt sie ein kleines Stück vom oberen Rand ab, wo das Fleisch gut durchgegart war, und probierte.

Und spuckte es sofort in einen Lappen.

»Bah.« Sie schrubbte sich die Zunge mit den Fingern, spülte den Mund mit Wasser aus, aß ein großes Stück Brot und versuchte auch sonst alles, was ihr einfiel, um sich von der überwältigenden Schärfe von … was auch immer das für ein schrecklich scharfes Zeug auf dem Schinken war. Es kostete sie erhebliche Überwindung, aber schließlich konnte sie wieder schlucken, ohne zu befürchten, sich übergeben zu müssen.

Während ihre Zunge weiter kribbelte und brannte, stand sie mitten in der Küche, die Hände in die Hüften gestemmt, und blickte finster auf das grauenhafte Abendessen. »Nun, *verdammt*.«

»Probleme?«

Beim Klang von McAlistairs Stimme in der Tür zuckte sie nicht einmal zusammen und wies ihn auch nicht darauf hin, dass er sich wieder einmal an sie herangeschlichen hatte. Stattdessen deutete sie wütend auf den Schinken. »Er ist ruiniert. Ich habe ihn ruiniert.«

»Den Schinken?« Er trat neben sie. »Riecht ein bisschen stark, aber ich bin mir sicher, dass er gut ist.«

Sie stieß einen langen, verärgerten Seufzer aus und ließ die Arme sinken. »Nein, ist er nicht. Er ist grauenhaft. Völlig ungenießbar.«

»Sie übertreiben.«

Da war er wieder, dieser sanfte, beschwichtigende Ton, der sie so wütend machte.

»Meinen Sie wirklich?« Zornig und entschlossen säbelte sie ein Stück Fleisch ab, spießte es auf eine Gabel und hielt es ihm hin. »Warum kosten Sie nicht einmal?«

Eine Augenbraue zuckte in die Höhe. »Eine weitere Mutprobe, Evie?«

»Wenn Sie wollen.«

»Und was, wenn ich mich der Herausforderung stelle?«

»Ich verspreche, eine sehr geschmackvolle Beerdigung für Sie zu arrangieren. Kein Mensch, der das isst, überlebt es.«

»Und Sie sollen zugeben, dass ich recht hatte und Sie überreagiert haben.«

Sie zuckte die Achseln. »Also schön.«

»Und ich möchte, dass Sie Mrs Summers von Ihrem Verdacht erzählen.«

»Wegen des Verkuppelungsplans, meinen Sie?« Sie zuckte wieder die Schultern und lehnte sich mit der Hüfte gegen den Tisch. »Gerne, aber zwei Preise verlangen nach zwei Herausforderungen.« Sie lächelte hinterhältig. »Sie müssen mindestens viermal kauen, bevor Sie schlucken.«

Ein winziger Anflug von Besorgnis trat in seine dunklen Augen. »Sie sind sich ja sehr sicher.«

»Oh ja. Ja, das bin ich.«

»Ich auch. Was ist Ihr Wetteinsatz, falls ich scheitern sollte?«

Ohne weiter nachzudenken, nannte sie das eine, was ihr nicht aus dem Kopf ging. »Ein Kuss. Zu meinen Bedingungen.«

Seine Miene verdunkelte sich. »Nein. Suchen Sie sich etwas anderes aus.«

»Warum?« Seine schnelle Zurückweisung versetzte ihr einen Stich, und eine kalte Schärfe trat in ihre Stimme. »Was spielt es schon für eine Rolle, was ich wähle? Ich reagiere über, wissen Sie noch?«

Es folgte eine Pause, bevor er sprach. »Das tun Sie wirklich.« Er griff nach der Gabel und sah Evie durchdringend an. »Sind Sie sicher, dass Sie das wollen? Ich werde darauf bestehen, dass Sie sich an die Abmachung halten.«

»Ich brauche keine Drohungen, um Wort zu halten«, erinnerte sie ihn. »Ich werde mit Mrs Summers sprechen, sobald ich nach dem Bestatter geschickt habe.«

Als Antwort steckte er sich den Schinken in den Mund.

Am Tag zuvor war Evie sich sicher gewesen, absolut sicher, dass nichts *jemals* den Anblick des durchweichten McAlistair im Teich übertreffen konnte.

Nie zuvor war es so befriedigend gewesen, sich zu irren.

Der Schinken hatte kaum seine Zunge berührt, als sein Gesichtsausdruck von selbstgefälliger Sicherheit zu komischem Entsetzen wechselte. Sein Kiefer spannte sich. Seine Augen tränten. Ein seltsames Geräusch drang aus seiner Kehle.

Nicht einmal ein einziges Mal schaffte er es, das Fleisch zu kauen, bevor er zu einem Spülbecken rannte und es ausspuckte.

Evie beobachtete erfreut, wie er nach frischem Wasser suchte, um sich den Mund auszuspülen.

»Das ist ein verdammtes Gewürzregal«, keuchte er nach dem dritten Ausspülen.

Sie hörte ihn kaum über ihrem eigenen Gelächter. »Es ist schlimmer«, brachte sie prustend heraus. »Es ist viel, viel schlimmer.«

Er richtete sich auf und griff nach einem Tuch, um sich den Mund abzuwischen. »Was zum Teufel haben Sie damit gemacht?«

Sie wischte sich die tränenden Augen ab. »Ich habe keine Ahnung. Aber dieser Anblick war einfach unbeschreiblich.«

Er sah sie finster an, dann warf er einen nicht minder finsteren Blick auf den Schinken.

Evie erbarmte sich seiner und schenkte ihm aus einer nahen Karaffe ein Glas verdünntes Bier ein. »Das müsste helfen.«

Sie beobachtete, wie er das Glas mit gierigen Schlucken leerte, und wartete, bis er fast – aber nicht ganz – ausgetrunken hatte, dann fügte sie hinzu: »Und ich würde diesen Schinken nur ungern ein zweites Mal schmecken, wenn ich Sie küsse.«

Sie hatte keine Ahnung, was sie zu diesen Worten getrieben hatte – wahrscheinlich der gleiche, unerklärliche Impuls, der sie vor zwei Tagen dazu gebracht hatte, ihn in den Teich zu stoßen, oder der Drang, der sie bewogen hatte, für ihren Einsatz einen Kuss zu fordern. Was auch immer der Grund war, es tat ihr nicht im Mindesten leid, das verlangt zu haben. Es lohnte sich immer, spontane Reaktionen von dem stoischen McAlistair zu erzielen.

Und seine Reaktion auf ihre Feststellung war ausgesprochen spontan. Er gab einen erstickten Laut von sich, und obwohl es ihm gelang, die Flüssigkeit nicht in ihre Richtung zu spucken – was rückblickend eine Möglichkeit war, die sie hätte in Betracht ziehen sollen –, hustete er doch recht ausgiebig.

Sie gab mitfühlende Laute von sich, deren Aufrichtigkeit zweifellos von ihrem hämischen Gesichtsausdruck infrage gestellt wurde. »Oh je, brauchen Sie vielleicht mehr Bier?«

Er stellte das Glas mit befriedigender Heftigkeit ab. »Nein. Danke.« Er warf ihr einen durchdringenden Blick zu und sagte dann zu ihrem maßlosen Erstaunen: »Bringen wir es hinter uns.«

»Haben Sie …« Sie blinzelte kurz hektisch, während sie darum kämpfte, den Bewegungen ihres Mundes artikulierte Laute hinzuzufügen. »Haben Sie gerade gesagt: ›Bringen wir es hinter uns‹?«

Er nickte knapp.

Und sie erwog ernsthaft, ihm den restlichen Schinken in den Mund zu stopfen. Der Gedanke war verlockend, aber abgesehen von der Tatsache, dass sie körperlich nicht in der Lage war, einen erwachsenen Mann zum Essen zu zwingen, klammerte sie sich immer noch an die kleine, zarte Hoffnung, dass sie ihn irgendwie falsch verstanden hatte. Sie *musste* ihn falsch verstanden haben, denn … nun, ehrlich …

Bringen wir es hinter uns?

»Nur um das klarzustellen«, sagte sie vorsichtig, »sprechen Sie von unserer Abmachung?«

»Ja.«

So viel zum Thema Missverständnis. Ärger, Ungläubigkeit und Gekränktheit rangen in ihrem Inneren. Erschrocken über die heißen Tränen, die ihr plötzlich in die Augen stiegen, behalf sie sich mit ihrem Ärger. »Muss ich Sie daran erinnern, dass Sie mir erst vor wenigen Tagen einen identischen Handel vorgeschlagen haben?«

»Ich erinnere mich.«

Von ihren Gefühlen übermannt, sah sie gar nicht, wie sein Kiefer sich anspannte und seine Hände sich zu Fäusten ballten.

»Aber warum?«, fragte sie. »Wenn Sie die Erfahrung so unangenehm finden ...«

»Ich finde sie nicht unangenehm.«

Sie öffnete den Mund, schloss ihn wieder und widerstand dem Bedürfnis, sich die Haare zu raufen – oder ihm. »Ich *verstehe* Sie nicht.«

Stirnrunzelnd betrachtete McAlistair die erregte Frau, die vor ihm stand.

Er ging mit der Situation nicht gut um.

Aber was erwartete sie von ihm? Sollte er bei der Aussicht auf weitere Qualen etwa überglücklich sein? Herrgott noch mal, er konnte nicht einmal drei Meter von ihr entfernt stehen, ohne sich vorzustellen, wie es wäre, sie auf die nächste flache Oberfläche zu zerren – schon zweimal hatte er den Tisch in der Mitte beäugt – und die Sehnsucht zu stillen, mit der er seit acht verdammten Jahren lebte.

Merkte sie denn nicht, was sie ihm antat? Wusste sie nicht, wie viel schwerer es war, der Versuchung zu widerstehen, sobald er sie berührte?

Er betrachtete ihre verwirrte und gekränkte Miene. Anscheinend verstand sie es tatsächlich nicht.

»Nicht mich«, sagte er. »Männer.«

Wenig überraschend trug diese Feststellung nichts zur Klärung der Situation bei. »Ich ... was?«

»Sie verstehen Männer nicht.«

Sie stotterte ein wenig, als sie antwortete. »Ich habe nicht die geringsten Probleme damit, Whit und Alex zu verstehen.«

»Die gehören zur Familie.«

»Und Familienangehörigkeit verändert das Geschlecht?«

»Nein, es ist anders.«

»So anders nun auch wieder nicht.« Sie verschränkte die Arme vor der Brust, eine Verteidigungshaltung, die die weichen Hügel ihres Busens um zwei weitere verlockende Zentimeter anhoben. Er riss den Blick zu ihrem Gesicht hoch und beobachtete, wie sie mit ihren kleinen, weißen Zähnen ihre dicke Unterlippe einsaugte.

Es war zu viel. Das Verlangen, das wie ein wildes Tier schmerzhaft unter seiner Haut mit den Krallen gekratzt hatte, brach sich Bahn.

Er machte einen Schritt auf sie zu und verspürte eine boshafte Befriedigung darüber, wie ihre Augen sich weiteten und ihr der Atem stockte. »Die beiden wollen Sie ja auch nicht küssen«, knurrte er.

Ihre Arme fielen herab. »Nun, nein, nicht ...«

Er machte noch einen Schritt, und sie wich zurück.

Oh, das gefiel ihm. Ihm gefiel die ungewohnte Macht, die Oberhand zu haben. Ausnahmsweise einmal, *ausnahmsweise* war sie diejenige, die zurückwich. »Die beiden denken nicht darüber nach, nicht jede verdammte Sekunde des Tages.«

»Ich ... das will ich nicht hoffen.«

Er verfolgte sie gnadenlos. »Sie stellen sich nicht vor, wie es wäre, Sie allein zu haben, so wie jetzt. So wie in der Nacht im Wald. Im Gasthaus.«

Sie blieb stehen und schluckte vernehmlich. »Warum sollten Sie es sich nur vorstellen?«, flüsterte sie zitternd. »Sie wissen doch, dass ich Sie küssen will.«

Er unterdrückte ein Stöhnen und rieb langsam mit den Daumen über ihre Unterlippe. »Die Vorstellung eines Mannes geht über Küsse hinaus.«

»Sie wollen mich nicht küssen, weil Sie lieber ... etwas anderes tun würden?«

Er hätte beinahe gelacht. »Etwas anderes« war sicher eine Art, es auszudrücken. »Alles« wären seine Worte gewesen.

»Es geht nicht um Entweder-oder. Der erste Schritt führt zum Übrigen. Wenn man anfängt, ist es schwer, aufzuhören.«

Endlich, *endlich* dämmerte Verständnis in ihr auf. »Oh, wollen Sie ...«

Er gab ihr nicht die Gelegenheit, weitere Fragen zu stellen. »Aber da Sie damit angefangen haben ...«

Er trat auf sie zu und riss sie in seine Arme. Er hätte es nicht tun dürfen. Das wusste er.

Aber er konnte sich einfach nicht mehr zurückhalten.

Evies Hände flogen an seine Brust. »Es muss auf meine Weise geschehen. Sie haben zugestimmt ...«

Er senkte langsam den Kopf. »Ich habe gelogen.«

»Aber ...«

»Ich bin kein Cole, Evie. Ich habe nie gesagt, man könne meinem Wort trauen.«

Sie riss den Mund auf, kurz bevor er ihn mit seinem eigenen bedeckte.

Sobald ihre Lippen sich berührten, verflogen die Gedanken darüber, was er tun und was er nicht tun sollte. Offen gestanden hatten diese Gedanken sich bereits aufzulösen begonnen, als sie den Handel vorgeschlagen hatte, und waren völlig verschwunden, als sie die Arme vor der Brust verschränkt hatte, aber *jetzt* ... jetzt konnte er ihre Wärme spüren, das wilde Herzklopfen, das zarte Flattern ihrer Hände.

Er gab der Fantasie nach, die er gehabt hatte, seit er sie in der Bibliothek mit dem Stift hatte spielen sehen, und biss sie leicht in die Unterlippe. Sie stieß einen Laut aus, zitterte und schlang ihm die Arme um den Hals. Das sanfte Gewicht ihres Busens drückte sich köstlich gegen seine Brust.

Er grub ihr die Finger ins Haar, zog ihren Kopf weiter zurück und vertiefte den Kuss, verlangte, dass sie ihm die Kontrolle überließ.

Später würde er es bedauern, dass er selbst die Kontrolle über sich verloren hatte.

Er nahm ihren Mund nicht in sanfter Verführung. Da gab es kein vorsichtiges Kosten oder langes Seufzen. Getrieben von dem Verlangen, das er viel zu lange gezügelt hatte, hielt er sie einfach fest und schwelgte in ihr. Seine Lippen bewegten sich in hungrigem Verlangen über ihre, seine Zunge schob sich in den warmen Hafen ihres Mundes und suchte nach dem Geschmack, den er ersehnte. Sie war köstlich, machte süchtig, war berauschend.

Er drehte sich und drückte sie gegen den Tisch. Die Hand an ihrem Rücken glitt nach vorn und nach oben, schmiegte sich um ihre Taille, ihren Brustkorb und schließlich ihren Busen.

Er rieb mit dem Daumen durch den Stoff über eine Brustwarze und erstickte ihr leises Wimmern.

Er hörte sein eigenes Knurren. Es war nicht genug. Es würde niemals genug sein.

Undeutlich nahm er wahr, dass er sie auf den Tisch hob und grob ihre Beine spreizte, sodass er zwischen sie treten konnte. Ihm war *halb* bewusst, dass seine Finger nach den Knöpfen hinten an ihrem Kleid suchten.

Er hatte sie gerade gefunden, als die Dielenbretter laut über ihren Köpfen knarrten, was ihn daran erinnerte, wo sie waren.

Er riss sich los, keuchend, *ausgehungert*.

»Verdammt.« Er kämpfte darum, die Kontrolle wiederzugewinnen, und stemmte die Hände seitlich von ihr gegen den Tisch. »Gottverdammt und verflucht.«

Beinahe hätte er es getan. Er hätte sie beinahe auf dem Küchentisch genommen.

Er schob ihr die Hände unter die Arme, um sie vom Tisch zu heben, und stellte sie auf die Füße.

»Keine Wetten mehr, Evie«, knurrte er, drehte sich um und stampfte aus der Küche.

Mit Ausnahme der Hand, die sie ausgestreckt hatte, um sich am Tisch festzuhalten, bewegte Evie sich mehrere lange Minuten überhaupt nicht. Sie hätte es gern getan. Sie verspürte den beinahe unwiderstehlichen Drang, hinter McAlistair herzujagen, aber abgesehen davon, dass es ihr nichts genützt hätte – nicht, solange die anderen im Haus waren –, war es ihr auch unmöglich, einen Fuß vor den anderen zu setzen. Ihre Beine hatten sich zusammen mit ihrem Herzen, ihrem Verstand und fast jedem anderen Teil von ihr in Pudding verwandelt. Sie fragte sich, wie es ihr überhaupt gelang, stehen zu bleiben.

Sie stieß einen langen, langen Seufzer aus. *So* war es also, McAlistair zu küssen – *wirklich* zu küssen. Es war nicht die sanfte Begegnung von Lippen wie in der Vergangenheit. Er hatte sie nicht auf Armeslänge von sich weggehalten, war nicht sanft oder vorsichtig gewesen. Sie war sich nicht ganz sicher, ob er sich überhaupt unter Kontrolle gehabt hatte.

Und war das nicht einfach herrlich?

Auf ihren Lippen breitete sich ein träges Lächeln aus. Mr James McAlistair hatte die Kontrolle verloren. Nicht ganz, gab sie zu, und anscheinend nicht so vollständig wie sie – *ihm* gehorchten seine Beine offensichtlich noch –, aber gerade so viel, dass sie wusste, es konnte wieder geschehen. Und sie wollte, dass es wieder geschah. Und wieder. Es gab keinen Grund, warum es nicht wieder geschehen sollte, dachte sie, während ihr Lächeln immer breiter wurde. Schließlich hatte er gesagt: »Keine Wetten mehr«, *und nicht* »Keine Küsse mehr.«

Es ging nur darum, ihn ohne die Hilfe von Wetten oder Herausforderungen in eine zärtliche Begegnung zu locken. Sie dachte flüchtig daran, es mit Verführung zu versuchen, und befand dann, dass man dies besser denen überließ, die ein wenig Übung darin hatten, wie auch dabei, auf ein Stichwort hin in Ohnmacht zu fallen. Vielleicht konnte sie morgen auf dem Boot ...

»Haben Sie alles, was Sie brauchen, Miss Cole?«

Sie zuckte zusammen, als sie Mr Hunters Stimme hörte. Himmel, sie war so in ihren Tagträumen verloren gewesen, dass sie nicht einmal gehört hatte, wie er hereingekommen war. »Ich ... ja. Ja, es geht mir gut.«

»Ausgezeichnet.«

Sie erwartete, dass er wieder gehen würde, zufrieden mit dieser Beteuerung, aber er sah sie weiter seltsam an. Plötzlich beklommen, hob sie eine Hand an ihr Haar ... und stellte fest, dass große Teile davon sich aus den Nadeln gelöst hatten.

Oh je.

»Ich ... äh ...« Ihre Lippen fühlten sich merkwürdig an, als sie versuchte, eine Erklärung zu formulieren, und sie begriff, dass sie rot und geschwollen waren. Verdammt, sie musste furchtbar aussehen. »Ich ... ich habe ...«

Mr Hunter lächelte freundlich, als sähe er gar nicht, dass irgendetwas nicht stimmte. »Sieht so aus, als würden Sie sich ihren Lebensunterhalt verdienen.«

Ihre Augen wurden rund. »M-meinen Unterhalt verdienen?« Wollte er etwa andeuten …?

»Kochen«, fügte er zuvorkommend hinzu und deutete auf den Schinken. »Abendessen.«

»Abendessen? Oh! Ja. Richtig.« Das hatte sie ganz vergessen.

»Es riecht … interessant.«

»Äh …«

»Dann überlasse ich Sie jetzt Ihrer Arbeit.«

Da sie außerstande schien, irgendetwas Substanzielles zu dem Gespräch beizutragen, hielt sie den Mund und schenkte Mr Hunter ein Lächeln, von dem sie hoffte, dass es als freundlich durchgehen würde.

Sie behielt dieses Lächeln bei, bis er durch die Tür verschwand, und sie blieb reglos und stumm, bis seine Schritte den Flur hinunter verklangen. Erst als sie sicher war, dass man sie weder sehen noch hören konnte, erlaubte sie sich einen tiefen Seufzer.

Oh, das war einfach *demütigend* gewesen.

Und das war nur der Anfang ihrer Demütigungen für den Abend. Da waren immer noch der Schinken und das Abendessen, das sie bestreiten musste.

Beides würde jedoch warten müssen, bis sie einen schnellen Ausflug in ihr Zimmer unternommen hatte.

21

Nachdem sie ihr Erscheinungsbild wieder einigermaßen hergestellt hatte, kehrte Evie in die Küche zurück, um die Mitte des Schinkens, die vielleicht weniger stark gewürzt war, herauszuschneiden und ihn in Scheiben zu garen. Wenn man ihn mit den Möhren und Kartoffeln kombinierte, konnte es ihr vielleicht immer noch gelingen, etwas Essbares zu produzieren.

Unglücklicherweise erwies sich das Endergebnis als mehr zusammengeschustert als essbar.

Evie nahm es als Beweis für die Loyalität ihrer Freunde, dass jeder ein paar Bissen aß – Mrs Summers schaffte es während des ersten sogar, angespannt zu lächeln –, bevor sie sich geschlagen gaben.

»Es tut mir leid, Liebes, aber dieses Fleisch ist alles andere als schmackhaft.«

Alles in allem fand Evie diese Feststellung außerordentlich diplomatisch. »Ich weiß. Es tut mir leid. Ich hatte ein kleines Problem mit dem Würzen.«

»Ich finde es völlig in Ordnung«, verkündete Christian und verputzte seinen letzten Bissen. »Wenn Sie Ihr Essen nicht wollen, Mrs Summers ...«

»Hier, bitteschön«, fiel Mrs Summers ihm schnell ins Wort.

Während Mrs Summers und Mr Hunter Christian ihre Portionen über den Tisch reichten, warf Evie McAlistair einen verstohlenen Blick zu. Trotz ihres Draufgängertums in der Küche war sie außerstande, ihm im Esszimmer in die Augen zu sehen.

Ihr Körper vibrierte immer noch überall, wo er sie berührt hatte, und an einigen Stellen, an denen er sie nicht berührt hatte. Sie war sich sicher, dass ihr das prickelnde Verlangen ins Gesicht geschrieben stand, zusammen mit der brennenden Hitze der Verlegenheit. McAlistair mochte zwar nicht der erste Mann gewesen sein, der sie je geküsst hatte, aber er war eindeutig der erste Mann gewesen, der sie *so* geküsst hatte.

Da sie spürte, wie sie errötete, sah sie ihn nur gerade lange genug an, um festzustellen, dass er nicht unter irgendwelchen anhaltenden Nachwirkungen des Kusses zu leiden schien, der unausstehliche Schuft. Er errötete weder, noch rutschte er auf seinem Stuhl hin und her oder warf ihr verstohlene Blicke zu – alles Dinge, die sie sich in der letzten Viertelstunde hatte zuschulden kommen lassen. Er saß so reglos da wie eine Statue, den Blick – und sie konnte seine Gedanken nur erraten – fest auf den Teller geheftet.

Beim Anblick seiner Gleichgültigkeit drohte Evies Herz ein klein wenig zu brechen.

Dann sah er hoch, fing ihren Blick auf und lächelte. Und sie spürte, wie der Riss in ihrem Herzen sich weitete, bis sie dachte, ihr Herz würde zerspringen ... für ihn.

Niemand sollte so lächeln müssen, war alles, was sie denken konnte. Niemand sollte *jemals* so lächeln müssen.

Es lag keine Freude in der kleinen, fast unmerklichen Krümmung seiner Lippen. Nichts zeugte von Erheiterung oder Neckerei oder auch nur dem einfachen Vergnügen darüber, ein Geheimnis zu teilen. Forschend blickte sie in seine dunklen Augen, in der Hoffnung, einen Funken Glück darin zu finden, aber sie fand nur Bedauern und einen Kummer, den sie nicht verstand.

Gern wäre sie aufgestanden und zu ihm gegangen. Sie sehnte sich danach, die Arme um ihn zu legen und ihre Lippen auf seine zu drücken ... und zu verlangen, dass er ihr sagte, warum er litt.

Stattdessen erwiderte sie sein Lächeln.

Sie schob den Schmerz in ihrer Brust beiseite und lächelte ein Lächeln, das mit jeder Unze Lachen und Zuneigung und Vergebung erfüllt war, die sie aufbringen konnte. Wenn sie auch keine Ahnung hatte, was sie ihm verzieh – falls er ihre Vergebung brauchte, sollte er sie haben.

Seine Mundwinkel hoben sich noch etwas mehr.

Ihr Lächeln wurde breiter.

Und dann, zu ihrer gewaltigen Erleichterung, hellte sein Gesicht sich ein wenig auf.

Besser, dachte sie. *Viel besser.*

»Ist das für Sie in Ordnung, Miss Cole?«

Beinahe wäre Evie bei Mr Hunters Frage zusammengefahren. Sie riss den Blick von McAlistair los. Oh je, wovon hatten die anderen gesprochen? »Ähm ... ja?«

»Ausgezeichnet. Sie können Mrs Summers und Christian ganz nach Bedarf bei ihren Pflichten helfen. McAlistair kann die Zubereitung der Mahlzeiten übernehmen.«

McAlistair zog angesichts dieser Zumutung eine Braue hoch, dann zuckte er die Achseln. »Ich kann kochen.«

Sobald das Mahl – sofern man es so nennen mochte – beendet war, verschwand Evie in die Bibliothek, Mrs Summers zog sich mit ihrer Stickerei auf ihr Zimmer zurück, und die Herren gingen mit ihrem Brandy ins Arbeitszimmer. Evie fand Letzteres höchst amüsant. Sie hatte die Sache mit dem Brandy im Arbeitszimmer immer für ein Ritual gehalten, das für Galadiners und Gesellschaften reserviert war. Aber wenn dies eine Gesellschaft war, war es mit Abstand die seltsamste, an der sie je teilgenommen hatte.

Immer noch vor sich hin lächelnd trat sie in die Bibliothek, warf einen prüfenden Blick auf den Fenstersitz – morgen vielleicht – und begann nach einem Buch zu suchen, das ihre Fantasie beflügeln könnte. Da sie eine begeisterte, an allem interessierte Leserin war, wurde sie im Allgemeinen binnen Minuten fündig. Aber sie entdeckte bald, dass Mr Hunter seine Regale unerklärlicherweise fast ausschließlich mit Büchern gefüllt hatte, die sich mit dem Handel und der Landwirtschaft befassten.

Schließlich fand sie eine kleine Abteilung philosophischer Werke und wählte dort mehrere Bände aus. Für gewöhnlich interessierte sie sich weniger für dieses Gebiet, aber es war immer noch besser als eine detaillierte Geschichte der englischen Rinderzucht.

Ihre Auswahl bequem unter den Arm geklemmt, machte sie sich auf den Weg zu ihrem Zimmer. Sie wollte sich früh zurückzuziehen, um ihren Segeltag vor dem Mittag zu beginnen.

Sie verschwendete kaum einen Gedanken auf das Gemurmel der Männerstimmen, die aus dem Arbeitszimmer drangen … bis sie hörte, wie ihr Name erwähnt wurde.

Evie blieb am Eingang stehen. Die Tür zum Arbeitszimmer stand einen kleinen Spalt offen. Sie musste sich ein wenig verrenken und dafür die Bücher ablegen, aber dann sah sie, dass McAlistair, Christian und Mr Hunter in der Ecke um einen kleinen, kunstvoll verzierten Tisch saßen.

»Da niemand bereit scheint, das Thema zur Sprache zu bringen, fällt die Pflicht anscheinend mir zu.« Mr Hunter ließ den Brandy in seinem Cognacschwenker kreisen. »Vielleicht sollten wir überlegen, den oder die Täter aus ihrem Versteck zu locken.«

»Womit?«, fragte Christian.

Mr Hunter schaute vielsagend zur Decke empor, die zufällig der Boden von Evies Schlafzimmer war. »Köder.«

McAlistair fauchte förmlich. »Nein.«

»Ich gehe lediglich alle Möglichkeiten durch, die uns zur Verfügung stehen. Es gefällt mir gar nicht, dieses Herumsitzen und Nichtstun, während Alex und Whit sich um alles kümmern.« Mr Hunter schaute stirnrunzelnd in sein Glas. »Ich fühle mich wie eine Ehefrau.«

»Das ist nur vernünftig«, sagte Christian grinsend, »schon wegen Ihres hübschen Gesichts. Soll sich jemand dieses Problems annehmen?«

»Ich müsste wirklich eine Frau sein, um einen Kampf gegen jemanden wie Sie zu verlieren«, erwiderte Mr Hunter mit einem höhnischen Lächeln. »Eine alte, blinde, taube, senile, bettlägerige, armlose ...«

»Sind Sie jetzt fertig?« McAlistair hielt Mr Hunter mit einem kühlen Blick fest. »Wir haben Evie hierhergebracht, um sie versteckt zu halten, sie zu beschützen ...«

»Evie, hm?«

McAlistair ignorierte die Bemerkung. »Ich werde sie nicht in Gefahr bringen oder sie ängstigen ...«

»Was sie nicht weiß, wird sie nicht ängstigen.«

McAlistair stand auf und sprach mit eisiger Endgültigkeit. »Evie bleibt im Versteck. Sie bleibt in Sicherheit. Und wenn Sie der Meinung sind, Sie müssten sich eine andere Finte zurechtlegen« – er zog seelenruhig sein Messer und stieß die Klinge in den Holztisch – »wird Ihr hübsches Gesicht nicht der einzige Grund sein, warum die Leute Sie für eine Frau halten.«

Mr Hunter stand auf, stützte die Hände auf den Tisch und beugte sich vor. »Ist das eine Drohung, McAlistair?«

McAlistair tat es Mr Hunter gleich, sodass die Nasen der beiden sich beinahe berührten. »Wenn es sein muss.«

Evie konnte es nicht weiter mit anhören.

»Genug! Das reicht. Das ist unnötig.« Sie öffnete die Tür, trat in den Raum und stemmte die Hände in die Hüften. »Sie zanken und streiten wie die Kinder. Sie sollten sich schämen.«

Sie stach mit einem Finger in Mr Hunters Richtung. »Sie – wollen mich ohne mein Wissen oder meine Zustimmung als Köder benutzen. Das ist *verachtenswert*.« Sie wirbelte zu McAlistair herum, bevor Mr Hunter auch nur den Mund zu einer Erwiderung öffnen konnte. »Sie – bedrohen einen Mann in seinem eigenen Heim und bohren Ihr Messer in die Möbel. Diese Art von Benehmen ist unerträglich. Und Sie …« Sie fuhr Christian an, der sich erdreistete, sich in seinem Stuhl zurückzulehnen und sie anzulächeln.

»Was habe ich getan, Mädel?«

Sehr wenig, wie Evie zugeben musste, aber da sie bereits mit dem Finger in seine Richtung gezeigt hatte, würde sie sich etwas einfallen lassen müssen. »Sie amüsieren sich. Es ist unziemlich.«

Christian hüstelte, aber sie konnte immer noch das Lächeln um seine Lippen sehen. »Nun, nun, Miss Cole, ich denke, ›amüsieren‹ ist vielleicht der falsche …«

»Oh, sparen Sie sich die Mühe.« Mehr verärgert als gekränkt – und vielleicht ein wenig bestrebt, fortzukommen, bevor jemand eine Bemerkung darüber machte, dass sie gelauscht hatte – warf Evie allen einen weiteren geringschätzigen Blick zu und wandte sich zur Tür.

Mr Hunter war vor ihr und versperrte ihr den Weg, ehe sie nach der Klinke greifen konnte. »Einen Moment noch, wenn Sie bitte so freundlich sein wollen, Miss Cole.«

»Ich kann mir nicht vorstellen, warum ich das sollte«, antwortete sie und hob hochmütig die Brauen. Von allen Personen im Raum war Mr Hunters Verhalten das beunruhigendste gewesen.

Köder, also wirklich.

Er trat zurück und machte eine tiefe Verbeugung. »Ich auch nicht, aber ich hätte gern Gelegenheit, mich zu entschuldigen. Unser Verhalten war in der Tat unverzeihlich. Meines ganz besonders. Ich bitte Sie aufrichtig um Vergebung. Ich kann nur die Anstrengungen der Reise vorbringen und den Ärger darüber, dass wir so weit entfernt von unserem Ziel sind, unseren Feind zu ergreifen.«

Sie überraschte sich selbst mit einem Schnauben. »Die erste Hälfte glaube ich Ihnen keine Sekunde lang. Aber es war trotzdem eine sehr nette Entschuldigung«, lenkte sie ein. Und sie hatte nicht den geringsten Zweifel, dass die zweite Hälfte die Wahrheit war. »Ich nehme Ihre Entschuldigung an.«

Mr Hunter warf den beiden anderen Männern im Raum einen durchdringenden Blick zu. Christian stand auf und verbeugte sich. »Bitte um Verzeihung, Miss Cole.«

McAlistair dagegen neigte nur zustimmend den Kopf.

Evie hätte dies als Kränkung auffassen können, hätte sie ihn in den vergangenen Tagen nicht gut genug kennengelernt, um die stumme Entschuldigung zu erkennen.

»Wir sind wohl alle recht angespannt«, sagte sie vorsichtig. »Vielleicht wird uns eine kleine Abwechslung guttun. Ich freue mich auf die Segeltour morgen«, bemerkte sie zu McAlistair. »Und darauf, Sie beim Schach zu schlagen«, neckte sie Mr Hunter. »Christian, ich höre, Sie sind ein bemerkenswert guter Schütze. Vielleicht könnten Sie die Zeit finden, mir Unterricht zu geben?«

Bei dieser Aussicht hellte Christians Miene sich merklich auf. »Aye, Mädel. Es wäre mir ein Vergnügen.«

»Großartig. Nun …« Da sie nichts mehr zu sagen hatte und ihr Ärger sich jetzt gelegt hatte, war es ihr unangenehm, im Mittelpunkt der Aufmerksamkeit zu stehen. Gleich würde sie wieder zu stottern beginnen. »Nun, gute Nacht, meine Herren.«

McAlistair beobachtete, wie Evie sich umdrehte und den Raum verließ. Nach einem Moment des Zögerns wollte er ihr folgen und ihr unter vier Augen die Entschuldigung anbieten, für die er vor den anderen nicht die Worte gefunden hatte. Er gelangte bis in den Flur, bevor Mr Hunter ihn zurückrief.

»McAlistair.«

Er warf einen Blick über die Schulter und sah, dass Mr Hunter ihn angrinste.

»Sie schulden mir einen neuen Tisch.«

Obwohl Evie es nicht als solche erkannt hätte, war auch dies eine Entschuldigung. McAlistair zahlte mit gleicher Münze zurück. »Seien Sie dankbar, dass es nicht Ihr hübsches Gesicht war.«

Um den rührenden Moment abzurunden, machte Mr Hunter eine vulgäre Geste mit der Hand und ließ ihr einen kleinen Rat folgen. »Sie ist zufrieden damit, wie es ausgegangen ist, McAlistair. Es wäre vielleicht klug, die Sache auf sich beruhen zu lassen.«

McAlistair schnaubte nur. Erst als er halb die Treppe hinauf war und Evie ihre Tür schließen hörte, wurde ihm klar, dass Mr Hunter recht hatte. Evie genügte seine Entschuldigung. Wenn nicht, hätte sie ihre Tür nicht so leise geschlossen, sondern mit einem lauten Knall. Er erinnerte sich gut an das Türenschlagen, das er sich an jenem ersten Tag in Haldon eingehandelt hatte. Es hatte durch das halbe Haus geschallt.

Dann wurde von ihm also keine geschliffene Ansprache erwartet. Er blieb vor ihrer Tür stehen, unschlüssig, ob er die Nachsicht, die sie ihm in ihrer versöhnlichen Natur bereits gewährt hatte, hinnehmen, oder auf diese verzichten sollte, um ihr die Entschuldigung anzubieten, die sie verdiente ... vorzugsweise so wortgewandt wie die von Mr Hunter.

Schließlich wandte er sich ab, ohne zu klopfen. Er hatte kein Recht, sie mit seinen Gewissensbissen zu belasten, und noch weniger, mit Mr Hunter zu konkurrieren.

Es war nicht seine Aufgabe, um Evie zu kämpfen. Und wenn es auf einen Krieg der Worte hinauslief, konnte er nicht darauf hoffen, Mr Hunter zu besiegen. Der Mann hatte eine goldene Zunge. Der Bastard.

22

Zum ersten Mal in ihrem Leben begrüßte Evie die frühe Morgensonne mit einem Lächeln. In ihrer Begeisterung für das vor ihr liegende Abenteuer hatte sie die Auseinandersetzungen des vergangenen Abends vergessen. Heute würde sie segeln gehen.

Sie wusch sich und kleidete sich schneller an, als sie es vor neun Uhr morgens für möglich gehalten hätte (vor allem ohne Hilfe), und verließ den Raum mit federnden Schritten und der Absicht, an jede Tür des Hauses zu hämmern, bis sie McAlistair fand.

Wie sich zeigte, war nicht ein einziges Klopfen vonnöten. McAlistair trat genau in dem Moment aus dem Zimmer gegenüber, als Evie die Tür hinter sich schloss. Ehe sie die Gelegenheit hatte, auch nur den Mund zu öffnen, kam Mr Hunter aus dem Raum zu ihrer Linken – genau zum gleichen Zeitpunkt, als Mrs Summers den Raum zu ihrer Rechten verließ.

Sie schaute von einem zum anderen. Sie war umzingelt. »Soll ich mich ergeben?«

»Aber warum denn, Liebes?«

Weil sie gegen die Albernheit nichts ausrichten konnte und weil es sie eigentlich nicht kümmerte – abgesehen davon, dass es wirklich unglaublich albern war –, schüttelte sie den Kopf, unterdrückte ein Lachen und beugte sich vor, um Mrs Summers einen Kuss auf die Wange zu drücken.

Dann trieb sie McAlistair an, mit ihr das Haus zu verlassen, bevor ihm oder jemand anderem einfiel, dass er zum neuen Koch ernannt worden war.

Nach Evies zugegebenermaßen laienhafter Meinung war es ein perfekter Tag zum Segeln. Die Sonne schien, das Meer wirkte ruhig und vom Wasser wehte eine angenehme Brise.

Statt zu dem etwas entfernteren Pier zu gehen, brachte McAlistair sie zu einem sehr kleinen Boot, das auf dem Sand lag. Es war mit einer Plane bedeckt, die mit einem Seil festgezurrt war, aber unten schaute ein bisschen Holz hervor. Holz, wie Evie nicht umhin konnte zu bemerken, das verwittert, abgenutzt, zerkratzt und voller Rillen war.

McAlistair musterte kurz, aber gründlich die Küstenlinie und die Bäume neben dem Rasen – wie er auch die Rückseite des Hauses überprüft hatte, bevor sie aufgebrochen waren –, dann kauerte er sich hin, um das Tau loszumachen.

Verwirrt sah sie ihn stirnrunzelnd an. »Was tun Sie da?«

Er schaute auf. »Ich dachte, Sie wollten auf Mr Hunters Boot ausfahren.«

»Das wollte ich. Das will ich. Das erklärt aber kaum, was Sie mit dem Ding ...«

Sie unterbrach sich, als er die Plane zurückzog, um das zu enthüllen, was man, wenn man in dieser Hinsicht nicht allzu wählerisch war, einen Bug und ein Heck nennen konnte, die nicht mehr als acht Fuß auseinanderlagen, sowie zwei kleine Bänke, ein paar Ruder. Sonst war da nicht viel.

»*Das* ist Mr Hunters Boot?«

McAlistair zog die Ruder heraus und gab sie ihr zum Halten. »Eines seiner Boote.«

»Aber es hat keine Segel.« Sie war sich nicht einmal ganz sicher, ob es einen Boden hatte.

»Ich habe nie gesagt, ich würde mit Ihnen segeln. Ich sagte, ich würde mit Ihnen Boot fahren.«

»Ja, aber das ist ein Ruderboot. Ich dachte ...«

»Für die größeren Boote braucht man eine Mannschaft.«

»Oh.« Gerechterweise konnte sie ihm daraus keinen Vorwurf machen, und eigentlich hätte es ihr der gesunde Menschenverstand sagen müssen. Aber es war doch ziemlich enttäuschend. Sie hatte sich auf die Gelegenheit gefreut, ihr Standvermögen auf See zu testen. Dem Aussehen des winzigen Bootes nach zu urteilen würde diese spezielle Erfahrung warten müssen. Schon der schlichte Akt des Aufstehens würde es wahrscheinlich zum Kentern bringen.

Sie bemerkte mehrere ausgebesserte Stellen im Holz. »Ist es denn seetauglich?«

Er wickelte das Seil auf und warf es beiseite. »Das werden wir bald herausfinden.«

»Das ist ein wenig beunruhigend.«

»Falls Sie es sich anders überlegt haben, könnten wir wieder hineingehen, Karten spielen oder …«

»Nein.« Gütiger Himmel, nein. Sie verabscheute Kartenspiele. »Es ist bestimmt vollkommen sicher. Wahrscheinlich. Warum sollte Mr Hunter es sonst behalten?«

McAlistair zuckte die Achseln, was wiederum nur wenig zu ihrer Beruhigung beitrug.

Sie stieß mit dem Fuß gegen den Boden. »Es wirkt so, als könnte es leck sein.«

Tatsächlich sah es eher danach aus, als könne es ziemlich viel Wasser auf einmal aufnehmen, aber sie wollte lieber vorsichtig als feige wirken. »Sollten wir nicht irgendetwas mitnehmen, für den Fall, dass Wasser hineinkommt? Einen Eimer vielleicht?« *Oder ein Rettungsboot?*

»Uns passiert schon nichts.« Er hob die Plane an und legte sie zu dem Seil. »Steigen Sie ins Boot, Evie.«

»Ich interpretiere das dahin gehend, dass Sie es nicht wissen.«

Sie stieg ein und beäugte argwöhnisch die nächste Bank. Es

würde in der Tat demütigend sein, wenn sie am Ende Splitter in ihrer Kehrseite hätte. Aber da McAlistair wartete und sie beobachtete, blieb ihr nichts anderes übrig, als ihre Röcke ein wenig zu raffen und sich zu setzen.

»Bequem?«, fragte er und neigte das Boot ein wenig, als er einstieg, um Platz zu nehmen.

Sie hatten bereits zwei Fingerbreit kaltes Wasser im Boot, das ihr durch die Halbstiefel sickerte. »Ziemlich. Und Sie?«

Er nickte und stieß sie mit einem Ruder vom Strand ab.

Evies Herz machte vor Aufregung einen kleinen Sprung, als sie spürte, wie das Boot knirschend über den Sand ins Wasser glitt.

Dies war ganz anders, als auf einem See zu rudern. Dort war das Wasser immer still, immer friedlich. Wenn man mit etwas Kraft und Geschick ruderte, glitt das Boot in einer nahtlosen Linie über den See.

Doch hier auf dem Meer herrschte endlose Bewegung. Sanfte Wellen rollten herbei, um gegen die Bootswand zu klatschen und ihr kleines Boot schaukeln zu lassen. Und statt glatt durch das Wasser zu schneiden, schien es sich durch jede Welle zu mühen; die Ruder kämpften gegen die Flut, die sie wieder an Land drücken wollte.

Nach Evies Schätzung brauchten sie fast dreißig Minuten, um sich volle neunzig Meter vom Strand zu entfernen. Dort wendete McAlistair das Boot und nahm einen Kurs parallel zum Ufer auf.

Obwohl Evie sich noch am selben Morgen vorgestellt hatte, in tiefe Gewässer zu segeln, musste sie zugeben, dass es angesichts des Zustands ihres kleinen Bootes eine weise Entscheidung war, dicht bei der Küste zu bleiben. Sie hatte keine Lust, eine halbe Meile zum Ufer zurückzuschwimmen.

»Was halten Sie von Ihrem ersten Ausflug ans Meer?«, fragte McAlistair nach einer Weile.

»Oh, ich war schon einmal am Meer«, erklärte sie. »Ich war sogar in ihm – nun, meine Füße waren es –, ich bin nur noch nie *auf* dem Meer gewesen.«

»Ah. Nun, was halten Sie davon, auf dem Meer zu sein?«

Sie betrachtete ihn und bemerkte den dünnen Schweißfilm, der sich auf seiner Stirn und seinen Unterarmen gebildet hatte. »Es scheint sehr anstrengend zu sein.«

»Ein wenig«, stimmte er zu.

»Darf ich auch mal?«

Er bedachte sie mit einem zweifelnden Blick.

»Ich habe schon einmal ein Boot gerudert, McAlistair. Auf dem Teich von Haldon haben wir zwei.«

»Ich weiß«, erwiderte er, machte aber keine Anstalten, ihr die Riemen zu überlassen.

Sie wies mit dem Kinn auf ihn. »Haben Sie Angst, wie es aussehen könnte, wenn Sie sich von einer Frau rudern lassen?«

Er dachte darüber nach. »Ja.«

»Männliche Eitelkeit«, murmelte sie. »Ich hätte wissen sollen, dass selbst Sie damit infiziert sind.«

»Ich glaube, Sie meinen beeinflusst.«

»Nein, das meine ich nicht.« Sie machte eine Handbewegung, um ihn zur Seite zu scheuchen. »Dann rutschen Sie hinüber. Ich verspreche, es keiner Menschenseele zu erzählen.«

»Lieber nicht.«

»Dann erzähle ich jeder Menschenseele, die zuzuhören bereit ist, dass ich den ganzen Tag rudern musste.«

Er zog eine Augenbraue hoch. »Sie würden lügen, um Ihren Willen zu bekommen?«

»Das müsste ich wohl, oder? Ich habe es gerade versprochen.« Sie lächelte hinterhältig und gestikulierte wieder in seine Richtung.

Obwohl er ihrer Meinung nach genau wusste, dass ihre Drohung ein Scherz war, gab McAlistair nach. Er legte die Ruder hin, stand auf, fasste sie um die Taille und half ihr, das Gleichgewicht zu halten. Er zog sie eng an sich, als sie sich aneinander vorbeischoben, und die Wärme seiner Hände und seine Nähe sandten einen Schauer der Wonne über ihre Haut.

Wenn sie nicht gefürchtet hätte, dass sie beide ins Wasser stürzten, hätte sie den Moment vielleicht in die Länge gezogen.

Stattdessen unterdrückte sie einen sehnsüchtigen Seufzer, nahm ihren Platz ein, wartete, bis er das Gleiche getan hatte, und begann dann gemächlich, die Küste entlangzurudern. Gemächlich im Tempo, nicht, was die Anstrengung anging. Es war viel schwieriger, die Ruder durch das aufgewühlte Wasser zu zwingen, als es bei McAlistair ausgesehen hatte, und schon bei ihm hatte es nicht besonders leicht ausgesehen. Binnen Minuten begannen ihre Arme zu schmerzen. Es war die Anstrengung durchaus wert, dachte sie bei sich, um sagen zu können, sie sei nicht nur auf dem Meer herumgerudert worden, sondern habe *selbst* gerudert.

Das Rudern und diese Vorstellung machten ihr Spaß. Trotz der Anstrengung lächelte sie. Und trotz des herablassenden Ausdrucks auf McAlistairs Gesicht.

»Erwarten Sie etwa, dass ich so schnell aufgebe?«, fragte sie und lehnte sich zurück, um den nächsten Ruderschlag durchzuziehen.

»Nicht in den nächsten Minuten.«

»Oh, ihr Kleingläubigen.«

Er lächelte und streckte betont die Beine von sich, als wäre er ein Zuschauer. »Glauben Sie, Sie können uns zum Ufer zurückrudern?«

»Gewiss könnte ich das.« Sie würde nicht einmal die halbe Strecke schaffen. »Aber ich möchte noch nicht zurück. Wir sind doch gerade erst hinausgefahren.«

»Es sind schon fast zwei Stunden«, informierte er sie. »Und je länger Sie warten, desto weniger Energie werden Sie nachher haben.«

»Ich werde mich vorher ein wenig ausruhen.«

»Es wird nicht ...«

»Wenn wir lange genug hier draußen bleiben, brauchen Sie mittags nicht zu kochen.«

Er widersprach nicht mehr.

Sie verbrachten den ganzen Vormittag in dem kleinen Boot, ruderten die Küste hinauf und hinab und tauschten die Plätze, wenn einer von ihnen müde wurde. Nun, wenn Evie müde wurde – McAlistairs Energie schien niemals nachzulassen. Fern von den anderen wurde er wieder der weniger wortkarge Mann, der er auf ihrer Reise gewesen war. Er sprach ein wenig von seiner Familie, und sie war überrascht zu hören, dass er auch während seiner Zeit als Einsiedler den Kontakt zu seinen Angehörigen nicht hatte abreißen lassen, wobei Whit als Postbote in den Wald fungiert hatte. Sie erfuhr, dass er als Kind Angst vor Gewittern gehabt hatte und als Junge eine – Evies Meinung nach abstoßende – Faszination für Insekten entwickelt hatte. Er erwähnte sogar seine Zeit als Soldat, aber da er es nur nach einigem Nachbohren tat und anschließend merklich still wurde, verfolgte Evie das Thema nicht weiter. Sie wünschte sich zutiefst, alles über ihn zu erfahren, aber es musste nicht heute geschehen. Der heutige Tag galt dem Vergnügen – nur Sonne und Lächeln und Lachen. Es gelang ihr, ihm Letzteres zu entlocken. Nur weil sie versehentlich ein Ruder ins Wasser fallen ließ und in ihrem Eifer, es herauszuholen, beinahe selbst über Bord gegangen wäre, aber es war dennoch ein Lachen, und es wärmte ihr genauso das Herz wie beim ersten Mal, als sie es gehört hatte.

Danach blieben sie noch eine halbe Stunde draußen, bis McAlistair darauf bestand, ans Ufer zurückzurudern. Es war weit nach Mittag, und sie konnten nicht für immer in ihrem kleinen Boot bleiben, behauptete er. Leider, fand Evie. Sie stellte fest, dass es ihr auf dem Wasser gefiel.

Sie stellte ferner fest, dass es ihr noch mehr gefiel, McAlistair als Gesellschaft zu haben, wenn er ihr nicht entfliehen konnte.

Aber er ließ nicht mit sich reden, und allzu bald hatte er sie über den hinteren Rasen und ins Haus begleitet, wo sich ihre Wege trennten. Er ging zur Küche, der Ärmste, während sie sich in ihr Zimmer schleppte. Ihre Arme schmerzten fürchterlich, aber ein heißes Bad würde wahrscheinlich das Schlimmste lindern.

Sie stellte sich vor, wie sie die Wanne und das Wasser hinaufschleppte.

Vielleicht würde sie sich einfach in dem gemütlich aussehenden Sessel am Fenster zusammenrollen und ein Weilchen lesen.

Danach würde sie vielleicht McAlistair in der Küche einen Besuch abstatten.

Sie schlief im Sessel ein und erwachte mehrere Stunden später mit steifem Hals von einem lauten Klopfen an der Schlafzimmertür, dem ein Knarren folgte, als die Tür aufging.

»Evie?« Mrs Summers steckte den Kopf ins Zimmer. »Evie, es ist Zeit fürs Abendessen.«

»Abendessen?« Sie blinzelte sich den Schlaf aus den Augen und drehte sich zum Fenster um. »Aber es ist noch hell draußen.«

»Ja, nun, Mr McAlistair scheint es gewohnt zu sein, zu einer früheren Stunde zu speisen.«

»Tatsächlich?« Wirklich? Verdammt, warum hatte sie *das* heute nicht erfahren? »Aber ich ...« ... *wollte ihn nicht wieder dazu herausfordern, mich zu küssen.* Sie klappte den Mund zu.

»Wäre es Ihnen lieber, wenn wir Ihnen einen Teller für später beiseitestellen?«, erkundigte Mrs Summers sich.

Evie schüttelte den Kopf und stand auf. »Nein, vielen Dank. Ich bin ziemlich hungrig.« Nur nicht ganz so hungrig wie enttäuscht. »Ich bin gleich unten.«

Als Evie die Falten aus ihrem Kleid geschüttelt, sich das Haar wieder aufgesteckt und sich auf den Weg zum Esszimmer gemacht hatte, war das Abendessen bereits auf ihrem Teller angerichtet und wartete auf sie. Das Fleisch sah nach Geflügel aus, aber es war unmöglich, von McAlistair Genaueres zu erfragen, da er sichtlich nicht anwesend war.

»Wird Mr McAlistair sich nicht zu uns gesellen?«, fragte sie Mrs Summers, als sie Platz nahm.

»Doch. Er ist in die Küche gegangen, um die Brötchen zu holen.«

»Oh, dann bin ich also nicht zu spät.«

Christian lächelte sie an. »Sie sind überhaupt nicht zu spät. Wir haben uns gerade erst hingesetzt.«

»Ich bin erleichtert, das zu hören.« Sie hob eine Gabel voll Erbsen an den Mund, zögerte und sah sich am Tisch um. Gerade erst hingesetzt? Sie hatten noch nicht begonnen zu essen?

Nach den letzten Mahlzeiten, die im Cottage zubereitet worden waren, war es wahrscheinlich das Beste, wenn sie es jemand anderem überließ, den ersten Bissen zu wagen. Nicht dass sie kein Vertrauen in McAlistairs Fähigkeiten als Koch gehabt hätte – das hatte sie. Sie hatte schließlich ohne Folgeschäden gegessen, was er im Wald zubereitet hatte. Aber andererseits hatte er dort weder Gewürze noch Butter zur Verfügung gehabt, nicht wahr? Die unüberlegte Anwendung von Gewürzen und Butter konnte verheerende Auswirkungen auf ein Gericht haben.

Sie sah zu Mrs Summers hinüber, die bedauerlicherweise zu demselben Schluss gekommen zu sein schien. Ihre Gabel schwebte über dem Teller, und sie blickte Evie direkt in die Augen.

Evies Blick schweifte zu Christian hinüber, der in seinem Essen stocherte, während er gleichzeitig verstohlen zu ihr herübersah, und Mr Hunter hatte sich gar nicht erst die Mühe gemacht, zum Besteck zu greifen. Er saß da und beobachtete sie, ein leicht amüsiertes Lächeln im Gesicht.

Verdammt, sie warteten alle auf sie.

Sie legte die Gabel hin. »Vielleicht sollten wir auf McAlistair warten.«

»Es wäre wohl wirklich unhöflich, ohne ihn anzufangen«, beeilte Mrs Summers sich, ihr beizupflichten, und noch mehr, die eigene Gabel abzulegen.

Sie saßen in unbehaglichem Schweigen, das noch peinlicher wurde, als McAlistair mit den Brötchen zurückkam. Offenbar bemerkte er die unnatürliche Stille im Raum nicht, oder er störte sich nur nicht daran. Er stellte die Brötchen auf den Tisch, nahm Platz und begann zu essen.

Als er keine unmittelbaren Krankheitssymptome zeigte, probierte Evie ein Stück von dem Geflügel.

Es schmeckte wie ... schmeckte wie ... sie hörte auf zu kauen. Es schmeckte nach nichts außer Fleisch. Es schmeckte eigentlich nach gar nichts. Es hatte keinen Geschmack. Nicht die Spur. Nicht einmal die Andeutung einer Spur. Es war so fade wie das Fleisch, das er im Wald gebraten hatte.

Zugegeben, das war besser als das Fleisch, das sie am vergangenen Abend zubereitet hatte, aber hätte er nicht etwas hinzufügen können? Irgendetwas? Fisch und Schlange, die im Wald auf einer Reise querfeldein gekocht wurden, konnten zumindest den Anspruch erheben, mit Abenteuer gewürzt zu sein. Selbst *das* war etwas.

Sie sah sich in der Tischrunde um, wo Mrs Summers nachdenklich die Stirn runzelte und auf ihren Teller blickte, Mr Hunter erwartungsvoll McAlistair anschaute, und Christian, wenig überraschend, seine Mahlzeit schon halb aufgegessen hatte.

McAlistair blickte von seinem Teller auf und musste wohl bemerkt haben, dass nur er und Christian aßen, denn er fragte: »Stimmt etwas nicht?«

Evie und Mrs Summers schüttelten einmütig den Kopf, während Christian grunzte und sich den nächsten Bissen in den Mund schob.

Mr Hunter warf den Kopf in den Nacken und lachte dröhnend. »Teufel auch, Mann, was haben Sie damit gemacht?«

Keineswegs gekränkt nahm McAlistair noch einen Bissen. »Nichts.«

»Genau.« Mr Hunter stach mit dem Finger in seine Richtung. »Da ist rein gar nichts dran, nicht wahr? Keine Prise Salz, kein Zweiglein Thymian, nicht einmal ein Pfefferkorn. Sie haben gesagt, Sie könnten kochen.«

McAlistair lächelte ein wenig mit vollem Mund. »Es ist doch gekocht.«

»Insofern es nicht roh ist, ja.«

»Oh je«, murmelte Mrs Summers. »Das genügt nicht.«

»Ich könnte es ja noch einmal versuchen«, erbot sich Evie, die von McAlistairs Versagen ablenken wollte. »Etwas Einfaches ...«

»Nein.«

Die Ablehnung wäre vielleicht etwas weniger verletzend gewesen, wenn sie nicht so einmütig von allen Anwesenden bei Tisch zugleich gekommen wäre. Evie rümpfte die Nase und legte die Gabel beiseite. »Also schön, hat jemand eine bessere Idee?«

McAlistair schnitt sich gelassen noch eine Scheibe Fleisch ab. »Mr Hunter ist dran.«

Dann sah sie es – die hinterhältige Erheiterung in seinen Augen. Sie hatte gewusst, dass er die Reaktion der anderen auf seine Mahlzeit amüsant fand, aber das kurze Aufblitzen selbstzufriedenen Triumphs verriet ihr, dass es eine *hinterhältige* Erheiterung war, und das war etwas ganz anderes. Er hatte erwartet, sogar geplant, dass seine Mahlzeit ein Misserfolg wurde.

Entzückt von seiner List, von ihm, griff sie nach ihrer Serviette, um ihr Lächeln zu verbergen.

Mrs Summers räusperte sich geziert. »Können Sie *gut* kochen, Mr Hunter?«

Mr Hunter starrte McAlistair aus verengten Augen an. »Das wird sich ja zeigen.«

23

Anders als Evies Katastrophe vom vergangenen Abend ließ sich McAlistairs Mahl leicht mit einem schnellen Ausflug in die Küche retten, um dort Salz und Pfeffer zu holen. Evie wäre zwar nicht so weit gegangen, das Ergebnis als wohlschmeckend zu bezeichnen, aber es war essbar, selbst nach den Maßstäben von Mrs Summers, der es nach Tagen, in denen sie kaum etwas zu sich genommen hatte, gelang, ihren Teller mehr als halb leer zu essen.

Nach einer kurzen Verwirrung über die Frage, in wessen Verantwortung nun das Geschirrspülen lag – geklärt durch Christians unterhaltsamen und letztendlich (für ihn) verhängnisvollen Vorschlag, Strohhalme zu ziehen –, nahm Evie Mr Hunters Angebot an, ein Schachspiel mit ihm zu bestreiten. Sie hoffte sehr, dass McAlistair sich zu ihnen in die Bibliothek gesellen würde, aber er lehnte ab und behauptete, nach den Pferden sehen zu müssen.

Evie unterdrückte ihre leichte Enttäuschung. Es war eine vollkommen triftige Entschuldigung, sagte sie sich, und ein paar Pferde zu tränken und zu füttern war kaum eine Aufgabe, für die man einen ganzen Abend brauchte. Gewiss würde McAlistair irgendwann zu ihnen stoßen. Einstweilen leistete Mr Hunter ihr Gesellschaft. Im Allgemeinen schätzte Evie die Gesellschaft von Männern nicht, die sie kaum kannte, vor allem, wenn sie ungewöhnlich gut aussahen wie Mr Hunter. Obwohl sie wusste, dass es unvernünftig war, wurde sie beim Anblick eines solchen Mannes unwillkürlich daran erinnert, dass sie zwar körperliche Vollkommenheit vor Augen hatte ... er jedoch nicht.

Aber zu ihrer Freude stellte sie fest, dass Mr Hunter – wenn man seinen Vorschlag außer Acht ließ, sie als Köder zu benutzen – ein Mann war, in dessen Gegenwart man sich schnell wohlfühlte. Er war außerordentlich charmant, und obwohl er eine Gewandtheit und Glätte an sich hatte, der sie nicht ganz traute, stellte sie fest, dass ihr Stottern angesichts seiner guten Stimmung und freundlichen Art nachließ.

Zu ihrer weiteren Freude entdeckte sie, dass er mit der Einschätzung seiner Fähigkeiten im Schachspiel nicht weit danebengelegen hatte. Sie war zwar noch nicht bereit, ihn als Besten anzuerkennen, aber sie musste zugeben und wusste das zu würdigen, dass er als Gegner eine Herausforderung darstellte. Eine weitere Empfehlung für ihn war der Umstand, dass er ihre eigenen Fähigkeiten offensichtlich zu schätzen wusste.

Bei der letzten Gelegenheit, als sie mit einem von Kates Bewunderern gespielt hatte, hatte Evies Gegner eine nervöse – und durchschaubare – Ausrede vorgebracht, um das Spiel zu beenden, als deutlich wurde, dass er verlieren würde. Frauen durften in strategischen Spielen anscheinend nicht versiert sein.

Mr Hunter hingegen schien die Möglichkeit – die sehr reale Möglichkeit – einer Niederlage nichts auszumachen.

Er runzelte nachdenklich die Stirn, als sie einen seiner Läufer nahm. »Spielt Ihre ganze Familie gern Schach?«

Sie beobachtete, wie er seinen anderen Läufer auf eine sichere Position rückte. »Ja, wobei Kate und ich einander beinahe ebenbürtig sind.«

»Und wie geht es Lady Kate?«, erkundigte er sich.

Evie vermied es sorgfältig, bei dem Thema zu lächeln, über das sie am liebsten mit Mr Hunter sprechen wollte.

»Als ich zuletzt mit ihr ge-gesprochen habe, ging es ihr recht gut.«

»Und ihre Zofe ... Lizzy, nicht wahr?« Er wartete auf ihr Nicken, bevor er fortfuhr. »Wie kommt es, dass sie in Haldon war statt bei ihrer Herrin?«

Sie schob einen ihrer Bauern vor. »Lizzy ist genauso meine Zofe wie die von Kate.«

»Das ist ungewöhnlich, nicht wahr?«

Es war noch ungewöhnlicher, dass er sich überhaupt nach der Zofe einer Dame erkundigte, aber Evie sah keinen Nutzen darin, das zu erwähnen. »Für Frauen unseres Ranges, meinen Sie?«

»Das meine ich wohl, ja.«

»Ich glaube schon«, erwiderte sie. »Lady Thurston wollte uns einmal ü-überzeugen, eine andere junge Frau in unsere Dienste zu nehmen, aber keine von uns war bereit, Lizzy gegen jemand anderen einzutauschen.«

Er zog seine Königin. »Dann ist sie also sehr gut in ihren Aufgaben.«

Evie dachte darüber nach. »Nicht besonders«, befand sie und lächelte über seine überraschte Miene. »Aber wir lieben sie sehr.«

»Und Lady Kate? Empfindet sie genauso?«

»Oh ja.« Ihre nächsten Worte wählte sie mit Bedacht. »Es überrascht mich, dass Sie sie das nicht selbst gefragt haben.«

»Das hätte ich getan, wenn sie nur lange genug stillsitzen würde, um ein Gespräch mit ihr zu beginnen.« Er trommelte träge mit dem Finger auf den Tisch. »Immer wenn wir uns begegnen, scheint sie in Eile zu sein.«

In großer Eile, das wusste Evie, sich von einem Mann zu entfernen, der sie aus der Fassung brachte. Evie zweifelte nicht eine Sekunde daran, dass Mr Hunter Kates Reaktion auf ihn bemerkte oder dass es ihm ein gewisses Vergnügen bereitete. Sie hatte die beiden schon mehr als einmal beobachtet, und ihr war das amüsierte Glitzern in seinen Augen nicht entgangen. Genauso wenig wie das Verlangen.

»Sind Sie verliebt?« Sie hätte nicht fragen sollen, oder zumindest hätte sie einen Weg finden sollen, mit einem Mindestmaß an Takt zu fragen, aber die Worte waren heraus, ehe ihr bewusst wurde, dass sie sie aussprechen wollte.

Mr Hunter zuckte mit keiner Wimper. »In Whit? Da wäre ich gewiss schlecht beraten.«

Evie lachte mit einer Mischung aus Humor und Erleichterung, weil er sie nicht für ihre Unhöflichkeit gescholten hatte. »Ja, allerdings. Mirabelle würde Ihnen den Kopf abreißen.«

»Die Gräfin ist eine zu großzügige Seele dafür und ist sich Whits Zuneigung zu sicher. Sie würde mich bemitleiden, und ich kann es nicht ausstehen, bemitleidet zu werden.« Er setzte eine betrübte Miene auf. »Versprechen Sie mir, mein trauriges Geheimnis zu bewahren?«

»Die Coles geben niemals ein Versprechen, das sie nicht halten können.« Sie berührte die Spitze eines Läufers, überlegte es sich dann anders und schob einen weiteren Bauern vor. »Ich habe von Kate gesprochen.«

»Tatsächlich? Nicht möglich.«

»Werden Sie die Frage beantworten?«

Er sah sie direkt an. »Ich bin nicht in Lady Kate verliebt.«

Prüfend musterte sie sein Gesicht in der Erwartung, ein Zeichen der Verlegenheit zu finden, einen Hinweis, dass er etwas verbarg, aber seine Miene verriet nichts.

»Sie sind vielleicht einfach ein g-guter Lügner«, sagte sie.

»Das nehme ich Ihnen übel. Ich bin ein sensationeller Lügner.« Er wartete, bis sie aufhörte zu lachen, dann fuhr er fort: »Aber wie es der Zufall will, spreche ich im Moment die Wahrheit. Ich glaube nicht an die Liebe. Nicht an die Art, die Sie meinen.«

»Haben Sie jemals an Liebe geglaubt?«

»Vielleicht als ich noch ein Kind war. Allerdings habe ich damals auch geglaubt, wenn ich auf dem Boden einen Kamm fände und mich bückte, um ihn aufzuheben, würden die Meerjungfrauen kommen und mich holen.« Er lächelte über ihre verwirrte Miene. »Ein alter irischer Mythos. Meine Großmutter war eine O'Henry.«

»Oh. Haben Sie aufgehört, an die Liebe zu glauben, als Sie aufgehört haben, an Meerjungfrauen zu glauben? Oder steckt hinter Ihrem Widerstreben zu glauben eine Geschichte? Hat Ihnen jemand das Herz gebrochen?«

»Natürlich. Aber nicht im romantischen Sinn.«

Sie öffnete den Mund, um etwas Geistreiches zu erwidern, besann sich dann aber eines Besseren. Ein solcher Kummer konnte vielerlei Ursachen haben – ein Familienmitglied, ein Freund. Nach allem, was sie wusste, hatte er vielleicht ein Kind verloren.

»Es tut mir leid, das zu hören«, sagte sie stattdessen.

Er lächelte und schlug ihren Bauern mit seinem Turm. »Das Herz ist nur ein Körperteil, und es heilt wie jedes andere.«

Es trug auch Narben davon wie jedes andere. Sie dachte an McAlistairs trauriges Lächeln und widerstand dem Drang, ihre Wange zu berühren.

McAlistair beobachtete Evie und Mr Hunter vom dunklen Flur aus. Die Szene hatte nichts weiter Bemerkenswertes an sich – es war nichts Unziemliches an Zeit oder Ort, genauso wenig wie am Benehmen der betreffenden Personen. Es gab rein gar nichts, was den Zorn rechtfertigte, der in ihm wütete.

Er hatte zwar wenig Erfahrung mit dem Gefühl, wusste jedoch, dass es Eifersucht war. Nichts sonst konnte den unvernünftigen Ärger erklären, die Sehnsucht, das Gefühl der Ohnmacht. *Nicht für dich*, rief er sich ins Gedächtnis und ballte die Hände zu Fäusten.

Sie ist nicht für dich.

Und während er sich noch vorstellte, Mr Hunters grinsendes Gesicht mit Fäusten zu bearbeiten, wandte er sich ab und ging davon.

24

Evie begrüßte den nächsten Morgen mit erheblich weniger Begeisterung, als sie den vergangenen Tag begrüßt hatte. Ein schneller Blick durch die Vorhänge verriet ihr, dass es regnete, was bedeutete, dass es keine Möglichkeit gab, McAlistair zu einer weiteren Ruderpartie auf dem Meer zu überreden. Ein später Start in den Tag bedeutete, dass sie das Frühstück versäumt hatte, das, wie Mrs Summers ihr freundlicherweise mitteilte, außergewöhnlich gewesen war. Und die Nachricht, dass Mr Hunter und Christian im Arbeitszimmer in ein Kartenspiel vertieft waren, während McAlistair draußen war, um das Gelände abzusuchen, bedeutete, dass es nicht viel anderes zu tun gab, als Mrs Summers' Vorschlag zu folgen und im Salon zu sticken.

Es war, befand Evie, eine furchtbar dumme Art, den Tag zu verbringen.

»Hat Ihnen Ihr Schachspiel mit Mr Hunter Spaß gemacht, Liebes?«

»Mmh?« Evie schaute von dem verhedderten Garn auf, das sie – erfolglos – zu entwirren versuchte. »Oh ja. Er ist ein charmanter Mann und ein guter Spieler, wenn auch nicht so gut, wie er mich hat glauben lassen.«

»Sie haben die Partie gewonnen?«

»Nein. Wir sind noch nicht fertig, aber ich werde gewinnen.« Sie musterte Mrs Summers. »Ich habe gar nicht bemerkt, dass Sie zugesehen haben. Ich dachte, Sie hätten sich für die Nacht zurückgezogen.«

»Ich bin für ein Schlückchen warme Milch heruntergekommen. Ich habe nur kurz einen Blick hineingeworfen.«

»Oh.« Hatte sie einen Blick hineingeworfen, als sie über Kate gesprochen hatten? Evie konnte sich nicht vorstellen, dass Mrs Summers ein solches Gespräch billigen würde.

»Sie schienen ... beschäftigt.« Mit ungewöhnlicher Nervosität legte Mrs Summers ihre Näharbeit beiseite, nahm sie wieder auf und legte sie wieder hin. »Sie finden ihn charmant?«

Ah, das war es also. Evie wägte ihre Antwort sorgfältig ab. »Ich finde viele Leute charmant. Die gegenwärtige Gesellschaft eingeschlossen.«

»Oh, nun, danke, Liebes. Aber ...« Mrs Summers räusperte sich ein wenig, und zu Evies großer Überraschung beugte sie sich vor und ergriff ihre Hände. Ihr Gesichtsausdruck war gequält. »Sie haben doch keine zarten Gefühle für den Mann entwickelt, oder?«

»Nein«, sagte Evie, so verblüfft, dass sie ehrlich antwortete. »Das habe ich nicht.«

»Oh, Gott sei Dank.« Mrs Summers atmete zitternd aus und richtete sich wieder in ihrem Stuhl auf. »Ich hatte befürchtet ... nun, ich hatte gedacht ... es wäre katastrophal gewesen.«

Weil sie jemand anderen ausgesucht hatten, begriff Evie. »Katastrophal scheint mir ein ziemlich starkes Wort zu sein. Warum ...«

»Er ist nicht für Sie bestimmt.«

Himmel, würde die Frau alles zugeben? »Oh? Und für wen bin ich bestimmt?«

»Das weiß ich sicher nicht«, sagte Mrs Summers steif und machte Evies Hoffnung auf ein Geständnis zunichte. »Aber es ist nicht Mr Hunter.«

»Sie billigen ihn nicht?«

»Gewiss tue ich das.« Sie griff wieder nach ihrer Handarbeit. »Sein Interesse gilt Lady Kate.«

Es dauerte mehrere Sekunden, bevor Evie ihre Stimme wiederfand. »Sie *wissen* davon?«

»Nun, ich bin schließlich nicht blind, oder?« Mrs Summers schnaubte. »Wie kommt es, dass die jungen Leute glauben, nur sie würden diese Dinge bemerken? Man sollte doch meinen, dass sie auch Erfahrung zur Kenntnis nehmen könnten und ...«

»Ich bitte um Verzeihung«, unterbrach Evie sie und biss sich klugerweise innen auf die Wange, um nicht zu lächeln. »Ich weiß nicht, was ich gedacht habe, wo Sie doch Ihren eigenen Kavalier haben.«

Mrs Summers machte ein Gesicht, als würde sie gleich etwas Missbilligendes sagen, aber dann zuckten ihre Lippen, und ihre Augen leuchteten vor Freude auf. »Den habe ich, nicht wahr?« Sie stieß einen lüsternen Seufzer aus, was so gar nicht ihre Art war. »Ich muss sagen, es ist bemerkenswert, in meinem Alter verliebt zu sein.«

»Sie sind in Mr Fletcher verliebt?«

»Ich glaube schon.« Sie seufzte wieder und wandte sich mit einer träumerischen Miene – die auch so gar nicht ihre Art war – erneut ihrer Stickerei zu.

Evie hatte diese Art von sehnsüchtigem, entrücktem Gesichtsausdruck zuvor bei Kate gesehen und wusste recht gut, dass sie gänzlich aus Mrs Summers' Gedanken entlassen worden war.

Ohne sich noch die Mühe zu machen, ihr Lächeln zu verbergen, legte Evie ihre eigene Arbeit beiseite und murmelte, sie wolle etwas trinken. Sie nahm es Mrs Summers nicht übel, als diese nicht reagierte; sie schlüpfte einfach leise aus dem Salon und, als sie entdeckte, dass der Regen nachgelassen hatte, auch leise aus dem Haus.

Ein zügiger Spaziergang war genau das, was sie brauchte, um ihre Gedanken zu ordnen – oder, vielleicht genauer, ihre Verwirrung zu ordnen. Nachdem sie ums Haus herumgegangen war, machte sie sich auf den Weg zum Strand und bemerkte kaum den feinen Nebel, der immer noch in der Luft hing.

Wenn Mr Hunter nicht der ihr bestimmte Retter war, wer zum Kuckuck war es dann? Und weshalb zum Kuckuck brauchte er so lange? Es war ihr dritter Tag im Cottage – wie lange glaubten ihre Kuppler, dass sie herumsitzen und warten sollte?

Und wie würde sie sich fühlen, wenn er eintraf? Es würde bedeuten, dass sie ein für alle Mal klarstellen müsste, dass man ihr Herz nicht im Sturm erobern konnte. Es würde bedeuten, nach Haldon zurückzukehren. Es würde bedeuten, sich von McAlistair zu trennen.

Sie blieb bei einigen Felsen am Rand des Ufers stehen und schaute über das Wasser.

Als sie und McAlistair sich das letzte Mal geküsst und danach getrennt hatten, hatte sie monatelang nichts mehr von ihm gesehen oder gehört. Würde es diesmal wieder so sein?

Wäre das denn so schlimm?

Es wäre schlimm. Sie wusste, noch bevor sie die Frage gestellt hatte, dass es *sehr* schlimm wäre. Herrgott noch mal, sie war schon enttäuscht gewesen, weil er heute Morgen nicht im Haus gewesen war. Was würde sie mit einem Leben voller Morgenstunden ohne ihn tun?

Bei dem bloßen Gedanken wurde ihr das Herz schwer.

Und dann erstarrte es, als ein Schuss fiel. Das scharfe Geräusch schnitt durch die nasse Luft, und etwas prallte hinter ihr vom Felsen ab und wirbelte einen feinen Staubnebel auf. Instinktiv ließ sie sich auf die Knie fallen und rutschte hinter die Felsen.

Benommen dachte sie zuerst, irgendein Tor befände sich im

Wald neben dem Haus auf der Jagd, und sie sei ihm dabei in die Quere gekommen. Aber noch bevor sie diesen Gedanken zu Ende gedacht hatte, kam ihr ein weiterer. Abgesehen von den Menschen im Haus hätte es meilenweit keine Menschenseele geben dürfen. Und sie trug ein elfenbeinfarbenes Gewand und stand neben einem dunklen Felsen. Falls der Schütze nicht ebenso blind wie dumm war, war es fast unmöglich gewesen, sie zu übersehen. Langsam keimte in ihr die Erkenntnis und ließ ihr das Blut in den Adern gefrieren.

Jemand hatte *auf sie* geschossen.

Sie schaute schnell auf, um abzuschätzen, wie viel Schutz die Felsen boten. Genug, dachte sie. Hoffte sie. Genug, solange sie dicht am Boden blieb. Ihr eigenes Bild, hilflos und geduckt wie ein in die Enge getriebenes Tier, blitzte in ihrem Kopf auf, und sie schob es energisch beiseite. Die Felsen würden sie beschützen ... es sei denn, der Schütze suchte sich einen besseren Standort. Sie blickte nach links, dann nach rechts ... und nahm gerade noch die dunkle Gestalt eines Mannes wahr, bevor er sich auf sie stürzte und sie zu Boden riss.

Panik durchzuckte sie, dicht gefolgt von Zorn. Sie drückte sich vom Felsen weg, wälzte sich zur Seite und ließ gleichzeitig die Faust vorschnellen. Es war eine unbeholfene Bewegung, aber sie hätte dem Mann einen Kinnhaken verpasst, hätte er nicht rasch ihre Hand abgefangen.

»Ich bin es. Alles in Ordnung.« McAlistair ließ ihren Arm los und tastete sie auf der Suche nach Verletzungen hastig ab. »Evie, sind Sie verletzt? Tut es irgendwo weh?«

Sie schüttelte den Kopf.

Er musterte sie. »Sind Sie sicher?«

»Ja, ich ... ja.« Sie war noch zu benommen, um das Zittern zu bemerken, das durch seinen Körper lief. Sie schluckte hörbar. »Jemand hat auf mich geschossen.«

»Ihre Pistole«, sagte er knapp.

»Was?«

»Ihre Pistole, wo ist sie? Ich habe sie Ihnen gegeben.«

Wovon zum Kuckuck redete er? »Ich habe keine Pistole.«

Er fluchte und drehte sie wieder auf den Bauch. Dann beugte er sich schützend über sie und schob und zerrte sie zum nächsten Felsen. »Halten Sie den Kopf unten.«

Es war ein vernünftiger, wenn auch überflüssiger Rat – glaubte er etwa, sie würde aufspringen und eine Erklärung fordern? Während ihr das Blut in den Ohren rauschte, beobachtete sie, wie McAlistair mit einer Pistole über den Felsen zielte.

»Wie schnell können Sie rennen?«, fragte er, ohne sie anzusehen.

»Normalerweise nicht sehr schnell.« Aber andererseits hatte auch noch nie jemand auf sie geschossen. Beinahe hätte sie gefragt, ob sie nicht warten sollten, bis Christian oder Mr Hunter aus dem Haus kamen – sie hatten den Schuss doch bestimmt gehört –, aber im letzten Moment verzichtete sie auf den Vorschlag. Sie wollte nicht, dass sich andere um ihretwillen zur Zielscheibe machten.

McAlistair kniff die Augen zusammen und schoss. Der Knall hallte von den Felsen wider und klang in Evies Ohren nach – sie hörte kaum den kurzen Fluch McAlistairs, der darauf folgte.

»Er ist weg.«

Das hörte sie. »Ja?« Sie nahm den Mut zusammen, hob den Kopf und spähte am Felsen vorbei. »Sind Sie sicher?«

Er stand auf, sah sich um und zog sie dann statt einer Antwort auf die Füße. »Er hatte ein Pferd.«

»Sie haben ihn gesehen?«, fragte sie, als er ihre Hand ergriff und so zügig zum Haus ging, dass sie rennen musste, wenn sie nicht hinter ihm hergeschleift werden wollte. »Wer war es? Warum …«

»Ich habe nur das Pferd und den Rücken des Mannes gesehen. Ich weiß nicht, wer es war. Warum zum Teufel haben Sie die Pistole nicht mitgenommen, die Mrs Summers Ihnen gegeben hat?«

Ach, *diese* Pistole. »Weil ich sie nicht mehr habe. Schon vergessen?« Sie gestikulierte mit der freien Hand, als er durch die Hintertür stürmte und sie in die Küche zerrte.

»Verdammt. Ich habe sie Ihnen wieder in Ihren Beutel gesteckt. Hätte ich Ihnen wohl sagen sollen.«

Beinahe wäre sie mit Christian, Mr Hunter und Mrs Summers zusammengestoßen. Alle drei trugen Waffen, wie Evie bemerkte, und schienen entschlossen, sie einzusetzen … selbst Mrs Summers, deren Waffe offenbar in einer Art Holzknüppel bestand.

Oh, verflucht. Verflucht noch mal. Hatte sie sich so sehr geirrt? Ein Kutschenunfall war eine Sache, aber Pistolen und … was immer es war, das Mrs Summers da in der Hand hielt … waren etwas ganz anderes.

»Evie!« Mrs Summers legte ihre Waffe beiseite und schlang die Arme um sie. »Wir haben Schüsse gehört. Sind Sie verletzt?«

»Nein … ich …« Benommen verharrte Evie in der Umarmung, bis es eher so aussah, als würde sie sich an die ältere Frau klammern. »Nein, ich bin unversehrt.«

»Oh, dem Himmel sei Dank.« Mrs Summers schaute zu McAlistair hinüber, um zu sehen, ob er verletzt war, und fragte: »Wo ist er?«

»Fort«, antwortete er, aber er sah Mrs Summers nicht an, sondern hielt die dunklen Augen unverwandt auf Evie gerichtet. »Zu Pferd.«

»Wir können ihn verfolgen«, sagte Mr Hunter, schob seine Pistole in eine Manteltasche und ging auf die Tür zu. »Der Regen wird es leicht machen.«

McAlistair schüttelte den Kopf. »Er ist zur Straße geritten.« Mr Hunter fluchte.

»Die Straße?« Evie machte sich von Mrs Summers los. »Ist es nicht leichter, jemanden auf der Straße zu finden?«

»Nur, wenn man ihn schon vor der Nase hat«, erklärte Christian. »Auf der Straße lassen sich Hufabdrücke nicht voneinander unterscheiden. Er wird zweifellos eine Weile auf der Straße reiten und sie dann verlassen, bevor er die Stadt erreicht.«

»Oh«, murmelte sie; ihr fiel beim besten Willen nichts Intelligenteres ein.

Christian fuhr sich durchs Haar. »Von wo hat er geschossen?«

Und noch immer wandte McAlistair den Blick nicht von Evie. »Wald. Westseite.«

»Und wo waren Sie ...?«

»Evie war bei den Felsen. Ich hatte gerade das Haus verlassen.«

Mrs Summers bedachte Evie mit einem durchdringenden Blick. »Sie sind *allein* spazieren gegangen?«

Ganz offensichtlich war sie *nicht* allein gewesen, aber sie wusste, dass Mrs Summers das nicht meinte.

»Ich dachte, es sei sicher«, murmelte sie stattdessen. »Ich bin schon früher am Strand gewesen ...«

»Aber nicht allein.«

»Jetzt mit ihr zu schimpfen macht es auch nicht besser«, sagte McAlistair leise.

Evie war hin- und hergerissen zwischen Dankbarkeit für seine Verteidigung und Verlegenheit über das Wort »schimpfen«. Sie fühlte sich wie eine unartige Fünfjährige. Eine Fünfjährige mit unterdurchschnittlicher Intelligenz. »Wenn ich auch nur f-für einen Moment gedacht hätte, dass sich v-vielleicht ein Irrer im Wald versteckt und auf m-mich schießen will, wäre ich sicher nicht gegangen. Ich bin doch k-keine Idiotin. Ich bin nicht …« Sie verstummte, als ihr die Stimme versagte. Sie war nicht wütend auf Mrs Summers; sie war verängstigt und voller Schuldgefühle. Und sie ärgerte sich über sich selbst, weil sie *zweimal* in Gefahr geraten war, ohne ihre Waffe dabeizuhaben. Sie verschränkte die Arme und umklammerte die Ellbogen, um ihr Zittern zu bändigen.

Mrs Summers tätschelte Evie sanft den Arm. »Wir werden später darüber reden. Wenn wir uns beide beruhigt haben.«

»Wir werden eine Nachricht nach Haldon schicken müssen«, bemerkte Christian. »Ich werde in die Stadt reiten. Könnte ja sein, dass jemand einen einzelnen Reisenden gesehen hat, der vorbeigekommen ist.«

Mr Hunter nickte, als Christian sich verabschiedete. »McAlistair und ich suchen das Gelände ab.«

McAlistair rührte sich nicht. Sein Blick blieb fest auf Evie geheftet. »Er ist fort.«

»Kann nicht schaden, das noch mal zu überprüfen.« Als McAlistair sich immer noch nicht von der Stelle rührte, fasste Mr Hunter ihn am Arm und zerrte ihn beinahe weg. »Sie können die Gegend um das Haus absuchen«, hörte Evie ihn sagen, »für den Fall, dass die Frauen uns brauchen sollten. Ich werde hinter der Bucht und im Norden suchen …«

Mr Hunters Stimme verklang zu einem unverständlichen Murmeln, während er McAlistair in eine Richtung führte und Mrs Summers Evies Arm nahm und sie in eine andere geleitete.

25

McAlistair suchte das Grundstück in unmittelbarer Nähe des Hauses und das Haus selbst ab und überprüfte zweimal die Schlösser an Türen und Fenstern. Er wusste sehr gut, dass sie in Ordnung waren, genau, wie er auch wusste, dass jemand, der hineinwollte, einen Weg finden würde. Aber er musste *irgendetwas* tun, während Mrs Summers Evie in ihr Zimmer brachte.

Es schien ungeheuer viel Zeit in Anspruch zu nehmen.

In Wirklichkeit war vielleicht nicht mehr als eine halbe Stunde vergangen, aber ihm schien es eine Ewigkeit zu dauern, bis Mrs Summers aus Evies Zimmer schlüpfte und in ihr eigenes Zimmer ging. Und eine weitere Ewigkeit, bevor ein leises Schnarchen aus Mrs Summers' Zimmer drang.

Nach dem, was er über die Dame und ihre Nickerchen wusste, würde er schätzungsweise mindestens zwei Stunden haben.

Was er in diesen Stunden zu tun beabsichtigte, hatte er noch nicht entschieden. Er wusste nur, dass er sie mit Evie verbringen musste.

Da er nicht anklopfen und riskieren wollte, abgewiesen zu werden, drückte McAlistair Evies Tür auf. Entschlossen zuerst, dann vorsichtig, als ihm der Gedanke kam, dass sie vielleicht schlief – oder sich umzog.

Sie stand am Fenster, aber *nicht*, wie er bemerkte, direkt davor, sondern mehr als einen Meter davon entfernt. Ein guter und sicherer Abstand, der sie vor jedem verbarg, der vielleicht von draußen hereinschaute.

Sie hatte jetzt Angst. Ihm kam der Gedanke, dass es vielleicht ein Fehler gewesen war, sie davon zu überzeugen, dass die Gefahr real war. Es war ihm zuwider, dass sie sich fürchten musste. Besser wäre es gewesen, wenn er die Dinge genauer im Auge behalten, den Bastard gefangen und sie *danach* erst überzeugt hätte.

Als er hereinkam, drehte sie sich um. »Haben Sie ihn gefunden? Haben Sie …?«

»Nein. Aber wir werden ihn finden.« Er schloss die Tür hinter sich. »Wie geht es Ihnen?«

»Abgesehen davon, dass mir das alles peinlich ist, geht es mir gut.« Sie ging zum Schreibtisch und spielte mit einem Blatt Papier herum. »Mrs Summers fühlt sich nach der ganzen Aufregung nicht recht wohl. Sie hat sich hingelegt.«

»Ich weiß.«

»Oh. Nun. Ich …« Sie räusperte sich, bevor sie mit leiser Stimme weitersprach. »Ich muss mich bei Ihnen entschuldigen. Sie hatten offenbar recht, was die Verschwörung betrifft. Sie müssen …«

»Ist mir egal.«

»Oh. Gut.« Rasch wandte sie den Blick ab. »Natürlich. Sie haben jeden Grund, wütend zu sein. Ich …«

»Das habe ich nicht gemeint.« Es war ihm verflucht egal, wer recht und wer unrecht gehabt hatte. »Das ist nicht wichtig. Ich bin Ihnen nicht böse, ich …« Er fuhr sich mit der Hand durchs Haar. »Ich dachte, Sie wären angeschossen worden. Ich dachte …«

Er war nicht überrascht, dass ihr angesichts seines Mangels an Beherrschung der Mund ein wenig offen stand. »Es geht mir gut«, sagte sie vorsichtig. »Wirklich. Ich habe von dem ganzen Zwischenfall nur ein paar Kratzer davongetragen.«

»Sie hatten Glück.« Ihm war nicht klar gewesen, welch großes Glück sie gehabt hatte, bis er zu der Stelle zurückgekehrt war, wo sie gestanden hatte. Keine dreißig Zentimeter entfernt hatte er die Einschussstelle im Felsen gefunden. Die Kugel hatte sie nur um Zentimeter verfehlt. Um *Zentimeter*.

Er hatte ihre Abwesenheit zu spät bemerkt. Als er das Haus verlassen hatte, war sie bereits bei den Felsen gewesen, und als der Schuss fiel, war er immer noch gute fünfzig Meter entfernt gewesen. Die Strecke war ihm wie fünfzig Meilen vorgekommen und hätte auch ebenso gut so lang sein können, da er auch aus dieser geringen Entfernung nichts ausrichten konnte – er war nah genug gewesen, um die abgesplitterten Felsstücke zu sehen, aber zu weit weg, um sie zu beschützen.

Noch nie im Leben war er so schnell gerannt und war sich doch noch nie so langsam vorgekommen. Seine Beine hatten sich unglaublich schwer angefühlt, und sein Herz und seine Lungen hatten noch vor dem ersten Schritt Schwerstarbeit geleistet.

Er war sich sicher gewesen, dass er sie verlieren würde, hatte schreckliche Angst gehabt, dass die Kugel sie getroffen hatte, bevor sie in den Felsen eingeschlagen war.

Beinahe wäre es geschehen. Verflucht noch mal, es wäre beinahe geschehen.

»Ich muss ... ich ...« Er trat vor und schlang die Arme um sie. Sie schmiegte sich willig an ihn, legte ihm die Arme um die Taille und drückte das Gesicht an seine Brust. Sie war warm, weich und lebendig, und das Schlagen ihres Herzens und das Auf und Ab ihrer Brust schenkte ihm ein gewisses Maß an Trost.

Aber es war nicht genug. Sie lebte, ja. Sie war unverletzt, ja. Aber beides nur durch schieres Glück.

»Du wärst beinahe ... du hättest ...« Er löste sich ein wenig von ihr und umfasste ihr Gesicht mit beiden Händen. »Ich muss«, flüsterte er und neigte den Kopf. »Ich muss.«

Der Kuss, wie jeder vorangegangene, war einzigartig.

Er küsste sie mit der Verzweiflung eines Mannes, der beinahe verloren hätte, was er am meisten liebte, und mit der schmerzhaften Zärtlichkeit eines Mannes, der Angst hatte zu verletzen. Er küsste sie mit dem Wunsch, jedes leise Wort gutzumachen, das er hatte sagen wollen, aber nicht hatte finden können. Er küsste sie mit Leidenschaft und Verlangen, mit Zuneigung und Ehrfurcht. Und er küsste sie, als hinge sein Leben von dem nächsten geflüsterten Atemzug ab, von dem nächsten rauen Seufzer, dem nächsten zitternden Stöhnen.

All das kam von ihr – ein leiser Atemzug, als er sich neigte, um ihr eine Spur sanfter Küsse auf den Hals zu hauchen, ein leichtes Aufkeuchen, als er zart an ihrer Schulter knabberte, ein leises, wohliges Schnurren, als seine Hände sich um ihre Kurven schmiegten.

Ein Nebel aus Furcht und Wonne hüllte ihn ein. Er wusste, dass er irgendwann die Knöpfe ihres Kleides öffnete und ihr das Kleid abstreifte. Er war sich beinahe sicher, dass sie es war und nicht er, die ihn bis aufs Hemd auszog. Und er war sich undeutlich bewusst, dass er sie auf die Arme genommen hatte und sanft aufs Bett legte. Auf das Ausziehen seiner Stiefel würde er sich später nicht deutlich besinnen können, aber er würde sich immer daran erinnern, den Saum ihres Unterkleides gerafft und ihn langsam, unglaublich langsam nach oben geschoben zu haben, um die erhitzte Haut darunter zu entblößen.

Alle seine Wünsche gingen in Erfüllung.

Alles Verlangen, das er für hoffnungslos gehalten hatte, jeder Traum, den er für unerreichbar gehalten hatte, wurde ihm in diesem Moment geschenkt, und er kostete es aus, während seine Furcht ihn drängte, sich zu beeilen.

Nimm mehr. Nimm alles.
Nimm, solange du kannst.

Er riss sein Begehren zurück, kettete es an und erlaubte sich den Genuss des Kostens.

Er ließ die Hände ohne Eile erforschen und den Mund ohne Richtung wandern. Mit den Fingern strich er über die empfindliche Stelle hinter ihrem Knie. Mit den Lippen folgte er der Innenseite ihres Oberschenkels bis zu der elfenbeinfarbenen Haut ihres Bauches hinauf. Er verweilte über ihren ausladenden Hüften, der schmalen Taille, dem weichen Gewicht ihrer Brüste.

Evie berührte ihn mit mehr Eifer als Geschick, und er genoss auch das. Das Gefühl ihrer kleinen Finger, die die Knöpfe seines Hemdes öffneten, und die Hitze ihrer Hände auf seiner Brust brachten sein Blut zum Kochen.

Er wartete, bis er sicher war, dass sie in Wonne versunken war, bevor er sich die Kniehosen auszog und ihren Körper mit seinem bedeckte.

»Evie. Evie, sieh mich jetzt an.« Er umfasste ihr Gesicht mit den Händen, drückte ihr einen sanften Kuss auf die Stirn und klammerte sich an den letzten Funken Selbstbeherrschung. »Wir können aufhören. Ich werde aufhören. Wenn du mich darum bittest …«

»Hör nicht auf.«

Er war ein Mistkerl, dass er so lange gewartet hatte, um ihr eine Gelegenheit zu bieten, sich zurückzuziehen. Ein doppelter Mistkerl, dass er sie beim Wort nahm und weitermachte. Es gelang ihm nicht, eins von beidem zu bedauern. Er war es verdammt noch mal *leid*, gegen das anzukämpfen, was er am meisten wollte.

Er legte ihr die Hand unter die Kniekehle. Sanft hob er ihr Bein über seine Hüfte.

Es würde wehtun. Er wusste, dass sich das nicht ganz vermeiden ließ, aber er gab trotzdem sein Bestes – drang in kleinen, vorsichtigen Stößen in sie ein und forschte in ihrem Gesicht nach Anzeichen des Unbehagens. Er fand nichts dergleichen. Evie wölbte sich ihm entgegen und stöhnte, schlang ihr anderes Bein um ihn und packte seine Schultern so fest, dass sie ihm die Nägel in die Haut grub.

Er genoss den Anblick Evies, die ganz in ihrem Verlangen verloren war, und zuckte innerlich zusammen, als er ihre Jungfräulichkeit erreichte.

»Es tut mir leid«, flüsterte er. Mit einem festen Stoß drang er tief in sie ein.

Er hörte sein eigenes tiefes, wonnevolles Stöhnen.

Und Evies scharfen Schmerzensschrei. Ihre Augen öffneten sich. »Verflucht noch mal.«

Die schokoladenbraunen Augen, die noch vor einem Moment vor Lust verschleiert gewesen waren, weiteten sich, wurden klar, und es trat – wenn er sich nicht sehr täuschte – Verärgerung hinein.

Er fragte sich, ob sie wohl zu fluchen beginnen würde, und fürchtete, dass sie ihm eine Ohrfeige verpassen würde.

»Es tut mir leid.« Er senkte den Kopf und verschloss ihren Mund mit einem langen, tiefen Kuss. Dann ließ er die Hände über ihren Körper gleiten, suchte die Stellen, bei denen sie vorher gestöhnt und sich gewunden hatte. »Liebste, es tut mir leid. Nein, bleib liegen. Warte einfach ... warte.«

Er begann, sie von Neuem zu verführen. Es war Genuss und Folter zugleich. Er hätte sich gern bewegt. Er *musste* sich bewegen. Aber er tat es nicht, nicht, ehe ihre Augen wieder verschleiert waren. Nicht, ehe er sicher war, dass sie zumindest einen Teil, wenn auch nicht alles, der Ekstase spürte, die er empfand.

Als er sich dessen gewiss war, als sie sich in wortlosem Begehren unter ihm aufbäumte, erlaubte er sich, vor- und zurückzugleiten. Der Rhythmus, den er vorgab, war quälend langsam, sowohl aus Rücksicht auf Evie als auch aus dem eigenen, selbstsüchtigen Verlangen, den Moment auszudehnen.

Evie wollte nichts davon wissen. Sie zog ihn näher zu sich heran, um nach dem zu greifen, was er ihr verwehrte. Ihr Atem ging heftiger, ihre Bemühungen wurden wilder.

»Bitte.«

Er gab ihrer Forderung nach, beschleunigte das Tempo und drang tief in sie ein. Er lauschte und beobachtete und prägte sich jeden kostbaren Herzschlag von Evie Cole ein, die in seinen Armen nach der Verzückung griff. Als sie sie fand, als sie unter ihm erschauerte, drückte er sein Gesicht an ihren Hals und ließ sich gehen.

Noch nie hatte Evie ein solch verwirrendes Durcheinander aus Gefühlen erlebt. Sie fühlte sich glücklich, ängstlich, verletzlich, gesättigt und noch vieles andere mehr, was sie nicht benennen konnte.

Am liebsten hätte sie sich unter der Decke verkrochen, und gleichzeitig wäre sie gern aus dem Bett gesprungen und umhergetanzt, aber *noch* lieber hätte sie die Augen geschlossen und dem Schlaf nachgegeben, der ihren beschwerten Körper lockte.

McAlistair bewegte sich, rollte sich auf den Rücken und zog sie sanft an sich. Er breitete die Decke über sie und hüllte sie darin ein. »Geht es dir gut, Evie?«

Sie nickte an seiner Schulter, während ihr tausend Fragen durch den Kopf gingen.

Hatte sie das Richtige getan?

Hatte sie es *richtig* getan?

Die erste Frage würde eine gelassenere Gemütsverfassung erfordern. Was die zweite betraf ... Sie schaute zu McAlistair hoch. Er hatte einen Arm hinter den Kopf gelegt, strich ihr mit einer Hand sanft über den Rücken und hatte den heitersten Gesichtsausdruck, den sie je an ihm gesehen hatte.

Etwas hatte sie also wohl schon richtig gemacht.

Ermutigt von der Sittsamkeit, die ihr die Decke gewährte, ließ sie die Hand über die gezackte, weiße Narbe auf seiner Brust wandern, die ihr schon früher aufgefallen war. Der Mann hatte schrecklich viele Narben am Körper, und ihr kam der Gedanke, dass sie bei keiner davon eine Ahnung hatte, wie es dazu gekommen war. Sie runzelte leicht die Stirn und fuhr die weißen Ränder nach.

»Wie ist das passiert?«

McAlistair spürte, wie ihn ein Lachen tief in der Kehle kitzelte. Natürlich wollte Evie reden. Anstatt zu antworten, strich er ihr übers Haar, um sie in den Schlaf zu lullen, den sie brauchte.

»Ich weiß sehr wenig über dein Leben, bevor du nach Haldon gekommen bist«, ermunterte sie ihn.

Seine Hand kam zur Ruhe. »Ist das wichtig für dich? Meine Vergangenheit?«

Mach, dass sie Nein sagt. *Bitte*, mach, dass sie ...

»Ja.«

Verdammt.

»Sie gehört zu dir«, flüsterte sie.

»Nein. Ich bin nicht mehr der Mann von vor acht Jahren.«

»Na schön, dann gehört es zu dem, was dich zu diesem Mann gemacht hat.« Sie hob den Kopf, um ihn anzusehen, und zwischen ihren Brauen bildete sich eine Falte. »Du willst es mir nicht erzählen.«

Das wollte er verdammt noch mal wirklich nicht, aber obwohl er ihren Unmut ertragen konnte, war er der Enttäuschung, die er in ihren Augen sah, nicht gewachsen.

Er räusperte sich. »Ich bin mit vierzehn von zu Hause fortgelaufen.« Das zumindest konnte er ihr erzählen.

»Wegen der Schule?«

Er schüttelte den Kopf. »Ich bin einfach fort.« Er zog sie näher an sich. Er wollte – brauchte – sie in seinen Armen, während er ihr davon erzählte. »Meine Mutter hatte sich wieder einmal verliebt. Mr Carville. Es war jung, reich und nahm sie völlig in Beschlag.«

»War er nicht nett zu dir?«

»Nein, er war niemand, der einem Kind wehgetan hätte.« Nicht absichtlich. »Aber sie waren verliebt und ... selbstsüchtig in ihrer Liebe.«

»Das tut mir leid. Was ist passiert?«

»Er hat mit meiner Mutter eine Reise auf den Kontinent unternommen und uns Kinder auf einen seiner Landsitze geschickt.«

Sie hob eine Hand und strich ihm eine Locke aus dem Gesicht. »Wurdet ihr dort nicht gut behandelt?«

»Ja und nein. Wir hatten ein Dach über dem Kopf und etwas zum Anziehen. Es war nur das nötigste Personal im Haus. Einige von ihnen waren ... nicht unfreundlich.« Eingeschüchtert, aber nicht unfreundlich.

»Einige?«

»Für uns waren der Gutsverwalter und seine Frau, Mr und Mrs Burnett, zuständig.« Allein beim Aussprechen des Namens drehte sich ihm der Magen um. »Ihnen gefiel es gar nicht, gestört zu werden.«

Oder vielleicht doch. Vielleicht hatten sie es sogar genossen. Verrückt genug waren sie dafür gewesen.

»Sie haben Hauslehrer und Gouvernanten nach Lust und Laune eingestellt und ihnen gekündigt. Haben sich darüber beschwert, sie seien zu nachlässig bei der Disziplin. In ihrem

Haus – sie betrachteten es als ihr Haus – sollte es ordentlich, makellos sauber und ruhig sein.«

»Mit sieben Kindern ist das unmöglich.«

»Damals waren wir nur sechs, aber es war wirklich unmöglich.« Abwesend befühlte er die Narbe, nach der sie gefragt hatte. »Die Strafen waren hart.«

Ihr stockte der Atem. »Das ist von ...«

»Einer Pferdepeitsche«, ergänzte er. »Mrs Burnett nahm immer gern das, was gerade zur Hand war. Bei diesem Vergehen war ich im Stall.« Sein Mundwinkel zuckte in die Höhe. »Ein teuflisches Temperament, diese Frau.«

»Wie kannst du darüber scherzen?«

Weil man kurze Temperamentsausbrüche aushalten konnte. Schlägen konnte man ausweichen oder sie in diesen ersten Momenten erdulden, in denen der Schmerz scharf und neu war, und ignorieren, wenn er nachließ.

»Mr Burnetts Bestrafungen war schlimmer.« Sie waren kalt, umfassend und unausweichlich gewesen.

»Schlimmer als eine Pferdepeitsche?«

Er sprach, ehe er es sich anders überlegen konnte. »Er hat das untere Regalbrett eines kleinen Wäscheschranks benutzt.«

»Es benutzt ...« Evies Stimme verebbte zu einem zitternden Wispern. »Wofür benutzt?«

Er zögerte, während die Erinnerung an jene dunklen Zeiten die Erinnerung an Furcht und Schmerz in ihm wachrief. Er wartete, bis die Erinnerung nachließ. »In dem Schrank war gerade genug Platz, um auf der Seite zu liegen und die Knie ans Kinn zu ziehen.« Der Platz hatte nur ganz knapp gereicht.

Die ersten paar Male hatte er gekämpft, aber Mr Burnett war ein Riese von einem Mann gewesen, so war es einem Jungen von dreizehn Jahren jedenfalls erschienen. Nach einer Weile hatte er es aufgegeben, ihn körperlich besiegen zu wollen, und sich an den wenigen Stolz geklammert, den er daraus zog, aus eigenem Antrieb zu dem Schrank zu marschieren, die Tür aufzureißen und hineinzuklettern. Als wäre es ihm gleichgültig. Als würde es gar nichts für ihn bedeuten. Als wäre geheuchelte Gleichgültigkeit schon so etwas wie Widerstand.

»Wie lange?« Evies Stimme klang entsetzt. »Wie lange hat er dich dort drin behalten?«

»Das war unterschiedlich. Minuten, Stunden, Tage.«

»Tage!« Sie schoss hoch. »Er hat dich ... hat man dir Wasser gegeben, etwas zu essen?«

Sie brach ab, als er den Kopf schüttelte. Dann streckte er die Hand aus und zog ihren Kopf wieder an seine Schulter. Es war leichter zu reden, ihr davon zu erzählen, ohne zu sehen, wie sich sein Schmerz in ihren Augen spiegelte.

»Er hätte dich umbringen können«, flüsterte sie. »Du hättest sterben können.«

Der Gedanke war ihm damals auch gekommen. Jedes Mal. »Ich weiß.«

Und dieser Gedanke – in einem kleinen Schrank zu sterben, zusammengekauert wie ein Tier, hatte ihn fast in den Wahnsinn getrieben. Er erinnerte sich vage, dass er einmal geschrien hatte, dass er seinen Stolz aufgegeben und um Hilfe gerufen hatte, als der Durst und der Schmerz der Unbeweglichkeit unerträglich geworden waren.

Niemand war gekommen. Niemand hatte reagiert.

Kinder sollte man weder sehen noch hören.

Das war Mr Burnetts Regel gewesen.

»Hättest du nicht deiner Mutter schreiben und sie um Hilfe bitten können?«, fragte Evie sanft.

Er schüttelte den Kopf. »Hab's versucht. Bin erwischt worden.«

»Es tut mir so leid.« Sie strich ihm über die Brust. »Ich bin froh, dass du weggelaufen bist.«

»Zuerst nicht. Ich musste an meine Brüder denken.«

»Er hat ihnen auch wehgetan?«

»Selten.« Nicht, wenn McAlistair da gewesen war und die Bestrafung auf sich genommen hatte. »Er hat lieber an mir ein Exempel statuiert. Es war … wirksam, weil sie dann kooperierten.«

»Warum du?«

Er zuckte schwach die Achseln. »Ich war der Älteste, habe am meisten Widerstand geleistet.«

»Wie hat es aufgehört?«

»Ich hatte einen Wachstumsschub. Bin binnen weniger Monate ein gutes Stück in die Höhe geschossen.« Es war ihm gar nicht bewusst gewesen. Er hatte gedacht, es sei nur seine Angst, die den Schrank immer kleiner werden ließ. »Eines Tages passte ich einfach nicht mehr auf das Regalbrett.« Seine Lippen verzogen sich in kaltem Humor. »Der Mann hat verdammt noch mal fast alles versucht, um mich hineinzuzwängen, aber nichts hat funktioniert. Als ich wieder aufstand, bemerkte ich zum ersten Mal, dass ich auf Augenhöhe mit ihm war.«

Mr Burnett hatte es ebenfalls bemerkt. McAlistair erinnerte sich an den Anflug des Erschreckens in den Augen des älteren Mannes und daran, wie er die Hand gehoben hatte, um wieder einmal zuzuschlagen. »Er wollte einen anderen Schrank ausprobieren. Ich habe mich geweigert. Wir haben gekämpft.«

Mr Burnett war immer noch stärker gewesen, aber ihr Größenunterschied war nicht mehr so erheblich gewesen, dass er sein Opfer hätte packen und festhalten können. Und in den Monaten seit ihrem letzten Zusammenstoß hatte McAlistair sich reichlich darin üben können, wie man am besten einer Gefangennahme und Schlägen auswich, was er Mrs Burnett zu verdanken hatte. Aber letzten Endes war er doch immer noch ein Junge gewesen.

»Er hätte mich vielleicht überwältigt, aber ...« Er hielt inne, schaute auf Evies Kopf hinab und fragte sich, wie sie den nächsten Teil der Geschichte aufnehmen würde. »Ich habe nach einer Vase gegriffen und sie ihm über den Kopf geschlagen.«

»Fest?«, fragte sie.

»Fest genug, um ihn bewusstlos zu machen.«

»Großartig.« Das grimmige Vergnügen in ihrer Stimme war nicht zu überhören. »Ist er dabei gestorben?«

»Nein.« *Damals noch nicht*, fügte er im Stillen hinzu. »Aber ich hatte genug Zeit, ihn zu fesseln, eine große Summe aus seinem Schreibtisch zu stehlen und meine Brüder gefahrlos aus dem Haus zu schaffen.«

»Was war mit dem Personal? Mit Mrs Burnett?«

»Mrs Burnett hat eine Nachbarin besucht. Das Personal dachte sich nichts weiter, als wir zu den Ställen gingen. Nur einer der Stallburschen wusste Bescheid. Ich habe ihm ein kleines Vermögen dafür bezahlt, dass er uns half, die Pferde zu satteln, um dann ein Auge zuzudrücken.«

»Du bist mit fünf Brüdern im Schlepptau davongelaufen?«

Bei der Erinnerung daran hätte er beinahe gelacht. »Ja, und es war ein ganz schöner Albtraum.« Charles war gerade erst vier gewesen. »Aber wir hatten genug Geld, um uns durchzuschlagen ...«

»Wo? Wohin seid ihr gegangen?«

»Zur schottischen Grenze. Wir haben bei Mrs Seager gewohnt, der alten Kinderfrau meiner Brüder, bis Mr Carville und meine Mutter gefunden werden konnten.«

Er war sich nicht sicher gewesen, ob sie wiederkommen würden, und hatte schreckliche Angst davor gehabt, dass sie die Kinder nur wieder zu den Burnetts schicken würden. Damals hatte er Mr Carville noch nicht gekannt, aber seine Mutter dafür gut genug. Wenn sie einen Mann liebte, liebte sie mit einer blinden und gefährlichen Hingabe.

»Was haben sie getan, als sie zurückkamen?«, fragte Evie.

»Männer auf die Suche nach den Burnetts geschickt, die verschwunden waren, nachdem meine Brüder und ich fortgelaufen waren. Mr Carville hat sich bei uns entschuldigt.« McAlistair runzelte nachdenklich die Stirn. Entschuldigung war nicht ganz das richtige Wort. Der Mann war von Reue überwältigt gewesen. Es hatte ihn entsetzt, was geschehen war, und er hatte unbedingt dafür sorgen wollen, dass es sich niemals wiederholte. McAlistair hatte ihm geglaubt, war aber noch zu wütend und verletzt gewesen, um zu verzeihen. »Ich bin weggelaufen. Ich war zornig.«

»Und du bist Soldat geworden? Mit vierzehn?«

»Nein, ich bin nach London gegangen und habe überall gearbeitet, wo ich Arbeit bekam.«

»Was für Stellen ergaben sich da?«

Er unterdrückte ein Kichern. Sie war so verdammt *hartnäckig*. »Ein andermal, Liebes. Ich muss gehen.« Er strich ihr noch einmal über den Rücken, küsste sie sanft auf die Stirn und stand auf.

Evie setzte sich auf und nahm die Decke mit. Sie unterdrückte einen Seufzer, als McAlistair sich anzuziehen begann, aber sie versuchte nicht, ihn zum Bleiben zu überreden. Sie wusste, dass die anderen bald zurückkehren würden. Und ebenso, dass es dann vorbei sein würde. Dieser goldene Nachmittag würde enden, und mit der Zeit würde er nur noch eine Erinnerung sein, die sich zu den Erinnerungen an ihre anderen Premieren gesellen würden. Das erste Mal, als sie McAlistair gesehen hatte, das erste Mal, als sie sich im Wald geküsst hatten. Das erste

Mal, als sie seine Hände auf der Haut gespürt hatte. Das erste Mal, als sie sein tiefes, dröhnendes Lachen gehört hatte.

Nur dass es nicht einfach eine Kette von ersten Malen für sie sein würde, begriff sie. Es würde auch eine Liste von letzten Malen und einzigen Malen sein. Der erste, letzte und einzige Tag, an dem sie und McAlistair bis zur Brust im Teichwasser gestanden und gelacht hatten. Der erste, letzte und einzige Tag, an dem sie sich geliebt hatten. Ihr Herz zog sich schmerzhaft zusammen. Sie wollte das nicht. Sie wollte das nicht alles nur einmal mit McAlistair erleben.

Sie spürte seine Hand auf dem Haar, und ihr wurde bewusst, dass sie während der letzten fünf Minuten in ihren Schoß hinuntergestarrt hatte. »Was ist los, Evie?«

Sie zwang sich, den Kopf zu heben und zu lächeln. »Nichts. Ich sammle nur Kraft zum Aufstehen.« Es war nicht ganz gelogen. Sie war erschöpft, und es wäre schön gewesen, eine oder zwei Stunden lang ihre Sorgen im Schlaf zu vergessen.

»Leg dich wieder hin«, schlug McAlistair vor. »Ruh dich aus.«

»Das würde ich gerne.« Sie schenkte ihm ein schiefes Lächeln. »Aber ich kann mir gut vorstellen, wie Mrs Summers reagieren würde, wenn sie sähe, dass ich unbekleidet ein Nickerchen mache.«

McAlistair runzelte die Stirn und sah sich im Raum um, bis sein Blick auf den Schrank fiel. Wortlos holte er ihr Nachthemd heraus. Sie nahm es mit einem gemurmelten Dank entgegen, und es gelang ihr irgendwie, es sich über den Kopf zu ziehen, ohne die Decke fallen zu lassen.

Sie ignorierte den erheiterten Ausdruck auf seinem Gesicht. »Ich nehme an … ich nehme an, wir sehen uns beim Abendessen.«

Er musterte sie kurz, dann beugte er sich vor und umfasste ihr Gesicht mit beiden Händen. »Und danach«, murmelte er, bevor er ihren Mund mit einem langen, leidenschaftlichen Kuss verschloss.

Evie wurde es leichter ums Herz, obwohl ihr gleichzeitig heiß wurde.

Danach. Er würde wieder zu ihr kommen. Es würde nicht nur ein einziges Mal sein.

Sie lächelte etwas töricht, als er sie losließ.

»Leg dich wieder hin«, drängte er. »Schlaf.«

Da nichts dagegensprach, befolgte Evie seinen Rat. Sie war schon fast eingeschlafen, als ihr etwas einfiel. Mit Mühe öffnete sie die Augen und sah, wie McAlistair nach der Türklinke griff.

»McAlistair?«

Er drehte sich wieder um. »Was denn?«

»Hat man die Burnetts jemals gefunden?«

»Nein. Hat man nicht.«

Wäre Evie nicht so müde gewesen, hätte sie eine Bemerkung über sein kurzes Zögern gemacht. Stattdessen schloss sie die Augen und schlief ein.

McAlistair stand noch einige Minuten länger an der Tür, beobachtete das gleichmäßige Heben und Senken von Evies Brust und grübelte über die Enge in seiner eigenen nach.

Da war kein Bedauern in seinem Herzen wegen dem, was sie getan hatten. Er weigerte sich, seine eigene Scham das schönste Geschenk besudeln zu lassen, das er je erhalten hatte.

Was ihm jetzt zu schaffen machte, war, wie er mit diesem Geschenk umging. Er hatte Evie belogen. Wenige Minuten, nachdem er ihr die Unschuld genommen hatte, nachdem er ihr etwas über seine Vergangenheit anvertraut hatte, von dem nur seine Familie wusste, hatte er kaum einen Meter von ihr entfernt gestanden und sie belogen.

Er hatte es instinktiv getan – um sie und sich selbst zu beschützen –, aber das änderte nichts an der Tatsache, dass es eine Lüge gewesen war und dass er ihr irgendwann die Wahrheit sagen musste – und zwar bald, wenn er überhaupt auf Vergebung hoffen wollte. Die Männer, die Mr Carville ausgeschickt hatte, hatten Mr Burnett nie gefunden.

Aber er.

26

Evie erwachte lächelnd. Sie hatte von McAlistair geträumt – von seinem seltenen Lächeln und seinem noch selteneren Lachen und von den herrlichen zwei Stunden, die sie gemeinsam in ihrem Bett verbracht hatten. Sie drehte sich auf den Rücken und rekelte sich genüsslich. Die Schmerzen und die Wundheit ihres Körpers waren eine weitere willkommene Erinnerung daran, wie sie den Nachmittag verbracht hatte und wie sie hoffentlich die Nacht verbringen würde.

Es blieb natürlich die Frage, wie sie ihre Nächte in den nächsten Tagen und Wochen verbringen würde. Irgendwann würde sie das Cottage verlassen müssen. Und was dann? Würde das das Ende der Affäre sein? Es war besser als die Sache mit dem »einzigen Mal«, die ihr vorher Sorgen gemacht hatte, aber war es das, was sie wollte?

Sie richtete sich auf und schaute nachdenklich zu dem schwachen Licht, das durch die Vorhänge fiel. Spielte es wirklich eine Rolle, was sie wollte? Es kam nicht infrage, offen McAlistairs Mätresse zu werden, ebenso wenig wie sie hoffen konnte, dass sie eine langfristige Beziehung vor ihrer Familie verbergen konnte. Der einzige Weg, der sonst noch blieb, war die Ehe.

Die leichte Aufregung, die dieser Gedanke bei ihr auslöste, verblüffte sie.

Sie hatte das Konzept der Ehe nie gemocht.

Einem anderen Menschen die Kontrolle über das eigene Leben anzuvertrauen, war eine beängstigende Perspektive und ein Weg, von dem sie glaubte, dass zu viele Frauen ihn eher aus Notwendigkeit denn aus freier Entscheidung wählten. Es gab einen schändlichen Mangel an Möglichkeiten für Frauen, sich ihren Lebensunterhalt zu verdienen – wie sie auch kaum Möglichkeiten hatten, mit dem Mann zusammen zu sein, den sie begehrten, ohne vorher Liebe, Achtung und Gehorsam zu versprechen.

Schon bei dem Gedanken daran, Gehorsam zu versprechen, verzog Evie das Gesicht.

Begehrte sie ihn so sehr?

Sie seufzte schwer, und während sie seufzte, erblickte sie sich selbst im Spiegel über der Frisierkommode. Kaum etwas hätte sie mehr verblüffen können als das, was sie dort sah. Sie sah – bis hin zu den sehnsüchtigen Augen – *haargenau* so aus wie Mrs Summers, als sie über ihre Liebe zu Mr Fletcher nachgesonnen hatte.

»Ein Zufall«, hörte sie sich murmeln. »Nur ein Zufall oder eine optische Täuschung oder ...«

Oh, verflixt und zugenäht, sie war in McAlistair verliebt.

Wie hätte sie es je abstreiten können? Sie dachte ständig an ihn, wollte ihn mehr als alles andere. Sie wünschte ihn zurück, sobald er einen Raum verließ, und wünschte ihn näher heran, sobald er ihn betrat. Sie litt mit dem verängstigten Jungen, der er gewesen war, und war unendlich fasziniert von dem kraftvollen Mann, zu dem er geworden war.

Sie war mit ihm ins Bett gegangen.

Sie dachte über eine Ehe nach, zum Teufel noch mal ... nun, sie dachte über die *Möglichkeit* nach, *offen* für den *Gedanken* der Ehe zu sein, aber dennoch – *Ehe*.

»Oh, verdammt.«

»Evie?«

Der Klang von Mrs Summers' Stimme und ein Klopfen an der Tür veranlassten Evie, nervös aus dem Bett zu springen und sorgfältig alle Anzeichen von Sehnsucht aus ihrem Gesichtsausdruck zu tilgen. »Kommen Sie herein.«

Mrs Summers erschien und wirkte recht erfrischt von ihrem Nickerchen, aber immer noch verkniffen um Nase und Mund.

Oh je. Evie schenkte ihr ein übertrieben strahlendes Lächeln.

Mrs Summers erwiderte es nicht. »Haben Sie sich von Ihrem Schrecken erholt?«

Evie wusste nicht recht, ob man sich von einem solchen Schrecken jemals völlig erholen konnte, aber sie hatte das Bedürfnis, ihre Freundin zu beruhigen. »Durchaus, vielen Dank. Und Sie? Fühlen Sie sich ein wenig besser?«

»In mancher Hinsicht«, antwortete Mrs Summers.

»Ich ... Sie sind mir böse.«

»Das bin ich, jawohl«, gestand Mrs Summers mit einem kurzen Seufzer. »Und ich würde gern darüber sprechen, was heute geschehen ist.« Sie faltete sittsam die Hände vor dem Bauch, seufzte wieder und fuhr fort: »Mir ist es von Anfang an so vorgekommen, dass Sie den Ernst dieser Situation nicht ganz erfasst haben, Evie. Ich habe Ihre Gelassenheit auf Tapferkeit und das Vertrauen auf die Fähigkeit Ihrer Familie geschoben, für Ihren Schutz zu sorgen. Aber nach dem heutigen Tag ...«

»Ich habe Vertrauen zu meiner Familie«, warf Evie verblüfft ein.

»Und Sie sind eine sehr tapfere junge Frau«, stimmte Mrs Summers zu. »Aber das Ausmaß Ihrer Zuversicht bekümmert mich, und diese Sorglosigkeit erscheint mir höchst ungewöhnlich. Ich hätte gern eine Erklärung.«

Evie trat von einem Fuß auf den anderen und unterdrückte das Bedürfnis, ein Gesicht zu schneiden. Wenn sie Mrs Summers alles erklärte, würde dies zweifellos zu einer Standpauke führen. Eine unerfreuliche Aussicht, gewiss, aber es ließ sich nicht vermeiden.

Evie räusperte sich. »Vielleicht sollten wir uns setzen.«

»Schön.« Mrs Summers ging zum nächsten Stuhl und ließ sich auf seiner äußersten Kante nieder. Ihr Rücken war kerzengerade und die schmalen Schultern angespannt.

Ihre steife Haltung – nun, zumindest war sie steifer als gewöhnlich – machte Evie nervös. Aber am meisten Sorgen bereitete ihr der *Blick*. Die hochgezogenen Brauen, die zusammengepressten Lippen und die traurigen Augen fügten sich zu dem Bild einer Frau zusammen, die sich für eine Beichte wappnete, die ihr ganz gewiss das Herz brechen würde.

Evie nahm ihr gegenüber Platz. »Ich ...« Sie sprang wieder auf. »Soll ich uns Tee holen? Es würde nur eine Minute dauern.«

»Danke, nein.«

Langsam setzte sie sich wieder. »Haben Sie es bequem?« Es sah nicht so aus. »Vielleicht sollten wir woanders hingehen ...«

»Ich bin mit diesem Zimmer und diesem Stuhl ganz zufrieden.«

»Oh. Gut ... aber vielleicht ...«

»Raus mit der Sprache, Evie.«

»Hm. Nun.« Weil sie irgendetwas tun musste, setzte Evie sich gerade hin und atmete seufzend aus. »Vor ungefähr zwei Wochen habe ich ... ich habe in der Bibliothek ein Gespräch zwischen Ihnen, Lady Thurston und Mr Fletcher belauscht.«

Mrs Summers zog eine Braue noch höher. »Belauscht? Wie?«

»Oh, nur ...« Sie gestikulierte. »Durch Zufall. Das ist im Moment nicht wichtig.« Nicht, wenn sie es verhindern konnte. »Wichtig ist nur, worum es dabei ging. Sie haben eine Intrige geplant, durch die ich einen Ehemann finden sollte. Oder, um genauer zu sein, durch die ich einen Ehemann Ihrer Wahl für mich finden sollte. Eine Intrige, die starke Ähnlichkeit mit dem hat, was wir jetzt erleben.« Bis auf die Schüsse natürlich. Und den Ritt durch den Wald mit McAlistair. Und möglicherweise die Tatsache, dass sie sich an einem abgeschiedenen Ort zusammen mit drei Herren befand, die aus einer Vielzahl von Gründen keine wahrscheinlichen Heiratskandidaten waren.

Verflixt noch mal, sie war eine Idiotin.

Sie spielte mit der Manschette ihres Ärmels. »Ich stand unter dem Eindruck, dass die Drohungen und diese ganze Reise nicht mehr waren als ein Verkupplungsplan.«

»Ein Verkupplungs…?« Mrs Summers unterbrach sich und schloss die Augen. »Oh, gütiger Gott, Williams Plan.«

Evie nickte. »Er sprach davon, einen Drohbrief zu schicken, und nicht lange danach habe ich tatsächlich einen Brief erhalten. Ich wollte mitspielen, um mit dieser Idee einer Heirat ein für alle Mal aufzuräumen. Ich gebe zu, ich war etwas verwirrt, als beschlossen wurde, dass ich Haldon verlassen sollte, und ein wenig ungehalten, als die Kutsche …«

»Die Kutsche.« Mrs Summers riss die Augen auf. »So gering denken Sie von mir? Von uns allen?«

»Gering von Ihnen? Natürlich nicht …«

»Und doch halten Sie uns für fähig, grausamerweise ausgerechnet einen Kutschenunfall zu inszenieren, nur um Sie zu überlisten? Nach dem, was Sie als Kind durchgemacht haben?«

»Ich …« Daran hatte sie nicht gedacht, nicht ein einziges Mal. »Das ist mir nicht in den Sinn gekommen. Ich … ich habe keine Angst vor Kutschen. Ich hatte nie Angst davor.«

»Darum geht es nicht.«

»Nun, zum Teil schon«, widersprach Evie, »und es ist durchaus von Bedeutung. Wenn ich Angst davor gehabt hätte, einen Unfall mit einer Kutsche zu erleiden, dann *wäre* es grausam gewesen, einen zu inszenieren. Und ich hätte gewusst, dass Sie dazu nicht in der Lage wären. Wie die Dinge nun liegen ...«

»Wie die Dinge liegen ... werfen Sie uns vor, Täuscher und Schauspieler zu sein und ...«

»Dann hatten Sie also nichts mit der Begegnung von Sophie und Alex zu tun? Oder mit der Sache mit Whit und Mirabelle?«

Mrs Summers zögerte, bevor sie antwortete. »Mit der Vermittlung zwischen Whit und Mirabelle hatte ich nichts zu tun.«

»Aber mit der zwischen Sophie und Alex umso mehr ...«

»Wir kommen vom Thema ab.«

»Mir scheint, wir sind genau beim Thema.« Und das gefiel ihr recht gut. Sie mochte es nicht, bei einer Auseinandersetzung in der Defensive zu sein. »Und ich *habe* gehört, wie Sie sich mit Lady Thurston und Mr Fletcher zusammmengetan haben, um einen Mann für mich zu finden. Und dass Mr Fletcher vorhatte, mir einen Drohbrief zu schicken. Um Himmels willen, wie wahrscheinlich ist es, mit einer erfundenen und einer echten Drohung gleichzeitig rechnen zu müssen?«

»Da haben Sie recht, die Wahrscheinlichkeit ist gering.«

»Eben. Was habe ich ...«

»Allerdings«, unterbrach Mrs Summers sie, »hätte der Zufall Ihnen nicht das Leben gerettet, wenn Ihr Angreifer ein besserer Schütze gewesen wäre.«

Evie zuckte zusammen. »Nein, das stimmt.«

Mrs Summers seufzte. »Ich heiße Lauschen nicht gut, Evie. Aber wenn man es schon tut, dann sollte man sich so viel Mühe geben, es richtig zu machen – oder zumindest gründlicher vorzugehen. Offensichtlich haben Sie nicht das ganze Gespräch mit angehört.«

»Anscheinend nicht«, murmelte Evie.

»Lady Thurston und ich haben uns sofort gegen Mr Fletchers Pläne gestellt. Sie sollten dem Gentleman durch jemanden aus Ihrer Gruppe vorgestellt werden.«

»Wie denn?«, fragte Evie verblüfft. »Keine der Frauen weiß doch, wer ich bin. Und ich weiß ganz gewiss nicht, wer sie sind.«

»Lady Thurston und ich schon.«

»Sie ... wie ... warum ...«

»Denken Sie wirklich, Ihre Tante hätte Ihre Mitwirkung bei einer Organisation, die sie nicht kannte, nicht nur zugelassen, sondern sogar ermutigt? Lady Penelope, so wurde mir gesagt, hat in allen Einzelheiten über die Mitglieder der Gruppe berichtet.«

»Lady Penelope wusste, wer all die Mitglieder waren? Und sie hat es *erzählt?*«

»Ja. Sie wusste es, weil sie für das Konzept der Organisation verantwortlich war. Auch eine Geheimorganisation braucht einen Gründer und Anführer, und man kann nicht führen, ohne genau zu wissen, wer einem folgt.«

»Nein«, erwiderte Evie nachdenklich. »Wahrscheinlich nicht.«

»Und sie hat es gesagt, weil sie Ihrer Tante vertraut hat und es eine Voraussetzung für Ihre Teilnahme war.«

»Oh. Nun.« Das ergab Sinn, und tatsächlich war es ziemlich klug, über ihre Arbeit einen Ehemann für sie zu finden. Sie hätte sich – zumindest akademisch – für jeden Mann interessiert, der aktiv für die Sache arbeitete.

Mrs Summers legte den Kopf schräg und sah sie an. »Was in aller Welt haben Sie denn gedacht, wen wir für Sie ausgewählt hätten? Sie haben doch mit keinem der anwesenden Herren etwas gemeinsam.«

»Ich ...« ... habe mehr als genug mit McAlistair gemeinsam,

hätte sie gern gesagt, aber es war nicht der rechte Moment. Sie war sich nicht sicher, ob dieser Moment jemals kommen würde. »Dieses Rätsel hat mir ein wenig Kopfzerbrechen bereitet, das gebe ich zu. Wen sollte ich kennenlernen?«

»Sir Reginald Napertin.«

Sie schwieg, blinzelte und zermarterte sich das Hirn. Alles umsonst. »Wer zum Kuckuck ist Reginald Napertin?«

Mrs Summers schnalzte angesichts von Evies Sprache mit der Zunge. »*Sir* Reginald Napertin ist ein sehr netter Gentleman, der kürzlich vom Kontinent zurückgekehrt ist. Er wurde für seinen Dienst für die Krone zum Ritter geschlagen.«

»Ein Kriegsheld?«

»Er wurde verwundet, als er seinen vorgesetzten Offizier und mehrere seiner Untergebenen gerettet hat. Er hätte beinahe ein Bein verloren.«

Evie versuchte, sich selbst am Arm eines solchen Mannes vorzustellen, doch sie sah nur die Dreibeinrennen vor sich, an denen sie als Kind so gern teilgenommen hatte. »Unter uns gesagt, wir wären auch mit einem vollständigen Satz Beine zurechtgekommen.«

»Das ist nicht komisch.«

Das war es durchaus, vor allem wenn man sich dazu auch noch vorstellte, wie sie Rose ohne ihr Hufeisen ritten, aber Evie hatte schon vor langer Zeit begriffen, dass diejenigen, die sie liebten, hinsichtlich ihres Gebrechens manchmal noch empfindlicher waren als sie selbst. »Wenn er jemand ist, der daran Anstoß nimmt, dann hätten wir vermutlich ohnehin nicht zusammengepasst.«

»Ich habe nicht gesagt, er würde daran Anstoß nehmen, ich habe gesagt, es sei nicht komisch. Ohnehin können Sie herausfinden, was für ein Mensch er ist, wenn diese schreckliche Angelegenheit endgültig geregelt ist.«

Evie öffnete den Mund, dann schloss sie ihn wieder. Es hatte keinen Sinn zu widersprechen.

»Nun«, sagte Mrs Summers mit einem stärkenden Atemzug, »ich bin überaus erleichtert, dass dieses Missverständnis geklärt ist. Zweifellos werden die anderen ähnlich beruhigt sein, wenn Sie erklären ...«

»Die anderen?« Wem sollte sie es denn erklären? Christian und Mr Hunter? »Könnten wir nicht einfach ...«

»Nein. Sie haben viel für Sie getan und werden sich wahrscheinlich fragen, warum ihre Bemühungen, Sie zu beschützen, beinahe von Ihrer eigenen Unvorsichtigkeit zunichtegemacht worden wären, und ob das wieder geschehen wird.«

»Aber die Geheimnisse, die ich preisgeben müsste, wären nicht nur meine eigenen.« Und auch sonst würde sie lieber jede bekannte Folter auf sich nehmen, als mit Christian und Mr Hunter ein ähnliches Gespräch zu führen wie jetzt mit Mrs Summers.

Herr im Himmel, sie sprachen immerhin über Kuppelei.

»Gewiss ist eine Entschuldigung angebracht«, fuhr sie fort. »Und ich werde mich auch entschuldigen, aber eine Erklärung wäre ...«

Mrs Summers machte eine abwehrende Geste. »Eine Entschuldigung wird genügen.« Sie stand auf und strich sich die Röcke glatt. »Ich glaube, Christian ist mit dem Essen aus dem Gasthaus zurückgekehrt. Ich werde mich darum kümmern, dass der Tisch gedeckt wird.«

Evie drehte sich um und betrachtete stirnrunzelnd die Vorhänge vor den Fenstern. »Abendessen. Mir war gar nicht bewusst, dass es schon so spät war.«

»Sie haben den Schlaf gebraucht«, sagte Mrs Summers. »Wir haben ihn beide gebraucht.« Sie beugte sich hinunter und tätschelte Evie sanft die Schulter. »Ich bin froh, dass Sie heute nicht zu Schaden gekommen sind.«

Evie drückte ihr die Hand. »Danke ... oh, warten Sie ...« Sie hielt Mrs Summers' Hand fest, als die ältere Frau sie wegziehen wollte. »Was in aller Welt hatten Sie mit diesem Knüppel vor?«

»Knüppel?«

»Unten in der Küche haben Sie einen Knüppel in der Hand gehalten ...«

»Ah, der abgebrochene Besenstiel.« Mrs Summers runzelte nachdenklich die Stirn. »Ich bin mir sicher, dass ich keine Ahnung habe.« Sie tat es mit einer Handbewegung ab. »Kommen Sie zum Essen und entschuldigen Sie sich. Danach werden Sie sich besser fühlen.«

»Bestimmt«, erwiderte Evie mit einem leisen Lachen. »Ich bin gleich unten.«

Evies Meinung nach war »gleich« ein ähnliches Wort wie »schwach«. Es konnte im Grunde alles bedeuten.

Für sie bedeutete es eine halbe Stunde, in der sie sich ankleidete, das Haar hochsteckte, im Raum auf und ab ging und auch sonst Mut für die Entschuldigung sammelte, die von ihr erwartet wurde. Als sie dachte, sie hätte von Letzterem genug, ging sie nach unten, wo die anderen gerade mit dem Essen begannen.

Sie winkte ab, als die Herren aufstehen wollten, und nahm mit einem gemurmelten Gruß Platz. Aus irgendeinem Grund war es ihr unmöglich, McAlistair in die Augen zu sehen. Zum Teil war es die Angst, ihr Geheimnis zu verraten, aber zum größten Teil, gestand sie sich ein, war es die Angst, dass McAlistair irgendwie ihre Gedanken lesen könnte.

Ihr war gerade erst klar geworden, dass sie ihn liebte. Sie

musste sich erst darüber klar werden, wie sie dazu stand, bevor sie sich damit befasste, wie *er* dazu stand.

Evie griff nach ihrer Gabel und konzentrierte sich so sehr auf ihren Teller, dass sie Mrs Summers' vielsagenden Blick wohl nicht bemerkt hätte, wenn ihm nicht ein lautes Räuspern aus der Kehle der Dame vorausgegangen wäre.

Sie legte ihre Gabel hin und beschimpfte sich als Feigling. Dann schluckte sie das schlechte Gewissen und die Verlegenheit hinunter und richtete das Wort an Mr Hunter und Christian.

»Ich muss mich entschuldigen, bei Ihnen allen. Ich hätte n-nicht allein hinausgehen dürfen. Dass ich es tat, beruhte auf ... auf ... nun, es spielt kaum eine Rolle«, murmelte sie, als ihr nichts einfiel, wie sie sich verteidigen konnte, ohne alles zu erklären. »Es w-war unvorsichtig von mir, und ich entschuldige mich dafür.«

Zu ihrem Erstaunen nahm Mr Hunter ihre Entschuldigung mit einem schnellen, beinahe desinteressierten Nicken an, während Christian lediglich die Achseln zuckte.

»Zerbrechen Sie sich darüber nicht den Kopf, Mädel«, erwiderte er lässig.

Da sie wusste, dass es von ihr erwartet wurde, sah sie zu McAlistair hinüber.

»Nichts zu verzeihen«, sagte er leise.

»Sie sollten wissen«, fügte Christian hinzu, noch ehe sie etwas sagen konnte, »dass ein Brief nach Haldon geschickt wurde, und wir haben das Grundstück abgesucht. Er ist nicht hier.«

»Oh. Gut.«

»Nun, wie soll es jetzt weitergehen?«, fragte Mrs Summers. »Werden wir hierbleiben? Es ging ja eigentlich darum, Evie in Sicherheit zu bringen.«

Und offenbar war es damit erledigt. Kein langwieriges, quälendes Geständnis, begriff Evie. Sie lehnte sich zurück, gleichermaßen erleichtert und schuldbewusst, weil sie so leicht davongekommen war.

»Nicht ganz«, antwortete Mr Hunter auf Mrs Summers' Frage. »Es ging auch darum, sie an einen Ort zu bringen, der leichter zu bewachen ist.«

»Und darum, andere Menschen nicht zu gefährden«, warf Evie ein. Als sie diesen Punkt erstmals vorgebracht hatte, hatte sie es nicht ernst gemeint – sie hatte keinen Grund dafür gehabt –, aber jetzt war es ihr verflixt ernst.

»Es gibt keinen Grund, warum Evie jetzt fortgehen sollte«, sagte McAlistair.

Wenn sie sich nicht beim Klang seiner rauen Stimme instinktiv umgedreht hätte, hätte Evie den stummen, einvernehmlichen Blick übersehen, den er mit Christian und Mr Hunter wechselte.

»Was meinen Sie mit ›jetzt‹?«, fragte sie.

»Genau das, Mädel«, erklärte Christian. »Es hat keinen Sinn, jetzt abzureisen. Wir können Sie beschützen ...«

»Ich bin keine Idiotin, Christian. Das war nicht die Art von ›jetzt‹, die McAlistair meinte.«

»Es ist kein mehrdeutiges Wort, Liebes«, bemerkte Mrs Summers.

Sie sah zu McAlistair hinüber. »Dass der Angreifer hier aufgetaucht ist, hat noch etwas anderes verändert. Was ist es?«

Er zögerte. »Wir wissen jetzt, wo wir suchen müssen. Wir können ihn schnappen.«

Evies Kehle wurde trocken. Nun war sie doch zu einem Köder geworden. »In der Stadt, meinen Sie?«

»Und in deren Umgebung.«

»Es müssen doch Hunderte von Menschen hier sein. Wie können Sie da hoffen, ihn zu finden?«

Mr Hunter antwortete. »McAlistair hat den Schei... äh ... Schuft ja kurz gesehen.«

»Sie haben gesagt, Sie hätten nur seinen Rücken und sein Pferd gesehen«, sagte Evie zu McAlistair. Und logischerweise das Pferd von hinten. Hofften sie etwa, einen Mann anhand der Rückansicht seines Pferdes zu identifizieren?

»Es ist immerhin etwas«, murmelte Mr Hunter.

Sie beschloss, nichts dazu zu sagen.

Mrs Summers legte ihre Gabel beiseite. »Nun, bis dieser Mann gestellt ist, halte ich es für das Beste, dass eine Wache aufgestellt wird. Wir können ja wohl nicht zulassen, dass der Mann sich ins Haus schleicht, während wir alle schlafen.«

»Einverstanden«, sagten alle drei Männer gleichzeitig.

»Und ich werde bei Evie im Zimmer schlafen, bis wir ...«

»In meinem Zimmer?«, hörte sie sich stottern. »Aber ... ich ... gewiss ...«

»Ich würde mich dann wohler fühlen.«

»Ja, natürlich, aber ... ich ...« Sie riskierte einen Blick auf McAlistair, aber sein Gesicht offenbarte nichts. Anderseits, was hätte er schon sagen können? *Keine Sorge? Ich werde mich darum kümmern, dass sie nicht allein ist?* Evie unterdrückte einen Seufzer der Enttäuschung. »Das wird sicher schön.«

»Ausgezeichnet. Nun, was die anderen Vorsichtsmaßnahmen betrifft, die wir ergreifen müssen ...«

Evie hörte sich eine lange Liste von Regeln an, die für sie aufgestellt wurden. Vorhänge waren geschlossen zu halten, Türen versperrt, sie durfte nicht nach draußen gehen.

Obwohl die Regeln sie schmerzten, fiel es Evie nicht schwer, sich jedem Diktat zu unterwerfen. Sie liebte ihre Freiheit, und sie liebte es, draußen zu sein, aber weder das eine noch das andere liebte sie so sehr wie das Leben.

Vom gesunden Menschenverstand einmal abgesehen war sie erleichtert, als der ermüdende Katalog von Sicherheitsmaßnahmen zum Ende kam. Und sie war dankbar für Mr Hunters Angebot, ihr Schachspiel in der Bibliothek fortzusetzen, während Christian Wache stand und McAlistair sich um die Pferde kümmerte. Mrs Summers' Vorschlag weiterer Handarbeiten oder die Vorstellung, mit einem Buch auf ihr Zimmer zurückzukehren, fand sie wenig reizvoll.

Jemand *hatte* versucht, sie zu töten. Jemand hatte schon die ganze Zeit über versucht, sie zu töten, und während all dieser Zeit hatte sie es für einen grandiosen Scherz gehalten, eine alberne Scharade. Jetzt, da sie es glaubte, war sie kein Gast mehr, sondern eine Gefangene im Haus eines anderen.

Und als wäre das noch nicht genug, damit ihr der Kopf schwirrte, hatte sie gerade zwei himmlische Stunden im Bett mit McAlistair verbracht ... dem Mann, von dem sie gerade erst entdeckt hatte, dass sie ihn liebte. Und nun hatte sie die Gelegenheit eingebüßt, es wieder zu tun.

Wie sollte sie sich danach auf gleichmäßige Stiche und griechische Philosophen konzentrieren?

Wenn sie sich von den Ereignissen des Tages ablenken wollte, brauchte sie etwas, wofür sie sich interessierte.

Während Mrs Summers in einem Sessel am Kamin ihre Stickerei aufnahm, maßen Evie und Mr Hunter ihr Können – und sogar ihren Verstand, als Evie sicherer wurde – bis in die späten Nachtstunden. Aber ein fesselndes Spiel und Mr Hunters Charme allein konnten ihre Gedanken an McAlistair nicht verdrängen.

Sie fragte sich, wann er wohl zurückkehren würde, und als er zurückgekehrt war, fragte sie sich, warum er in der Ecke saß, finster dreinblickte und ein Buch in der Hand hielt, in dem er offensichtlich nicht las. Als er eine halbe Stunde später das Buch beiseitelegte und sich verabschiedete, fragte sie sich, wohin er ging. Und als Christian hereinkam und ihnen mitteilte, McAlistair habe darum gebeten, in dieser Nacht die erste Wache übernehmen zu dürfen, fragte sie sich, ob er in Gefahr war oder ...

»Schach.«

Evie blinzelte. »Wie bitte?«

»Schach«, wiederholte Mr Hunter. »Ihr König? Die Schachpartie? Erinnern Sie sich noch?«

»Ich ... oh.« Evie schaute auf das Brett und verzog das Gesicht. »Es tut mir leid, ich war in Gedanken.«

»Ja, das habe ich gemerkt.« Er beugte sich vor und tätschelte leicht ihre Hand. Das hatte er heute Abend mehr als einmal getan, wurde ihr bewusst. Sie musste wohl so elend aussehen, wie sie sich fühlte.

»Ich muss Ihnen wahrscheinlich ziemlich durcheinander vorkommen«, murmelte sie.

»Nein, Sie wirken verständlicherweise besorgt.«

»Und müde.« Mrs Summers legte ihre Stickerei beiseite und erhob sich von ihrem Sessel. »Es ist spät, und Sie könnten ein bisschen Ruhe gebrauchen.«

Ein wenig gereizt stieß Evie den Turm an, den sie ein Feld weiter hatte ziehen wollen. *Verwünscht.*

»Das Brett wird morgen auch noch da sein«, sagte Mr Hunter mitfühlend. »Ihre Niederlage kann bis dahin warten.«

Solche prahlerischen Äußerungen kannte sie inzwischen von ihm, und es war genau das, was sie brauchte.

Lächelnd verließ sie den Raum.

27

Es war ein wunderschöner Tag an der See.

Die Sonne schien, die Temperatur war mild, und vom Meer wehte eine sanfte, salzige Brise heran.

Ein aufmerksamer Betrachter hätte nur wenig an der malerischen Szene auszusetzen gehabt. Jeder, außer einem verärgerten Mann.

»Verdammter, elender Sand.« McAlistair schüttelte an der Hintertür seine Stiefel aus. Wenn er das nicht tat, würde Mrs Summers eine Bemerkung über die Spur machen, die er hinterließ. Und er war heute Morgen nicht daran interessiert, sich mit Mrs Summers zu streiten. Es war Evie, mit der er heute Morgen streiten wollte.

Seit dem vergangenen Abend hatte er beinahe geduldig auf eine Gelegenheit gewartet, unter vier Augen mit ihr zu sprechen. Jetzt patrouillierte Christian endlich über das Grundstück, und Mr Hunter schlief, nachdem er in den frühen Morgenstunden die Wache von McAlistair übernommen hatte. Also musste er nur noch mit Mrs Summers fertig werden. McAlistair überdachte seine Möglichkeiten, während er sich die Stiefel wieder anzog und seinen Schlüssel hervorholte. Vielleicht ging er am besten direkt vor.

Mrs Summers, ich würde gern einen Moment mit Miss Cole allein sein.

Das war doch zulässig, oder? Sie hatten Evie schließlich auch allein gelassen, damit sie mit Mr Hunter Schach spielen konnte.

Und mit ihm selbst war sie zwei Tage lang allein gewesen, was spielten also ein paar Minuten in einem Salon oder einer Bibliothek für eine Rolle?

Er runzelte finster die Stirn, während er eintrat, die Tür hinter sich verschloss und sich auf die Suche nach Evie machte. Erlaubt oder nicht, er würde sich diese Minuten nehmen.

Flirtete sie etwa mit Mr Hunter?

McAlistair nahm auf der Hintertreppe immer zwei Stufen auf einmal. Vielleicht hätte er sie nicht anrühren sollen, aber es war zu spät, um das ungeschehen zu machen. Es war viel zu spät für sie, ihre Meinung zu ändern. Und wenn Evie das anders sah, irrte sie sich leider.

Sie gehörte jetzt ihm.

Vielleicht nicht für immer, vielleicht nur für so lange, wie es brauchte, um ihre Sicherheit zu gewährleisten, aber hier und heute war sie sein. Und *nur* sein.

Teilen wurde in McAlistairs Augen überschätzt. Jeder, der wie er sechs Brüder hatte, konnte davon ein Lied singen.

Nach einer kurzen und ärgerlichen Suche fand er sie in der Bibliothek, allein und zusammengerollt in den Kissen der Fensterbank, in denen sie fast verschwand, ein Buch auf den Knien.

Das sanfte Licht einiger Kerzen erhellte den Raum und warf einen goldenen Schimmer über sie. Ein paar warme, braune Flechten ihres Haares hatten sich aus den Nadeln gelöst und fielen ihr in sanften Locken über den Rücken. Irgendwann würde sie sich darüber ärgern und sie wieder feststecken. Im Augenblick wirkte sie zufrieden und behaglich, versunken in die Welt, die das Buch ihr eröffnet hatte.

Sie war so schön.

Wie oft würde er sie ansehen müssen, bis dieser Moment des Staunens, den er bei ihrem Anblick jedes Mal erlebte, endlich nachließ?

Weil die Antwort ihn zu sehr niederdrückte – in acht Jahren hatte das Staunen kein bisschen nachgelassen –, räusperte er sich laut, um den Bann zu brechen.

Sie sah auf und lächelte schüchtern. »Guten Morgen.«

»Du solltest nicht vor dem Fenster sitzen.«

Bei seinem barschen Tonfall bildete sich eine kleine Falte zwischen ihren Augenbrauen. »Die Vorhänge sind geschlossen. Und ich musste es zumindest einmal versuchen.« Sie klappte ihr Buch zu und versuchte unbeholfen, die Beine über den Rand des Sitzkissens zu schwingen. Es gelang ihr zwar, sich in ihren Röcken zu verheddern und sich beinahe den Kopf an der Wand zu stoßen, aber mehr auch nicht.

Bestrebt, zur Sache zu kommen, und ohne sich mit den Feinheiten des Taktes aufzuhalten, fragte er: »Was bedeutet dir Mr Hunter?«

»Mmh?« Sie schaute nicht auf, da sie – er konnte es nur vermuten – gerade versuchte, zum Rand der Polster vorzurutschen. »Ich glaube, er ist noch im Bett.«

Er trat vor, hob sie herunter und stellte sie unsanft auf die Füße.

»Himmel.« Sie trat zur Seite, um ihr hoffnungslos verdrehtes Kleid zu ordnen. »Was ist nur in dich gefahren?«

»Du. Mr Hunter.«

Sie blinzelte. »Nun, wer von beiden?«

»Beide.«

Beginnender Zorn blitzte in ihren Augen auf. »Ich verstehe, und was haben wir getan?«

»Genau das habe ich dich gefragt.«

Sie legte den Kopf schief und sah ihn an. »Ich soll dir sagen, was wir getan haben, um dich zu verärgern?«

»Du sollst mir sagen, ob du etwas getan hast, über das ich verärgert sein sollte.«

»Da du ja ganz offensichtlich bereits verärgert bist, würde ich sagen, ja, das haben wir.« Sie zupfte noch einmal an ihrem Kleid. »Also, wenn du mit deinen albernen Fragen fertig bist, würde ich gern mein Buch zu Ende lesen.«

»Ich bin noch nicht fertig.« Und er war verdammt noch mal nicht albern. Attentäter, ob ehemalige oder nicht, waren grundsätzlich nicht dazu fähig, albern zu sein. »Was ist zwischen dir und Mr Hunter?«

Ihre Augen weiteten sich leicht, und Ärger blitzte in ihnen auf, dann wurde ihre Miene kühl. »Im Moment sind zwischen Mr Hunter und mir mehrere Mauern und ein Abstand von etwa dreißig Metern.«

»Spiel keine Spielchen mit mir, Evie.« Seine Hände ballten sich zu Fäusten. »Ich habe dich gestern Abend beobachtet.«

»Wobei genau beobachtet?«

»Beim Flirten.«

Beim Flirten?

Evie hatte nichts gegen ein wenig Eifersucht von McAlistair einzuwenden. Die Vorstellung gefiel ihr sogar recht gut – es war schließlich ein erstes Mal für sie. Es gefiel ihr jedoch nicht, dass er ihr vorwarf, ihr Verhalten sei die Ursache dafür. Sie hätte eine allgemeine Art von Eifersucht vorgezogen – wie sie sie bei Whit und Alex beobachtet hatte, wenn ein anderer Herr zu lange zu ihren Ehefrauen hinsah. Das war ziemlich reizend.

Das hier war ziemlich beleidigend.

»Glaubst du etwa, ich wäre von deinem Bett in seines gehüpft?«, fragte sie leise und kühl.

»Ich ...« Er hatte immerhin den Anstand, ein wenig das Gesicht zu verziehen. »Nein. Nein, das tue ich nicht.«

Immerhin. »Hältst du mich für *fähig* ...«

»Nein.«

»Dann verstehe ich nicht, warum du wütend auf mich bist.«

Ein Muskel zuckte in seinem Kinn. »Er ist ein Wüstling.«

Sie deutete ungeduldig auf die Tür. »Nun, dann geh und sag ihm die Meinung.«

Er runzelte die Stirn – was er schon die ganze Zeit getan hatte, um genau zu sein –, dann verschränkte er die Hände hinter dem Rücken auf eine äußerst würdevolle Art, die sie an Whit erinnerte.

»Es gefällt mir nicht, dass er dich berührt hat«, sagte er.

Bei der widerwilligen Verlegenheit in seiner Stimme wurde ihr Herz weich. »Du meinst, dass er meine Hand getätschelt hat?«

»War da noch mehr?«

»Nein«, versicherte sie ihm schnell. »Es war nur eine mitfühlende Geste, McAlistair. Er war freundlich.«

»Er war ...«

Er verstummte, und sie sah seine Unsicherheit, seinen Unmut ... War das nicht wunderbar?, dachte sie plötzlich. Oh, nicht dass er unglücklich war, natürlich, oder zumindest nicht *ganz* – er sah in diesem Moment äußerst liebenswert aus –, sondern dass sie es *erkannte*, wenn er unglücklich war. Er konnte seine Gefühle inzwischen leichter ausdrücken, und sie war mittlerweile erfahrener darin, sie zu deuten.

»Würde es helfen«, fragte sie leise, »wenn ich dir sagen würde, dass mein Interesse an Mr Hunter sich auf sein Interesse an Kate beschränkt?«

Er dachte darüber nach. »Vielleicht ... Tatsächlich?«

»Ja.« Als er nichts erwiderte, sondern nur ein nichtssagendes Brummen ausstieß, wie um auszudrücken, er werde vielleicht darüber nachdenken, nahm sie ihren Mut zusammen und trat näher. »Ich war enttäuscht, als du gegangen bist.«

Wieder das Brummen.

Sie betastete einen Knopf an seiner Weste. »Ich habe, weil ich so geistesabwesend war, beinahe mit meinem König bezahlt.«

Seine Lippen zuckten. »Wirklich?«

»Hm-m.« Ihr Blick fiel auf seinen Mund. Sie liebte es so sehr, wie er sich mit diesem Mund ausdrückte – das unmerkliche Lächeln, die leicht herabgezogenen Mundwinkel, die heißen Küsse. Sie trat näher, bis sie sich an ihn schmiegte. Langsam stellte sie sich auf die Zehenspitzen, bis ihre Brüste seinen Oberkörper streifen. »Ich glaube, du schuldest mir eine ...«

Er riss sie in die Arme und versiegelte ihren Mund mit seinem. Evie gab sich dem erregenden Kuss hin, erlaubte sich, das Gefühl und den Geschmack dieses Mannes zu genießen. Aber sie wusste, dass es nicht so weitergehen durfte.

»Mrs Summers«, hauchte sie, als er den Kuss unterbrach, um mit den Lippen eine Spur von Küssen an ihrem Hals hinunterzuziehen.

»Was?«

»Sie ist im Salon.« Nur ein Stück den Flur entlang. »Sie könnte hereinkommen.«

Er hörte auf, sie zu küssen, fluchte und trat zurück.

Atemlos standen sie da und sahen einander mit pochenden Herzen an.

Plötzlich grinste McAlistair. »Ich war heute Morgen mit Geschirrspülen dran.«

»Äh ... ich verstehe.«

»Bin noch nicht dazu gekommen.«

»Oh, ich verstehe.« Und diesmal verstand sie wirklich. »Hättest du gern ein bisschen Hilfe?«

»Hätte nichts dagegen.«

Bis zur Küche unterdrückte sie das Lachen, gab den Kampf aber auf, sobald sie durch die Tür waren. »Das ist unerhört.«

Statt einer Antwort drückte McAlistair sie gegen die Wand und machte dort weiter, wo sie in der Bibliothek aufgehört hatten.

Ihr wurde heiß, ihr Herz schmolz, und alle Gedanken lösten sich auf.

Bis eine vage vertraute und gänzlich unerwartete Männerstimme sagte: »Nun, ist das nicht reichlich unartig?«

McAlistair wirbelte herum und riss einen Arm hoch, um Evie daran zu hindern, an ihm vorbeizutreten. Er hätte sich die Mühe sparen können; beim Klang der Stimme war sie vor Schreck erstarrt.

»Ah, ah, ah«, kam es gedehnt von irgendwo vor McAlistair. »Halten Sie die Hände dort, wo ich sie sehen kann, McAlistair. So ist es gut. Jetzt gehen Sie von dem Mädchen weg.«

McAlistair rührte sich nicht von der Stelle.

»Gehen Sie weg, sonst puste ich ein Loch in Sie beide. Ein Bauchschuss soll eine scheußliche Art zu sterben sein, habe ich gehört. Möchten Sie etwa, dass sie leidet?«

McAlistairs Zorn war fast mit Händen zu greifen. Er stand vollkommen reglos da, wie bei dem Vorfall an der Schmiede, aber seine Rückenmuskeln waren fest angespannt. Ein kaum merkliches Beben überlief ihn. Evie spürte es durch die Weste in seinen Schultern, auf denen ihre Hände lagen.

Sie hätte ihm gern gesagt, dass alles gut werden würde, und fast genauso sehr wollte sie, dass er ihr das Gleiche sagte – er konnte das schließlich besser beurteilen.

Langsam trat McAlistair beiseite, und Evie erhaschte einen ersten Blick auf ihren Angreifer. Seine Kleider waren auf unschöne Weise zerknittert und staubig von der Reise, und sein sonst so ordentliches blondes Haar stand ihm wirr vom Kopf ab, aber die hübschen, byronhaften Züge von John Herbert, dem Lakaien von Haldon Hall, waren unverkennbar. Lizzy hatte bis zum Überdruss davon geschwärmt.

Etliche Fragen gingen ihr durch den Kopf, aber bevor sie den Mund öffnen und etwas sagen konnte, richtete John seine kalten, blauen Augen auf sie. »Miss Cole, wenn Sie so freundlich wären, ein wenig nach links zu rücken?«

Wenn sie nach links rückte, musste sie vor einen kleinen Geschirrschrank an der Wand treten. Und das bedeutete, einen Schritt auf Herbert zuzugehen. »Ich ...«

»Tu, was er sagt, Evie«, sagte McAlistair leise.

Ja, nun, *er* hatte leicht reden. Sie bezwang alle natürlichen Instinkte, sich von der Duellpistole wegzubewegen, die auf sie gerichtet war, und trat näher an Herbert heran. Und sah den Knauf einer zweiten Pistole, die aus seiner Manteltasche ragte.

»Nicht zu weit, meine Liebe, nur so weit, dass McAlistair es sich gut überlegt, bevor er nach der Waffe in seiner Tasche greift. Sehr schön. Also dann ...«

Er richtete seine volle Aufmerksamkeit auf McAlistair und grinste – ein freudiges, beinahe schon ekstatisches Zähnefletschen, das seine hübschen Züge zu einer schauerlichen Maske verzerrte. »Also, da ist er, der Teufel persönlich. Oh, ich habe von diesem Moment geträumt. Mir ausgemalt, was ich tun würde, was ich sagen wollte. Aber jetzt, da der Moment gekommen ist, merke ich, dass ich ziemlich überwältigt bin.« Mit der freien Hand rieb er sich den Oberschenkel. »Mal sehen, mal sehen, wo wollte ich anfangen? Ah, ja ... Haben Sie eine Ahnung, auch nur die *leiseste* Ahnung, wie schwer es war, Sie zu finden?«

Als McAlistair schwieg, musterte Herbert ihn von oben bis unten, als würde er ein seltenes und faszinierendes Insekt unter Glas studieren. »Wie haben Sie das geschafft? Selbst als wir im selben verdammten Haus waren, konnte ich Sie nicht finden.

Nur dieser kurze Blick, bevor Sie aufgebrochen sind, und ich ... Sie wissen nicht, wer ich bin, oder?«

McAlistair schüttelte kurz den Kopf, ohne den Blick auch nur eine Sekunde von dem verrückten Lakaien abzuwenden.

»Sie weiß es.« Herbert richtete dieses breite, wahnsinnige Lächeln auf Evie, und es lief ihr eiskalt den Rücken hinunter. »Nicht wahr, Mädchen? Sagen Sie es ihm.«

»John Herbert.« Ihre Stimme klang leise und bebend. »Er ist ein L-Lakai in Haldon.«

Er wedelte mit der Waffe in ihre Richtung, und das Lächeln verschwand augenblicklich. »Es heißt Mr Herbert. *Mister*. Es gab eine Zeit, da hätte ich Sie gleich zweimal kaufen und verkaufen können.«

Der höfliche Ton, den er in Haldon gepflegt hatte, war verschwunden. Mehr noch als in seinen Worten war Herberts nackter, tief verwurzelter Hass in seiner Stimme spürbar.

Abwehrend hob sie die Hände. Angst durchzuckte sie, aber nur ein kleiner Teil davon galt ihr selbst. »Ich bitte um Verzeihung. Ich w-wusste es nicht.«

»Nein. Nein, Sie wussten es nicht. Das konnten Sie nicht.« Er legte den Kopf schief und fragte beiläufig: »Und wissen Sie auch, *warum* Sie es nicht wissen konnten?«

Evie schüttelte den Kopf.

Herbert grinste wieder, und diesmal fuhr er herum und richtete die Waffe auf McAlistair. »Aber er.«

McAlistair rührte sich nicht und zuckte mit keiner Wimper. Evie unterdrückte energisch den Drang, vorzutreten und zu sprechen, um John Herberts Aufmerksamkeit wieder auf sich zu lenken. Sie hätte es ohne nachzudenken getan, wenn sie nicht sicher gewesen wäre, dass er sie beide erschießen würde. Zwei Duellpistolen. Zwei Schüsse. Wenn er schnell war, würde es ihm gelingen.

Herberts Grinsen wurde zu einem wütenden, höhnischen Lächeln. Ohne McAlistair aus den Augen zu lassen, richtete er die Waffe auf Evie. »Sie haben dreißig Sekunden, Sie Bastard. Dreißig Sekunden, um sich an Mr John Herbert zu erinnern, bevor ich ihr das Gehirn wegpuste ...«

»Er war Agent für das Kriegsministerium«, unterbrach McAlistair ihn.

»Er war nicht nur ein Agent«, bellte Herbert. »Er war ein Mann von Macht und Wohlstand und Rang. Er war mutig und kühn. Er war brillant. Ein Mann, den ein gewöhnlicher Verbrecher wie Sie nicht einmal ansatzweise verstehen kann.«

»Er war Ihr Vater«, riet McAlistair.

»Er war ein *Held*. Er opferte seine Zeit, sein Geld, das Glück seiner eigenen Familie, immer und immer wieder, alles im Dienst der Krone. Und wie hat die Krone es ihm vergolten?« Als McAlistair nicht antwortete, richtete Herbert die Waffe wieder auf ihn. »Sagen Sie ihr, wie die Krone es ihm vergolten hat!«

»Er wurde getötet. Vor zehn Jahren.«

»Neun! Es waren neun Jahre!« Herbert lachte plötzlich, ein rasiermesserscharfes Geräusch, das sich seiner Kehle entrang. »Waren es so viele, McAlistair, dass Sie so leicht den Überblick verlieren?«

»Es ist lange her.«

»Es war gestern, verdammt noch mal.« Herbert hörte auf zu lachen, seufzte und schloss die Augen. Es war nur ein kurzer Moment, aber Evie spannte sich. Am liebsten hätte sie ihm die Waffe aus der Hand gerissen und ihn damit niedergeschlagen, bevor er nach der zweiten greifen konnte. Falls ihr Letzteres misslang, konnte sie zumindest dafür sorgen, dass er nur die eine Waffe hatte. Nur die eine Kugel. Und wenn er mit ihr kämpfte, würde er sie zweifellos nicht an McAlistair verschwenden.

Sie warf McAlistair einen raschen Blick zu und sah das unmerkliche, aber entschiedene Kopfschütteln. Es war ein Befehl. *Nicht.* Sie hätte ihn ignorieren können, wären da nicht seine Augen gewesen. Er sah sie an, ohne zu blinzeln, und Entsetzen stand in seinen dunklen Augen. Sie verlangten nicht. Sie bettelten.

Obwohl es ihr einiges abverlangte, blieb sie, wo sie war, und beobachtete, wie Herbert die Augen wieder öffnete.

»Für mich ist es, als wäre es gestern gewesen. Ich höre ihn noch immer in der Dunkelheit mit meiner Mutter flüstern. Er wusste, dass Sie kommen würden. Er hatte keine Angst vor Ihnen«, betonte Herbert schnell. »Aber er hatte Angst um mich und meine Mutter.«

»Ich hätte niemals einen unschuldigen Menschen umgebracht.«

»Mein Vater war unschuldig«, blaffte Herbert. »Ein unschuldiger Mann, der einen Fehler gemacht hat.«

»Er hat eine Entscheidung getroffen. Diese Entscheidung hat ihm eine ansehnliche Summe Geldes eingebracht. Und ein halbes Dutzend guter Männer das Leben gekostet.«

»Er hat einen *Fehler* gemacht. Woher sollte er wissen, wozu man die Information nutzen würde?«

»Er wusste es.«

»Haben Sie ihn gefragt?«, begehrte Herbert auf. »Haben Sie ihm Gelegenheit gegeben, es zu erklären, bevor Sie ihm die Kehle aufgeschlitzt haben? Haben Sie?«

McAlistair schüttelte den Kopf.

»Nun denn.« Herbert verzog hämisch den Mund. »Es scheint, als wäre ich der bessere Mann.«

Die Kehle aufgeschlitzt? Evie schaute von einem Mann zum anderen. War Herberts Vater ein Soldat für die Franzosen gewesen? War er McAlistair auf dem Schlachtfeld begegnet? Das hätte einen Sinn ergeben, aber woher sollte er gewusst haben, dass es geschehen würde? Warum sollte er um seine Frau und sein Kind gebangt haben? »Ich verstehe nicht ...«

»Sie reden, wenn Sie gefragt werden«, fuhr Herbert sie an, ohne sie anzusehen. »Ich habe McAlistair einiges zu sagen.« Er holte tief Luft, um sich zu beruhigen. »Ich habe Jahre damit verbracht, nach Ihnen zu suchen. Jahre, in denen ich jeden verdammten McAlistair aufgespürt habe, den ich finden konnte.« Auf einmal lachte er. »Hätte verdammt noch mal geholfen, früher zu erfahren, dass Sie Ihren Namen anders schreiben als die meisten. Wissen Sie, wie *kalt* es in Schottland ist? Da gibt es auch einen verdammten Haufen McAlistairs. Ich war versucht, einige zu töten, nur für den unwahrscheinlichen Fall, dass sie mit Ihnen verwandt sind. Aber dann wäre ich ja nicht besser gewesen als Sie, nicht wahr? Nicht schlechter, aber auch nicht besser.«

McAlistair schwieg.

Herbert zuckte die Achseln. »Aber selbst die dunkelsten Gerüchte erreichen irgendwann dieses gottverlassene Land. Ich bin sofort abgereist, als ich von dem geheimnisvollen McAlistair hörte, dem Einsiedler von Haldon Hall. Für einen Mann wie Sie bedeutete es vermutlich einen Aufstieg, Insekten zu essen und sich die Zecken vom Leib zu picken?« Er lachte ein wenig über den Seitenhieb in sich hinein, bevor er fortfuhr: »Aber selbst nachdem ich eine Stellung in Haldon angenommen hatte, konnte ich Sie *immer noch nicht* finden. Es hat die Sache nicht besser gemacht«, schnauzte er plötzlich, wandte den Kopf und funkelte Evie an, »dass ich so wenig freie Tage hatte.«

»Ich ...« Wurde etwa von ihr erwartet, dass sie etwas sagte? »Es tut mir schrecklich leid?«

Herbert schnaubte und drehte sich wieder zu McAlistair um. »Als ich Ihre kleine Hütte entdeckte, waren Sie fort. *Fort.*« Er stöhnte und lachte gleichzeitig. »Haben Sie auch nur eine Ahnung, wie *ärgerlich* das war? So lange zu suchen, dem Ziel so nah zu kommen?« Er schüttelte den Kopf, wie um die Erinnerung abzuschütteln. »Sie aus der Deckung zu locken war der einzige Weg, der mir noch blieb. Und Sie, meine Liebe«, fügte er mit einem schnellen, beinahe anerkennenden Blick auf Evie zu, »Sie haben mir das perfekte Mittel geliefert. Es bedurfte nur eines Blickes auf die verschleierte Dame, die mitten in der Nacht in ihr Zimmer zurückschlich, um mein Interesse zu wecken, und eines schnellen Blickes in ihren kleinen Schreibtisch, um zu entdecken, was Sie so trieben.«

Evie drehte sich der Magen herum. Ihr Rechnungsbuch, ihre Entwürfe von Briefen an Zeitungen und Regierungsbeamte. Ja, um herauszufinden, was sie tat, musste man nur das Schloss an ihrem Schreibtisch aufbrechen.

»Sie haben sie benutzt«, knurrte McAlistair.

»Ach, haben wir die Sprache wiedergefunden?«, höhnte Herbert. Er zuckte die Achseln. »Wie gesagt, es war der einzige Weg, der mir noch blieb. Das Personal redete nur noch davon, wie Sie aus Ihrem Versteck gekommen waren, um Lord Thurston zu helfen, seine hübsche Frau zu retten. Wie mutig. Wie tollkühn. Wie romantisch.« Er feixte. »Wie überaus praktisch für mich. Eine Drohung, und schon kommen Sie nach Haldon gerannt. Ein Schuss auf Miss Cole, und schon laufen Sie zum Strand. Es war selbstsüchtig von mir, ich weiß, aber ich wollte sehen, wie Sie Angst hatten, wollte nur einmal sehen, dass Sie Angst hatten wie mein Vater.«

»Sie ist unschuldig.«

Das hämische Grinsen kehrte zurück, gemischt mit einem Anflug von Erheiterung. »Zweifelhaft, wenn man bedenkt, wobei ich Sie gerade gestört habe. Nun, so vergnüglich diese Begegnung auch ist – und sie ist *immens* vergnüglich –, fürchte ich, dass sie sich unausweichlich ihrem Ende nähert. Ihr Freund da draußen wird früher oder später merken, dass die Spur, der er folgt, eine falsche ist. McAlistair, wenn Sie ein letztes Wort sprechen wollen ...«

»Sie haben die Kutsche manipuliert«, sagte Evie schnell. Sie wusste, dass sie es riskierte, seinen Zorn zu erregen, aber irgendetwas musste sie tun, und da Herbert jede Gelegenheit zum Prahlen genutzt hatte, konnte sie sich mit einer Frage wohl noch am ehesten Zeit erkaufen.

Herbert machte in falscher Bescheidenheit eine wegwerfende Geste. »Das war leicht genug. Hatte nicht damit gerechnet, dass Sie nach Suffolk davonlaufen würden, wohlgemerkt, und dass Sie nach Ihrem kleinen Unfall so schnell weiterreisen würden. Aber ich hatte ein wenig Glück, als ich in Thurstons Schreibtisch eingebrochen bin. Brauchte Geld für die Reise, wissen Sie, und was fand ich da? Nichts anderes als diese reizenden Schätzchen«, er fuchtelte mit der einen Waffe und tätschelte die andere, »und einen Brief von Mrs Summers, der den Unfall genau beschrieb und erwähnte, dass Sie nach Suffolk weiterreisen wollten. Ich bin noch in derselben Stunde aufgebrochen. Da es mein halber freier Tag war, hat man mich vermutlich erst vermisst, als ich schon Cambridgeshire erreicht hatte. Also nun, keine Fragen mehr, fürchte ich. Die Zeit läuft ab.«

Er hob die Pistole und zielte genau auf McAlistair.

Zu Tode verängstigt, verzweifelt und außerstande, sich eine weitere Frage einfallen zu lassen, tat Evie das Einzige, was ihr in den Sinn kam.

Sie wurde ohnmächtig.

Zu Evies Bestürzung wurde schnell offensichtlich, dass man eine richtige Ohnmacht wirklich ein- oder zweimal üben sollte, bevor man es in der Öffentlichkeit versuchte.

Man überließ das auch lieber denjenigen, die einen weichen Sessel oder ein großes Sofa zu ihrer Verfügung hatten.

Als sie zu Boden ging, schlug sie sich das Knie am Tischbein an, beugte allzu sichtbar die Knie, um ihren Sturz abzumildern, und hätte sie nicht in letzter Sekunde den Arm ausgestreckt, wäre sie mit dem Kopf kräftig auf dem Holzboden aufgeschlagen.

Glücklicherweise waren es nicht Form, Anmut oder auch nur Glaubwürdigkeit, auf die es Evie ankam. Sie wollte ihn ablenken, und *das* gelang ihr recht gut.

Herbert lachte, und unter halb geschlossenen Lidern sah Evie, wie seine Füße auf sie zukamen.

Dann fluchte er, und es gab ein kurzes Gewirr aus Armen und Beinen, als McAlistair sich auf Herbert stürzte und beide krachend zu Boden gingen.

Evie rappelte sich auf alle viere hoch und hörte sich selbst vor Entsetzen aufschreien, als die Pistole losging. Aber die Kugel traf daneben und zerschmetterte einen Glasteller auf einem Regal hinter McAlistair.

Der Kampf dauerte nur kurz, gerade so lange, dass Evie hinüberkriechen und sich die Pistole schnappen konnte, die aus Herberts Tasche gefallen und über den Boden geschlittert war. Und gerade so lange, dass McAlistair einen Fausthieb auf Herberts Kinn landen konnte, was die Pistole unnötig machte.

Herbert war bewusstlos.

Evie blieb, wo sie war, zitternd und keuchend, während ihr grässliche Visionen eines vor ihren Augen sterbenden McAlistairs durch den Kopf tanzten.

Nicht tot, sagte sie sich energisch und sah zu dem am Boden liegenden Mann hin.

Er ist nicht tot.

»Es geht dir gut«, hörte sie sich selbst abgehackt flüstern. »Es geht dir gut.«

»Bist du verletzt?«, fragte McAlistair scharf.

Ihre Lungen fühlten sich zu klein an, ihr Knie pochte höllisch, und ihr Herz schlug so heftig, dass es als Folter durchgehen konnte. Sie schüttelte den Kopf, warf die Waffe beiseite, kroch hinüber und warf sich über ihn.

Sie zitterte unkontrolliert und wusste, dass ihre Versuche, ihn zu sich heranzuziehen, unbeholfen und ungeschickt waren. Es war ihr gleich. Sie konnte nicht dagegen an. Schließlich vergrub sie den Kopf an seiner Schulter und umklammerte seinen Rücken, seine Brust, seine Taille.

McAlistair murmelte ihr beschwichtigend ins Ohr: »Scht. Ruhig, Liebes. Es ist vorbei. Die Gefahr ist vorbei.«

Sie kämpfte sich zu ihm heran. Er war nicht nah genug. Sie konnte nicht nah genug zu ihm gelangen. Und er half ihr nicht, hatte ihr in einer halben Umarmung nur einen Arm um die Schultern gelegt.

»Halt mich«, flehte sie.

Ein leises Stöhnen drang aus seiner Brust. »*Evie.*«

»Halt ...«

»Liebes. Mein Arm.«

Im Nu entwand sie sich ihm, und ihr Blick flog zu seinem linken Arm. Er drückte ihn in Schonhaltung an die Seite, und oben sickerte Blut durch den Ärmel und verfärbte den grünen Stoff zu einem Furcht einflößenden Dunkelbraun.

Dicke, schwarze Wellen der Angst überfluteten sie. Er blutete. Er war angeschossen worden. Er konnte sterben.

»Nein«, hörte sie sich sagen. »Nein, die Kugel hat doch den Teller getroffen.«

»Hat zuerst mich erwischt. Aber es ist ...«

Sie hörte nicht zu. Sie sprang auf, der Schmerz in ihrem Knie war vergessen, und riss ein sauberes Tuch vom Tisch. Dann ließ sie sich neben ihn fallen und presste es auf seine Wunde. Tränen sammelten sich und fielen, als der weiße Stoff dunkelrot wurde.

»Ich brauche mehr Tücher.«

»Evie, Liebes. Es ist nur ein Kratzer. Es ist nicht ...«

»Es ist kein Kratzer«, stieß sie halb erstickt aus. Für sie war es eine große, klaffende Wunde, aus der Ströme von Blut flossen. »Du musst dich hinlegen. Du brauchst einen Arzt. Du brauchst ...«

»Die Blutung geht schon zurück.«

Sie blinzelte und warf einen Blick auf das Tuch. Er hatte recht; die Blutung war schon fast zum Stillstand gekommen.

Sie atmete zitternd aus und wischte sich die Tränen ab. »Du brauchst trotzdem einen Arzt.«

»Im Moment brauche ich vor allem ein Seil für Herbert.«

Schniefend löste Evie sich ein wenig von ihm und sah zu dem noch immer bewusstlosen Diener hin. Jetzt erst sah sie, dass ihr Knie sich in Herberts Flanke bohrte.

Gut.

»Es müsste hier ein Stück Seil oder Schnur geben«, sagte McAlistair. »Du musst es suchen.«

»Ja, ja, natürlich.« Je eher Herbert gefesselt war, desto eher konnte sie Hilfe holen.

Bevor sie aufstehen konnte, kam Mr Hunter halb bekleidet, aber voll bewaffnet in die Küche gestürmt. Ihm dicht auf dem Fuß folgte Mrs Summers, einen großen, silbernen Kerzenständer zum Schlag erhoben. Sie warf einen Blick auf das Bild, das sich ihr bot, ließ den Kerzenständer fallen und fiel neben Evie auf die Knie. »Evie! Sind Sie verletzt? Sind Sie ...«

»Nein. McAlistair.«

McAlistair schüttelte angesichts von Mr Hunters und Mrs Summers besorgten Blicken den Kopf. »Nur ein Kratzer. Die Blutung hat schon fast aufgehört.«

»Es ist kein Kratzer, verdammt«, schimpfte Evie. Aber in ihrem Ton lag keine Schärfe. Dafür war sie zu erleichtert. Es *war* nicht bloß ein Kratzer – der Mann konnte den Arm nicht bewegen, Herrgott noch mal –, aber es sah auch nicht mehr lebensbedrohlich aus. »Die Wunde muss versorgt werden.«

»Mr Hunter kann es sich ansehen, sobald wir uns um Herbert gekümmert haben.«

»Wer zum Teufel ist Herbert?«, wollte Mr Hunter wissen.

»John Herbert.« Evie ließ sich von Mrs Summers aufhelfen. »Ein Diener aus Haldon. Er ... ich ...«

»Herberts Groll galt mir«, erklärte McAlistair der Gruppe. »Mr Hunter, holen Sie mir ein Seil. Mrs Summers, bringen Sie Evie nach oben.«

Mrs Summers legte ihr einen Arm um die Schultern und drängte sie sanft zur Tür. »Kommen Sie, meine Liebe.«

»Aber ...«

»Geben Sie ihr etwas Brandy«, schlug Mr Hunter vor.

»Ich brauche keinen Brandy. Ich ...« Ich brauche McAlistair, dachte sie.

Aber ihr Protest wurde ignoriert, und wenig später fand sie sich aus dem Raum bugsiert.

28

McAlistair, dessen Arm höllisch schmerzte, ging draußen vor der Bibliothek im Flur auf und ab. Auf- und abzugehen war für ihn ungewöhnlich, und er fand es ziemlich erniedrigend. Es war sonst nicht seine Gewohnheit, sich nervöser Bewegung hinzugeben. Aber obwohl er es versucht hatte, schien er nicht still sitzen zu können. Er hatte die innere Ruhe verloren, auf die er sich jahrelang verlassen hatte, und war das reinste Nervenbündel.

Nicht gänzlich unerwartet, vermutete er, wenn ein Mann die Einzelheiten eines Heiratsantrags durchging.

Aber trotzdem ärgerlich.

Und absurd. Er hatte nicht den leisesten Grund, nervös zu sein. Sein Plan war ausgereift, seine Logik ohne Fehl. Evie würde ihn heiraten.

Er war erst wenige Minuten vorher zu dieser Entscheidung gelangt, während er, Christian und Mr Hunter den gefesselten Herbert, der nun das Bewusstsein wiedererlangt hatte, über den Rücken eines Pferdes gelegt hatten. Der Mann hatte getobt und gewütet und in einem fort Rache geschworen. Das war nur zu erwarten gewesen, und McAlistair hätte den Lärm vielleicht einfach ignoriert, wenn Herbert seine Drohungen auf ihn beschränkt hätte. Aber der Lakai hatte auch ziemlich viel über Evie zu sagen ... jedenfalls bis Christian ihm einen Knebel in den Mund gestopft hatte.

McAlistair unterbrach sein Auf und Ab gerade lange genug, um sich mit der Hand übers Gesicht zu fahren.

Es war *seine* Schuld. Der Drohbrief, der Kutschenunfall, der Anschlag auf Evies Leben – all das war seinetwegen geschehen. Evie war nur eine Schachfigur gewesen bei der Mission eines Mannes, der Rache nehmen wollte. Verdammt, wäre er nicht gewesen, hätte sie diese Woche in Sicherheit auf Haldon verbracht und sich in aller Ruhe damit beschäftigt, … was immer es war, womit sie sich in Haldon beschäftigte.

Mit finsterem Gesichtsausdruck ging McAlistair zur Tür und starrte sie an, ohne sie zu sehen.

Genau die Dinge, mit denen Evie sich beschäftigte, wenn sie nicht gerade in jemandes Rachepläne verstrickt war, hatten ihn veranlasst, sich für eine Ehe zu entscheiden. Die Frau verbrachte ihre Tage nicht damit, Rechnungsbücher auszugleichen und auf dem See zu rudern. Zumindest einen Teil ihrer Zeit brachte sie damit zu, gewalttätigen Männern eine lange Nase zu machen. Nun gut, im Moment tat sie es im Geheimen, aber wie lange würde sie sich damit zufriedengeben? Wie lange würde es noch dauern, bis jemand anders in ihren Schreibtisch einbrach?

Sie war von Natur aus impulsiv und hatte ein viel zu großes Selbstvertrauen.

Wieder rief er sich den schrecklichen Moment ins Gedächtnis, als er sicher gewesen war, dass sie sich vor Herberts Waffe werfen würde. Sie hätte ihn niemals rechtzeitig erreicht und ihn am Schießen hindern können. Sie war einfach nicht schnell genug. Er hätte sie umgebracht. Und doch hätte sie es versucht.

Noch nie im Leben war er so entsetzt gewesen, hatte er solche Übelkeit und so abgrundtiefe Hilflosigkeit verspürt wie in diesem Moment. Nicht einmal, als er den Schuss am Strand gehört oder gesehen hatte, wie sie in der Schmiede mit dem Lehrling kämpfte oder im Teich verschwand oder …

Verflucht noch mal, die Frau war ständig in Gefahr – und die Hälfte der Zeit war sie selbst schuld daran.

Und nach der Gefahr, in die er sie gebracht hatte, und im Hinblick auf die Gefahr, die *sie* herausforderte, sah es um Evies zukünftige Sicherheit nicht gut bestellt aus.

Nun, daran konnte er etwas ändern.

Er konnte sie beschützen. Er *würde* sie beschützen. Vor sich selbst und vor den Geistern aus seiner Vergangenheit, die danach trachteten, ihn durch sie zu bestrafen. Aber dafür musste er in ihrer Nähe sein und durfte nicht versteckt in einer entlegenen Hütte leben. Und um in ihrer Nähe zu sein, musste er sie heiraten. Es blieb ihm nichts anderes übrig.

Sie mochte für die Vorstellung, seine Frau zu werden, nicht aufgeschlossen sein – und er war zugegebenermaßen nicht mehr für die Vorstellung aufgeschlossen, dass sie die Frau eines anderen wurde –, aber er konnte sie dazu bringen, Vernunft anzunehmen. Oder er konnte sie fluchend und um sich tretend zu einem Pfarrer schleppen. Wie auch immer, er würde sie nicht mehr aus den Augen lassen.

Entschlossen betrat er die Bibliothek.

Evie stand am Kamin, eine Decke lag um ihre Schultern, und Mrs Summers stand neben ihr.

»Ich möchte einen Moment mit Evie allein sein.«

Mrs Summers zog lediglich eine Braue hoch. »Ach, tatsächlich?«

»Bitte«, fügte McAlistair widerstrebend hinzu.

Mrs Summers schürzte die Lippen, nickte jedoch. »Ich bin draußen im Flur.«

Er wartete ungeduldig darauf, bis Mrs Summers den Raum verlassen hatte. Dann ging er zu Evie, legte seine starken Arme um sie, drückte sein Gesicht an ihren Hals und atmete sie einfach nur ein.

Evie schmiegte sich eng an ihn. »Dein Arm? Ist alles in Ordnung?«

»Das wird schon wieder.«

Er schob Nervosität und Ärger beiseite und genoss es, Evie sicher und warm an seiner Brust zu spüren. Er strich ihr über den Rücken, fuhr ihr mit den Fingern durchs Haar und streichelte ihre Schultern. »Mr Hunter hat mir die Wunde verbunden. Er und Christian haben Herbert nach Charplins zum Richter gebracht.«

Sie nickte und rieb die Wange an seiner Brust. »Dann ist es also vorbei.«

Nein, nicht vorbei, dachte er und zog sich zurück. Noch nicht ganz.

Evie erschrak ein wenig, als McAlistair sich plötzlich von ihr löste.

»Stimmt etwas nicht?«, fragte sie zaghaft und zog die Decke enger um sich.

Er antwortete nicht und sah sie nur durchdringend an, dann drehte er sich um und ging im Zimmer auf und ab.

»Bist ... bist du mir böse?«

»Ja. Nein.« Er blieb stehen. »Ja.«

»Nun, wenn du dir da ganz sicher bist«, sagte sie zittrig, in der Hoffnung, ihn durch Neckereien aus seiner Stimmung herauszulocken.

Er trat zu ihr hin und fixierte sie mit einem Blick, in dem keinerlei Belustigung lag. »Du wolltest dich vor diese Pistole werfen.«

»Das war kaum nötig, da er die meiste Zeit ohnehin auf mich gezielt ...«

»Du weißt sehr gut, dass ich das nicht meine.«

Evies Augen wurden bei McAlistairs Gebrüll groß wie Untertassen. Hin- und hergerissen zwischen Verletztheit und Faszination, beobachtete sie, wie er im Raum auf- und abmarschierte. Er murmelte vor sich hin, fuhr sich mit der Hand durchs Haar, einmal, zweimal, *drei*mal, bis sich der größte Teil seiner dunklen Locken aus dem Band gelöst hatte und ihm ins Gesicht fiel – einem Gesicht, das nichts von der kühlen Sicherheit zeigte, an die sie so gewöhnt war. Auf seiner Stirn standen tiefe Furchen, in seinem Kinn zuckte ein Muskel, und seine Lippen – wenn sie nicht gerade murmelten – waren zu etwas wie einem Knurren zurückgezogen.

Die Faszination gewann die Oberhand, wie auch die Erleichterung darüber, dass er nach seiner Verwundung so schnell wieder eine solche Kraft an den Tag legte. Gütiger Himmel, der Mann war *fuchsteufelswild*. Das hatte sie nicht erwartet, hatte es nicht einmal für möglich gehalten, dass er zu einem solchen Temperamentsausbruch in der Lage war.

Seltsamerweise machte das Wissen, dass er dazu fähig war und dass er die Beherrschung verloren hatte, weil sie sich in Gefahr hatte bringen wollen, sie stärker, sogar gelassen.

Er blieb stehen und deutete mit dem Finger auf sie. »Du wolltest ihm die Pistole entreißen. Als er die Augen zugemacht hat. Du wolltest es versuchen.«

»Ja.« Bei der Erinnerung daran krampfte sich ihr der Magen zusammen. Vielleicht war sie doch nicht ganz gelassen, räumte sie ein, vielleicht ging es ihr nur besser.

»Was hast du dir verdammt noch mal dabei gedacht?«

»Dass ich näher bei ihm war.«

Das Knurren wurde lauter.

»Nun, ich war wirklich näher dran.« Was wollte er von ihr hören?

Er deutete auf sie. »Du bist unüberlegt, impulsiv, dickköpfig und leichtsinnig.«

Sie spitzte die Lippen, dachte darüber nach und kam zu dem Schluss, dass ihr diese Beschreibung besser gefiel als sanft, zart und naiv. »Damit kann ich leben. Obwohl ...«

»Du wirst mich heiraten.«

»... ich nicht ...« Sie vergaß sofort, was sie sagen wollte. »Entschuldige, wie war das?«

»Du wirst mich heiraten.«

Argwohn und Hoffnung keimten gleichzeitig in ihr. »Tatsächlich? Bist du sicher?«

»Es sei denn, du möchtest in Sünde leben?«, erkundigte er sich in verächtlichem Tonfall.

»Eigentlich nicht.«

»Dann heiraten wir. Ich kann dich nicht beschützen, wenn wir in getrennten Häusern leben, und du brauchst jemanden, der auf dich aufpasst.«

Ein heftiger Schock verdrängte die Hoffnung und den Argwohn. »*Der auf mich aufpasst?*«

»Ja, du ...«

»Das war keine Bitte, es näher auszuführen«, fuhr sie ihn an. »Es war ein Ausdruck meiner Ungläubigkeit.« Und einer gesunden Portion Gekränktheit. »Es ist ganz gewiss nicht nötig, dass man auf mich aufpasst. Darüber hinaus ...«

»Deine Verbindung mit mir ist kein Geheimnis mehr. Allein das bringt dich in eine heikle Lage. Außerdem arbeitest du für eine gefährliche Sache. Du besuchst die schlimmsten Elendsviertel Londons.« Er deutete zum dritten Mal mit dem Finger auf sie. »Das hört jetzt auf. Du kannst andere Möglichkeiten finden, diesen Frauen zu helfen.«

Sie warf ihre Decke zur Seite. »Wie kannst du es wagen ...«

»Du schleichst dich aus deinem Haus, um allein im Wald zu schlafen. Du küsst in diesem Wald fremde Männer ...«

»Mann«, korrigierte sie ihn. »Einen Mann. *Dich.*«

»Du wolltest einem Wahnsinnigen eine Waffe entreißen.«
»Ich *wollte* das nicht. Und du *hast* ...«
»Du hast deine Unschuld einem Mann geschenkt, der fast ein Fremder für dich war.«
»Einem Einsiedler, einem Soldaten und dem Mann, den ich liebe, du arroganter, herzloser *Mistkerl*.«
Er fuhr sichtlich zusammen, und für einen Moment sah es so aus, als wollte er nachgeben, aber dann schüttelte er den Kopf, wie um ihre Worte abzutun. »Du bist töricht ...«
»Nicht! Wage es nicht, mir zu sagen, was ich bin. *Wer* ich bin. Darüber habe ich genug von dir gehört. Mehr als genug.«
»Evie ...«
Sie wartete nicht, bis er seinen Satz beendet hatte, konnte sich keinen Grund denken, warum sie das tun sollte. Mit Zornestränen in den Augen verließ sie den Salon im Laufschritt, um rasch in ihr Zimmer zurückzukehren, wo sie sich ungestört ihrem Kummer hingeben konnte.
Als sie das obere Stockwerk erreichte, rief er sie noch einmal vom Fuß der Treppe, aber sie drehte sich nicht um.
Und er kam nicht hinter ihr her.

McAlistair sah ihr nach.
Das war nicht ganz so verlaufen, wie er es geplant hatte.
Er fasste nach dem Treppengeländer und erklomm die erste Stufe, um ihr zu folgen. Sie würden das klären. Sie würde zuhören, bis ...
Er zuckte zusammen, als die Tür so fest zuschlug, dass ihm die Zähne aufeinanderschlugen.
Vielleicht wartete er lieber, bis sie sich beruhigt hatte, beschloss er und ging die Stufe wieder hinunter.
Sie würde es schon noch einsehen. Sie brauchte einfach Zeit.

Im Cottage und auf der Rückreise nach Haldon konnte er ihr diese geben. Um die Sicherheit musste man sich derzeit nicht bekümmern, da Herbert fort war und Evie meilenweit entfernt von der Arbeit, die sie gefährdete.

Am besten ließ er sie für den Moment in Ruhe und gab ihr Gelegenheit einzusehen, wie vernünftig seine Worte gewesen waren.

Und sich selbst Gelegenheit, sich mit dem zu befassen, was sie gesagt hatte.

Der Mann, den ich liebe.

Heiliges Kanonenrohr.

Er machte auf dem Absatz kehrt und ging direkt ins Arbeitszimmer. Dort ging er direkt zu dem Tisch mit den Getränken. Er trank selten. Tatsächlich konnte er an einer Hand abzählen, wie oft er sich in den letzten acht Jahren einen Drink genehmigt hatte. Fast alle, wurde ihm grimmig bewusst, als er sich einen Fingerbreit Brandy eingoss, hatte er in der letzten Woche getrunken.

Der Mann, den ich liebe.

Er goss sich noch mehr Brandy ein.

Sie konnte es nicht ernst meinen. Sie konnte unmöglich einen Mann lieben, der ihr noch vor wenigen Monaten, möglicherweise noch vor wenigen Wochen, nichts bedeutet hatte. Einen Mann, dessen Sünden ihr Leben gefährdet hatten. Das war sein erster, wenn auch zum Teil unvernünftiger Gedanke gewesen – sie *kannte* schließlich nicht alle seine Sünden –, sobald die Worte aus ihrem Mund waren, worauf das unbeschreiblichste Glücksgefühl gefolgt war, das er je erlebt hatte.

Evie hätte das nicht gesagt, wenn sie es nicht so gemeint hätte. Lügen lag nicht in ihrer Natur. Nun ja, korrigierte er sich, es lag schon in ihrer Natur, aber nicht bei so etwas. Da war er sich sicher. Sie war keine Frau, die mit etwas so Wichtigem ihren Spott getrieben hätte.

Sie *liebte* ihn. Trotz seiner Wortkargheit, trotz seiner mehr als ungünstigen Herkunft, eigentlich gegen jeden Menschenverstand liebte sie ihn.

Dem Mann, den ich liebe. Ihre Worte hallten in seinem Kopf wider. *Du arroganter, herzloser Mistkerl.*

Er leerte das Glas mit einem einzigen langen Schluck.

Wenn sie ihn verdammt noch mal liebte, konnte sie ihn verdammt noch mal auch heiraten. Was konnte natürlicher sein?

Zugegeben, eine verliebte Frau könnte auf einen Antrag mit ein wenig mehr Romantik gehofft haben, aber woher zum Teufel hätte er wissen sollen, dass sie ihn liebte?

Und sie hatte sich über *seine* Verschlossenheit beschwert. Er schnaubte – schnaubte tatsächlich – und überlegte, sich noch ein Glas einzuschenken. Sie hatte nichts von Liebe gesagt. Kein einziges Wort.

Wenn sie es getan hätte, hätte er die Idee einer Heirat vielleicht ein wenig anders zur Sprache gebracht. Er hätte vielleicht versucht, an ihr Herz zu appellieren statt an ihren Kopf.

Sie würde einfach damit leben müssen, befand er in einem weiteren Zornausbruch. Sie sollte sogar begeistert darüber sein. Was war dagegen einzuwenden, dass er an ihren Kopf appelliert hatte – an ihren Sinn für Vernunft –, so wie er es bei einem Mann getan hätte? Hatte sie in der Vergangenheit nicht ständig darüber geredet? Dass man Frauen nicht um ihres Verstandes willen respektierte?

Genau das hatte sie getan.

Er knallte das Glas auf den Tisch und verließ den Raum in großen Schritten.

Er würde in sein Schlafzimmer gehen. Dann würde er seine Sachen für die morgige Rückkehr nach Haldon packen. Und dann würde er warten. Evie konnte verdammt noch mal zu ihm kommen.

Evie konnte sich an keine Gelegenheit erinnern, bei der sie einen so ohnmächtigen Zorn gespürt hatte. Wahrscheinlich war es hin und wieder vorgekommen, als sie ein kleines Kind war, aber als Erwachsene beruhigte sie sich lieber durch ein paar ausgewählte Flüche und grübelte dann noch ein wenig. Es war nie allzu dramatisch.

Aber jetzt gerade hätte sie am liebsten etwas zerstört. Gern hätte sie etwas in die Hand genommen, es gegen die Wand geschleudert und zugesehen, wie es in tausend kleine Splitter zersprang. Dann hätte sie es wieder getan. Am liebsten hätte sie geschrien, um sich geschlagen, irgendetwas zertrümmert.

Sie stand mitten in ihrem Zimmer und kochte vor Wut, für die sie kein Ventil fand. Wenn sie laut wurde, würden nur die Mitglieder des Haushalts herbeigeeilt kommen, um zu sehen, was los war.

Und es gab nichts in dem Zimmer, was sie zerbrechen konnte, weil nichts in dem verdammten Zimmer ihr gehörte. Sie wünschte von Herzen, es wäre etwas darin gewesen, das McAlistair gehörte. Etwas Teures und Zerbrechliches. Wie ihr Herz.

Maßlos enttäuscht ging sie zum Bett, griff nach einem Kissen und warf es gegen die Wand. Der weiche und gänzlich unbefriedigende Aufprall ließ sie nur noch zorniger werden.

»*Argh.*«

Nach einem kurzen Zögern griff sie nach einem weiteren Kissen und warf auch das. Es war, befand sie, geringfügig besser als gar nichts.

»Aufpassen muss man auf mich, was?«, wütete sie zähneknirschend. »*Aufpassen?*« Sie warf das nächste Kissen. »Wie auf ein Kind oder ein *Haustier?*«

Sie schleuderte das letzte Kissen. »*Aufpassen*, verdammt?«

Sie konnte es nicht glauben, konnte es einfach nicht fassen, dass er die Unverfrorenheit besessen hatte, eine so zutiefst beleidigende Ausdrucksweise zu benutzen. Er hätte kaum etwas anderes sagen können, das sie so wirkungsvoll erzürnt ... oder sie tiefer verletzt hätte.

Jetzt, da die schlimmste Wut allmählich verraucht war, begann die Wunde zu brennen.

Sie stieß einen Laut aus, der halb Knurren und halb Schluchzen war, und ließ sich schwer auf die Bettkante fallen.

Kannte er sie denn mittlerweile *gar nicht?*

Liebte er sie denn kein bisschen?

Das Brennen wuchs sich zu einem heftigen Schmerz in ihrer Brust aus. Sie drückte mit dem Handballen darauf, als könne sie ihn wegreiben, so wie McAlistair den Schmerz in ihrem Bein weggerieben hatte.

Erschöpft und mit gebrochenem Herzen kroch sie auf das Bett, rollte sich zusammen und wünschte, sie hätte ein Kissen, in das sie weinen konnte.

29

Evie versank in einen unruhigen Schlaf und wachte erst auf, als das Licht des Spätnachmittags kaum noch durch die Wollvorhänge drang.

Sie konnte sie jetzt aufziehen, dachte sie lustlos und erhob sich steif vom Bett.

Nachdem sie das schwache Licht hereingelassen hatte, machte sie sich zurecht, legte die Kissen wieder auf das Bett zurück und setzte sich, als sie feststellte, dass es nichts mehr zu tun gab, wieder hin.

Sie fühlte sich zutiefst erschöpft, vollkommen ausgehöhlt ... bis auf ihren Kopf, der sich verstopft anfühlte ... und ihren Nacken, der ziemlich steif war ... und ihr Knie, das immer noch von seiner Begegnung mit dem Küchentisch pochte. Aber der *Rest* von ihr fühlte sich leer an, als hätte jemand in sie hineingegriffen und ihr das Herz herausgerissen.

Es war beinahe erstaunlich, dachte sie, ohne im Mindesten erstaunt zu sein, dass man gleichzeitig wie betäubt sein und unerträglichen Schmerz verspüren konnte.

Gleichermaßen seltsam war es, dass man sich zugleich krank und hungrig fühlen konnte. Aber schließlich hatte sie den ganzen Tag nur sehr wenig gegessen, und auch wenn ihr Appetit durch Nervosität und Ärger gelegentlich litt, dauerte das nie lange. Ihre frauliche Figur hatte sie nicht dadurch erworben, dass sie Mahlzeiten ausgelassen hatte.

Sie ergab sich in die Tatsache, dass sie ihren knurrenden Magen füllen musste, ging nach unten und hielt vorsorglich

Ausschau nach McAlistair. Sie war noch nicht bereit, ihn zu sehen, geschweige denn, mit ihm zu sprechen – nicht, solange sie von teuren Kunstwerken und zerbrechlichen Vasen umgeben war.

Den Ausflug in die Küche hielt sie so kurz wie möglich. Der Raum war jetzt voller unerfreulicher Erinnerungen, die zu frisch waren, um lange darüber nachzugrübeln, was sie essen sollte. Sie griff nach einem Apfel – einem praktischen und preiswerten Wurfgeschoss, sollte sie McAlistair begegnen – und ging wieder nach oben.

Sie war am Absatz der Haupttreppe angelangt, als die Haustür aufflog.

Erschrocken drehte Evie sich um und erblickte die Herzogin von Rockeforte, die zur Tür hereinstolperte. Außer Atem, in einem zerknitterten und staubigen Reisegewand und mit den dunklen Strähnen, die aus ihrer Haube hingen, sah sie geradezu wild aus.

Evie starrte sie mit offenem Mund an. »*Sophie?*«

Sophie lief auf sie zu und fiel ihr um den Hals. »Evie. Du bist in Sicherheit.«

»Ja, ich ...« Sie erwiderte die Umarmung. »Was machst du hier? Ist etwas passiert?« Ein schrecklicher Gedanke kam ihr. Mirabelle, Whits Frau, war guter Hoffnung. »Mirabelle. Das Baby. Ist etwas mit ...«

»Nein. Nein.« Sophie trat einen Schritt zurück, hielt aber Evies Schultern fest umfasst. »Es geht um John Herbert«, keuchte sie. »Den Diener aus Haldon.«

»John Herbert?« Zwischen Erleichterung, Verwirrung und Beunruhigung schwankend schüttelte Evie den Kopf. »Ich verstehe nicht. Ist er entflohen?«

»Entflohen?« Sophie blinzelte. »Aus Haldon?«

»Haldon? Was? Nein, von Christian und Mr Hunter.«

»Christian? Mr Hunter?« Sophie ließ die Hände sinken. »Wir sind wie zwei Papageien. Wovon redest du?«

»Von John Herbert. Er war heute Morgen hier. Christian und Mr Hunter haben ihn zu dem örtlichen Richter gebracht. Wovon redest du?«

»Anscheinend von nichts von Bedeutung.« Sophie lachte plötzlich. »Wir sind hergekommen, um euch über John Herberts Verrat zu unterrichten.«

»Wir?«

»Ich bin mit Alex, Whit und Kate hier.« Sophie seufzte erleichtert auf und wirkte gleich ruhiger. Sie ging zu dem Stuhl neben dem Konsoltisch und ließ sich schwer darauf niedersinken. »Wir sind aufgebrochen, sobald Herberts Abwesenheit bemerkt worden war.«

»Oh.« Evie fühlte sich immer noch vollkommen verwirrt. »Nun, das war sehr ... ähm ... loyal von euch. Ich bin überrascht, dass Alex es erlaubt hat.«

»Hat er nicht.« Sophie zuckte die Achseln. »Ich bin trotzdem gekommen.«

»Ah.« Sie schaute zu der Tür hinüber, die immer noch offen stand. »Wo ist er? Und wo sind die anderen?«

»Ein paar Minuten hinter mir.« Sie streckte mit einer Grimasse die Beine aus. »Auf den letzten zwei Meilen haben wir ein Rennen veranstaltet. Das heißt, Kate und ich. Alex und Whit haben die Karte studiert und wurden ein wenig überrumpelt.«

»Ihr habt sie *zurückgelassen*?«

»Bedauerlicherweise sind sie uns bald genug nachgejagt«, erwiderte Sophie. »Sie waren die denkbar schlechtesten Reisegefährten. Während der ersten Hälfte der Reise haben sie gestritten und während der zweiten Hälfte uns belehrt.«

Wieder blickte Evie gespannt zur Haustür und erwartete jeden Moment zwei hereinstürmende Männer zu sehen. »Whit ist im Moment vermutlich nicht besser auf Kate zu sprechen als Alex auf dich.«

»Sie sind ein klein wenig verärgert«, gestand Sophie, ohne, wie Evie bemerkte, den leisesten Anflug von Reue. »Ebenso wie Lady ...«

Sophie verstummte, als Lady Kate Cole durch die Vordertür trat und genauso aussah wie Sophie nur eine Minute zuvor. Ihr hellblondes Haar hatte sich größtenteils aus den Nadeln gelöst, und ihre großen, blauen Augen glänzten vor Sorge.

»Evie! Es geht dir gut!«

»Es geht mir blendend«, beharrte Evie, während Kate bereits in ihre Arme flog.

Kate umarmte ihre Freundin fest und warf Sophie einen Blick zu. Ein leichtes Unterfangen, da Kate ein gutes Stück größer als Evie war. »Hast du es ihr erzählt? Weiß sie von John ...«

»Sie weiß Bescheid«, unterbrach Sophie sie. »Sie wusste es schon.«

Kate trat zurück, und eine Falte erschien zwischen ihren Brauen. »Was? Woher?«

Sophie löste die Bänder ihrer Haube. »Mr Herbert ist vor einigen Stunden hier aufgetaucht und wurde anschließend verhaftet.«

Wenn Evie sich nicht sehr täuschte, sanken Kates Schultern ein wenig nach unten. »Dann war es das? Es ist vorbei?«

»Du musst nicht so enttäuscht klingen«, bemerkte Evie.

»Das bin ich auch gar nicht. Ich ...« Kate löste sich von ihr und schnitt eine Grimasse. »Nun, doch, ich bin enttäuscht. Nur ein bisschen. Mir gefiel die Idee, zu deiner Rettung zu eilen, recht gut.«

»Ich danke dir recht herzlich für diese Mühe«, erwiderte Evie anzüglich.

Kate schnaubte, aber ihre Augen funkelten vergnügt. »Und dafür habe ich Miss Willorys Geburtstagsfeier verpasst.«

Evie schmunzelte. Miss Willory zählte zu den Menschen, die Kate am wenigsten mochte, wie auch Evie selbst. »Es tut mir ja so schrecklich leid.«

»Und meine Mutter ist *äußerst* verärgert über mich.«

»Du hast dich Lady Thurston widersetzt, indem du hierhergekommen bist?« Allein schon die Vorstellung war verblüffend. »Kate ...«

»Keine Predigten bitte. Davon habe ich schon genug gehabt.«

»Du wirst trotzdem noch ein paar aushalten müssen«, erklang eine kühle Stimme von der Haustür her.

Whit trat ein, von der Reise erschöpft und nicht nur »ein klein wenig verärgert«, wie Sophie es formuliert hatte. Er schloss sorgfältig die Tür hinter sich, warf Kate und Sophie einen frostigen Blick zu, der bittere Vergeltung versprach, und trat dann zu Evie, um ihr einen Kuss auf die Wange zu drücken.

»Evie, geht es dir gut?«

Noch nie war sie so unglücklich gewesen. »Ja, sehr.«

Whit nickte und zog sich die Handschuhe aus. »Hol die anderen, sei so gut. Kate und Sophie haben dich sicher schon über unsere Neuigkeiten unterrichtet.«

»Aus diesem Grund sind wir schließlich hergekommen«, bemerkte Sophie.

»Und jetzt spielt es ohnehin keine Rolle mehr«, fügte Kate hinzu. »Es ist vorbei. Wir sind zu spät gekommen.«

Evie verdrehte angesichts der übertrieben dramatischen Feststellung die Augen.

Whit blieb stehen. »Zu spät? Herbert war hier?«

»Heute Morgen«, bestätigte Evie und fragte sich, ob sie alles noch einmal würde erklären müssen, wenn Alex eintraf. »Christian und Mr Hunter haben ihn ...«

Whit fluchte ausgiebig, während sich Sorge und ein wenig Furcht in seiner Miene spiegelten. Er hob ihr Kinn an und sah ihr forschend in die Augen. »Und du bist nicht verletzt? Er hat dir nicht wehgetan?«

»Es geht mir sehr gut«, wiederholte sie. »Das gilt für uns alle.«

Er sah sie noch einen Moment an, dann ließ er die Hand sinken und umarmte sie fest. »Es tut mir leid, dass ich nicht hier war«, sagte er heiser.

Wie immer von seiner tiefen Loyalität gerührt, blinzelte sie die Tränen fort und erwiderte die Umarmung. »Ich bin vollkommen wohlauf, Whit, wirklich. Du kannst ja nicht überall gleichzeitig sein.«

»Ich hätte hier sein müssen. Es liegt in meiner Verantwortung, für die Sicherheit meiner Familie zu sorgen.« Er blickte an ihr vorbei und sah Kate finster an. »Obwohl manche alles tun, um mir das unmöglich zu machen.«

Kate warf Evie einen übertrieben mitfühlenden Blick zu. »Beachte ihn gar nicht. Es ist nicht deine Schuld, dass John Herbert ein Irrer ist.«

Whit ließ Evie los und deutete mit dem Finger auf Kate. Er öffnete den Mund zu einer zweifellos zornigen Antwort, aber das Geräusch der erneut aufschwingenden Haustür unterbrach ihn.

Alex, der Herzog von Rockeforte, kam hereinmarschiert. In der Vergangenheit hatte Evie gefunden, dass Alex' zerzauste, kaffeefarbene Locken ihm etwas Jungenhaftes gaben. Gegenwärtig kam ihr dieser Gedanke nicht. Im Moment sah er in ihren Augen wie ein sehr erwachsener Herzog aus – ein großer, dunkler und fuchsteufelswilder Herzog. »Wessen verdammte Idee war das mit dem Rennen?«

Sophie lächelte ihren Ehemann strahlend an. »Es war eine gemeinsame Entscheidung.«

»Ich bin mir verdammt sicher, dass es keine Gruppenentscheidung war«, knurrte er.

»Nun, das wäre auch nicht möglich gewesen«, widersprach Sophie ruhig. »Du hättest schließlich Nein gesagt.«

»Da hast du verdammt recht, das hätte ich«, blaffte Alex. Sophies Gemurmel darüber, was für ein Ärgernis schlechte Verlierer waren, hörte er nicht oder hatte beschlossen, es zu ignorieren. Stattdessen wandte er sich an Evie und musterte sie. »Es geht dir gut?«

Evie konnte nur mit Mühe ein Seufzen unterdrücken. »Ich bin unversehrt, und John Herbert ist auf dem Weg zum Richter.«

»Er ist geschnappt worden?« Sein Gesicht hellte sich auf, als er Evie einen Kuss auf die Wange drückte. »Wie?«

»Er ist heute Morgen aufgetaucht. Vielleicht sollten wir warten, bis Christian und Mr Hunter zurückkehren und einen vollständigen Bericht abliefern. Ich bin mir sicher, dass ihr auch an sie Fragen haben werdet.«

Alex und Whit nickten.

»Wenn das geklärt ist«, bemerkte Sophie, »würde ich gern Mrs Summers suchen. Vielleicht ...«

»Wir haben noch nicht über euer improvisiertes Rennen gesprochen«, unterbrach Alex kühl. »Es war unverantwortlich. Ihr hättet euch verletzen können.«

»Können wir diesen Vortrag an einem Ort mit mehr Sitzplätzen hören?«, erkundigte sich Kate. »Sophie hat den einzigen Stuhl im Flur.«

Whit funkelte seine Schwester an. »Du würdest dich noch um einiges unwohler fühlen, wenn du von deinem Pferd gefallen wärst.«

»Ich bin noch *nie* von einem Pferd gefallen«, sagte Kate mit deutlicher Entrüstung. Bei dieser Feststellung gingen etliche Augenbrauen in die Höhe. »Ich bin noch nie von einem Pferd gefallen, das sich *bewegte*«, erklärte sie naserümpfend. »Ich mag zwar unbeholfen sein, aber ich bin im Allgemeinen kaum eine Gefahr für mich selbst.«

»Kate ist eine gute Reiterin«, eilte Sophie ihrer Freundin loyal zur Hilfe. »Das sind wir beide, und wir haben uns in der Vergangenheit eine ganze Reihe von Wettrennen ohne Unfall geliefert.« Ihr Blick huschte kurz zu Kate. »Ohne ernsten Unfall«, räumte sie ein.

»Ein Rennen über vertrautes Gelände ist nicht …«

Beim Klang von Mrs Summers' Stimme, die von weiter hinten im Flur kam, brach Alex ab. »Gütiger Himmel«, rief Mrs Summers. »Was hat das alles zu bedeuten?«

Evie sah an Whits Schultern vorbei. »Wir haben Besuch.«

Es folgte eine Begrüßungsrunde und dann eine weitere, als Christian eintraf. Es gab ein großes Aufheben, bis alle Verbeugungen, alles Händeschütteln und alle Umarmungen erledigt waren. Sophie hielt Mrs Summers lange fest, Kate beantwortete Fragen über den Verlauf ihrer Reise, und Evie schlenderte zu Whit hinüber, um ihm etwas zuzuflüstern.

»So wirst du also mit deiner Frau und deiner Schwester fertig?«, fragte sie, um ihn an das zu erinnern, was er am Morgen ihres Aufbruchs von Haldon gesagt hatte.

»Mirabelle ist doch nicht hier, oder?«, entgegnete Whit.

Evie bezweifelte, dass Mirabelle so dumm wäre, in ihrem Zustand querfeldein durch die Landschaft zu reiten. »Sie konnte sicher nur mit Mühe davon überzeugt werden, in Haldon zu bleiben.«

Whit tat so, als hätte er sie nicht gehört. »Wo ist Mr Hunter?«, fragte er Christian.

Christian wies mit dem Kopf zum rückwärtigen Teil des Hauses. »Wäscht sich den Schmutz von den Stiefeln. Wir sind wohl keine drei Minuten nach Ihrer Ankunft vom Norden her eingetroffen.«

»Fünf Minuten, was die Damen angeht«, korrigierte Sophie ihn.

Alex sah sie böse an. »Was, wenn Herbert hier gewesen wäre? Was, wenn uns beiden etwas zugestoßen wäre? Was wäre dann aus unserem Sohn geworden?«

Sophie stand auf und dehnte den steifen Rücken. »Daran hättest du wohl denken sollen, bevor du darauf bestanden hast, mitzukommen.«

Als aus Alex' Kehle ein leichtes Grollen drang, trat Mrs Summers dazwischen. »Möchte jemand ein Tässchen Tee im Salon?«

Die Antwort auf diese Frage verzögerte sich durch das plötzliche Auftauchen von McAlistair.

Und wie Evie befürchtet hatte, kehrte sich bei seinem Anblick ihr Innerstes nach außen. Ihre Fingernägel gruben sich in den Apfel, von dem sie fast vergessen hatte, dass sie ihn in der Hand hielt, und wenn sie allein gewesen wären, hätte es gut passieren können, dass sie ihn ihm an den Kopf geworfen hätte. Weil sie immer noch in Versuchung war, wandte sie ihre Aufmerksamkeit Sophie und Kate zu, die bedauerlicherweise ihre Aufmerksamkeit McAlistair zugewandt hatten.

Sophie machte einen schnellen Knicks, als sie miteinander bekannt gemacht wurden. Kate dagegen hatte ein Drittel ihres Lebens mit der Legende von dem Einsiedler McAlistair gelebt, ohne ihn jemals gesehen zu haben. Sie erlaubte sich, ihn kurz anzustarren und ihn dann lange und unverhohlen zu mustern.

»Der Eremit von Haldon Hall«, hauchte sie, und Faszination sprach aus jeder Silbe. »Ich konnte es kaum glauben, als Mirabelle mir erzählt hat, dass es Sie wirklich gibt.«

»Ich erzähle dir das jetzt seit fast einem Jahrzehnt«, bemerkte Whit.

»Ja, aber du bist mein Bruder«, antwortete sie geringschätzig.

»Und?«

»Brüder lügen.« Sie ignorierte Whits Grollen und schenkte McAlistair ein sonniges Lächeln. »Ich freue mich, endlich Ihre Bekanntschaft zu machen.«

Irgendwann wurde der Tee zubereitet und im Salon getrunken, und die Geschichte von John Herberts Racheplan wurde zusammengefasst und erörtert. Obwohl es immer noch einiges gab, was Evie McAlistair gern gefragt hätte, über das, was Herbert gesagt hatte, interessierte es sie nicht genug, um McAlistair direkt darauf anzusprechen. Noch nicht.

Stattdessen beantwortete sie die Fragen der anderen, trank ihren Tee, aß ihren Apfel und entschuldigte sich dann unter dem Vorwand des anstrengenden Tages von dem frühen Abendessen, das Mrs Summers vorschlug.

Rückblickend war es keine besonders schlaue Ausrede für ihren Abgang. Niemand, der sie kannte, würde glauben, dass sie eine Nervenkrise erlitten hatte, und so war sie nicht übermäßig überrascht, als es eine Stunde später an ihrer Tür klopfte.

Obwohl sie wusste, dass es dumm war, hoffte ein kleiner Teil von ihr unwillkürlich, nur für einen Moment, dass es McAlistair war.

Es war jedoch Kate, mit einem Teller voll kaltem Fleisch und Käse. Das frühe Abendessen, mutmaßte Evie.

Ohne eine weitere Aufforderung abzuwarten, rauschte Kate an Evie vorbei ins Zimmer, setzte sich aufs Bett und schob Evie den Teller hin. »Setz dich, iss und erzähl mir, was passiert ist.«

Da ihr keine andere Wahl blieb, nahm Evie den Teller, stellte ihn jedoch auf den nahen Schreibtisch. »Du weißt, was passiert ist. John Herbert ...«

»Oh, zum Kuckuck mit John Herbert. Was ist mit dir los?«

»Eine Auseinandersetzung mit einem Mörder ist nicht genug?«

»Er hat doch niemanden ermordet ...«

»Soweit wir wissen.«

»So wie es sich anhört, hätte ein Mann wie er damit geprahlt. Und darum geht es nicht. Du leidest nicht unter *Nerven*.« Kate betonte das letzte Wort, indem sie die Augen verdrehte.

»Könnte ich aber. Ich ...« Evie gab den Kampf auf und ließ sich schwer neben Kate aufs Bett fallen. »Oh, na gut. Es ist McAlistair.«

»Was ist mit ihm?«

»Ich bin in ihn verliebt.« Oh, es tat weh, es auch nur auszusprechen.

In Kates Gesicht spiegelte sich ganz kurz Erschrecken, dann hellte es sich auf. Sie stieß einen langen, dramatischen Seufzer aus. »Oh, das ist schön.«

»Das ist es ganz bestimmt nicht.«

»Ist es doch«, konterte Kate auf die dumme Art, zu der nur Schwestern fähig sind. »Ich würde mich schrecklich gern in jemanden verlieben.«

»Du warst doch vor nicht einmal drei Jahren in Lord Martin verliebt«, rief Evie ihr ins Gedächtnis. »Und sieh dir an, was es dir gebracht hat.«

»Ich habe meinen ersten Kuss bekommen«, entgegnete Kate. »Und ich bezweifle stark, dass ich in ihn verliebt war. Rückblickend glaube ich, dass ich lediglich eine längere Schwärmerei für ihn empfunden habe.«

Evie fiel nichts weiter ein als »Du hast mir erzählt, er würde küssen wie ein Fisch auf dem Trockenen.«

»Das tut er oder hat es getan, was der Grund ist, warum ich nicht mehr für ihn schwärme.« Sie rutschte ein bisschen näher an Evie heran. »Hast du McAlistair geküsst?«

Und noch sehr viel mehr. »Ja.«

»Und?«

Sophies Erscheinen an der Tür ersparte Evie eine Antwort.

»Was hat das alles zu bedeuten?«, wollte Sophie wissen.

»Evie ist in McAlistair verliebt.«

»Kate!«

»Nun, du bist es doch, und du hättest es ihr ohnehin erzählt.«

Beides stimmte. »Du hättest mir die Gelegenheit geben können, es selbst zu tun.«

Ohne jede Reue beugte Kate sich vor und tätschelte ihr freundlich das Knie. »Ich überlasse es dir, es Mirabelle zu erzählen.«

»Na, herzlichen Dank.«

Sophie setzte sich auf Evies andere Seite und stieß einen träumerischen Seufzer aus. »Hach. McAlistair. Er sieht gut aus, nicht? So dunkel und grüblerisch ...« Sie wedelte mit der Hand. »... und überhaupt.«

Verblüfftes Schweigen folgte auf diese Feststellung. Sophie blinzelte ihre Freundinnen an. »Was?«

»Du bist doch verheiratet«, sagte Kate. »Glücklich verheiratet.«

Sophie betrachtete den goldenen Ring an ihrem Finger. »Erstaunlicherweise bin ich dadurch nicht erblindet.« Als die beiden Frauen sie nur weiter anstarrten – Kate fasziniert, Evie mit etwas argwöhnischem Stirnrunzeln –, lachte Sophie und ließ die Hand sinken. »Eine glücklich verheiratete Frau kann durchaus einen gut aussehenden Mann würdigen, ohne sich zu ihm hingezogen zu fühlen. Das wirst du wahrscheinlich noch früh genug selbst entdecken«, fügte sie an Evie gewandt hinzu.

Obwohl Evie weiter die Stirn runzelte, wurde ihr Argwohn rasch von Elend und Ärger verdrängt. »Nicht wenn es so weitergeht wie bisher«, brummelte sie. »Er hat mir gesagt ... er hat mir gesagt, man müsse auf mich *aufpassen*.«

Der Sturm der Entrüstung, der nun folgte, trug viel dazu bei, Evies Stolz wiederherzustellen. Ihrer Vermutung nach galt ein Teil dieser Entrüstung Whits und Alex' Fürsorge während der letzten beiden Tage, aber die gemeinsame Empörung verstärkte nur das Gefühl der Kameradschaft.

Die nächste Stunde verbrachten die drei damit, sich das Essen auf Evies Tablett zu teilen und alle Männer wegen ihrer ungeheuren Arroganz zu verdammen.

Es war ungemein befriedigend.

Und es war ungemein enttäuschend, als Kate verkündete, es sei Zeit für sie, früh zu Bett zu gehen. Evie konnte sich nicht vorstellen, jetzt zu schlafen, und der Gedanke, allein aufzubleiben, ohne das Gelächter ihrer Freundinnen, das sie von dem Schmerz in ihrem Herzen ablenkte, gefiel ihr überhaupt nicht.

Aber sie konnte Kate nicht bitten zu bleiben. Nicht, nachdem sie den ganzen weiten Weg geritten war, nur um zu hören, dass sie sich am nächsten Tag aufmachen und den ganzen Weg zurückreiten würden.

»Du musst doch erschöpft sein«, bemerkte Evie zu Sophie, nachdem Kate gegangen war.

»Ziemlich. Aber ich wollte noch etwas mit dir besprechen, bevor ich selber zu Bett gehe.« Sie räusperte sich und bedachte Evie mit einem durchdringenden Blick. »Ich war gerade mit Mrs Summers unten im Salon, und sie hat mir etwas erzählt, das völlig unglaublich, unerhört und lächerlich ist.«

»Oh je.«

»Kuppelei, Evie?« Sophie schnaubte. »Also ehrlich.«

»Nun, so weit hergeholt ist es nun auch wieder nicht.«

»Es ist weit mehr als das. Wie bist du nur auf eine so unwahrscheinliche Theorie gekommen?«

»Unwahrsch...« Sie starrte ihre Freundin einfach nur an. »Ich habe mit eigenen Ohren gehört, wie sie über das Versprechen geredet haben, das Mr Fletcher Rockeforte auf dem Totenbett gegeben hat, über den Drohbrief, den sie schicken wollten, den für mich vorgesehenen Retter ...«

»Das Versprechen?« Sophie schrak ein wenig zusammen. »Du weißt davon? Alles?«

»Ja ... nun, fast alles.«

»Oh.« Sie blinzelte kurz. »Und du hast gehört, dass sie dir einen Brief schicken wollten wie den, den du erhalten hast, und einen Gentleman, der dich retten ...«

»Ja.«

»Oh«, wiederholte Sophie und schaute böse in Richtung des Salons. »Diesen Teil hat Mrs Summers nicht erwähnt.«

Es war kein *Teil*; es war die ganze verfluchte Angelegenheit. »Was *hat* sie dir denn erzählt?«

Sophie hatte den Anstand, das Gesicht zu verziehen. »Nur, dass du es dir in den Kopf gesetzt hattest, die ganze Angelegenheit sei nur eine List, um dich zu verkuppeln. Sie sagte nicht, warum.«

»Du hättest doch fragen können.«

»Ja, nun.« Sophie rutschte ein wenig hin und her. »Sie zu befragen ist mir nie leicht gefallen.«

»Du bist eine Herzogin«, bemerkte Evie.

»Aber sie war meine Gouvernante. Außerdem setzt sie diesen Blick ein. Du weißt schon, welchen ich meine. Mit den hochmütigen Augenbrauen und ...« Sophie hob das Kinn und schaute auf Evie hinab. »Es ist nicht besonders ähnlich, das gebe ich zu. Ich habe nicht die richtige Nase dafür. Aber ...«

»Ich weiß, welchen du meinst«, gestand Evie mit einem kleinen Lachen. »Lady Thurston hat eine ähnliche Miene.«

»Ja, nicht wahr? Auch wenn Kate in letzter Zeit weniger davon betroffen zu sein scheint.« Sie tat diesen letzten Gedanken mit einem Kopfschütteln ab. »Das übereilte Urteil tut mir wirklich leid, Evie.«

»Es ist ja nichts weiter geschehen.« Sie legte Sophie den Arm um die Schultern und drückte sie kurz an sich. »Es würde allerdings dazu beitragen, meine Entrüstung zu beschwichtigen, wenn du mir erklären würdest, warum ein Rockeforte auf dem Totenbett gegebenes Versprechen gebietet, dass ich zum Altar schreite.«

Sophie lachte, rutschte auf dem Bett nach hinten und lehnte sich behaglich gegen das Kopfbrett. »Es ist eine ziemlich einfache, wenn auch lächerliche Angelegenheit. William Fletcher hat versprochen – oder wurde, wie er erzählt, dazu überlistet –, dafür zu sorgen, dass jeder von euch Liebe findet.«

»Jeder von ...«

»Alex, Mirabelle, Whit, du und Kate. Man sagt, dass er euch alle als Kinder seines Herzens betrachtete.«

»Tatsächlich?« Da sie sonst nichts hatte, um ihre Hände zu beschäftigen, zupfte Evie müßig an der Bettdecke. »Ich kannte den Mann doch kaum.«

»Daraus folgt nicht, dass er dich nicht gekannt hat.«

»Ja, schon, aber ... es scheint alles so seltsam. Ich ...« Sie verstummte und wusste nicht recht, was sie sagen sollte.

»Du warst ein kleines Mädchen, als er starb, nicht wahr? Gerade erst aus dem Haus deiner Mutter gekommen?«

Evie nickte.

»Ich nehme an, dass die Wahrnehmung eines Kindes ganz anders ist als die eines Erwachsenen.« Sophie legte den Kopf schräg. »Liebst du Henry?«

»Deinen Sohn? Natürlich, wie kannst du das fragen ...«

»Nur zur Verdeutlichung. Was wäre, wenn du ihn zwanzig Jahre lang nicht sehen würdest? Würdest du ihn immer noch lieben?«

»Von ganzem Herzen.«

»Und doch hätte er womöglich keine Ahnung, wer du bist«, sagte Sophie sanft.

»Ich ... das ist wahr. Furchtbar sentimental, aber wahr.« Sie zupfte noch etwas länger an der Decke. »Er hat mich also geliebt.«

»Wie ein Vater.«

»Ein Vater.« Es war eine ungeheure Offenbarung, dass ein Mann, ein guter Mann, sie wie eine Tochter geliebt hatte. So sehr, dass er noch auf dem Totenbett an sie und an ihr Glück gedacht hatte. Plötzlich schien ihr der Verkupplungsplan gar nicht mehr töricht, sondern vielmehr ein unschätzbares Geschenk.

»Whit hat mir erzählt, er sei ein wunderbarer Mensch gewesen«, sagte sie leise.

»Alex erzählte mir, er sei ein wunderbarer Vater gewesen.«

Offenbar hatte er damit recht gehabt.

Die Rückkehr nach Haldon hätte für Evie ein vergnügliches Erlebnis sein können. Das Wetter blieb schön, sie hatte eine bequeme Kutsche aus Charplins, in der sie fahren konnte, und Kate, Sophie und Mrs Summers leisteten ihr Gesellschaft. Aber trotz dieses Luxus hatte Evie große Mühe, echte Freude an der Reise zu empfinden.

Sie tauschte während der ganzen Fahrt nur ein paar flüchtige Worte mit McAlistair. Sie erkundigte sich nach seiner Wunde, und er versicherte ihr, sie bereite ihm keine Schmerzen. Sie bot ihm einen Platz in der Kutsche an, falls er ermüdete, aber er lehnte ab. Er ritt neben der Kutsche her, war während der

Pausen von höflicher Distanziertheit und nahm die Mahlzeiten in seinem Zimmer im Gasthaus ein.

Es trieb sie in den Wahnsinn, dass er ihr so nahe war, sie aber nicht mit ihm sprechen oder ihn berühren oder vom Pferd stoßen konnte.

Verdammtes »Aufpassen«.

Sie wartete darauf, dass er sich entschuldigte. Wartete darauf, dass er zugab, sich geirrt zu haben, und es wiedergutmachte.

Sie wartete auf ein Zeichen dafür, dass er sie respektierte, ihr vertraute, dass er sie *liebte*.

Aber dann ließ er sie einfach auf der Eingangstreppe von Haldon zurück, inmitten ihrer Freunde, Verwandten und Angestellten.

Er verbeugte sich nur einmal. »Falls du mich brauchst, Whit weiß, wo ich zu finden bin.«

Dann bestieg er wieder sein Pferd und ritt davon.

30

Heute würde sie kommen.

Die Hände hinter dem Rücken verschränkt, die Zähne zusammengebissen und eine Sorgenfalte auf der Stirn, starrte McAlistair aus dem Vorderfenster des Raumes, den man im weitesten Sinne als seinen Salon bezeichnen konnte, und sagte sich, was er sich während der letzten vier Tage gesagt hatte.

Heute würde Evie kommen.

Er war sich dessen sicher. Warum sonst hätte er die Hütte von oben bis unten geputzt? Warum sonst hätte er sie mit einem richtigen Bett und einem Sofa und Geschirr ausgestattet? Sie würde diese Dinge wollen. Sie würde sie brauchen, solange sie in der Hütte lebten und darauf warteten, dass ihr neues Haus gebaut wurde.

Oder?

»Verflucht noch mal.«

Er drehte sich vom Fenster weg; er war es leid, auf die schmale Einfahrt zu blicken und nur Bäume und Erde zu sehen. Er konnte das Warten nicht länger ertragen. Er konnte die *Stille* nicht ertragen.

Sie hatte sie ihm verdorben, dachte er finster. Sie hatte ihm die Freude an der Einsamkeit genommen. Die Einsamkeit war eine Zuflucht für ihn gewesen. Sie war friedlich und erholsam gewesen.

Jetzt erschien sie ihm nur noch leer.

Nervös begann er wieder in dem kleinen Raum auf- und abzugehen, was jüngst zur Routine geworden war, statt die Ausnahme zu sein.

Er musste ihre Stimme hören, verdammt. Er musste sie lächeln sehen, sie lachen hören, ihre Lippen kosten. Er musste sie berühren, sie einatmen ...

Es würde Zitrone und Pfefferminze sein. Er unterdrückte ein Stöhnen bei diesem wiederkehrenden Gedanken. Jetzt, da sie zurück in Haldon bei ihren eigenen Sachen war, würde sie wieder nach Zitronen und Pfefferminze riechen und schmecken.

Der Gedanke daran trieb ihn in den Wahnsinn. Seit seiner Rückkehr war er jede verdammte Nacht aufgewacht und sich sicher gewesen, diese berauschende Kombination riechen zu können. Und jedes verdammte Mal hatte er anschließend wach gelegen und über sie gegrübelt, sich um sie Sorgen gemacht, sie vermisst.

War sie sicher? War sie glücklich? Vermisste sie ihn ebenfalls? Oder hatten William und die anderen sie irgendeinem arroganten, verklemmten Dandy vorgestellt, der abends Schach spielte und mit affektiertem Lispeln Gedichte vorlas?

»Zum Teufel damit.« Er stürmte zur Tür, riss seinen Mantel vom Haken an der Wand und ging mit großen Schritten nach draußen. »Verflucht noch mal, zum Teufel damit.«

Er *konnte* Schach spielen, verflucht. Vielleicht nicht so gut wie Mr Hunter, aber er konnte spielen. Er konnte auch Gedichte lesen, wenn es das war, was sie brauchte. Er konnte ... nun, nein, ein Lispeln würde er nicht vortäuschen. Aber alles andere konnte er verdammt noch mal tun.

Egal was, wenn es nur bedeutete, dass sie zu ihm zurückkam ... selbst wenn er dafür die Worte finden musste, um zuzugeben, dass er sich geirrt hatte. Dass er aus Angst gehandelt hatte. Dass er sie aus allen möglichen Gründen zur Frau wollte, nur nicht aus dem einen, den er ihr an den Kopf geworfen hatte. Dass er ein Feigling gewesen war.

Der Ritt nach Haldon dauerte nur zehn Minuten, aber das reichte McAlistair, um sich zu beruhigen und sich einen Plan zurechtzulegen.

Diesmal würde er es richtig machen. Nichts würde dem Zufall überlassen bleiben. Evie würde keinen Grund haben, ihn wieder abzuweisen ... es sei denn, sie liebte ihn nicht mehr.

Er weigerte sich, über diese Befürchtung nachzugrübeln, ließ Rose im Stall und ging, da er für den ersten Teil seines Planes Ungestörtheit brauchte, wieder einmal durch den Seiteneingang von Haldon, ohne gesehen zu werden.

Es überraschte ihn nicht, Whit in seinem Arbeitszimmer anzutreffen, die Tür offen und den Kopf über einen Stapel Papiere gebeugt. Wenn es um die Verwaltung seiner Güter ging, war der Mann so berechenbar wie ein Uhrwerk.

»Ich will mit Ihnen reden.«

Whit fuhr auf seinem Stuhl zusammen. »Teufel, Mann. Können Sie nicht lernen anzuklopfen?«

»Doch.«

Whit schnaubte und legte seinen Stift beiseite. Er deutete auf einen Stuhl vor dem Schreibtisch. »Dann setzen Sie sich eben. Einen Drink?«

»Ja. Nein.« Verdammt, er hatte noch nie Probleme damit gehabt, sich zu entscheiden. »Ja.«

Whit betrachtete ihn nachdenklich, sagte jedoch nichts, während er zwei Gläser Brandy holte. Er reichte eines davon McAlistair und nahm seinen Platz wieder ein. »Also dann, worum geht es?«

»Ich bin hier, um nach Evie zu fragen.« Er war hier, um um Evies Hand zu bitten, aber ein wenig Nervosität durfte man einem Mann in einem solchen Moment wohl zubilligen.

»Evie?« Whit stellte sein Glas ab, und eine Falte erschien auf seiner Stirn. »Das Mädel bläst seit Tagen Trübsal.«

In seine Freude mischte sich ein wenig Sorge und schlechtes Gewissen. »Hat sie Ihnen vielleicht erzählt, warum?«

»Das Mädchen will mir nichts sagen, nur dass ich es als Mitglied der männlichen Spezies verdiene, langsam über kleiner Flamme am Spieß geröstet zu werden. Ich würde sagen, das schließt jedenfalls alle Nachwirkungen ihrer Reise an die Küste aus. Ich würde sogar die Vermutung wagen, dass ein Mann im Spiel ist, nur dass Evie, nun ja, noch nie eine besonders hohe Meinung von Männern hatte. Und während der letzten Woche war sie ja mit Ihnen allen zusammen.«

McAlistair wappnete sich und begegnete Whits Blick. »Ja. So ist es.«

Whit war zu scharfsinnig, um das Unausgesprochene zu überhören. In Sekundenschnelle wechselte sein Gesichtsausdruck von Verblüffung zu Groll. »Muss ich Sie zum Duell fordern?«

»Liegt bei Ihnen. Ich will sie zur Frau nehmen.«

»Das habe ich Sie nicht gefragt.« Whit stand auf. »Haben Sie sie angerührt?«

»Evie ist eine erwachsene Frau.«

»Sie ist meine Cousine, unverheiratet und steht unter meiner Obhut«, fuhr Whit McAlistair an.

»Und was war mit Mirabelle?«

Whit presste die Lippen zusammen. McAlistair konnte geradezu hören, wie er innerlich mit sich rang, um zu entscheiden, ob er lieber die Ehre seiner Frau verteidigte oder die eigene Ehre bewahrte, indem er die Wahrheit sagte. Für einen Mann wie Whit musste es die Hölle sein.

Offenbar beschloss Whit, dass Vorsicht besser als Nachsicht sei, und setzte sich wieder, aber sein Gesichtsausdruck blieb hart. »Dass ich möglicherweise eines ähnlichen Vergehens schuldig bin, spricht Sie nicht frei von …«

»Ich liebe sie.«

Es dauerte einen Moment, ehe Whit reagierte, aber als er es tat, war seine Miene sehr viel sanfter und besorgter. »Ich verstehe.«

»Ich liebe sie schon seit Jahren.«

»Bis vor Kurzem haben Sie sie doch kaum gekannt.«

»Ich weiß«, antwortete McAlistair mit einem Anflug von Unmut. »Aber ich habe sie geliebt.«

»Ich verstehe«, sagte Whit erneut. »Und hat sie Ihnen ihre Gefühle offenbart?«

»Ja. Nein.« *Verflucht.* »Zum Teil.«

»Das klingt nicht besonders vielversprechend.«

»Sie hat gesagt, dass sie mich liebt.«

Whits Miene hellte sich auf. »Nun, dann …«

»Anschließend hat sie mich als arroganten, herzlosen Mistkerl bezeichnet.«

»Ah.« Whit verzog die Lippen zu einem verständnisvollen Lächeln. »Das ist allerdings ein Problem. Gab es einen speziellen Grund, warum sie sich über Sie geärgert hat?«

»Ich habe von Heirat gesprochen.«

»Wieder nicht besonders vielversprechend.«

»Wenn ich sage ›gesprochen‹, meine ich ›verlangt‹.«

»Sie haben eine Heirat verlangt?«

»Mehr oder weniger.« Er überwand sich. »Eher mehr.«

»Von Evie etwas zu verlangen ist eine sichere Methode, sich ihr Entgegenkommen zu verscherzen. Eine Heirat von Evie zu verlangen ist doppelt …«

»Dessen bin ich mir bewusst«, unterbrach ihn McAlistair. »Was ich wissen muss, ist, ob ich Ihre Erlaubnis habe, die Dinge mit ihr wieder in Ordnung zu bringen.«

»Erlaubnis?«

Nun musste er sich noch stärker überwinden. »Ich bitte um die Erlaubnis, Ihrer Cousine den Hof machen zu dürfen.«

»Aber nicht, sie zu heiraten?«, fragte Whit in kühlem Ton.

»Diesmal würde ich es gern in der korrekten Reihenfolge tun.«

»Bisschen spät dafür. Die korrekte Reihenfolge ist jetzt eine Heirat. Und die werden Sie ihr heute auf korrekte Weise, wie Sie es ausdrücken, anbieten.«

»Sie verdient es, umworben zu werden …« Er unterbrach sich, als die Bedeutung von Whits Worten seinen wachsenden Ärger durchdrang. »Sie wollen wirklich, dass wir heiraten.«

»Habe ich daran einen Zweifel gelassen?«

»Ich war mir nicht sicher, ob Sie der Verbindung zustimmen würden.«

»Warum sollte ich nicht? Sie lieben sie und werden sie gut behandeln, offenbar besteht die Möglichkeit, dass sie Sie ihrerseits liebt, und …« Whits Gesichtsausdruck rangierte irgendwo zwischen Mitgefühl und Erheiterung – »um ehrlich zu sein, ich kann nichts versprechen, was Ihre Behandlung angeht. Sie wird Sie schätzungsweise mindestens einmal pro Woche in den Wahnsinn treiben.«

Vage Hoffnung keimte in McAlistair auf, und er drängte sie zurück. »Sie wissen, was ich einmal war.«

Whit nickte. »Ja, und ich weiß, was Sie jetzt sind.«

»Es könnte Ihrer Familie schaden, wenn Ihre Cousine sich mit dem Einsiedler von Haldon Hall verbindet.«

»Das glaube ich nicht. Sie sind nicht der erste Mann aus guter Familie, der zum Eremiten geworden ist.«

»Nennen Sie mir einen«, forderte McAlistair ihn heraus.

»Mr John Harris.« Whit lehnte sich zurück. »Während des letzten Jahrhunderts hat er größtenteils in einer Höhle gelebt, nachdem seine Eltern ihm die Erlaubnis verweigerten, die Frau zu heiraten, die er liebte. Hat seinen Kammerdiener mitgenommen, wenn ich mich nicht irre.«

»Das haben Sie doch erfunden.«

Whit schüttelte den Kopf.

»Seinen Kammerdiener.« Die Hoffnung wuchs und zeigte sich in einem Lächeln. »Wirklich?«

»Mr Harris war so freundlich, ihm seine eigene Höhle zu geben.«

»Ich will verdammt sein.«

»Nicht, wenn Sie Evie davon überzeugen können, Sie zu heiraten«, entgegnete Whit düster. »Ansonsten gewiss.«

McAlistair, der immer noch lächelte, erhob sich von seinem Stuhl.

»Sie sollten mit meiner Mutter darüber sprechen«, fügte Whit hinzu. »Sie ist im Salon.«

McAlistair durchlebte einen Augenblick nackter Panik. »Lady Thurston? Sie wollen, dass ich Lady Thurston alles beichte?«

Whit verzog das Gesicht. »Ich würde es als persönlichen Gefallen betrachten, wenn Sie davon absehen könnten, meiner Mutter alles zu beichten. Sie neigt nicht zu Ohnmachtsanfällen, aber ein derartiges Gespräch könnte einen solchen bewirken.« Er nahm einen Stift vom Schreibtisch und klopfte nachdenklich damit auf die Tischplatte. »Vermutlich würde sie es rührend finden, wenn Sie sie um ihre Zustimmung zu der Verbindung bitten würden.«

»Natürlich.« Daran hätte er selbst denken sollen.

Whit hörte auf, mit dem Stift zu klopfen, und sah McAlistair vielsagend an. »Ich glaube, das könnte auch für Evie gelten.«

»Ja, natü...« Wieder unterbrach er sich, und zum ersten Mal seit Tagen grinste er. »Das ist gut. Das ist brillant.«

Weil sie eine Frau war, wurde Lady Thurstons Zustimmung nicht als notwendig erachtet. Tatsächlich brauchte ihre Meinung in den Augen der Gesellschaft überhaupt nicht eingeholt zu werden. Es war genau die Art von Ungleichheit, die Evie verabscheute. Und Lady Thurston den Respekt zu erweisen, den jedes ältere männliche Mitglied einer Familie erwarten durfte, war womöglich genau das Richtige, um Evies Herz zu erweichen.

Er hätte Lady Thurston diesen Respekt ohnehin gezollt – jedenfalls, nachdem Whit ihn daran erinnert hatte –, aber es gab keinen Grund, nicht zusätzlich einen Vorteil daraus zu ziehen und die Frau zu beeindrucken, die er liebte.

Er wandte sich wieder zum Gehen, nur um kurz vor der Tür angehalten zu werden.

»McAlistair?«

»Was?« Er hatte es eilig.

»Wenn Sie Evie nicht dazu bringen, Sie zu nehmen, fordere ich Sie nicht zum Duell.«

»Ja, in Ordnung.«

»Aber ich werde Ihnen das Leben zur Hölle machen.«

»Ich ... gut.«

Mit Lady Thurston zu sprechen war zwar tatsächlich eine brillante Idee, ihre Ausführung war jedoch ein wenig heikel. McAlistair fühlte sich ausgesprochen unbehaglich bei dem Gespräch. Glücklicherweise war es auch ausgesprochen kurz. Nach einem Moment gut verborgener, aber nichtsdestoweniger spürbarer Überraschung und Freude widmete Lady Thurston sich der Frage von Finanzen und Aussichten. Das waren Themen, auf die er Antworten parat hatte. Er hatte reichliche Ersparnisse aus seiner Zeit beim Kriegsministerium. Mr Hunter hatte seine Investitionen erfolgreich verwaltet. Er hatte vor,

Evie in sein Cottage zu holen, während er nicht weit von Haldon entfernt ein bescheidenes Haus baute.

Sie wollte auf keinen Fall etwas davon hören, dass Evie in der Jagdhütte leben sollte, gab aber insofern nach, als sie erlaubte, dass die beiden auf Haldon wohnen konnten, bis ihr neues Heim fertiggestellt war. Sie lächelte sogar, als sie sich auf einen Kompromiss einigten – McAlistair würde ein Haus mieten und eines in der Nähe von Benton bauen. Aber bei ihrem nächsten Satz ließ ihr Lächeln ein wenig nach.

»Ich will offen sein, Mr McAlistair. Sie sind nicht das, was ich für meine Nichte gewählt hätte.«

Er sah sie ruhig und ungerührt an. »Ja, ich weiß.«

»Ich hatte jemand ... Sanfteren im Sinn. Einen Gelehrten oder einen Dichter.«

»Ich verstehe.« Eigentlich verstand er es nicht. Verflucht noch mal, ein stiller, verweichlichter Bücherwurm für Evie? Sie würde ihn binnen vierzehn Tagen unterbuttern und sie beide unglücklich machen. Es schien jedoch weiser, Verständnis zu heucheln, statt etwas zu sagen, das mit »verflucht noch mal« begann.

Lady Thurston seufzte. »Diese Entscheidung wäre vermutlich ein Fehler gewesen.«

Das wäre sie in der Tat gewesen, verflucht.

Sie legte den Kopf schräg und sah ihn an. »Lieben Sie sie?«

»Ich bin seit fast acht Jahren in sie verliebt«, gestand er.

»*Acht?*« Lady Thurston starrte ihn mit offenem Mund an. Er hätte nicht gedacht, dass sie dazu imstande war, aber so war es. »Acht Jahre? Und es fällt Ihnen erst jetzt ein, deswegen etwas zu unternehmen?«

»Anscheinend ja.«

»Nun, um Himmels willen.« Sie erhob sich. »Ich werde sie

unverzüglich aus ihrem Zimmer holen. Acht Jahre«, hauchte sie abermals, während sie zur Tür ging. »Also wirklich.«

Er wartete mit etwas, das Geduld sehr nahe kam, auf Evie. Zwanzig Minuten lang.

Zwanzig unerträglich lange Minuten, in denen er im Salon auf und ab ging, die Brandykaraffe beäugte und kleine feminine Dinge aufhob und betrachtete, an denen er nicht das geringste Interesse hatte.

Würde Evie ihr Heim mit solchen Dingen füllen wollen?

»Haben Sie eine Schwäche für Porzellanvasen, Mr McAlistair?«

Er stellte die Vase hin und drehte sich langsam um.

Da war sie. Und da war dieser süße Stich, der ihn durchzuckte, wann immer er sie sah.

Sie war so herzzerreißend schön ... und sie sah so erschreckend entschlossen aus. Er sah es an ihrer steifen Haltung und daran, dass sie ihre schokoladenbraunen Augen halb geschlossen hielt – sie hatte ihn aufgegeben.

»Bin ich zu spät gekommen, Evie?«

Bitte, Gott, mach, dass es nicht zu spät ist.

Nur ihre leicht geweiteten Augen verrieten ihm, dass die Frage sie verblüffte. »Zu spät wofür?«

»Für dich.«

Sie verzog die Lippen und trat ein. »Ist das wieder eine Forderung nach einer Heirat?«

»Nein.« Er zwang einen Atemzug in seine eng gewordene Brust. »Es ist die Bitte, dir den Hof machen zu dürfen.«

Zu seiner leisen Freude blieb sie wie angewurzelt stehen. »Mir den Hof zu machen?«

»Falls du es gestattest«, antwortete er mit einem Nicken. »Ich habe die Zustimmung deines Cousins und deiner Tante eingeholt.«

»Lady Thurston?« Sie ließ sich schwer auf das Sofa fallen. »Du hast Lady Thurston um Erlaubnis gebeten, mir den Hof machen zu dürfen?«

»Ja. Wenn du ...« Er schluckte. »Falls es dir gelingt, mir meine frühere ... Dummheit zu verzeihen.«

Nun gut, es war nicht die wortgewandteste Ansprache, aber sie zeigte Wirkung. Ihr Gesichtsausdruck wurde sanfter – nur ein wenig um die Augen und den Mund, aber es war genug, um ihm Hoffnung zu machen.

»McAlistair ...«

Sie verstummte, als er die Hand hob. »Bevor du eine Entscheidung triffst, welche auch immer das sein mag, solltest du wissen, wer ich bin. Wer ich war.«

»Wer du warst?«

Er nickte und nahm die Hände hinter den Rücken, wo sie nicht sehen konnte, dass er sie zu Fäusten ballte. »Du hast mich nach meiner Vergangenheit gefragt, nach meiner Zeit als Soldat.«

»Ja«, sagte sie mit einem kleinen, vorsichtigen Nicken.

»Ich ... ich war kein Soldat, nicht im traditionellen Sinn.« Er räusperte sich. »Ich war verantwortlich für die Beseitigung gewisser Personen, deren unmittelbare und diskrete Entfernung von großer Wichtigkeit für die Sicherheit unseres Landes war.«

»Du ...« Sie verzog das Gesicht, als sie die komplizierte – und einstudierte – Mitteilung entschlüsselte. »Du hast Menschen getötet?«

Er hörte kaum seine eigenen Worte, so laut schlug sein Herz. Die Wahrheit jetzt, befahl er sich, sie verdiente die Wahrheit. »Ich war ein Attentäter.«

Ihre Hand flog an ihre Brust. »Ein ... du ... ich weiß nicht, was ich darauf sagen soll.«

Er wollte zu ihr gehen. Es drängte ihn fast schmerzhaft danach, sie in die Arme zu nehmen und sie so lange an sich zu drücken, dass er es erklären und sich verteidigen konnte. Aber er fürchtete ihren Widerstand, ihre Zurückweisung, ebenso wie er ihre Berührung ersehnte. Also ging er zur Tür, drehte den Schlüssel im Schloss um und steckte ihn in die Tasche.

Sie beobachtete ihn, eine Augenbraue hochgezogen. »Warum tust du das?«

Er kehrte zu ihr zurück und legte sich seine Worte sorgfältig zurecht.

»Aus ebendiesem Grund wollte ich Abstand zu dir halten. Ich habe dir gesagt, dass ich nicht für dich bestimmt sei. Du wolltest nicht hören.«

»Wenn du dir dessen so sicher warst, warum hast du dann ...« Zwei rosa Flecken zeichneten sich auf ihren Wangen ab. »Warum haben wir ...«

»Ich bin nur ein Mann. Wir haben uns geliebt, weil ich dich wollte, über jedes vernünftige Maß hinaus. Ich habe dir einen Antrag gemacht ... weil ich dich liebe.«

Ihr Schock war deutlich sichtbar und schmerzte ihn – warum hatte er nicht früher den Mut aufgebracht, ihr davon zu erzählen? –, aber er sprach rasch weiter, bevor sie etwas sagen konnte. »Stotterte weiter« wäre vielleicht eine angemessenere Beschreibung gewesen. Es war so verdammt schwer, die richtigen Worte zu finden.

»Ich ... ich hätte nie gedacht, dass du ...« Nein, das war nicht richtig. Von ihr war kein Widerstand gekommen. »Ich dachte, dass du vielleicht nicht ...« Nein, darauf hinzuweisen, warum sie nicht *sollte*, war keine gute Idee. Er stieß einen missmutigen Seufzer aus und nahm einen neuen Anlauf. »Ich hatte mich fast damit abgefunden, dich nicht zu bekommen. Aber du ... du hast die Dinge verändert. Du hast mir ... so viel gegeben.«

Oh, verflucht noch mal. »Du hast mich zum Lachen gebracht. Du hast mir Hoffnung gegeben. Und Liebe.«

Er schaute auf seine Hand hinab und spreizte die Finger. »Es ist eine Sache ... nicht nach dem zu greifen, was man begehrt. Etwas, das man hat ... das man *liebt*, kampflos aufzugeben, ist etwas ganz anderes.« Er blickte ihr entschlossen in die Augen. »Ich werde dich nicht kampflos aufgeben. Du wirst dir anhören, was ich zu sagen habe.« Als ihm plötzlich einfiel, dass sein hochfahrendes Gebaren zum Teil für sein gegenwärtiges Betteln verantwortlich war, fügte er verspätet und etwas lahm hinzu: »Bitte.«

Evies gelassener Gesichtsausdruck verdeutlichte ihm, dass sie irgendwann während seiner ausgesprochen jämmerlichen Ansprache ihren Schock überwunden hatte. Sie sah ihn einen Moment schweigend an, dann legte sie den Kopf schief und fragte: »Weißt du, was mich ärgert?«

Wollte die Frau eine Liste?

Sie ließ ihn nicht zu Wort kommen. »Dass du behauptest, eine Frau zu lieben, in die du so wenig Vertrauen hast.«

Bei dem Vorwurf zuckte er zusammen. »Ich habe völliges Vertrauen ...«

»Warum beleidigst du mich dann?«, fragte sie. »Warum deutest du an, die Liebe, die ich dir angeboten habe, sei so schwach, so unbeständig, dass ich sie und dich wegen einer dunklen Zeitspanne deiner Vergangenheit wegwerfen würde? Und das, ohne dass du auch nur ein Wort zu deiner Verteidigung vorbringen dürftest?«

Es war etwas mehr als »dunkel«, wie sie es so taktvoll ausdrückte, und es gab keine nennenswerte Verteidigung, aber McAlistair war klug genug, nicht zu seinen Ungunsten zu argumentieren. »Bitte entschuldige.«

»Angenommen.« Erwartungsvoll streckte sie die Hand aus.

Obwohl es ihn einige Überwindung kostete, fischte er den Schlüssel aus seiner Tasche und reichte ihn ihr. Ein wenig verwundert beobachtete er, wie sie den Schlüssel einfach in die Hand nahm.

»Willst du die Tür nicht aufschließen?«, fragte er.

»Nein, ich möchte dies hier zu Ende bringen.«

»Wie war das mit Vertrauen und ...«

»Ich bin ja nicht diejenige, die die Angewohnheit hat, sich zu verstecken.«

Er wäre vielleicht ein wenig verärgert darüber gewesen, hätte er nicht gesehen, dass ihre Mundwinkel zuckten. Sie zog ihn auf.

Er setzte sich neben sie, nahm ihre Hand und drückte einen Kuss hinein. »Ich verdiene gar nicht, was ich behalten möchte.«

Sie lächelte ein wenig und schloss die Hand, wie um den Kuss zu behalten. »Ob du mich hast oder nicht und ob du es verdienst oder nicht, ist noch nicht entschieden. Ich glaube, du wolltest mir erzählen, was für eine Art Soldat du warst.«

Er nickte und lehnte sich zurück, hielt ihre Hand aber weiter fest.

»Ich habe für William Fletcher gearbeitet, für das Kriegsministerium. Ich habe Aufträge angenommen, um ... um ...«

»Zu morden«, half sie ihm weiter.

Er nickte. »Ja, aber nur Leute, deren Taten das Leben unserer eigenen Männer gefährdeten – Spione und Verräter. Solche, die man nicht vor Gericht stellen konnte, wegen ihres Ranges oder weil sie keine Briten waren oder wegen Informationen, die sie enthüllt hätten.«

»John Herberts Vater?«

»Ein prominentes Mitglied des Kriegsministeriums«, bestätigte er. »Er hat eine Liste von Agentennamen an die Franzosen verkauft. Mehrere dieser Agenten haben für seinen Verrat mit dem Leben bezahlt. Ich habe nicht willkürlich getötet, Evie, oder für Geld. Ich wurde bezahlt, ich möchte nicht, dass du etwas anderes denkst, aber ich habe nicht für Geld getötet. Ich habe an das geglaubt, was ich tat.«

»Ich verstehe.« Evie betrachtete ihre beiden, ineinander verschränkten Hände. Die Vorstellung, einen Mann ohne eine Gerichtsverhandlung hinzurichten, widerstrebte ihr sehr. Die Tatsache, dass jeder Soldat, der auf einem Schlachtfeld einen Schuss abgab, eigentlich das Gleiche tat, war nur ein schwacher Trost.

»Der Krieg ist eine dunkle und hässliche Angelegenheit«, murmelte sie.

»Das ist er, ja.« Er drückte ihre Hand fester. »Und es ist leicht … zu leicht für einen jungen Mann, sich in dieser Dunkelheit wohlzufühlen. Nach einer Weile ist es leicht zu vergessen, dass es ein Leben ist, das man genommen hat.«

»Ist das der Grund, warum du aufgehört hast?«, fragte sie und blickte auf. »Warum du mir nichts davon erzählen wolltest?«

Es folgte eine lange Pause, dann sagte er: »Ich bin bei einer Mission gescheitert. Ich habe den falschen Mann getötet.«

Ihr Herz zog sich schmerzhaft in ihrer Brust zusammen. »Du …«

»Das überrascht dich.«

»Ich … ja«, gab sie zu. »Wahrscheinlich sollte es das nicht. Du bist schließlich nur ein Mensch, und Menschen machen Fehler. Aber wenn dieser Fehler zum Tod eines unschuldigen Mannes führt …«

»Es war kein Fehler«, korrigierte er sie, und seine Stimme wurde kalt. »Nicht so, wie du es meinst. Und er war nicht unschuldig.«

»Ich verstehe nicht.«

Er nickte, sprach aber erst nach einem Moment weiter. »Du hast gefragt, ob die Burnetts jemals gefunden wurden.«

Sie schüttelte den Kopf, sichtlich verwirrt über den Themenwechsel. »Du hast Nein gesagt.«

»Ich habe gelogen.«

McAlistair wappnete sich gegen den Schmerz in Evies Augen. Die Wahrheit, rief er sich ins Gedächtnis. Die ganze Wahrheit.

»Ich habe ihn gefunden. In dem Haus eines Mannes, den ich zum Schweigen bringen sollte. Er lebte unter einem falschen Namen und arbeitete ausgerechnet als Hauslehrer.«

Sie stieß einen angewiderten Laut aus.

Perverserweise fand er Trost in ihrer Reaktion. »Meine Zielperson gab eine Gesellschaft …«

»Du wolltest dich hineinschleichen und einen Mann während einer Gesellschaft töten?«

»Nein, ich wollte einen Lageplan des Gebäudes – die Zimmer, wo das Personal schlief, solche Dinge. Ich habe mir eine Einladung erschlichen.«

Später hatte er sich hineinschleichen und ihn töten wollen.

»Es war Abend. Die Gäste tranken im Ballsaal Champagner.« Erkauft, erinnerte er sich, mit dem Preis von vier Menschenleben. »Ich habe nach den Kindern geschaut, sah, dass sie schliefen, als Nächstes nach der Gouvernante und dann nach dem Lehrer.« McAlistair biss die Zähne zusammen. »Er war noch wach und saß an seinem Schreibtisch, seine Tür stand offen.« Die Übelkeit und der Zorn waren in ihm hochgekocht und übergeschäumt. »Er hat mich nicht gesehen. Ich hätte weggehen und zurückkommen können, um meine Mission zu vollenden.«

»Aber das hast du nicht getan.«

»Nein.« Er dachte an die schlafenden Kinder. Und erinnerte sich an das harte, dunkle Regal. »Ich habe ihn getötet. Ich habe die Mission um persönlicher Rache willen gefährdet und habe den Dienst quittiert.«

Sie schwieg für einen langen Moment. »Ich möchte vermutlich nicht wissen, wie.«

Er hatte ihm mit einem langen, sauberen Schnitt die Kehle aufgeschlitzt. »Nein.«

»Tut es dir leid?«

»Nicht so sehr, wie es sollte.«

»Du verurteilst dich dafür«, sagte sie leise. »Erwartest du von mir, dass ich dich ebenfalls verurteile?«

»Ich ...«

»Denn das werde ich nicht. Ich werde dich nicht dafür verurteilen, dass du getan hast, was du für richtig hieltest.« Sie hob eine Hand zu seinem Gesicht. »Ich liebe dich. Den Mann, der du heute bist, und den Mann, der du zukünftig sein wirst. Etwas anderes kann ich dir nicht anbieten.«

Es war genug. Es war mehr als genug. Es war sein wahr gewordener Traum. »Du wirst es nicht bereuen. Ich schwöre dir ...«

»Einen Moment noch, bitte.« Sie hob die Hand. »Da ist immer noch die Sache, dass man auf mich *aufpassen* muss.«

Er verzog das Gesicht. »Ich habe mich dafür entschuldigt.«

»Indirekt, ja«, räumte sie ein. »Und ich nehme diese Entschuldigung an. Aber woher soll ich wissen, dass es nicht wieder passieren wird? Wie ...«

Er hatte gewusst, dass sie das fragen würde. »Wann gehst du das nächste Mal nach Benton und triffst dich mit einer Frau?«

Sie war verblüfft über den plötzlichen Themenwechsel. »Was? Warum?«

»Es wäre mir lieber ... es wäre mir *sehr* viel lieber, wenn du mir erlauben würdest, an deiner Arbeit teilzuhaben. Aber ...«

Er wappnete sich für das, was er ihr gleich anbieten wollte. »Wenn du es von mir verlangst, werde ich dir mein Wort geben, dass ich dir nicht folgen, dich in keiner Weise verteidigen und dir nicht helfen werde.«

Sie schürzte nachdenklich die Lippen. »Du hast mir schon einmal gesagt, dass ich deinem Wort nicht trauen solle.«

Dagegen hatte er kein triftiges Argument, aber er versuchte trotzdem, eins zu finden. »Ich wollte ...«

»Das wird sich ändern müssen, wenn du ein Mitglied der Familie Cole bist.«

»Wie bitte?«

»Coles halten ihr Wort. Wenn du mein Ehemann bist, wird man von dir erwarten ...«

Sie unterbrach sich, als er lachte, einen Schritt nach vorn tat und sie vom Sofa und in seine Arme riss.

»Deine Verletzung«, keuchte sie.

»Ist schon in Ordnung.« Er hatte seit Tagen nicht mehr daran gedacht. »Du meinst es wirklich ernst? Du wirst mich heiraten?«

»Meinst *du* es denn ernst? Liebst du mich? Denn ...«

»Ich liebe dich seit acht Jahren.«

»... das ist alles, was ich wissen ... *Acht*?«

»Ich liebe dich, seit ich dich das erste Mal lachen hörte.«

»Oh ... nun ...« Sie lächelte leicht. »Das ist schön.«

Seine Mundwinkel zuckten vor Erheiterung. »Aber?«

»Es ist nichts. Es ist nur ... es ist nur, dass ... ich hätte nichts dagegen gehabt, wenn du dich auf den ersten Blick in mich verliebt hättest ... in die Art verliebt hättest, wie ich aussehe.«

»Ah, nun, das habe ich nicht.« Er beugte den Kopf langsam über ihren. »Ich habe dich begehrt.«

Sie verzog den Mund zu einem Lächeln, und er eroberte ihn mit einem langen Kuss.

Da war es, Zitronen und Pfefferminze. Er folgte dem Duft über ihr Kinn.

Ihre Stimme klang zittrig neben seinem Ohr. »McAlistair?«

Er nahm ihr Ohrläppchen zwischen die Zähne, und sie keuchte auf. »Hm?«

»Ich ...« Sie seufzte vor Vergnügen, als er ihr eine Spur heißer Küsse auf den Hals drückte. »Ich ... die Hochzeit. Wegen der Hochzeit ...« Wieder atmete sie schwer. »Die Gelübde.«

Er strich mit den Lippen über ihr Schlüsselbein. »Ja?«

»Ich werde versprechen, dich immer zu lieben. Und ...« Seine Zunge zuckte hervor, um ihre Halskuhle zu kosten. »Meine Güte.«

»Du wirst mich immer lieben«, half er ihr weiter.

»Ja, und ... und dich immer ehren.«

»Mmh-mmh.«

»Und dir immer dann gehorchen, wenn ich mit dir einer Meinung ...«

Evie verstummte, als sie spürte, wie er an ihrem Hals heftig ausatmete. McAlistairs Schultern begannen vor unterdrücktem Lachen zu zittern. »Evie. Liebste.« Er hob den Kopf und legte die Hände um ihr Gesicht. »Es wäre ein großes Unglück für mich, mit einer sanften, zarten und naiven Ehefrau geschlagen zu sein. Gib mir einfach das Versprechen der Liebe.«

Sie lächelte, hob ihrerseits die Hände, um sein Gesicht zu umfassen, und drückte ihre Lippen auf seine. »Du hast es.«

Eloisa James
Ein unerhörter Ehemann

Roman

Für die Liebe ist es nie zu spät

Um einen Skandal zu vermeiden, wurde die junge Gina bereits mit elf Jahren an ihren Cousin Camden Serrard verheiratet. Dieser flüchtete jedoch noch am Tag der Hochzeit außer Landes. Nach Jahren der Trennung begegnen sich Camden und Gina einander wieder und entdecken unerwartete Gefühle füreinander.

Band 1: Ein unerhörter Ehemann
464 Seiten, kartoniert mit Klappe
€ 9,99 [D]
ISBN 978-3-8025-8670-5

Band 2: Ein delikater Liebesbrief
432 Seiten, kartoniert mit Klappe
€ 9,99 [D]
ISBN 978-3-8025-8671-2

Band 3: Keine Lady ohne Tadel
416 Seiten, kartoniert mit Klappe
€ 9,99 [D]
ISBN 978-3-8025-9094-8

www.egmont-lyx.de

LYX
EGMONT

Madeline Hunter
Ein skandalöses Rendezvous
Roman

Bewaffnet mit einer Pistole reist die junge Audrianna Kelmsleigh zu einem Gasthof, um einen Mann zu treffen, der den Namen ihres verstorbenen Vaters reinwaschen könnte. Doch statt des mysteriösen „Domino" taucht dort der attraktive Lord Sebastian Summerhays auf. Durch ein Missgeschick werden die beiden zusammen erwischt, und der Skandal ist perfekt. Audrianna bleibt nur ein Ausweg: Sie muss Sebastian heiraten.

»Die faszinierenden Figuren und tiefen Gefühle ziehen die Leser in ihren Bann.«
Romantic Times

je ca. 400 Seiten, kartoniert mit Klappe
€ 9,99 [D]

Band 1: Ein skandalöses Rendezvous
ISBN 978-3-8025-8792-4

Band 2: Die widerspenstige Braut
ISBN 978-3-8025-8804-4

Band 3: Eine Lady von zweifelhaftem Ruf
ISBN 978-3-8025-9084-9

Band 4: Lady Daphnes Verehrer
ISBN 978-3-8025-9108-2

www.egmont-lyx.de

Gefällt mir

Werde Teil unserer LYX-Community bei Facebook

Unser schnellster Newskanal:
Hier erhältst du die neusten Programm-
hinweise und Veranstaltungstipps

Exklusive Fan-Aktionen:
Regelmäßige Gewinnspiele,
Rätsel und Votings

Finde Gleichgesinnte:
Tausche dich mit anderen Fans über
deine Lieblingsromane aus

JETZT FAN WERDEN BEI:
www.egmont-lyx.de/facebook